Fritz Peter Heßberger

Zwischen Südsee und Galaxis

Erzählungen

Der Autor:

Fritz Peter Heßberger, Jahrgang 1952, geboren in Großwelzheim, heute Karlstein am Main, studierte Physik an der Technischen Hochschule Darmstadt; 1985 Promotion zum Dr. rer. nat.; von 1979 bis zum Eintritt in den Ruhestand 2018 als wissenschaftlicher Angestellter in einer Großforschungsanlage tätig.

Bibliographische Information der Deutschen Nationalbibliothek:

Die Deutsche Nationalbibliothek verzeichnet diese Publikation in der Deutschen Nationalbibliographie; detaillierte bibliographische Daten sind im Internet über http://dnb.d-nb.de abrufbar

ISBN 978-3-8391-2234-1

Inhalt

Unter Piraten

Am 28. Mai 192... verließ die 'Pride of South' den Hafen von Sydney mit dem Ziel Valparaiso. An Bord befanden sich etwa sechshundert Passagiere und hundert Mann Schiffsbesatzung. Bei der 'Pride of South' handelte es sich um eine Kombination aus einem Fracht- und Passagierschiff. Es gab wenige Luxussuiten, eine größere Anzahl von Kabinen, welche man als Touristenklasse einstufen konnte, die Masse der Passagiere mußte sich allerdings mit Schlafsälen zufrieden geben, welche dreißig bis fünfzig Personen beherbergten.

Die überwiegende Zahl der Reisenden bestand Männern und Frauen südamerikanischer Herkunft, überwiegend Chilenen und Argentiniern. Sie hatten für einige Zeit in Australien gearbeitet, kehrten nun in ihre Heimat zurück. Daneben gab es eine größere Anzahl von Geschäftsleuten, Weltenbummlern und zwielichtigen Existenzen, deren Anführer ein gewisser Robert Cloud zu sein schien, der, so muß man sich ausdrücken, in einer der Luxussuiten residierte. Cloud war, niemand an Bord wußte es, der Anführer einer Bande von Küstenpiraten gewesen, welche lange Zeit das Meer zwischen der Nordwestküste Australiens und Niederländisch – Indien unsicher machte. Nachdem er durch Mittelsmänner erfahren hatte, daß ihm die australischen Behörden auf die Schliche gekommen waren, beschloß er, um einer Verhaftung zu entgehen, sich mit seinen Männern nach Südamerika abzusetzen. Die Bande umfaßte etwa dreißig Mann.

Mehrere Personen ließen sich nicht so recht einer dieser Gruppen zuordnen, pflegten auch keinen Kontakt zu den anderen Passagieren.

Eine von ihnen hieß Nancy Brown. Sie war ungefähr dreißig Jahre alt, stammte aus Malaita, einer Insel der Salomonengruppe. Sie war als junges Mädchen zum Studieren nach Australien gekommen, arbeitete dann einige Jahre in Sydney als Lehrerin, fühlte sich dort allerdings unwohl. Nun hatte sie durch Vermittlung eines Bekannten eine Anstellung an einem englischen Gymnasium in Santiago erhalten, reiste jetzt zu ihrer neuen Wirkungsstätte.

Ein anderer dieser Passagiere hieß Karl Spartan, ein ehemaliger Kapitänleutnant im Südseegeschwader der Deutschen Reichsmarine. Er war während des Großen Krieges in australische Gefangenschaft geraten, dann, nach Friedensschluß nicht in Heimat zurückgekehrt, hatte einige Jahre in Australien gearbeitet, nun genügend Geld gespart und beschlossen sich in Südamerika, ein genaues Ziel hatte er noch nicht, eine neue Existenz aufzubauen.

Zunächst verlief die Fahrt recht ruhig, doch nach drei Tagen geriet das Schiff in einen schweren Sturm. Ein gewaltiger Blitz schlug in die Kommandobrücke ein, tötete den Kapitän und die anwesenden Schiffsoffiziere, zerstörte die Funkanlage und das Steuer. Manövrierunfähig und führerlos trieb das Schiff nun dem Unwetter ausgesetzt, das sich erst am dritten Tagen legte, dahin.

Unter den Passagieren war eine Panik ausgebrochen. Dem jungen, unerfahrenen Dritten Offizier, nun der Ranghöchste an Bord, fehlte es an Autorität und Entschlossenheit das Schiff unter seine Kontrolle zu bringen. Die überwiegend aus Malaien und Chinesen bestehende Besatzung verweigerte ihm den Gehorsam. Es herrschten bald, noch wütete der Sturm, anarchistische Zustände. Vorratskammern wurden gewaltsam aufgebrochen, jeder nahm sich, was er brauchte, Passagiere wurden aus ihren Kabinen vertrieben, Streitereien brachen aus, zahlreiche Menschen wurden über Bord geworfen oder auch von den häufig das Deck überstreichenden Brechern ins Meer gespült. Diese Zustände währten allerdings nur wenige Stunden, dann griffen Cloud und seine Männer ein. Sie besaßen Waffen, die sie offensichtlich heimlich an Bord geschafft hatten und stellten rasch die Ordnung in ihrem Sinne wieder her. Die Malaien und Chinesen sahen in Cloud einen starken Führer, schlossen sich ihm an. Die Südamerikaner, welche den Großteil des wütenden Mobs gebildet hatten, wurden in die Schlafsäle unter Deck eingesperrt.

Die meisten Kabinenpassagiere waren erleichtert, daß nun wieder Ruhe herrschte, so nahmen sie es auch hin mit drei oder vier anderen eine Kammer teilen zu müssen, da die bis dahin in einem Schlafsaal untergebrachten Piraten, wie auch ein Teil der Schiffsbesatzung nun gute Quartiere forderten.

Man muß natürlich auch sagen, daß die Menschen mittlerweile von einer gewissen Apathie befallen waren. Noch immer tobte der Sturm. Niemand wußte, wohin das Schiff trieb. Es konnte jeden Augenblick auf ein Riff stoßen und sinken.

Selbst bei den neuen Herren über das Schiff herrschte eine gewisse Endzeitstimmung. Man aß, man trank, vergnügte sich mit den zahlreichen südamerikanischen Frauen, die den Burschen zu Willen sein mußten.

Karl war bei den oben geschilderten Vorgängen unbelästigt geblieben. Dies lag vielleicht daran, daß er, als das Chaos losbrach, das Schiff durchstreifte und in der leerstehenden Kapitänskajüte einen großkalibrigen Revolver samt Munition fand, welche er an sich nahm um zu vermeiden, daß sie in falsche Hände geraten könnten.

Er beobachtete nun die Entwicklung auf dem Schiff genauestens. Die Verhältnisse dort rührten ihn nicht sonderlich, da er sich ohnehin als Außenseiter fühlte. Er mußte nur darauf bedacht sein, nicht mehr als notwendig die Aufmerksamkeit der Piraten auf sich zu ziehen, was bedeutete, sich nach Verteidigung seiner Kabine, wenn man das einmal so nennen darf, nicht weiter in deren Angelegenheiten einzumischen.

Er hielt seine Lage nicht für gefährlich, da die Piraten ohnehin nur darauf aus waren sich zu vergnügen. Und wenn ihnen dabei niemand in die Quere kam, so gab es keinen Grund, gegen ihn vorzugehen.

Karl sah dieses Spiel zwar mit Widerwillen, war sich aber auch bewußt, daß er alleine nichts gegen sie ausrichten konnte. Und von den anderen noch freien Passagieren traute sich niemand den bewaffneten Piraten Widerstand zu leisten.

Ohnehin war damit zu rechnen, daß dieser Zustand nur kurzfristig andauern würde. Er sah zwei Möglichkeiten: man sichtete ein Schiff, das Rettung brachte oder die 'Pride of South' lief auf ein Riff, wurde Leck geschlagen und sank. Daß sie durch den Sturm, der zwar noch wütete, aber bereits einen Teil seiner Kraft verloren hatte, zerschlagen oder zum Kentern gebracht werden könnte, hielt er für wenig wahrscheinlich. Für den Fall eines Sinkens mußte er sich allerdings wappnen und so begann er das Schiff näher nach Gegenständen, die ihm nützlich sein konnten, zu durchstöbern. Niemand hinderte ihn daran. Neben einigen Werkzeugen fand er eine Anzahl Gewehre und Revolver nebst Munition, einen Sextanten, einen

Kompaß, eine Anzahl Seekarten und sogar, was ihm besonders wertvoll erschien, ein aufblasbares Boot nebst Blasebalg. Er deponierte die Sachen in einer etwas abseits gelegenen Kammer. Dabei begegnete ihm einmal eine jüngere, dunkelhäutige Frau, welche sich hier wohl verborgen hielt. Er beachtete sie allerdings nicht weiter, da er kein Interesse daran besaß, jemanden auf sein Versteck, sei es auch nur ungewollt, aufmerksam zu machen.

Auch Nancy, die nach Ausbruch der Unruhen ihre Habseligkeiten zusammengepackt und das Schiff nach einer sicher erscheinenden Unterkunft durchstreift hatte, beachtete den Mann nicht. Sie konnte ihn bei der kurzen Begegnung nicht gleich einschätzen, hielt es daher für geraten ihn glauben zu lassen, sie sei hier nur zufällig unterwegs, vermied dann auch die nächsten Tage jede Begegnung mit ihm. Sie hatte sich einen kleinen Vorrat an Lebensmitteln verschafft, blieb daher weitgehend in ihrer Kammer, verließ sie nur einmal pro Tag für kurze Zeit um sich über die Entwicklung der Dinge zu informieren, achtete aber peinlichst darauf, den Piraten aus dem Wege zu gehen um Nachstellungen zu vermeiden.

Nach Abflauen des Sturmes trieb das Schiff noch zwei Tage auf dem Meer dahin. Dann lief es auf ein Riff, schlug leck, begann zu sinken. Die Piraten hielten es für angebracht das Schiff zu verlassen und eine nahe gelegene Insel aufzusuchen. Sie begannen, alles was brauchbar erschien, in die zahlreich vorhandenen Rettungsboote zu laden und zum Strand zu schaffen. Die 'freien Passagiere' und die zu den Piraten übergelaufene Schiffsbesatzung beteiligten sich an der Aktion, während die Südamerikaner, denen man nicht traute, noch unter Deck verbleiben mußten. Karl beteiligte sich nicht an dem Treiben, er zog sich in seine Lagerkammer zurück. Es erschien ihm keine Eile geboten; er hatte bald bemerkt, daß das Schiff nur wenig sank, dann auf Grund lief, offensichtlich auf Felsen Halt fand und von einer Zerstörung verschont blieb, solange kein neuer, heftiger Sturm aufkam. Auch Cloud hatte das erkannt, er trieb daher die Männer nicht zur höchsten Eile an, stellte die Fahrten zum Strand auch nach Einbruch der Dunkelheit ein, da wegen zahlreicher kleinerer Riffe die Unfallgefahr hoch blieb und er nicht unnötig Boote und Ladung verlieren wollte.

Karl wartete die Nacht ab, machte dann das Boot klar, verlud die zusammengesuchten Sachen, brachte sie ungesehen von den Piraten, die es nicht für notwendig gehalten hatten Wachen aufzustellen, zum Strand. Er steuerte allerdings einen Platz an, der ein gutes Stück von dem Landeplatz der Piraten entfernt lag, so daß er von Männern, die sich in der Nacht zweifelsohne dort aufhielten, nicht gesehen werden konnte. Zwei Fahrten genügten Karl um die Sachen anzulanden. Er versteckte das Boot in nahem Strauchwerk, belud sich dann mit den Gegenständen, die ihm am wichtigsten erschienen, brach ins Innere der Insel auf. Nach etwa zwei Stunden erreichte er ein kleines, verlassenes Fort. Es bestand lediglich aus zwei Hütten; die größere hatte wohl als Mannschaftsquartier gedient, die kleinere als Lagerschuppen. Er lud die mitgebrachten Sachen in der größeren Hütte ab. Deren Möblierung war einfach: zwei Tische, einer diente wohl einst als Schreibtisch, fünf Hocker, vier Schlafpritschen, ein eiserner Herd, ein Wandschrank. Karl öffnete ihn, nahm zwei Wolldecken heraus, die allerdings stark modrig rochen. Er brachte sie nach draußen, legte sie über das Geländer, das die kleine Terrasse vor der Hütte begrenzte.

Er brach dann zur Küste auf um eine zweite Ladung ins Fort zu holen; es war bereits hell als er den Strand erreichte. Er lud die restlichen Sachen auf, trug sie ebenfalls in die kleine Festung. Er nahm nun die Decken, die mittlerweile ihren penetranten Modergeruch größtenteils verloren hatten, von der Brüstung, legte sich auf eine der Pritschen, schlief bald ein.

In der darauffolgenden Nacht kehrte er zum Schiff zurück, schloß sich am Morgen dann den 'freien Passagieren' an, welche noch immer mit dem Entladen der 'Pride of South' beschäftigt waren, half beim Transport der Güter zum Strand mit.

Die Piraten hatten mittlerweile einen Teil der Südamerikaner an Land gebracht, sie mußten nun unter bewaffneter Aufsicht Bäume fällen und etwas landeinwärts Hütten errichten.

Unter den gegebenen Umständen, niemand wußte wo man sich befand, wäre es sicherlich sinnvoll gewesen an einer exponierten Stelle ein großes Feuer zu entfachen um eventuell vorbeifahrende Schiffe auf sich aufmerksam zu machen. Doch die Piraten dachten nicht daran. Sie sahen eine Möglichkeit, sich hier bequem einzunisten und erst einmal ein süßes Leben zu genießen solange die Vorräte des Schiffes ausreichten. Denn eine Rettung konnte ihre wahre Identität aufdecken.

Es hatte sich in den wenigen Tagen bereits eine Vierklassengesellschaft herangebildet. Da waren zum einen die Piraten und die Schiffsbesatzung, die sich ihnen angeschlossen hatte. Sie spielten nun die Herren. Dann gab es die 'freien Passagiere', die sich mit ihnen arrangiert hatten, ihnen Hilfsdienste leisteten, ansonsten unbehelligt blieben. Die Südamerikaner wurden wie Sklaven behandelt, bewacht und in Schach gehalten von den Piraten. Die 'freien Passagiere' beteiligten sich nicht daran, zumal sie auch nicht über Waffen verfügten. Das war ihnen nicht unrecht, da sie im Falle einer Rettung anführen konnten, sie hätten sich nur dem Umständen gefügt und so einer Bestrafung entgehen konnten. Die vierte Klasse bildeten die Frauen, die als Freiwild galten, den Piraten nach deren Belieben fügsam sein mußten. Auch hier hielten sich die 'freien Passagiere' zurück, wohl auch um im Falle einer Rettung nicht der Vergewaltigung beschuldigt zu werden.

Nancy wollte nicht alleine auf dem Schiff bleiben, mischte sich unter die Frauen. Sie sorgte allerdings vor. Sie fertigte sich einen Höcker an, den sie umschnallte, entstellte ihr Gesicht durch Schminke. Derart verunstaltet beachteten sie die Piraten nicht. Sie blieb unbehelligt, wurde nur zu leichten Arbeiten herangezogen.

Karl fiel es nicht schwer sich unauffällig unter die 'freien Passagiere' zu mischen. Ihn stieß die Situation ab, doch konnte er alleine nichts ausrichten. Er versuchte unter den 'Freien' Gefährten für eine Erhebung gegen die Piraten zu gewinnen, sagte, es genüge wohl, Cloud und seine Unterführer auszuschalten. Dann könnten sie die Schiffsbesatzung auf ihre Seite ziehen und die restlichen Mitglieder der Bande, sofern sie überhaupt noch Widerstand leisteten, leicht überwinden. Er ging natürlich sehr vorsichtig vor, da sich viele der 'Freien' unterwürfig zeigten und er Denunziation fürchten mußte. Er merkte aber bald, daß niemand bereit war sich ihm anzuschließen. Ja, er fand nicht einmal jemanden, den er bezüglich der Ausführung eines anderen Planes ins Vertrauen ziehen konnte.

Zwischendurch verließ er die Gesellschaft des öfteren heimlich, suchte das Fort auf.

Dann begegnete er Nancy. Sie saß unweit des Strandes im Schatten eines Busches, blickte aufs Meer hinaus.

Karl erkannte trotz ihrer Verunstaltung in ihr sofort die Frau, welche er im

Schiffsrumpf kurz gesehen hatte. Er wunderte sich allerdings nicht über ihre Verkleidung, die sie wohl angelegt hatte um den Nachstellungen der Piraten zu entgehen. Zu den Südamerikanerinnen gehörte sie offensichtlich nicht, mußte daher aus anderen Gründen die Reise unternommen haben. Neugierig geworden, wer diese Frau, die sichtlich keine Weiße war, wohl sein mochte, trat er heran, fragte, ob er sich zu ihr setzen dürfe. Sie nickte bejahend. Karl ließ sich nieder.

Auch Nancy hatte in ihm den Mann aus dem Schiffsrumpf wiedererkannt, ihn schon seit Tagen beobachtet, sich darüber gewundert, daß er oft längere Unterhaltungen mit 'Freien' geführt hatte, aber hinterher nie wieder versuchte mit einem der Gesprächsteilnehmer Kontakt aufzunehmen. Wer war also dieser seltsame Mann, der offensichtlich kein Pirat war, auch kein Südamerikaner, sich auch nicht den 'Freien' zurechnete, sondern seiner eigenen Wege ging, oft das Lager, wenn man es so nennen möchte, verließ und erst nach Stunden wieder zurückkehrte ?

„Wir können froh sein, daß wir trotz der widrigen Umstände überhaupt noch leben", begann er.

„Nennen Sie das etwa 'Leben', was wir hier durchmachen ?"

„Nun ja, das kann man so sehen. Aber so lange man lebt besteht Hoffnung, insbesondere dann, wenn man nicht auf Wunder wartet, sondern etwas unternimmt."

Karl pausierte kurz.

„Vielleicht wird aber auch bald ein Schiff auftauchen, das uns aufnimmt, denn unsere Lage ist nicht gut. Die Lebensmittel der 'Pride of South' werden in wenigen Wochen aufgebraucht sein und dann wird es schwierig, mehrere Hundert Menschen zu ernähren."

„Wie soll uns ein Schiff entdecken ?" entgegnete Nancy, „da müßte man ein großes Leuchtfeuer entzünden. Aber genau dies unterbinden die neuen Herren."

„Es ist natürlich ihre Absicht, daß wir nicht entdeckt werden. So können sie ihre Herrschaft noch einige Zeit genießen."

„Und uns dabei zugrunde richten", fügte Nancy hinzu.

„Die Gefahr besteht, wenn nichts unternommen wird. Für mich macht das alles aber wenig Sinn", erwiderte Karl, „sie führen sich hier wie Verbrecher auf, obwohl sie damit rechnen müssen, daß bei einer Rettung alles ans

Tageslicht kommt und sie im Zuchthaus landen. Ein hoher Preis für ein paar Tage süßes Leben."
Nancy überlegte kurz.
„Ich sehe die Sache so. Über die Schiffsmannschaft brauchen wir nicht nachzudenken. Das sind doch primitive, ungebildete Menschen, die von der Hand in den Mund in den Tag hinein leben. Das Wort Zukunft hat für sie keine Bedeutung. Sie genießen die Gegenwart, das Morgen interessiert sie nicht. Doch Cloud und seine Leute sind anders. Ich fürchte, sie haben etwas zu verbergen, hatten vermutlich auch triftige Gründe Australien zu verlassen und wissen genau, daß Rettung für sie Zuchthaus oder gar den Galgen bedeutet."
Karl überlegte.
„Das könnte sein. Sie hatten schließlich sofort Waffen. Die müssen sie wohl mit an Bord gebracht haben. Na schön, wir werden es vermutlich noch erfahren. Aber ich sollte endlich höflich sein und mich vorstellen: mein Name ist Karl Spartan. Ich bin Deutscher, habe einige Jahre in Australien verbracht, will nun nach Südamerika, Chile oder Argentinien, vielleicht auch Brasilien um dort ein neues Leben zu beginnen. Wirklich festgelegt habe ich mich noch nicht."
„Ein neues Leben ?" Nancy lächelte, „das möchte ich auch beginnen. Aber wie es aussieht ist es bereits zu Ende bevor es überhaupt begonnen hat. Ich heiße Nancy Brown, bin Lehrerin. Ich stamme aus Malaita, habe in Australien studiert, dort einige Jahre gearbeitet, habe nun eine Stelle an einem englischen Gymnasium in Santiago angetreten. Daraus wird jetzt wohl aber nichts."
„Das kann man nicht wissen", erwiderte Karl, „vielleicht kommen wir hier schneller weg als Sie sich das vorstellen können."
„Das glauben Sie doch selbst nicht. Wer soll uns hier finden ? Wir wissen doch selbst nicht, wo wir gestrandet sind. Vielleicht liegt die Insel weitab von allen Schiffahrtsrouten. Sie ist doch offenbar unbewohnt. Und ich schließe daraus, daß sie für niemanden von Interesse ist. Es kann jahrelang dauern bis ein Schiff vorbeikommt. Bis dahin sind wir doch alle verhungert oder an irgendwelchen Krankheiten gestorben."
Karl grinste süffisant.
„Deswegen sollten wir die Insel schleunigst verlassen. Möchten Sie das ?

Wirklich ? Bedenken Sie, wir müssen einige Tage über das Meer fahren, vielleicht Hunger oder was noch schlimmer ist, Durst leiden ? Es können Stürme auftreten. Trauen Sie sich eine Fahrt zu ?"
Nancy blickte ihn an.
„Mein Vater war Fischer. Er hat mich des öfteren mit aufs Meer hinausgenommen. Nein, vor dem Wasser habe ich keine Angst."
Karl pausierte kurz.
„Wir könnten uns zusammentun. Überlegen Sie es sich. Zu zweit schaffen wir es."
Er verabschiedete sich dann.
„Ich bin sicher, wir sehen uns wieder."
Er ging.
Nancy blieb etwas erstaunt zurück.
„Die Insel verlassen ? Dazu braucht man ein Schiff, zumindest ein großes Boot. Und wohin sollen wir steuern ? Ohne Navigationsgeräte ? Der Pazifik ist weit. Und auf den ersten Blick sah er mir nicht wie ein Seemann aus."
Sie überlegte.
„Andererseits, er scheint einen Plan zu haben, kann ihn aber aus irgendeinem Grund nicht alleine ausführen. Vielleicht sprach er deshalb mit den anderen 'Freien', fand aber keinen, der ihm geeignet schien. Er ist Deutscher, hielt sich einige Jahre in Australien auf. So kurz nach dem Großen Krieg ? Die Australier haben doch gegen die Deutschen gekämpft. Vielleicht war er Kriegsgefangener. Das wäre möglich. Die nördliche Nachbarinsel von Malaita, St. Isabella gehörte zum Deutschen Schutzgebiet. Möglicherweise lebte er dort vor dem Krieg, vielleicht war er Marinesoldat, kennt sich aus. Und er wirkte ja auch nicht wie ein Phantast."

Während der nächsten Tage suchte Karl keinen Kontakt zu Nancy. Sie merkte aber wohl, daß er sich oft in ihrer Nähe aufhielt, sie genau zu beobachten schien. Was hatte das zu bedeuten ? Was plante er ?
Karl war sich darüber im Klaren, daß sein Plan nur gelang, wenn er einen Kameraden fand, dem er absolut vertrauen konnte, der auch absolut verschwiegen war. Es mußten noch etliche Vorbereitungen getroffen werden, bevor es möglich war die Insel zu verlassen. Daher hielt er es für

unumgänglich sie in seine Pläne, sein Geheimnis einzuweihen. Sie mußte ihn ja auch bei den Arbeiten unterstützen. Ein paar unbedachte Worte konnten das Vorhaben aufdecken und alles verderben.

Nancy hielt sich von den anderen fern, wechselte mit ihnen nur wenige Worte, führte keine längeren Gespräche. Dies überzeugte Karl, daß sie keine Kontakte pflegte, er also nicht befürchten mußte, sie könnte unbedacht plaudern. Und er beschloß sie ins Vertrauen zu ziehen.

Er sprach sie an als sie sich wieder einmal abseits des Lagers in Strandnähe niedergesetzt hatte und aufs Meer hinaus blickte.

„Ich habe Ihnen einige Tage Zeit zum Nachdenken gegeben und Sie währenddessen genauestens beobachtet", begann er, „schließlich muß ich Ihnen vertrauen können. Das Unternehmen ist zwar nicht sonderlich gefährlich, es muß aber strengstes Stillschweigen bewahrt werden. Erfahren Cloud und seine Männer davon, werden sie es verhindern. Und alleine oder auch zu zweit können wir nichts dagegen tun. Haben Sie es sich überlegt?"

„Nun ja", antwortete sie, „welche Möglichkeiten habe ich denn? Hierbleiben und darauf warten, daß sie entdecken, daß mein Buckel künstlich ist und meine Häßlichkeit durch Schminke hervorgerufen wird? Nein, ich gehe mit Ihnen. Sie scheinen ein aufrechter Mann zu sein, dem man vertrauen kann."

Karl lachte.

„Vertrauen gegen Vertrauen, das ist eine gute Basis."

Er reichte ihr die Hand.

„Jetzt sind wir Kameraden, Verbündete. Ich bin Karl."

Sie lächelte.

„Und ich bin Nancy."

„Gut, dann werde ich dich in mein Geheimnis einweihen. Komm mit."

Nach knapp drei Stunden Marsch erreichten sie das Fort.

„Eine kleine Festung mitten im Urwald. Wie hast du sie gefunden? Du hast sie doch sicher nicht in der kurzen Zeit gebaut. Doch, wer hat sie angelegt?"

Nancy stutzte kurz.

„Und was hat sie mit dem Verlassen der Insel zu tun?"

Karl lächelte.

„Du sollst wissen, daß ich dir völlig vertraue. Deshalb erzähle ich dir jetzt alles. Setzen wir uns aber erst einmal."

Sie holten sich zwei Hocker, ließen sich auf der Veranda nieder.

„Nein, ich habe sie nicht gebaut", begann Karl, „sie existierte schon als ich diesmal zur Insel kam."

„Diesmal ?" unterbrach ihn Nancy, „das klingt doch so also seist du schon öfters hier gewesen ?"

Sie überlegte kurz.

„Ja, du mußt schon einmal auf der Insel gewesen sein. Wie hättest du auch so schnell dieses versteckt liegende Fort finden können. Wir sind doch erst wenige Tage hier."

„Gemach, gemach", lächelte Karl, „du erfährst alles, der Reihe nach. Ich habe in Darmstadt Maschinenbau studiert. Aber die Arbeit in einem muffigen Büro befriedigte mich nicht. Und so ging ich zur Kaiserlichen Marine, kam nach der Ausbildung zum Südseegeschwader. Du weißt sicher, das Deutsche Reich besaß vor dem Krieg ein größeres Schutzgebiet im Pazifik. Als Marineoffizier habe ich die Gegend kennengelernt. Und auf dieser Insel haben wir damals drei Stationen errichtet. Sie waren als Vorposten zum Schutz Samoas gegen Angriffe der Franzosen aus Richtung Tahiti gedacht. Sie waren nicht permanent besetzt, zwei von ihnen waren mit Kanonen ausgestattet. Das Fort hier war die kleinste, es diente als Beobachtungsposten. Von dem Felsen da oben hat man einen herrlichen Blick auf die Weiten des Pazifiks. Ich war öfters hier, habe die Insel gleich erkannt, als wir auf das Riff aufliefen."

„Schön", unterbrach ihn Nancy, „und wie hilft uns das jetzt weiter ?"

„Wir können Samoa in zwei Tagen erreichen."

„Ja, wenn wir ein Schiff hätten. Willst du etwa ein Rettungsboot stehlen und brauchst mich zum Rudern ? Und du findest Samoa ohne Navigationsgeräte ?"

„Nein, natürlich nicht. Unterbrich mich doch nicht dauernd."

„Dann mache es kurz und sage endlich, was Sache ist. Das Fort hier kann doch mit Sicherheit nicht schwimmen."

„Das braucht es auch nicht. Wir hatten hier ein größeres, seetüchtiges Boot versteckt, für Notfälle. Es ist noch vorhanden, die Amerikaner haben es ebenso wenig entdeckt wie das Fort hier. Es ist noch völlig in Ordnung, die Segel sind auch noch gut. Wir müssen es nur noch seeklar machen."

„Aber ohne Navigationsgeräte ?"

„Ich habe von der 'Pride of South' einen Sextanten und einen Kompaß, sowie einige Seekarten mitgenommen. Außerdem besitze ich eine gute, wasserdichte Uhr. Das genügt."

„Und wozu brauchst du mich ?"

„Nun ja, normalerweise sind drei Mann Besatzung notwendig."

Karl lachte.

„Ein kräftiger Mann wäre mir lieber gewesen, aber zur Not muß auch eine Frau genügen."

Nancy verzog das Gesicht.

„Sei mir nicht böse wegen dieses Scherzes. Harte Arbeit mußt du nicht verrichten. Du mußt mir nur helfen das Boot seeklar zu machen. Und dann müssen wir aus dem Riff heraus ins offene Meer. Da muß jemand genau die See beobachten, damit wir nicht irgendwo auflaufen. Ich kann nicht gleichzeitig steuern und nach Unterwasserfelsen Ausschau halten. Außerdem muß auch jemand steuern, wenn ich einmal ein paar Stunden Schlaf brauche."

„Da kannst du dich auf mich verlassen."

„Ansonsten benötigen wir einen Trinkwasservorrat und Lebensmittel, am besten für etwa eine Woche. Denn wenn wir in eine Flaute geraten, dauert die Fahrt länger."

„Und wo bekommen wir die Lebensmittel her ? Wir können Sie doch nicht Cloud stehlen. Das ist zu riskant."

„Das ist auch nicht notwendig. Wasser ist kein Problem. Ich habe bereits genügend Flaschen eingesammelt und gereinigt. Die sind schnell befüllt. Und Lebensmittel gibt es noch im Wrack der 'Pride of South'. Cloud und seine Leute haben nicht alles gefunden. Aber ich darf nicht gesehen werden, kann daher nur nachts hinüberfahren. Und im Lager muß ich mich auch zeigen, damit kein Verdacht aufkommt. Zwei bis drei Tage Vorbereitung sind schon noch notwendig. Und du mußt auch vorsichtig sein, dich schützen. Einige Kerle, die ansonsten zu kurz kommen, haben es auf dich abgesehen, trotz deines künstlichen Buckels und deiner vorgetäuschten Häßlichkeit. Warte einen Moment."

Er erhob sich, begab sich in die Hütte, kam kurz darauf wieder heraus, hielt einen Revolver in der Hand. Er reichte ihn Nancy.

„Kannst du damit umgehen ?"

„Ja."

„Gut, er ist geladen. Ich gebe ihn dir zu deinem Schutz, für alle Fälle. Verberge ihn aber gut."

Er führte sie dann zum Strand zurück. Etwas abseits, schon im Dickicht stand eine außergewöhnlich hohe Palme.

„Sie ist ein markantes Zeichen", sagte Karl, „du kannst sie nicht verfehlen, auch nicht bei Nacht. Du erreichst sie vom Lager aus, wenn du am Strand nach rechts abbiegst. Begib dich dorthin, falls du Schwierigkeiten bekommst. Ich werde dich da finden."

Am späten Abend des nachfolgenden Tages lag Nancy unter ihrer Zeltplane, schlief bereits. Sie wurde unsanft geweckt, Hände betatschten ihren Körper.

„Diese verdammten Hurensöhne nehmen uns alle Weiber weg. Jetzt müssen wir uns eben mit der Buckligen begnügen", hörte sie eine Stimme.

„Besser als gar nichts", gab eine andere zur Antwort, „ich fuhr einmal auf einem deutschen Schiff; der Bootsmann sagte immer 'nachts sind alle Katzen grau'. Du verstehst, was ich meine ?"

Ein leises Lachen ertönte.

„Ja, so ungefähr. Ich kenne auch ein deutsches Sprichwort, es lautet 'in der Not frißt der Teufel Fliegen'. Hauptsache, sie ist unten nicht bucklig und wir kommen auf unsere Kosten."

Nancy erschrak, sie blickte auf, sah im Mondlicht zwei Gestalten über sich. Sie zögerte keinen Augenblick, zog ihren Revolver unter der Decke hervor, schoß zweimal. Dann sprang sie auf, rannte zum Strand, bog nach rechts ab, erreichte nach fünf Minuten die Palme, wo sie sich niederließ.

Die Schüsse hatten das Lager aufgeschreckt. Bewaffnet, Laternen in den Händen durchstreiften die Piraten die Örtlichkeit, fanden bald die Zeltplane und die beiden niedergeschossenen Männer. Sie lebten noch. Die Piraten riefen Cloud herbei. Der schaute die beiden Kerle an.

„Malaien", sagte er verächtlich.

„Was ist passiert ?" herrschte er sie dann an.

Einer war noch in der Lage zu sprechen.

„Die Bucklige war es. Sie hatte einen Revolver."

Cloud wandte sich ab.

„Der Schiffsarzt soll nach ihnen sehen, wenn er Lust hat. Viel Zweck hat es nicht, sie verrecken sowieso."

Er ging zu seiner Hütte, rief sofort seine drei Unterführer herbei.

„Weiß einer, wer die Bucklige ist?"

„Eine von den Weibern, so eine Kanakin; ziemlich abstoßend. Keiner von uns hat sich bisher für sie interessiert. Wir gaben ihr leichte Arbeit und Essen. Auffällig verhalten hat sie sich jedenfalls nicht."

Cloud runzelte die Stirn.

„Wahrscheinlich wollten die Kerle es mit ihr machen, weil sie heute abend sonst nichts bekamen. Eigentlich hätte sie doch froh sein müssen, daß überhaupt einer an sie ran geht. Aber das interessiert mich nicht und um die Kerle ist es auch nicht schade. Bedenklich ist nur, daß sie eine Waffe besaß."

„Vielleicht fand sie die den Revolver auf dem Schiff in einer Offizierskajüte", erwiderte nun Slim, einer der Unterführer, „wir hatten ja unsere eigenen Waffen, haben die 'Pride of South' nicht durchsucht."

„Weil ihr gefressen, gesoffen und gehurt habt", knurrte Cloud.

„Du bist der Boß, du hättest es anordnen sollen", blaffte Slim zurück, „ist doch logisch, daß die Offiziere Waffen besaßen. Aber das läßt sich jetzt nicht mehr ändern. Wir haben auch keine Ahnung wie viele Waffen sich an Bord befanden."

„Nicht mehr ändern?" stieß Cloud hervor, „wenn sie eine Waffe hat, dann haben andere auch welche. Und du hast recht. Wir haben keine Ahnung wie viele Waffen an Bord waren."

„Bisher ist uns noch nichts aufgefallen", meinte Joe, ein anderer Unterführer.

„Bisher!" fuhr Cloud fort, „die Südamerikaner müssen wir vermutlich nicht fürchten. Die haben garantiert nicht daran gedacht. Aber die 'Freien', die könnten Waffen haben. Ich meine jetzt nicht die Geschäftsleute, die nur daran denken Kohle zu machen, aber ansonsten Nieten sind. Da sind aber auch einige so zwielichtige Weltenbummler darunter, die nicht dumm sind. Denen traue ich zu nach Waffen gesucht zu haben. Sie tragen sie sicher versteckt, warten die Entwicklung der Dinge ab. Solange sie gut versorgt werden und sich nicht die Finger dreckig machen müssen, ist für sie die Sache in Ordnung. Aber wenn ihnen der Kram hier nicht mehr paßt, dann gehen sie gegen uns vor. Wir müssen sie durchsuchen, am besten gleich."

„Jetzt bei der Dunkelheit?" wandte Slim ein, „da finden wir doch nichts."

„Aber wenn wir bis zum Morgen warten, dann haben sie Zeit die Sachen zu verstecken. Dann finden wir erst recht nichts."

Sie riefen ihre Leute zusammen, umstellten das Lager, begannen mit der Durchsuchung. Sie fanden nichts.

„Das war ein Schlag ins Wasser", brummte Cloud, „haben wir überhaupt alle gefilzt?"

„Unwahrscheinlich, jetzt in der Nacht", entgegnete Joe.

„Das bedeutet aber, wer etwas hatte, hat sich rechtzeitig aus dem Staub gemacht, und wer nichts hatte, der mußte ohnehin nichts befürchten."

Karl schlief noch nicht als ihn die Schüsse aufschreckten. Sie kamen aus der Gegend, wo die Frauen lagerten. Unwillkürlich dachte er an Nancy. Ihr drohte Gefahr. Hier im Lager konnte er nichts für sie tun. Er wußte ja nicht einmal wo sich ihr Schlafplatz befand. Also begab er sich sofort zur Palme. Er traf dort Nancy. Sie war sichtlich aufgeregt.

„Was ist passiert? Du hast doch geschossen?"

Nancy erzählte, was vorgefallen war. Karl dachte kurz nach.

„Beruhige dich erst einmal. Dann laufen wir zum Fort. Das ist die einzige Möglichkeit. Dort bist du sicher. Denn eines ist klar: ins Lager kannst du nicht zurück. Sie wissen bestimmt bereits, daß du es warst."

Er wartete ein paar Minuten bis Nancy etwas ruhiger geworden war, dann brachen sie zum Fort auf.

„Hab keine Angst", sagte Karl unterwegs, „ich bleibe heute nacht bei dir."

Am anderen Morgen meinte Karl.

„Am besten wir brechen heute nacht schon auf. Sie könnten anfangen die Insel zu durchsuchen und früher oder später hierher kommen. Sammele also bitte so viele Früchte wie du tragen kannte, ich versuche, ein paar Konserven zu organisieren. Ich habe noch nichts vom Schiff geholt. Ich komme am Nachmittag wieder, da wir das Boot noch vor Einbruch der

Dunkelheit seeklar machen müssen. Falls Gefahr droht komme ich schon eher. Sei ohne Sorge."

Dann verabschiedete er sich. Seinen Revolver ließ er zurück.

Vorsichtig näherte sich Karl dem Lager. Die Unruhe hatte sich mittlerweile zwar etwas gelegt, es herrschte jedoch eine ziemliche Nervosität unter den 'Freien'. Karl verzichtete daher erst einmal darauf es zu betreten, begab sich zum Strand, sprach einen Mann an, der dort spazieren ging.

„Hast du eine Ahnung, was der Aufruhr heute nacht zu bedeuten hatte, die Schüsse und die nachfolgende Durchsuchung des Lagers?"

„Du weißt das nicht? Warum?" fragte der Mann mißtrauisch, „das ist doch Gesprächsthema Nummer eins."

„In der Nacht war nichts zu erfahren", log Karl, „und am Morgen bin ich schon in aller Frühe in den Urwald gegangen um Früchte zu suchen. Ich mag die Konserven nicht."

Der Mann musterte ihn skeptisch, er glaubte ihm offenbar nicht so recht.

„Na ja", meinte er dann, „eine von den Weibern, so eine häßliche, buckelige hat zwei Malaien erschossen, die an sie ran wollten."

„Erschossen?" unterbrach ihn Karl, „dann muß sie ja eine Waffe besessen haben."

„Genau", lautete die Antwort, „und wenn sie eine Waffe hatte, dann bedeutet das wohl, daß sie diese auf dem Schiff fand."

„Und was schließt man daraus?"

Der Mann wurde leicht ärgerlich.

„Spiel doch nicht den Naiven. Wenn sie auf dem Schiff eine Waffe gefunden hat, dann haben andere dort wohl auch Waffen gefunden. Das kann Cloud ganz und gar nicht recht sein. Deswegen gab es ja auch diese Durchsuchungen heute nacht. Sie haben natürlich nichts gefunden, denken aber nun, wir hätten die Waffen versteckt, überwachen uns nun auf Schritt und Tritt."

Karl schaute dem Mann ins Gesicht. Dessen Blick sagte:

„Du könntest einer der Kerle sein, die Waffen besitzen, du treibst dich ja ständig überall herum. Und daß du im Urwald nichts anderes machst als Früchte zu suchen, das nehme ich dir nicht ab."

Unter diesen Umständen hielt es Karl nicht für geraten ins Lager zu gehen und sich nach Konserven umzuschauen.

Er kehrte zum Fort zurück, nahm aber größere Umwege um eventuelle Verfolger abzuschütteln, erreichte es erst am Nachmittag, gut zwei Stunden vor Sonnenuntergang.

„Alles ist zwar alles gut gegangen, aber die Kerle sind mißtrauisch, nicht nur Cloud und seine Leute, sondern auch die 'Freien'. Und einigen von ihnen traue ich durchaus zu, daß sie einen ohne Bedenken ans Messer liefern. Es erschien mir daher zu riskant ins Lager zu gehen und nach Konserven zu suchen. Wir müssen uns mit den Früchten zufrieden geben, die du eingesammelt hast. Brechen wir am besten gleich auf."

Sie nahmen, was sie tragen konnten, erreichten nach einer dreiviertel Stunde einen größeren Teich, in dem ein Boot lag.

„Und wie bringen wir es hinaus aufs Meer ?" fragte Nancy nun.

Karl grinste.

„Es lag natürlich nicht all die Jahre im See, sondern getarnt am Ufer. Es ließ sich aber über ein verborgenes Rollensystem leicht in den See bringen."

„Das habe ich nicht gefragt", unterbrach ihn Nancy leicht ungehalten.

„Gemach, gemach, werde doch nicht immer gleich ungeduldig. Also, das ist kein natürlicher See, sondern ein aufgestauter Bach. Vorne am Auslauf befindet sich ein verborgenes Wehr. Wenn ich es öffne, dann strömt genügend Wasser aus um das Boot, auch wenn es vollbeladen ist, ins Meer zu tragen."

„Und das soll funktionieren ?"

„Mißtraust du etwa der Kaiserlichen Deutschen Marine ?"

Karl grinste.

„Keine Sorge, das geht glatt, auch nachts. Ich habe übrigens alles überprüft. Der Bachlauf ist frei."

„Aber wir können doch nicht gleich aufbrechen. Es wird bald dunkel. Und bei Nacht können wir doch wegen der Klippen nicht durchs Riff."

„Das ist wahr, für heute ist es zu spät. Ruhen wir uns also noch ein bißchen aus. Und wir brechen dann etwa eine Stunde vor Beginn der Dämmerung auf. Dann erreichen wir den Strand wenn es hell wird."

„Sollen wir nicht besser hier bleiben ? Das Fort aufzusuchen erscheint mir riskant. Vielleicht suchen sie doch nach uns."

„Du hast recht. Im Boot befinden sich Hängematten. Bleiben wir also hier."

Kurz vor dem Morgengrauen bereiteten sie sich auf die Abfahrt vor. Karl öffnete die Schleuse und das Boot trieb wie vorgesehen mit der Strömung zum Meer. Sie warfen den Anker aus, richteten dann den Mast auf und setzten das Vorsegel. Langsam trieb das Boot durch die Bucht dem offenen Meer zu.

Nancy beobachtete die Wasserfläche gewissenhaft, tastete zudem mit einem langen, dünnen Stock das Meer nach dicht unter der Wasserlinie liegenden Felsen ab. Sie ließen sich Zeit, die Sicherheit hatte Vorrang. Gefahr drohte nicht, denn vom Piratenlager aus konnten sie nicht gesehen werden, es sei denn es hielt jemand auf einer exponierten Stelle der Insel Ausschau. Das war aber bisher nicht üblich gewesen. Nach etwas mehr als einer Stunde sagte Karl schließlich:

„Wir haben es geschafft, die Riffe liegen hinter uns. Jetzt können wir loslegen, das Hauptsegel setzen."

Nachdem dies getan war, meinte er:

„Samoa liegt im Nordwesten, wir befinden uns hier an der Ostküste der Insel. Wir können uns nun nach Norden halten und dann nach Westen abbiegen; dazu müssen wir allerdings den Lagerplatz passieren. Wir befinden uns soweit von Strand weg, daß ihre Gewehre uns wohl kaum töten oder verletzen können, aber wir müssen sichergehen und uns weiter entfernen. Außerdem weiß ich nicht, ob sie nicht versuchen könnten, etwas gegen uns zu unternehmen und uns zu folgen. Sie haben ja noch die Rettungsboote, müssen allerdings rudern. Dennoch, es könnte für uns übel ausgehen, wenn der Wind einschläft. Die andere Möglichkeit besteht darin, die Insel südlich zu umsegeln. Falls sie einen Posten aufgestellt haben, kann der uns natürlich auch sehen, aber bis er seine Gefährten alarmiert hat und die reagieren, vergeht einige Zeit. Und wir können von der Südspitze aus nach Westen segeln, dann haben wir von vornherein eine größere Distanz zu einem eventuell ausgesandten Boot."

„Dein Vorschlag klingt vernünftig. Ein einzelner Posten kann wenig gegen uns unternehmen. Vielleicht ist die Vorsicht unnütz, aber ich denke, mehr als zwei bis drei Stunden Reisezeit nach Samoa wird uns das nicht kosten. Wir sollten uns jetzt nicht unbedacht in Gefahr begeben, wenn es nicht notwendig ist."

„Es freut mich, daß du das auch so siehst."

Drei Stunden später war die Insel außer Sicht. Niemand folgte ihnen. Ein günstiger Wind blies.

„Wenn kein Unwetter heraufzieht, dann werden wir sicher morgen abend Samoa erreichen."

„Wir sollten nicht zu viele Bedenken haben. Die Sache ist am Laufen, ändern können wir nichts mehr. Es ist unnütz sich nun zu beunruhigen. Ich weiß, das Unternehmen birgt Risiken. Ich war mir dessen bewußt, als ich mich dir anschloß."

Karl bestimmte nun die Position gab den Kurs vor. Sie lagen jetzt etwas träge im Boot, Karl korrigierte ab und zu den Kurs, sie dösten vor sich hin. Beide waren müde, da sie die Nacht davor kaum zum Schlafen gekommen waren.

„Was hast du eigentlich vor, wenn wir Samoa erreicht haben?" fragte Karl schließlich.

„Ich habe ja die Stelle als Lehrerin in Chile angenommen. Ich werde also von Samoa aus der Schule telegraphieren, daß ich das Unglück der 'Pride of South' überlebt habe und nun versuchen werde, möglichst rasch nach Valparaiso zu kommen. Ich hoffe, sie nehmen mich noch, auch wenn ich nicht rechtzeitig zum Schuljahresbeginn ankomme. Ich habe im Moment ja auch keine Ahnung, wie es von Samoa aus weitergehen wird."

„Ich meine das noch ein bißchen anders. Wir kennen uns noch nicht lange. Trotzdem wäre es schade, wenn wir uns aus den Augen verlören. Oder siehst du das anders?"

„Nein, aber dann mußt du mit nach Chile kommen."

„Das ist das geringste Problem. Ich habe ohnehin noch kein Ziel."

Zwei Tage später erreichten sie Samoa. Sie melden sich bei der amerikanischen Kommandantur, berichten über das Schicksal der 'Pride of South' und von den Vorgängen auf der Insel.

Die Amerikaner sandten umgehend ein kleines Geschwader von drei Schiffen aus, welches die Piraten überwältigte und die Schiffbrüchigen rettete. Zwei Tage später kehrt das Geschwader zurück.

Ein Teil der Piraten, darunter Cloud, war bei der Befreiungsaktion getötet worden, die Überlebenden wurden an Australien ausgeliefert.

Die Amerikaner baten Karl an im Range eines 'Captains' in ihre Dienste zu treten, stellten Nancy eine Anstellung als Lehrerin in Aussicht. Doch sie winkte ab.

„Ich habe nicht Australien verlassen um zu den Amerikanern zu gehen."

Sie hatte auch mittlerweile die Schule in Santiago telegraphisch benachrichtigt und man zeigte Verständnis für ihre Lage. Man teilte ihr mir, ihre Anstellung sei auf jeden Fall sicher, auch wenn sie ein paar Tage später eintreffe. Karl lehnte daher das Angebot der Amerikaner ab.

Drei Wochen später legte ein Schiff an, welches die Geretteten nach Chile brachte.

Karl fand nach kurzer Zeit eine Anstellung in einer im Aufbau befindlichen Maschinenfabrik.

Drei Monate später heirateten Nancy und Karl.

Onmi

Am späten Nachmittag kehrten Captain Peter Kronau und seine Männer in das von den Regierungstruppen eroberte Hauptquartier der Rebellen auf der Insel Oglabi zurück. Major Oleg Rogarki empfing den Offizier lachend. „Das war wieder einmal eine Meisterleistung von euch, Captain. Ihr habt nicht nur General Daghli, den Militärchef der Rebellen hier auf Oglabi und seinen Stab erledigt, sondern auch noch den stellvertretenden Rebellenchef Kukuman, der sich zufällig hier aufhielt. Damit war unsere Aktion ein voller Erfolg: das Hauptquartier erobert, die militärische Führung eliminiert; der Colonel wird zufrieden sein. Schade, daß Daghli tot ist, sie hätten ihm sicherlich gerne den Prozeß gemacht."

„Und vorher gefoltert", wandte Kronau ein.

„Sei doch nicht so empfindlich", entgegnete der Major, „wir befinden uns hier schließlich im Krieg. Sieg oder Niederlage heißt die Parole und der Sieger hat am Ende immer recht. Das kennst du doch."

Peter schwieg, er verstand. Vier Jahre hatte er im Krieg gekämpft, die meiste Zeit als Stoßtruppführer. Zerstörung von Brücken, Nachrichtenzentren, Kommandozentralen, das waren seine Spezialitäten. Er erhielt Auszeichnungen. Nach der Niederlage und der Revolution, wurden einige der Unternehmungen als Kriegsverbrechen eingestuft, er vor Gericht gestellt und zu zehn Jahren Zwangsarbeit verurteilt. Es gelang ihm zu fliehen. Er streifte durch die Welt, ließ sich schließlich als Söldner anwerben. Allerdings machte er zur Bedingung, daß er den Rang eines Captains erhielt, was einem Hauptmann, seinem letzten militärischen Dienstgrad in der Heimat entsprach. Brauch war das nicht, doch da es an fähigen Kommandoführern mangelte, akzeptierten die Auftraggeber diese Forderung. Nun kämpfte er hier auf Oglabi als Söldner der Regierung im Bataillon von Major Rogarki gegen Rebellen. Die Hintergründe dieses Kriegen interessierten ihn wenig. Er tat seinen Job, er führte eine kleine Kommandoeinheit, die Spezialaufträge durchführte. Heute war es die

Verfolgung der geflohenen Führungsspitze nach einer handsteichartigen Eroberung des Hauptquartiers in den Morgenstunden. Nach drei Stunden Jagd hatten sie die Geflohenen schließlich im Dschungel aufgespürt und erschossen.

„Du hast dir eine kleine Belohnung verdient. Wir haben eine Horde Weiber gefangengenommen. Such dir eine aus. Es ist alles dabei: Weiße, Braune, Schwarze, Gelbe. Aber mach nicht so lange rum. Die Jungs sind schon ganz heiß. Weißt du, die anderen Offiziere haben sich schon bedient. Und nun werden die übrigen an die Unteroffiziere und Mannschaften verteilt. Ich habe übrigens für dich und deine Männer die Baracken sieben und acht reserviert. In Nummer sieben gibt es sogar eine Dusche. Da kann sich deine Puppe vorher waschen wenn du Wert darauf legst."

Peter zögerte etwas.

„Mach schon", munterte ihn Oleg auf, „die anderen wollen ja schließlich auch noch ran."

Peter lief langsam auf die Weibergruppe zu, die etwas abseits auf einer Grasfläche lagerte. Es handelte sich um etwa siebzig Frauen unterschiedlichen Alters und Aussehens. Ebenso unterschiedlich war ihre Kleidung. Manche waren recht gut angezogen, manche trugen eher billige Sachen bis hin zu Lumpen. Peter warf einen Blick auf sie. Über ihr Schicksal war er sich im Klaren, etwa siebzig Frauen, ungefähr dreihundert Soldaten; also kamen auf jede Frau etwa vier Männer. Und eine von ihnen konnte er vor einer Vielfachvergewaltigung bewahren. Etwas unschlüssig durchschritt er die Reihen. In den Gesichtern las er Haß, Verzweiflung, Angst, Lethargie. Gab es keine mit positiver Ausstrahlung? Vermutlich nicht. Worauf sollte die sich auch gründen? Nach einiger Zeit fiel sein Blick auf eine noch junge, hübsche Frau mit bronzefarbener Haut. Er bemerkte in ihren dunklen Augen ein Bitten, das Hoffnung auf Erlösung auszudrücken schien. Das berührte ihn sonderbar. Er bat sie aufzustehen. Sie erhob sich. Sie war recht groß, schien einigermaßen schlank zu sein, wenn auch nicht dünn. Sie trug ein weißes Hemd und ein gleichfarbene Hose, die beide allerdings recht schmutzig waren. Das Hemd war zerrissen, bedeckte nur noch notdürftig ihren Oberkörper, so daß die Brüste teilweise sichtbar waren. Ein leichtes Lächeln glitt nun über ihr Gesicht. Es schien Angst und Hoffnung gleich-

zeitig auszudrücken. Zumindest empfand es Peter so. Die Frau gefiel ihm.
„Komm mit", sagte er kurzentschlossen. Sie folgte ihm wortlos.
Die Baracke Nummer sieben war recht klein, bot zwei bis drei Mann Platz zum Schlafen. In einem durch eine Wand abgetrennten Nebenraum befand sich eine primitive Dusche: ein oben offener Wasserkanister in einer Höhe von etwa einem Meter siebzig angebracht; ein Schlauch führte aus ihm heraus, an dessen Ende sich ein Brausekopf befand. Ein Loch im Fußboden diente als Abfluß.
„Du wirst dich sicher waschen wollen. Etwas ordentliches ist es nicht, aber es muß genügen; es gibt auch nur kaltes Wasser; ich hoffe, das stört dich nicht", sagte Peter.
„Danke", lautete die Antwort, „ich bin nichts besseres gewöhnt.
Er begab sich nun zu Baracke acht. Die Frau folgte ihm. Dieser Bau war etwas größer, bestand aus zwei Räumen, verfügte über zehn Schlafplätze.
„Es muß für euch reichen", sagte er zu seinen Männern, die sich mittlerweile eingefunden hatten. Dann wies er einen von ihnen an, den Wasserbehälter der Dusche zu füllen. Er ging zurück zu Baracke sieben, ließ sich auf einem der davor stehenden Hocker nieder, gebot der Frau auf einem anderen Schemel Platz zu nehmen.
„Wie heißt du eigentlich ?"
„Onmi."
„Ich heiße Peter, nenne mich einfach so."
Er schwieg kurz.
„Du brauchst vor mir keine Angst zu haben und vor meinen Männern auch nicht. Sie tun dir nichts. Du stehst unter meinem Schutz und der wirkt, zumindest so lange du hier im Bereich der beiden Hütten bleibst. Und versuche nicht wegzulaufen. Du kommst nicht weit und was dich dann erwartet kannst du leicht erraten."
„Ich habe keine Angst", lautete die Antwort, es lag eine leichte Bitternis in ihrer Stimme, „was werdet ihr schon mit mir tun ? Doch nichts anderes als das was die anderen getan haben."
„Sie haben dich mißbraucht ?"
„Mißbraucht ? Ein seltsames Wort. Sie sagten es sei unsere Pflicht, unser Beitrag zur Revolution, den Kämpfern, die ihr Leben für die Freiheit des Volkes einsetzen, ein bißchen Spaß zu gewähren."

Peter lachte.

„Ich setze mein Leben nicht für die Freiheit des Volkes aufs Spiel, habe daher auch kein Anspruch auf Spaß."

Onmi lächelte.

„Gut, dann verstehen wir uns also."

Er pausierte kurz.

„Waschen ist aber nicht genug. Du brauchst auch ordentliche, saubere Kleidung. Mal sehen, ob ich etwas besseres besorgen kann. Komm mit."

Sie begaben sich in den Bereich des Lagers, den der Major für sich und seinen Stab als Quartier ausgesucht hatte. Peter schaute sich um.

„Was gibt es, Captain ?" sprach ihn schließlich ein Sergeant an.

„Ich suche frische Kleidung für die Frau hier. Es wurde doch sicher einiges hier im Hauptquartier erbeutet. Wer verwaltet das ?"

„Klamotten für eine Frau aus der Kriegsbeute", der Sergeant lachte, „Sie sind gut, Captain. Das ist ja etwas ganz Neues. Also, Sergeant Borosco verwaltet das. Gehen Sie zu ihm."

„Eigentlich darf ich Ihnen nichts geben, Captain", Borosco wiegte den Kopf hin und her, „alles muß ans Regiment abgeliefert werden, außer Waffen, Munition und Lebensmittel, wenn sie hier zur Versorgung der Truppe dringend gebraucht werden. Und das muß der Major genehmigen. Und es muß auch genau Buch darüber geführt werden."

„Uniformen gehören doch auch zur Ausrüstung", wandte Peter ein, „Soldaten können doch nicht in Lumpen herumlaufen."

„Das Weib ist aber kein Soldat."

„Trotzdem braucht sie frische Kleidung. Ich werde sie auch bezahlen."

Borosco runzelte die Stirn.

„Also gut, Sie bekommen etwas, Unterwäsche, eine Bluse, eine Hose. Aber Sie müssen das quittieren und der Major muß es genehmigen."

Peter grinste.

„Ich kann ihm ja die Sachen morgen zurückgeben, wenn er nicht damit einverstanden ist."

„Schon gut", wehrte Borosco ab, „sie soll sich etwas aussuchen. Ich schreibe inzwischen die Quittungen."

Kurze Zeit später überreichte ihm der Sergeant zwei Blatt Papier.

„Unterschreiben Sie bitte, Captain. Ich bringe sie dann zum Major. Sie können sich dann ihren Wisch morgen bei ihm abholen und auch die Bezahlung regeln."

Onmi hatte inzwischen etwas Passendes gefunden und sich das Bündel unter den Arm geklemmt. Sie verabschiedeten sich von Borosco. Sie gingen zurück zur Baracke. Unterwegs begegnete ihnen ein junger Leutnant. Er grüßte vorschriftsmäßig.

„Gut daß ich Sie treffe, Captain. Ich war auf dem Weg zu Ihnen. Der Major befiehlt alle Offiziere zu einer Lagebesprechung zu sich."

„Wann ?"

„In einer Viertelstunde."

„Gut ich komme. Ich muß nur noch einmal kurz zu meiner Unterkunft."

In der Baracke angekommen öffnete Peter, seinen Tornister, sein Marschgepäck war mittlerweile herbeigebracht worden, holte ein Stück Seife hervor, reichte es Onmi.

Sie lächelte.

„Danke."

Er ermahnte sie noch einmal dringlich, ja nicht wegzugehen, begab sich dann zum Major.

Nach kurzer Zeit waren die Offiziere vollständig versammelt.

Rogarki begann.

„Das war ein großartiger Erfolg heute. Wir haben das Hauptquartier der Rebellen hier auf Oglabi im Sturm bei relativ geringen Verlusten erobert. Es hat auch lange genug gedauert, bis wir es ausfindig gemacht hatten. Wir haben fünfzehn Tote und etwa fünfzig Verwundete zu beklagen. Der Feind verlor mehr als dreihundert Mann, etwa zweihundert wurden gefangen genommen. Ein Teil davon ist verletzt. Den Erfolg haben wir nicht zuletzt unserem Captain Kronau und seinen Männern zu verdanken. Von ihm stammte auch der Plan zur Erstürmung. Dann hat er mit seinen Männern das Zugangstor geknackt und das Munitionsdepot in die Luft gejagt. Dabei verlor der Feind allein hundertfünfzig Mann. Und damit nicht genug. Er hat dann noch die geflohene Führungsmannschaft in den Dschungel verfolgt und erledigt. Die Leichen sind mittlerweile identifiziert. Es sind tatsächlich General Daghli und der Vizechef der Rebellen darunter. Gratuliere."

Und er meinte dann an Peter gewandt, mit einem Grinsen.

„Ich hoffe, du hast dir als Belohnung auch eine hübsche Maus ausgesucht."
Peter grinste.
„Nicht nur eine Maus, Major, auch noch ein paar Klamotten für sie. Ich hoffe, das geht in Ordnung. Ich bezahle es auch."
Der Major lachte schallend.
„So seid ihr Gepiden eben, immer korrekt, wenn es nicht um Wichtiges geht."
Er nahm einen Schluck Wasser, fuhr dann fort.
„Der Colonel ist äußerst zufrieden. Es gibt aber auch ein paar logistische Schwierigkeiten. Sie kommen mit ihren schweren Lastwagen nicht so recht hierher durch, haben auch Angst vor Überfällen durch versprengte Banditen während der Nacht. Deshalb wurden heute nur unsere Toten und Verwundeten abgeholt, wir anderen müssen bis morgen bleiben. Die toten Feinde werden in einem Massengrab verscharrt. Eine größere Gruppe Gefangener hebt bereits eine Grube aus. Auch müssen wir damit rechnen, daß versprengte Banditen sich hier hereinschleichen und Anschläge begehen. Also genügend Wachen aufstellen und nicht zuviel Schnaps ausgeben. Die Männer sollen nüchtern bleiben. Die gefangenen Weiber sind zum Gebrauch freigegeben. Sorgen Sie dafür, daß das ordentlich abläuft und es nicht zu Streitereien kommt. Sonst noch Fragen ?"
Die Offiziere schwiegen.
„Gut, meine Herren, dann können Sie gehen. Lassen Sie sich noch Ihre Eßpakete aushändigen."
Die verabschiedeten sich.
„Ach, Peter, bleib noch kurz hier; ich habe mit dir noch etwas zu besprechen. Gehen wir raus auf die Veranda."
Sie nahmen Platz. Der Major winkte einen Soldaten herbei, orderte Bier. Dann zog er ein Päckchen Zigaretten hervor, reichte es Peter. Der bediente sich.
„Das war heute unsere erste große gemeinsame Schlacht", begann Oleg dann, „so ändern sich die Zeiten. Vor vier Jahren haben wir noch gegeneinander gekämpft, jeder für sein Vaterland. Und jetzt kämpfen wir gemeinsam für einen Staat, der uns eigentlich nichts angeht, gegen einen Feind, der uns im Grunde noch weniger angeht. Ist das nicht etwas seltsam ?"
„Das Leben ist ein Strom", erwiderte Peter, „es treibt uns einmal dahin und

einmal dorthin. Während des Krieges wurde ich für meine Leistungen ausgezeichnet, nach dem Krieg vor Gericht gestellt, als angeblicher Kriegsverbrecher; von unseren Leuten, wohlgemerkt, nicht von euch. Das war nach der Revolution. Da war dann alles verbrecherisch, was vorher heldenhaft war. Ich habe nun kein Vaterland mehr und solange ich nichts besseres finde, bin ich eben Soldat, kämpfe für den, der mich bezahlt, versuche allerdings dabei anständig zu bleiben. Deshalb frage ich mich, ist es wirklich notwendig, die gefangenen Weiber den Soldaten vorzuwerfen? Das ist doch entwürdigend?"

Oleg lächelte.

„Das sagt gerade der Richtige. Ihr wart doch auch nicht zimperlich im Krieg. Habt ihr nicht auch gemordet und vergewaltigt? Habt ihr keine Hurenlager unterhalten? Keine Verdächtigen liquidiert? So wie ich dich kenne warst **du** sicher anständig. Aber viele von euch waren es nicht. Auch wenn du unschuldig bist, eure Armee war keine Ansammlung von Unschuldslämmern. Und du hast mitgemacht, vielleicht nicht aktiv, aber du hast es geduldet. Sei deswegen jetzt nicht eingeschnappt. Auch wir haben viele Verbrechen begangen. Als wir gegen Ende des Krieges eines eurer Grenzdörfer eingenommen hatten, wurde ich Zeuge wie ein paar Soldaten eine Gruppe von Frauen aus der Kirche zerrten um sie draußen zu vergewaltigen. Ich schritt als Offizier ein, doch die Kerle wurden frech, ich zog meine Pistole, schoß, verletzte einen. Und weißt du, was passierte?"

Peter schaute ihn fragend an, schüttelte den Kopf.

„Ich wurde vor ein Kriegsgericht gestellt, wegen Mitleids mit dem Feind und Zersetzung der Wehrkraft zu fünfundzwanzig Jahren Zwangsarbeit verurteilt. Verstehst du das? Die Ankläger argumentierten, die Soldaten hätten in zahlreichen Schlachten ihr Leben für das Vaterland auf das Spiel gesetzt und wenn ich ihnen jetzt ein bißchen Spaß verweigere, dann untergrabe ich ihre Kampfmoral. Das war der Lohn für meine Humanität. So war das."

Er schwieg kurz, nahm einen kräftigen Schluck Bier. Peter zog seine Zigaretten hervor, bot Oleg auch eine an.

„Nun ja", fuhr der Major nun fort, „ich konnte allerdings fliehen, habe jetzt auch kein Vaterland mehr, muß mich hier als Söldner verdingen. Das ist nicht das Leben, das ich mir gewünscht habe. Aber was soll ich tun? Die

Straßen kehren ? Mülltonnen ausleeren ? Ich bin Soldat, ich habe keinen anderen Beruf. Halte mich also nicht für einen Unmenschen. Und was sind das denn für Weiber ? Doch keine Jungfrauen aus dem Kloster. Das sind doch nur Rebellenflittchen, Nutten und andere Schlampen. Die haben das doch schon zigmal getan. Da kommt es auf vier oder fünf weitere Männer auch nicht mehr an. Was ist schon dabei ? Die Männer haben gekämpft und wollen jetzt ein bißchen Spaß."

„Aber was wird der Colonel dazu sagen ?" wandte Peter ein.

„Ich habe das nicht entschieden; im Gegenteil, der Colonel hat es erlaubt als er von den gefangenen Weibern erfuhr. Soll ich nun wieder die Wehrmoral zersetzen ?"

Er nahm einen weiteren Schluck Bier. Peter hatte nun ein Lächeln aufgesetzt.

„Ich mache dir ja gar keine Vorwürfe; das ist beim Feind nichts anderes. Onmi, meine Maus, erzählte mir, sie mußte sich auch ihren Soldaten hingeben um die Kampfmoral aufrecht zu erhalten. Sie erklärten ihr, es sei ihre Pflicht, ihr Beitrag zur Revolution."

Oleg grinste.

„Aber glaube deswegen nicht, daß die Rebellen üblere Kerle sind als unsere Auftraggeber. Aber wir sind Söldner, haben darüber nicht zu entscheiden. Damals im Krieg konnten wir uns einreden, für eine höhere, eine edle Sache, das Vaterland, zu kämpfen. Jetzt aber kämpfen wir nur im Auftrag Schlechter gegen Schlechte. Und wer von beiden der schlechtere ist, das wissen wir nicht. Und mit den Weibern ist es so: wir lassen sie morgen frei, wenn wir in der Garnison sind. Dann können sie machen, was sie wollen. Aber ich wette, die meisten werden bleiben und für Geld tun, was sie heute Nacht kostenlos machen müssen."

Peter seufzte.

„So ist das eben. Bevor ich nach Oglabi kam, war ich ein Jahr in Afrika. Wir kämpften da im Auftrag der 'Weltfriedensorganisation' gegen einen berüchtigten Tyrannen zur Durchsetzung der Menschenrechte. Das wurde als ehrenvoller und gerechter Krieg deklariert. Aber, was war das für ein Krieg ? Die Fronten waren meist unklar und dann gab es noch die Milizen der Clans, die ihre alten Fehden untereinander austrugen, was mit dem Kampf gegen den Tyrannen gar nichts zu tun hatte. Es gab zahlreiche

Gräuel, vermutlich von allen Seiten. Wer aber hinter konkreten Aktionen steckte, konnte in keinem Fall wirklich geklärt werden. Und als seine Sache dann schlecht stand, gab der Diktator auf, bot Frieden an, war bereit ins Exil zu gehen. Die 'Weltfriedensorganisation' war glücklich darüber, gewährte ihm und seiner Kamarilla sogar eine Generalamnestie. Und so verließen er und seine Bande unbehelligt das Land. Und als dann Gerüchte wegen angeblicher Massaker durchsickerten, wurden Untersuchungen gegen unsere Truppe eingeleitet. Einige wurden aufgrund zweifelhafter Zeugenaussagen sogar verurteilt, obwohl nicht recht klar wurde, welche Partei für die Massaker verantwortlich war. Vermutlich wurden die meisten Opfer der Clanmilizen, aber an die wagte sich niemand heran. Da wurde mir klar, wir sind eben nur die Männer, welche die Drecksarbeit machen müssen, während diese Humanisten in ihren bequemen Sesseln hocken und darauf warten, daß wir ihnen ihre ideale Welt erkämpfen. Und wenn sie ihr Ziel erreicht haben, dann haben wir ausgedient und werden auf den Müll geworfen. So oder so, egal, ob wir anständig waren oder Verbrechen begingen. Sie finden immer etwas, was sie uns anhängen können. Hier ist das wahrscheinlich auch nicht anders. Was glaubst du, was sein wird, wenn wir hier unseren Job erledigt haben ? Dann sind wir nichts mehr wert und wenn gar die Regierung wechselt, werden wir möglicherweise vor Gericht gestellt. Und dann hängen sie dir vielleicht die Vergewaltigungen an."
„Nun ja, so ein Krieg ist nun einmal eine schmutzige Angelegenheit. Und wir stecken mitten drin. Die Herrschenden brechen die Kriege vom Zaun um ihre Macht zu demonstrieren oder zu erweitern. Das Volk soll hierfür Opfer bringen, erhält vielleicht im Falle des Sieges ein paar Krümel zur Belohnung. Die großen Gewinne stecken jedenfalls die Herrschenden ein. So war das schon immer. Und ich sage dir eines: weder das Volk noch die Herrschenden sind eine einheitliche Masse. Manchen geht es um Macht um damit Reichtümer zu sammeln. Die Vernichtung des Gegners wird betrieben um sich dessen Güter anzueignen. Anderen dagegen bedeuten materielle Dinge nicht viel. Sie wollen Macht ausüben um ihre perversen Triebe zu befriedigen. Gut, die Herrschenden säen oft Haß um zu Gräueltaten und Vernichtung aufzustacheln, aber diese Existenzen kennen keinen eigentlichen Haß, sie töten aus Lust zur Befriedigung ihrer Triebe, so wie andere Frauen vergewaltigen."

„Ich werde mich jedenfalls absetzen, wenn in zwei Jahren meine Vertragszeit endet", meinte nun Peter.

„Ich auch; ich werde mich auf eine einsame Insel zurückziehen."

Sie verabschiedeten sich. Peter ließ sich noch zwei Versorgungspakete geben, ging dann zu Baracke sieben zurück.

Onmi saß vor dem Bau in einem Sessel, las in einem Buch.

„Wo hat sie dies denn her?" fragte sich Peter.

Er setzte sich zu ihr.

„Ich bringe das Abendbrot. Es sind Verpflegungspakete für Offiziere. Ich hoffe, du darfst die Sachen essen. Es ist auch Fläschchen Wein dabei. Aber der ist sicherlich warm und schmeckt nicht so richtig."

„Und warum sollte ich die Sachen nicht essen dürfen?" fragte Onmi.

„Vielleicht mußt du irgendwelche religiösen Speisevorschriften beachten."

„Ich gehöre keiner Religion an. Was soll ich schon mit einem Gott, der mich nicht beschützt und mich auf ein Jenseits vertröstet. Ich glaube an kein Jenseits."

„Warum meinst du, daß Gott dich nicht beschützt. Du bist doch hier in Sicherheit. Die Frauen da draußen wären froh an deiner Stelle zu sein."

Sie blickte ihn leicht geringschätzig an.

„Ich wurde so oft mißbraucht, da kommt es auf ein paarmal mehr auch nicht mehr an."

„Vor mir brauchst du dich nicht zu fürchten."

„Ja, hier, heute Nacht vielleicht. Aber was wird morgen sein?"

„Ich werde für dich tun, was ich kann; sei ohne Sorge."

Sie öffneten die Pakete, begannen zu essen.

„Wie kamst du eigentlich hierher?" fragte er schließlich.

„Ich lebte in einer Stadt, etwa fünfzig Kilometer von hier entfernt, arbeitete im Hospital als Krankenschwester. Sie wurde vor acht Monaten von den Rebellen erstürmt. Ich wurde verschleppt, landete schließlich hier, arbeitete im Lazarett."

„Und die anderen Frauen?"

„Unterschiedlich. Es gab welche, die in der Verwaltung arbeiteten, einige waren Ehefrauen oder Geliebte der höheren Offiziere, viele verrichteten diverse Hilfsdienste, andere waren Huren, die es hierher verschlagen hatte.

Aber alle waren davon überzeugt einer gerechten Sache zu dienen, der Befreiung des Volkes von den Unterdrückern und Ausbeutern. Unter diesen Einflüssen kam auch ich nach einigen Monaten zu dieser Überzeugung."
„Und deswegen habt ihr euch auch mißbrauchen lassen ?"
„Ja, das wurde von der Führung ganz groß als Pflicht propagiert, als ehrenvolle Tätigkeit dargestellt. Viele glaubten es sogar. Anfangs weigerte ich mich. Doch viele andere beschimpften mich deswegen. Frag mich bitte nicht danach, was sie mir alles vorwarfen. Ich kam mir schließlich schlecht vor, fügte mich, empfand es trotzdem als ekelhaft."
Sie schwieg kurz.
„Bin ich deswegen so schlecht", fuhr sie dann fort, „daß ihr glauben könnt, mit uns alles anstellen, uns nach Belieben benutzen zu dürfen ? Wer seid denn ihr ? Warum kämpfst du für diese korrupte Regierung ? Du bist doch Ausländer ? Ihr seid doch nichts weiter als Söldner, die sich verkaufen. Ihr wollt doch nur morden, im Namen derer, die euch bezahlen."
„Ich weiß, aber ich bin ein Ausgestoßener, habe keine andere Wahl. Und ihr, die Rebellen, kämpft ihr wirklich für eine bessere Sache oder sagt ihr das bloß um eure wahren Absichten zu verbergen ? Ich meine jetzt nicht dich, sondern eure Führung. Reden sie nicht dem Volk ein, für dessen Befreiung zu kämpfen um dann, wenn sie gesiegt haben, selbst das Volk zu unterdrücken und auszubeuten ?"
„Ich meinte es ehrlich."
„Das glaube ich dir gern; aber mußtest du nicht auch deinen Körper darbieten. Ich glaube nicht, daß eure Führer es ehrlich meinten, dann hätten sie das nicht verlangt. Ich glaube auch nicht, daß es eine absolute Gerechtigkeit gibt. Gerechtigkeit ist immer das, was die Herrschenden als Gerechtigkeit definieren. Und das ist das, was ihnen nutzt. Das ändert sich auch nach Belieben. Ich habe vier Jahre für mein Vaterland gekämpft um der Gerechtigkeit zum Sieg zu verhelfen. Dann gab es eine Revolution und das neue Regime bedeutete mir, daß ich Verbrechen begangen hätte, ein Verbrecher bin. Ich mußte aus meiner Heimat fliehen, irrte einige Zeit in der Welt umher, bin Söldner geworden, weil ich nichts besseres fand. Aber glaube mir, ich träume davon ein ruhiges Leben zu führen. Du verstehst ?"
Onmi nickte.
„Ja, wir wurden alle in die Welt geworfen ohne es zu wollen. Wir liegen

unten, konnten nie darüber bestimmen wie wir leben wollen und müssen zusehen wie wir überleben."

Es war mittlerweile völlig dunkel geworden. Sie saßen noch einige Zeit vor der Hütte, unterhielten sich über verschiedene Dinge. Onmi, die trotz der Freundlichkeit, welche ihr Peter entgegenbrachte, anfangs noch immer befürchtete, er wolle sie nur umgarnen um sie hinterher desto einfacher mißbrauchen zu können, beruhigte sich allmählich. Schließlich begaben sie sich zu ihren Bettstellen, welche von Peters Soldaten hergerichtet und mit frischen, sauberen Decken versehen worden waren.

Sie erwachten kurz nach dem Morgengrauen, verzehrten zum Frühstück die Reste der Essenspakete. Gegen sieben Uhr begab sich Peter zum Morgenappell zur Befehlsausgabe. Kurz nach neun Uhr erschienen die ersten Lastkraftwagen. Man begann mit der Verladung der Beute, der Ausrüstungen, der Mannschaften. Am frühen Nachmittag erreichten sie den Stützpunkt. Nach dem förmlichen militärischen Empfang begann der Colonel eine eher lockere Unterhaltung mit den Offizieren. Peter fragte ihn nun, was mit den Damen geschehen solle, die sie sich hatten aussuchen dürfen. Der Colonel lachte:

„Damen ? Wo sind denn hier Damen ? Sie haben einen goldigen Humor. Macht mit ihnen, was ihr wollt. Wer seiner Tussi überdrüssig ist, der soll sie zu den anderen Schlampen schicken. Die anderen können ihre Dirnen in ihrem Zimmer unterbringen, bis sie etwas anderes gefunden haben. Sie haben ja Einzelzimmer."

In der Tat hatten die meisten Männer ihre 'Damen' bereits am Morgen weggeschickt. Peter teilte sein Zimmer mit Onmi. Einige Tage später erhielt sie eine Anstellung im Lazarett, zog in den Schwesternbau.

Drei Wochen später wurde das Bataillon, dem Peter angehörte, auf die Insel Lobozela verlegt, nachdem die Kämpfe auf Oglabi weitgehend abgeflaut waren.

Zwischen Onmi und Peter hatte sich ein seltsames Verhältnis entwickelt. Sie empfanden, wie es jedem schien, eine tiefe Zuneigung zueinander, die aber keiner dem anderen gegenüber eingestehen wollte. Sie saßen oft zusammen, unterhielten sich, über ihr Vorleben, ihre Interessen, ihre Lebensträume. Doch trotz des vertrauten Umgangs schienen sie einander fremd zu bleiben. Es kam auch nicht zu näheren körperlichen Kontakten. Zwar konnte es Peter manchmal nicht unterlassen sie zu berühren. Er streichelte dann ihren Kopf, ihren Hals, ihre Schultern, ab und zu auch die Oberschenkel; sie genoß es offensichtlich, lächelte stets. Näherte sich jedoch seine Hand intimeren Körperteilen, so veränderte sich ihr Gesicht, das Lächeln wich einem Ausdruck des Entsetzens. Peter zog dann erschrocken seine Hand zurück.

Nach dem Umzug in den Schwesternbau wurden die Kontakte seltener, nach Peters Versetzung endeten sie. Sie schrieben sich auch keine Briefe. Man hatte sich getrennt, ohne daß es zu einem Zerwürfnis gekommen war. Sie waren eben auseinander gegangen, da sie keine gemeinsame Zukunft sahen. Sie hatten sich unter ungewöhnlichen Umständen getroffen, einige Wochen miteinander verbracht. Doch dann war diese Zeit vorüber.

Man konnte es auch so sehen: sie standen auf verschiedenen Seiten eines politischen Spiels, bei dem sie allerdings nur die Bauern waren, die keinen Einfluß besaßen, auf dem Schachbrett der Macht stets nur vorwärts geschoben wurden bis sie fielen, ohne Möglichkeit sich zu verteidigen oder sich zurückzuziehen. Dennoch war ihre Stellung völlig verschieden. Onmi gehörte zu den Opfern, Peter zu den Tätern. Doch glaubten weder die Opfer, daß sie nur Opfer waren, noch die Täter, daß sie wirkliche Täter waren. Jeder erfüllte nur den Zweck, zu dem er bestimmt war. Denn die Täter handelten ja nicht aus eigenem Antrieb, sondern führten nur Befehle aus, sie waren im Grunde lediglich Marionetten, die im Vordergrund agierten. Die Strippenzieher hielten sich zurück, genossen ihre Macht und das süße Leben in vollen Zügen. Erst am Ende, als das System zusammenbrach, wurden sie – vielleicht – Opfer, wenn es ihnen nicht gelang sich unter Rettung ihres Vermögens in ein fremdes Land ins Exil abzusetzen. Der Rache der Sieger fielen dann die kleinen Helfer anheim, die nicht mehr benötigt wurden.

Die ehemaligen Herren, die nun in Sicherheit waren, interessierte das nicht.

Vier Jahre verflossen.

In der Tat war die Eroberung des Hauptquartiers der Rebellen auf Oglabi nur ein vorübergehender Sieg gewesen. Eine westliche Großmacht hatte nämlich ein Auge auf die reichen, noch unerschlossenen Erdölvorkommen im Dschungel der Insel geworfen. Doch die Regierung verweigerte den Konzernen jener Großmacht die Erteilung der Konzessionen zur Ausbeutung der Lagerstätten. Darauf begann sie, die bereits zerschlagen geglaubte Rebellenorganisation zu unterstützen. Und diese erstarkte mehr und mehr. Die Regierung, welche nun immer größere Mittel zur Bekämpfung der Aufständischen aufwenden mußte, geriet bald in finanzielle Schwierigkeiten, da sie auf Betreiben jener Großmacht von der Weltbank keine Kredite mehr erhielt. Schließlich konnte sie die ausländischen Söldner nicht mehr bezahlen. Zunächst fiel Oglabi an die Rebellen, vier Monate später nahmen sie die auf Lobozela gelegene Hauptstadt ein.

Peter betraf dies Entwicklung nicht mehr. Wenige Wochen vor dem Fall Oglabis endete seine Vertragszeit. Er verließ das Land.

Einige Monate später trat auch in Gepidien ein politischer Umbruch ein. Das Regime der Revolutionäre, das eine schlimme Mißwirtschaft betrieben hatte und in eine Terrorherrschaft ausgeartet war, wurde durch einen von konservativen, vaterländisch gesinnten Offizieren durchgeführten Staatsstreich gestürzt. Die neue Regierung hob die Urteile gegen jene Soldaten auf, welche von der Justiz der Revolutionäre wegen angeblicher Kriegsverbrechen gefällt worden waren. Peter hätte nun in seine Heimat zurückkehren können, doch er mochte sich dazu nicht entschließen. Gepidien war ihm fremd geworden und er war sicher, sich dort nicht mehr in die Gesellschaft eingliedern zu können. So trieb er sich mehr als ein Jahr herum, landete schließlich auf der Insel Calipisco. Dort traf er Hans Strauch, einen ehemaligen Kriegskameraden. Auch Hans, ebenfalls wegen angeblicher Kriegsverbrechen verurteilt, war trotz der Begnadigung nicht in die Heimat zurückgekehrt; er leitete die größte Erzmine der Insel. Er bot Peter, der vor Einberufung zum Militär ein Bergbauingenieur – Studium absolviert hatte, bei gutem Gehalt, die Stellung des Sprengmeisters an. Peter nahm an, kaufte bald einen Bungalow in einem der besseren Wohnviertel der nahen, am Meer gelegenen Hauptstadt Calipisco - City. Zufrieden sah er nun einer friedlichen Zukunft mit gesicherter Existenz entgegen. Und er dachte oft an Onmi, die er nie vergessen hatte. Was mochte aus ihr wohl geworden sein ?

Onmi blieb noch ein halbes Jahr in der Garnison. Sie erinnerte sich später nur noch ungern an diese Zeit. Nach Peters Weggang galt sie bei einigen Offizieren offensichtlich als Freiwild, war ständig deren Nachstellungen und Belästigungen ausgesetzt. Zwar gelang es ihr sich die Wüstlinge vom Leibe zu halten, doch aus Rache wegen der Abweisungen begannen sie Lügen über sie zu verbreiten, sie als Flittchen, als leichte Beute darzustellen. So konnte sie sich bald nicht mehr außerhalb des Lazarettbaus bewegen ohne ständig anzügliche Bemerkungen zu hören oder begrapscht zu werden. Sie wagte daher kaum noch ihr Zimmer zu verlassen. Sie verließ die Insel, fand Arbeit in der Hauptstadt, lebte dort zurückgezogen. Nach dem Sieg der Rebellen wurde sie verhaftet. Da sie ein paar Monate im Hauptquartier der Rebellen auf Oglabi gearbeitet hatte, anschließend in einer Garnison der Regierungstruppen tätig war, galt sie als Verräterin, wurde zum Tode verurteilt. Kurz vor der Hinrichtung gelang ihr die Flucht aus dem Kerker und sich für einige Zeit in der Hauptstadt zu verbergen. Schließlich konnte sie mit Hilfe einer befreundeten Ärztin außer Landes fliehen. Und so gelangte sie nach Calipisco, erhielt eine Anstellung als Krankenschwester im Zentral – Hospital der Hauptstadt Calipisco – City.

Auch sie dachte oft an Peter, welcher der einzige Mann gewesen war, der sie je mit Respekt behandelt und ihre Würde als Frau geachtet hatte. Aber er war kein Mann fürs Leben gewesen, ein Heimatloser, ein Söldner, der nur den Krieg kannte. Vermutlich war er tot, gefallen im Kampf gegen die Rebellen, auf Oglabi oder Lobozela.

An einem späten Sonntag nachmittag, den er am Strand verbracht hatte, beschloß Peter in einem der Cafes entlang der Uferpromenade einen Espresso zu trinken. Während er an der Theke in der Reihe stand, auf Bedienung wartete, fiel ihm eine an einem der Tischchen am Straßenrand sitzende großgewachsene, schlanke, hübsche Frau mit bronzefarbener Haut auf, die ihn unwillkürlich an Onmi erinnerte. Er hielt es aber für völlig unmöglich sie hier zu treffen. Als er sich nach Erhalt seines Getränks nach einem freien Platz umschaute, gewahrte die Frau ihn und er bemerkte, daß sie ihn ungläubig anstarrte. Das verwirrte ihn und er starrte sie in der gleichen Weise an. Sie lächelte nun. Das bewog ihn, sich ein Herz zu fassen, zu ihr hinzugehen und sie anzusprechen.

41

„Ist bei Ihnen noch Platz ?" fragte er höflich, „ich möchte Sie nicht belästigen, aber es gibt hier keine freien Tischchen mehr."

Sie bejahte, meinte mit süffisantem Lächeln.

„Ich fürchte mich nicht. Sie haben mich noch nie belästigt."

Er setzte sich. Sie schauten sich eine Weile schweigend an.

„Verzeihen Sie mir bitte, daß ich Sie so intensiv anschaue", begann Peter schließlich, „aber Sie sehen einer Frau sehr ähnlich, die ich vor Jahren einmal auf Oglabi kennengelernt habe."

Die Frau blickte ihn liebevoll an.

„Hieß die Frau vielleicht Onmi ?" fragte sie nun lächelnd.

Leicht verwirrt antwortete Peter zunächst nur.

„Ja", und fügte dann nach ein paar Sekunden hinzu, „wie kommen Sie eigentlich auf diesen seltenen Namen ?"

„Wieso ist der Name selten ? Ich heiße auch Onmi."

Sie grinste, nahm einen Schluck Cappuccino aus der vor ihr stehenden Tasse.

„Ja, es ist schon seltsam", fuhr sie dann süffisant fort, „ich lernte vor einigen Jahren auf Oglabi einen Mann kennen, der Ihnen ähnlich sieht; Captain Peter Kronau, hieß er; er war Söldner. Das ist aber jetzt ein wirklicher Zufall."

Peter fand seine Fassung wieder. Er wäre ihr am liebsten um den Hals gefallen und hätte sie geküßt.

„Ein seltsamer Zufall ? Nein, ich heiße Peter Kronau, bin allerdings kein Captain mehr."

„So ?" lachte sie nun, „dann sehen Sie ihm wahrscheinlich nicht nur ähnlich, sondern sind es am Ende sogar."

„Und du bist Onmi, meine Onmi. Oh Gott ! Bist du es wirklich ? Wie kommst du hierher ?"

„Das ist eine lange Geschichte, die ich dir einmal später erzählen werde. Ich lebe seit einem guten Jahr hier, habe eine Stellung als Krankenschwester im Zentral - Hospital, hier in Calipisco – City."

„Lebst du allein ?"

Onmi lachte.

„Ich errate, was du denkst. Ich lebe alleine, habe auch keinen Geliebten. Das wolltest du doch wissen ?"

Die direkte Antwort Onmis brachte Peter in Verlegenheit.

„Ja", meinte er zögernd, „ich lebe auch allein, habe keine Geliebte."

Onmi strahlte.

„Nun, dann ist ja wohl alles in Ordnung ... falls du hier nicht als Söldner dienst."

„Nein, nein", wehrte Peter ab, „ich habe eine Anstellung als Sprengmeister im Erzbergwerk, seit einem halben Jahr."

„Und die Arbeit gefällt dir?"

„Ja, wieso fragst du?"

„Nun, dann planst du auch nicht von hier wegzugehen?"

„Nein, das habe ich nicht vor. Ich habe mir sogar einen Bungalow gekauft."

„Das ist gut. Ich habe nämlich auch nicht vor von hier wegzuziehen. Warum auch? Die Insel ist zwar nicht groß, bietet nicht allzu viele Vergnügungsmöglichkeiten, die ich auch gar nicht brauche, die Landschaften und die Strände sind sehr schön, es gibt keine drückende Armut, kaum Verbrechen, keinen Krieg, sie ist fast ein kleines Paradies. Und wenn du auch nicht weg willst, dann können wir ja in Kontakt bleiben, wenn du magst."

„Du möchtest das sicher?"

„Ja", lautete die Antwort.

Sie saßen noch zwei Stunden zusammen, redeten, oft wirr durcheinander. Mancher Passant fragte sich, was das wohl für ein seltsames Paar sein mochte. Niemand ahnte, daß sich hier zwei Menschen wiedergefunden hatten, die es zwar dumpf fühlten, aber noch nicht sicher wußten, daß sie füreinander geschaffen waren.

Dann brachen sie auf, nahmen in einem kleinen Restaurant das Abendessen ein. Gegen elf Uhr begleitete Peter Onmi zu ihrer Wohnung, ging dann zu seinem Haus zurück, das etwa eineinhalb Kilometer entfernt stand.

Als sie so in ihren Betten lagen, gelang es ihnen nicht sofort einzuschlafen, beide umkreisten wohl die gleichen Gedanken. Keiner hatte den anderen je vergessen, aber geglaubt, er sei im Nebel der Zeit verschwunden und würde nie wieder zum Vorschein kommen. Und nun hatte sie der Zufall wieder zusammengeführt. War es wirklich Zufall? Oder vielleicht ein Wink des Schicksals, eine göttliche Fügung, ein Zeichen, daß beide füreinander geschaffen waren? Wer konnte das an jenem Abend sagen?

Die Begegnung mit Onmi sollte für Peter nicht die einzige Überraschung bleiben. Am darauffolgenden Freitag durchstreifte er nach Feierabend die Hauptgeschäftsstraße von Calipisco – City. Er wollte sich einen neuen Anzug kaufen. Er betrachtete gerade die Auslagen in einem Schaufenster als ihn ein Mann ansprach.

„Hallo Peter, das ist aber eine Überraschung, dich hier zu treffen."

Peter erkannte die Stimme, drehte sich um.

„Oleg, wie kommst du hierher?"

Der lachte.

„Der Krieg auf Oglabi und Lobozela lief schlecht. Das war nicht unsere Schuld. Aber ich verlor meinen Job, mußte mich nach etwas anderem umschauen. Ich trieb mich einige Zeit in der Südsee herum, erfuhr irgendwann, daß auf Calipisco Militärberater gesucht wurden. Und ich bekam einen Job im Verteidigungsministerium als Berater für Ausbildung und Waffentechnik. Er wird nicht schlecht bezahlt und ich bin ganz zufrieden, meine Frau übrigens auch."

Erst jetzt bemerkte Peter Olegs hübsche, gut aussehende, dunkelhäutige Begleiterin. Er wandte sich zu ihr hin.

„Oh, entschuldigen Sie, ich habe mich ja noch gar nicht vorgestellt. Mein Name ist Peter Kronau, ich diente einige Zeit im Bataillon Ihres Gatten."

„Aha", entgegnete die Frau, „dann sind Sie also Captain Kronau, der berühmte Kommandoführer. Oleg hat oft von Ihnen erzählt. Ich heiße Maona."

Sie lachte.

„Oleg hat mich damals als Kriegsbeute erworben, nach dem Fall des Rebellenhauptquartiers auf Oglabi."

Peter schaute Oleg ungläubig an.

„Na ja", meinte dieser, „ich hatte dir doch damals gesagt, als du von dem Kommando zurückkamst, daß wir uns bei den Weibern schon bedient hätten. Und ich hatte mir Maona ausgesucht."

Peter grinste.

„Ja, ich weiß, was ich damals beim Bier über die Frauen geredet habe", fuhr Oleg fort, „aber ich sage dir, Maona hat mich eines Besseren belehrt. Zwei Tage später hätte ich ganz anders gesprochen. Ich behielt sie dann bei mir. Und nachdem sie auch an mir Gefallen gefunden hatte, haben wir geheiratet. Das war eine exzellente Entscheidung. Und das sage ich jetzt nicht, weil sie nebendran steht."

Er blickte zu Maona hin.

„Oder siehst du das anders ?"

„Nein, nein", lächelte sie, „ihr Männer behandelt uns Frauen schlecht, weil ihr Vorurteile gegen uns habt. Aber wenn die erst einmal überwunden sind, dann seid ihr ganz leidlich."

„Da siehst du es", warf Oleg ein, „so sind die Weiber, sie drehen immer alles so hin wie sie es brauchen."

„Ich sehe", grinste Peter, „ihr beide versteht euch, seid ein ideales Paar."

„Und wie steht es bei dir ?" fragte Oleg jetzt, „du hattest dir doch auch eine Mau ... ich meine, eine Frau ausgesucht."

„Nun ja", meinte Peter nun gedehnt, „es hat sich damals nichts ergeben. Sie blieb dann auch auf Oglabi zurück als wir nach Lobozela verlegt wurden."

Oleg grinste.

„Typisch für dich, beim Feind ein Draufgänger, aber bei Weibern schüchtern."

Peter schüttelte den Kopf.

„Nein, ich war nicht schüchtern", verteidigte sich Peter, „aber bei ihr konnte ich nicht mit Gewalt erreichen, was ich wollte."

Oleg verzog das Gesicht. Maona lächelte.

„Das haben Sie jetzt schön gesagt. Es ist in der Tat so: Liebe kann man nicht erzwingen. Aber Sie machen auf den ersten Blick einen recht guten Eindruck. Sie werden sicher eine nette Frau finden."

Peter schüttelte den Kopf.

„Nein, das haben Sie jetzt nicht richtig verstanden. Wir fanden einander schon sympathisch. Aber es schienen Welten zwischen uns zu liegen. Und bevor wir diese Distanz überwunden hatten, mußten wir uns trennen. Wir konnten nicht wirklich zueinander kommen. Sie verstehen, was ich meine ?"

Maona lächelte.

„Ich denke schon."

„Aber es ist noch nichts verloren", fuhr Peter fort, „sie lebt nun auch hier auf der Insel – allein. Ich habe sie vor ein paar Tagen getroffen."

„Na, das ist doch hervorragend, bleiben Sie am Ball. Es heißt doch, man solle das Eisen schmieden solange es heiß ist."

45

„Ich will ja nicht unhöflich sein", mischte Oleg sich jetzt ein, „aber wir haben eine Einladung. Es wird Zeit, daß wir gehen."

„Keine Ursache, wir können uns ja wieder einmal treffen. Hier ist meine Karte mit der Telefonnummer."

„Und hier ist meine."

Sie verabschiedeten sich.

Peter betrat das Geschäft, kaufte einen Anzug. Nachdenklich trat er dann den Heimweg an. Die Begegnung mit Onmi lag nun bereits fünf Tage zurück. Er hatte sich aber bisher nicht dazu entschließen können sie anzurufen. Und sie hatte sich auch nicht gemeldet.

„Komisch", dachte er, „vielleicht wartet jeder von uns beiden darauf, daß der andere sich meldet, aber keiner traut sich den Anfang zu machen. Was könnte der Grund sein?"

„Vielleicht", sagte er sich nach einigem Grübeln, „könnte es daran liegen, daß wir uns lieben, aber jeder Angst vor den Konsequenzen unserer Liebe hat? Oder denkt jeder, daß der andere ihn nicht wirklich liebt? Ich werde den Anfang machen."

Zuhause angekommen wählte er Onmis Nummer. Sie nahm sofort den Hörer ab, so, als habe sie auf den Anruf gewartet.

„Tut mir leid, daß ich mich nicht eher gemeldet habe, aber in der Firma war in den letzten Tagen der Teufel los. Ich bin einfach nicht dazu gekommen."

Das war natürlich eine Lüge; aber Notlügen sind bekanntlich keine wirklichen Lügen und schon gar keine Sünden.

„Ich hatte auch wenig Zeit", lautete die Antwort, „aber wie sieht es bei dir am Wochenende aus?"

„Ich habe frei."

„Ich auch; dann können wir uns also treffen."

„Ja, gerne, am besten schon morgen mittag."

„Ja, gut, in Ordnung."

Zwei Menschen, ein Gefühl.

Sie trafen sich am Strand, lagen in der Sonne, gingen schwimmen, plauderten miteinander. Zu körperlichen Berührungen kam es aber nicht.

„Vielleicht wird aus der Sache doch noch etwas", meinte Peter schließlich.

„Was meinst du mit der Sache ?" fragte Onmi.

„Na ja, ich meine mit uns. Vielleicht heiraten auch wir eines Tages."

Onmi blickte ihn fragend an.

„Was bedeutet 'auch' ?"

„Nun, ich traf gestern Oleg, den Kommandeur unseres Bataillons. Er hatte sich damals auch eine Frau ausgesucht. Sie sind jetzt verheiratet, glücklich miteinander, wie mir scheint. Sie heißt Maona. Kanntest du sie ?"

„Maona ? Nein, nicht wirklich. Ich erinnere mich an eine Frau, die so hieß. Sie war in der Kommandantur beschäftigt. Was sie da genau tat, weiß ich nicht. Sie scheint aber nicht zu den Offiziersflittchen gehört zu haben. Sie gehörte zu denen, die sich für etwas besseres hielten. Mit uns gaben sie sich nicht ab."

Peter grinste.

„Sie hat ja dann auch einen Major bekommen. Ich war nur Captain."

Onmis Gesicht verfinsterte sich.

„Major ! Captain ! Das waren doch nur unbedeutende Unterschiede. Ihr wart Söldner, die sich an ein korruptes Regime verkauft hatten."

„Jetzt sind die ehemaligen Rebellen an der Macht", wandte Peter ein, „und es herrscht noch größere Korruption und ausländische Konzerne beuten das Land aus. Haben wir also für die schlechtere Sache gekämpft ? Und was war mit dir ? Sie hatten dich doch auch zum Tode verurteilt ! Was hattest du denn getan ? Doch nichts, was man als Vergehen bezeichnen kann. Du wurdest von den Rebellen geraubt und mißbraucht. Und nach dem Fall ihres Hauptquartiers gerietest du in unsere Hände, hast dann im Hospital Verwundete gepflegt, auch verwundete Rebellen. War das ein Verbrechen ? War das Verrat ?"

„Man warf mir vor, ich hätte sie gesund gepflegt, damit ihr sie hinterher umso genüßlicher foltern und ermorden konntet. Du verstehst ?"

„Ja, man warf dir im Grunde genommen vor, du hättest Sadisten in die Hände gearbeitet. Aber wir waren doch nichts weiter als Figuren auf einem Schachbrett, die hin und her geschoben wurden, je nach den Zügen, welche sich die Spieler ausgedacht hatten. Und wir wurden geopfert, wenn es ihnen vorteilhaft schien. Sollen wir beide uns jetzt streiten, diejenigen verteidigen, welche uns für ihre Zwecke mißbrauchten ? Nein, wir sind doch zwei Menschen, die mit denen nichts gemein haben. Und wir sollten uns als das sehen, was wir jetzt sind: zwei Individuen, keine Figuren mehr in einem schlechten Spiel. Die Verhältnisse haben sich mittlerweile auch verändert. Ich bin kein Soldat mehr und du keine Kriegsbeute. Wir sind beide freie Menschen, nicht voneinander abhängig. Wir stehen sozusagen auf gleicher Augenhöhe. Keiner braucht sich dem anderen untertan oder unterlegen zu fühlen."

„Du hast dich jetzt sehr diplomatisch ausgedrückt. Konkret meinst du aber, ich brauche mich nicht mehr dir unterlegen zu fühlen. Das ist wahr. Es gibt da allerdings einen Punkt."

„Und der wäre ?"

„Nun ja, du hast die Ereignisse von damals vermutlich alle seelisch verarbeitet oder verdrängt. Hätten wir uns vor einer Woche im Cafe zum ersten Mal getroffen, dann würde ich das wahrscheinlich auch so sehen. Bei uns verhält es sich aber anders. Nachdem sich die erste Freude über unser Wiedersehen gelegt hatte, kamen mir all diese schrecklichen und demütigenden Erlebnisse wieder in Erinnerung. Das Vergangene läßt sich nicht einfach streichen. Du verstehst wahrscheinlich mein Problem nicht. Aber mir hängt dies alles noch nach."

„Du meinst, der Krieg steht noch zwischen uns ?"

„Ja, so halb. Aber richtig gemeint ist es schon. Ich verbinde eben mit dir noch all die schrecklichen Sachen. Das steht zwischen uns."

„Steht es noch zwischen uns oder für immer ?"

„Ich hoffe sehr 'noch', nicht für immer. Aber so ungezwungen, wie du es gerne möchtest, kann ich mich im Moment dir gegenüber nicht verhalten." Peter wiegte den Kopf.

„Ich denke, ich verstehe, was du meinst. Ich werde dich auch zu nichts drängen, dir Zeit lassen. Es wäre allerdings ein Fehler, wenn wir uns trennten. Wir würden es irgendwann bereuen."

Onmi lächelte.

„Ja, ich sehe das auch so. Laß uns behutsam vorgehen, nichts überstürzen. Ich weiß, ich kann dir vertrauen. Und eines Tages werde ich dir eine gute Frau sein, in jeder Hinsicht."

„Eines Tages ?"

Onmi lachte nun.

„Du bist ungeduldig. Eines Tages – das bedeutet nicht irgendwann in ferner

Zukunft. Das kann schon sehr bald sein. Du mußt mich nur davon über-
zeugen, daß du mich wirklich lieb hast."
„Und wie kann ich das tun?"
„Mir zur Seite stehen und mich zu nichts drängen."
„Das verspreche ich dir."
„Versprechen genügt nicht, du mußt es auch halten."
„Ich werde mit Mühe geben."
Peter schwieg kurz.
„Die Sonne geht bald unter. Wir sollten uns ein Lokal zum Abendessen
suchen."
„Ich kenne da ein nettes Plätzchen. Das Essen ist wirklich gut und es ist
auch nicht so teuer."
„Ich verlasse mich voll und ganz auf dich."

Sie suchten das Restaurant auf, aßen, tranken, unterhielten sich, scherzten
miteinander, bis spät in die Nacht hinein. Peter begleitete Onmi zu ihrer
Wohnung. Vor der Türe verabschiedeten sie sich. Peter wandte sich bereits
zum Gehen um als Onmi ihm um den Hals fiel und ihn küßte. Er erwiderte
den Kuß. Sie blieben einige Zeit umschlungen stehen, endlich lösten sie
sich.
„Bis morgen?" fragte Onmi dann.
Peter blickte auf seine Armbanduhr.
„Es ist bereits morgen. Bis später also? Elf Uhr?"
„Du darfst auch eher kommen. Sagen wir zehn Uhr? Dann können wir
zusammen frühstücken."
„Ja, das ist in Ordnung."
Onmi fiel ihm noch einmal um den Hals, küßte ihn erneut, hauchte:
„Ich liebe dich."

Die sieben Höfe

Der Erste Hof

Als Ludwig erwachte fand er sich in einer Grassteppe wieder, die sich in drei Himmelsrichtungen ohne erkennbare Struktur bis zum Horizont ausdehnte. Lediglich nach einer Seite hin war in nicht allzu großer Entfernung ein Zaun zu erkennen, hinter dem sich wohl, wie er vermutete, eine Art Lager befand. Er erhob sich lief etwas unschlüssig hin und her, suchte nach Eßbaren und auch nach Wasser, fand aber nichts. Er schämte sich allerdings zu dem vermeintlichen Lager hinzugehen, denn er war nackt.

Nach einer Weile setzte er sich wieder nieder. Eine milde Sonne stand am Himmel, es war warm. Er begann darüber nachzudenken, wie er wohl hierher geraten war. Er erinnerte sich aber lediglich daran, daß er sich auf der Fahrt vom Büro zu seiner Wohnung befunden hatte, ihn plötzlich eine unerklärliche Müdigkeit überfiel, er daher einen kleinen Parkplatz ansteuerte. Mehr fiel ihm nicht ein. In welcher Gegend befand er sich nun ? Eine schier unendliche Grassteppe, völlig eben, ohne die kleinste Erhebung, keine Bäume, kein Schatten, kein Wasser, nichts zu essen. In Deutschland befand er sich jedenfalls nicht mehr. Aber wohin hatte man ihn verschleppt und irgendwo in der Wildnis ausgesetzt ? Und aus welchem Grund ?

Die Sonne drückte allmählich, er begann sich etwas schummrig im Kopf zu fühlen, Hunger und Durst meldeten sich.

„Es bleibt mir wohl nichts anderes übrig als hinüber zu dem Zaun zu gehen und zu schauen, was sich dahinter verbirgt", sagte er schließlich zu sich selbst.

Er brach auf. Nach ein paar hundert Schritten erkannte er ein Eingangstor. Er steuerte es an, erreichte es bald. Ein Wachposten, eine etwas merkwürdige, Uniform tragende Gestalt, welcher auf Anhieb nicht anzusehen war, ob es sich um einen Mann oder eine Frau handelte, stand am Eingang.

Die Gestalt war etwas kleiner als er, hatte eine helle Gesichtsfarbe, braune Haare. Sie schien sich keineswegs über den nackten Mann zu wundern, der aus der Steppe herankam.

„Wie heißt du?" fragte sie bloß.

„Ludwig Hobert."

Der Wächter schaute auf einen Zettel, welcher an einem seitlich stehenden Pfosten angeheftet war.

„Einen Ludwig Hobert erwarten wir."

Er übergab ihm nun einen Becher, einen Löffel, einen Beutel und eine an einer Schnur befestigte Kugel.

„Deine Ausrüstung."

Ludwig blickte die Kugel irritiert an.

„Wozu ist die denn gut?"

„Nun, wenn du eine Frau kennenlernen willst, dann wirf die Kugel gegen sie. Sie muß dann mit dir reden."

„Und aus welchen Grund sollte ich eine Frau kennenlernen wollen?"

„Allein kommst du am anderen Ausgang nicht raus. Den dürfen nur Paare passieren."

Ludwig verstand nicht so recht.

„Wo bin ich hier eigentlich gelandet?" fragte er dann.

„Das wirst du vielleicht irgendwann erfahren. Geh jetzt und halte mich nicht länger auf. Es wollen ja schließlich noch andere hier herein."

In der Tat hatten sich mittlerweile zwei Frauen vor dem Tor eingefunden. Ihrer äußerer Erscheinung nach entsprachen sie aber nicht dem Typ Frau, der er seine Kugel zugeworfen hätte. Allerdings, so überlegte er, war zu befürchten, daß eine der Frauen ihm ihre Kugel zuwarf. Das wollte er vermeiden. Also trollte er sich. Er streifte nun im Lager umher. Es war warm. Zahlreiche Menschen, Männer und Frauen, allesamt ohne Kleidung hielten sich dort auf. Manche saßen alleine auf der blanken Erde, andere unterhielten sich, allerdings nur Männer – Frauen – Paare, keine größeren Gruppen; einige Pärchen lagen auf der Erde, liebten sich völlig ungeniert vor den Augen der anderen. Er blickte sich um. Der Boden unterschied sich hier durch nichts von dem draußen. Völlig eben, mit Gras bewachsen, keine Bäume. Es waren allerdings etliche große Schirme aufgespannt, so daß man sich nicht in der prallen Sonne aufhalten mußte. Auf der einen Seite befanden sich nahe des Zaunes Toiletten und Duschen, natürlich ohne Sicht-schutz. Auf der anderen Seite standen auf Tischen große Bottiche. Einige enthielten Getränke, Wasser oder Limonaden, deren Geschmack entfernt an Orangensaft oder Apfelsaft erinnerte. Andere enthielten einen Brei, den man in kleine aus Brotteig gebackene Schüsseln abfüllen konnte. Andere Nahrung gab es nicht. Ludwig war hungrig und durstig, bediente sich. Ein Stück weiter erstreckte sich ein weites mit Matratzen bedecktes Feld, auf denen zusammengefaltete Decken lagen. Ludwig lief darauf zu, konnte sich aber nicht weiter als auf zwei Körperlängen nähern. Dann hielt ihn eine unsichtbare Kraft zurück.

„Gibt die keine Mühe", sagte ein Mann, der in der Nähe stand, „das sind die Schlafstellen. Sie sind erst nach Sonnenuntergang zugänglich."

„Wo sind wir hier eigentlich?" fragte Ludwig.

„Keine Ahnung, vielleicht im Vorraum zum Himmel, vielleicht im Vorraum zur Hölle. Woher soll ich das wissen?"

Ludwig lief nun in die dem Eingang entgegengesetzte Richtung weiter. Bald erreichte er ein Tor. Auch hier stand ein Wächter, die gleiche Erschei-nung wie am Eingang. Ludwig überlegte kurz. Dann schritt er auf das Tor zu, in der Absicht es zu durchqueren. Er faßte dabei den Wächter ins Auge. Der verzog keine Miene. Ludwig gelangte bis zur Mitte des Tores; dann hielt ihn eine unsichtbare Kraft zurück.

„Hat man dir nicht gesagt, daß hier nur Paare rauskommen?" rief ihm der Wächter zu, „du brauchst eine Frau. Alleine geht das nicht."

Ludwig schritt auf die Gestalt zu, konnte sich ihr allerdings auch nicht weiter als auf zwei Körperlängen nähern. Wieder hielt ihn eine unsichtbare Kraft zurück.

„Was hat das zu bedeuten?" fragte er den Wächter.

„Gib dir keine Mühe, das Lager ist von einem Kraftfeld umgeben, genauso wie wir. Ihr könnt das Lager nicht verlassen und uns auch nicht über-winden. Ihr kommt nicht raus, wenn ihr keine Berechtigung habt."

„Und worin besteht die Berechtigung?"

„Ihr müßt zu zweit sein, ein Paar, ein Mann und eine Frau."

„Und weshalb?"

„Keine Ahnung, ich halte hier nur Wache."

„Da ist eben nichts zu machen", sagte Ludwig zu sich selbst und ging wieder ins Innere des Lagers zurück.

Er schaute sich um, erblickte nach einiger Zeit eine blonde, schlanke Frau, die auf dem Boden saß. Sie gefiel ihm. Er warf ihr die Kugel zu. Sie hob die Augen, blickte ihn an.

„Was willst du von mir ?"

„Du gefällst mir. Du bist hübsch und schlank. Und wenn du auch noch Verstand besitzt, dann bist du eine gute Partnerin für mich."

Sie verzog das Gesicht.

„Unterlaß gefälligst dein blödsinniges Machogeschwätz. Laß mich in Ruhe, verschwinde. Du gehst mir auf die Nerven."

„Dann eben nicht. Ich konnte ja nicht ahnen, daß du so eine blöde Emanzenkuh bist."

Und er ging seines Weges, beachtete die Frau nicht weiter. Nach einiger Zeit setzte er sich ins Gras.

„Das war wohl nichts. Es war ihr aber auch nicht anzusehen, daß sie so eine gestörte Zicke ist. Morgen werde ich bei einer anderen mein Glück versuchen. Für heute reicht es mir."

Als die Sonne sank holte er sich nochmals eine Portion Brei und einen Becher Limonade, aß und trank, begab sich dann zum Matratzenlager, welches jetzt zugänglich war. Reservierte Betten gab es dort offenbar nicht. Er suchte sich ein Plätzchen, welches ihm gefiel, legte sich dann nieder, deckte sich zu, denn es wurde mit der hereinbrechenden Dämmerung allmählich kühl.

Kurze Zeit später legte sich jemand auf die Matratze nebenan. Ludwig beachtete die Person nicht.

„Na, bist du noch sauer auf mich ?" sprach ihn eine Stimme an.

Er drehte sich zu der Person hin, es war die Frau vom Nachmittag.

„Was willst du von mir ?" antwortete er leicht mürrisch.

„Nichts, aber vielleicht können wir ein bißchen miteinander reden."

„Worüber sollten wir miteinander reden ? Das wolltest du doch nicht."

„Nicht auf die Art und Weise wie du es angefangen hast. Mußtest du so plump vorgehen ? Du machst doch gar nicht den Eindruck als wärst du ein Prolet."

„Wie kommst du jetzt darauf ? Du hast mich doch kaum angeschaut."

„Ich habe dich hinterher eine Weile beobachtet."

„Na schön, und was habe ich denn heute nachmittag falsch gemacht ?"

„Bist du ein Trottel oder stellst du dich nur dumm ? Du kommst daher, sagst mir so einfach, ich sei eine hübsche Maus und wenn ich noch ein bißchen Verstand hätte, dann wäre ich die Richtige zum Bumsen."

„Wie kommst du jetzt darauf ? Von Bumsen habe ich nichts gesagt."

„Wie hast du das denn sonst gemeint ? Es kommen doch hier nur Paare raus. Und um als Paar zu gelten, muß man miteinander schlafen. Sonst erkennen sie das nicht an."

„Und wo ist jetzt das Problem ? Entweder man macht es miteinander, dann kommt man hier raus. Oder man läßt es, dann bleibt man eben drin. Ein dritte Möglichkeit gibt es nicht. Willst du etwa hierbleiben ?"

„Nicht unbedingt. Aber was passiert dann ?'

„Wann ?"

„Nun ja, wenn wir draußen sind."

„Woher soll ich das wissen. Ich bin ja erst vor ein paar Stunden hierhergekommen. Vielleicht kann dann jeder seiner Wege gehen."

„Das wäre schön, ist aber vermutlich nicht der Fall. Ich bin schon etliche Tage hier und habe bereits einiges in Erfahrung gebracht, eben, was hier so gemunkelt wird. Sicheres weiß niemand. Also, man nennt das hier den 'Ersten Hof'. Von hier aus gelangt man in den 'Zweiten Hof'. Dort müssen die Paare dann offensichtlich zusammenleben."

„Und was passiert, wenn sie das nicht tun wollen ?"

„Das weiß ich doch nicht. Aber denke doch einmal nach. Es kommen hier nur Paare raus. Und wenn diese sich im 'Zweiten Hof' so einfach trennen könnten, dann brauchte man diese Regelung doch gar nicht anwenden. Kannst du mir geistig folgen ?"

„Sicher, ich bin ja schließlich intelligent. Anders ausgedrückt: deiner Ansicht nach macht es keinen Sinn, hier nur Paare herauszulassen, wenn sie sich anschließend gleich wieder trennen dürfen. Der Gedanke hat etwas für sich. Aber ..."

„Was, aber ?"

„Wir haben keine Ahnung, welches Spiel sie mit uns treiben. Ich weiß ja nicht einmal wer 'sie' sind. Du etwa ? Vielleicht ist die Regelung mit den Paaren Teil ihres Spiels, hat keinen tieferen Hintersinn, vielleicht einfach nur eine Laune. Ja, wer spielt da eigentlich mit uns ? Wer hält die Anlage hier sauber ? Wer schafft Essen und Trinken bei ? Die Wächter doch sicher nicht."

„Das läuft alles nachts ab, wenn wir schlafen. Keiner hat bisher etwas feststellen können. Und die Wächter sind bloß Roboter."

„Roboter ?"

„Ja, hochgezüchtete. Sie wirken fast wie Menschen, sind aber keine, nur irgendwelche geschlechtslosen Wesen, die nicht einmal selbständig denken und handeln können."

„Und, was ist die Konsequenz ?"

„Ganz einfach. Ich nehme den schlimmsten Fall an, also, daß ich mit dem Mann, mit dem ich den 'Ersten Hof' verlasse, im 'Zweiten Hof' zusammenleben muß. Und glaubst du vielleicht ich habe Lust, dort mit einem primitiven Kerl zusammen zu sein ? Nein, lieber bleibe ich hier. Es haben schon einige Kerle versucht sich an mich ranzumachen. Aber von denen kam keiner in Frage."

„Und nun denkst du, ich könnte der richtige sein ?"

„Nun ja, wenn du besser bist als du nach dem ersten Eindruck zu sein schienst, dann vielleicht."

Es war mittlerweile stockfinster geworden und beide fühlten auch eine große Müdigkeit.

„Wir sollten jetzt schlafen", meinte Ludwig, „wir können uns ja morgen weiter unterhalten. Wie heißt du eigentlich ?"

„Carina Becker; und du ?"

„Ludwig Hobert."

Sie erwachten am nächsten Morgen kurz nach Sonnenaufgang; es war noch kühl.

„Wie fühlst du dich ?" fragte Ludwig, „du warst etwas unruhig heute nacht."

„Ja, ich hatte ein bißchen Angst. Es ist doch seltsam. Wir liegen hier dicht beieinander. Ich fürchtete, es könnte sich einer an mich heranmachen. Du verstehst, was ich meine ? Er müßte ja nur seine Kugel nach mir werfen."

Ludwig runzelte die Stirn.

„Aber du bist doch schon einige Tage hier. Dann ..."

Sie unterbrach ihn.

„Ich habe auch jede Nacht Angst. Aber aus irgend einem Grund war sie heute Nacht schlimmer als sonst. Es geschah ja auch nichts. Und wie war es bei dir ?"

„Nichts; die Frau auf der anderen Seite neben mir hat keinerlei Versuch unternommen mit mir Kontakt aufzunehmen. Das Nachtlager scheint ein Ort der Passivität zu sein."

„Passivität ? Das Stöhnen am Abend war doch nicht zu überhören."

„Ja, das meine ich aber nicht; Aktivität herrschte schon, aber offenbar nur zwischen bereits existierenden Paaren. Neue Kontakte werden nachts wohl nicht geknüpft. Vielleicht gehören wir auch schon zusammen und sind für die anderen sozusagen tabu."

„Könnte sein."

Nach einer Weile spürten sie eine seltsame Kraft, die sie forttrieb.

„Wir müssen das Nachtlager verlassen", bemerkte Carina.

„Ja, holen wir uns etwas zu essen und zu trinken. Ich spüre ohnehin Hunger", erwiderte Ludwig.

Sie erhoben sich, liefen zu den Tischen mit den Bottichen, bedienten sich, setzten sich dann ins Gras. Es war mittlerweile bereits angenehm warm geworden.

„Und, was machen wir nun ?" fragte Carina.

„Uns kennenlernen", antwortete Ludwig trocken.

Carina verzog das Gesicht.

„Nicht so wie du denkst", meinte Ludwig, „das sollten wir zwar auch im Auge behalten, sonst kommen wir hier nicht raus, aber das hat im Moment noch keine Priorität."

„Und was meinst du jetzt genau ?"

„Darüber haben wir ja schon gesprochen. Wir wissen nicht, was für ein Spiel hier mit uns getrieben wird. Vielleicht können wir uns im 'Zweiten Hof' trennen, vielleicht werden wir getrennt; aber im schlimmsten Fall müssen wir zusammenbleiben. Und daher sollten wir wissen, ob wir miteinander auskommen. Ansonsten können doch gleich freiwillig in die Hölle gehen."

„Das sehe ich ein."

„Du bist schon eine außergewöhnliche Person."

„Was meinst du damit ?"

„Na ja, ein Frau, die etwas einsieht."

Carina verzog das Gesicht.

„Wieso mußt du eigentlich ständig so dumme Sprüche von dir geben. Das nervt."

„Du wirst dich daran gewöhnen. Außerdem kannst du ja kontern. Das nehme ich dir nicht übel, im Gegenteil, das erfrischt die Kommunikation."

„Das mögen aber nicht alle."

„Dann passen wir eben nicht zusammen und sollten uns jemand anderes suchen. Noch sind wir ja kein wirkliches Paar."

„Jetzt sei nicht gleich eingeschnappt. Es ist ja schon gut. Aber in dem Punkt hast du recht: wir wissen gar nichts voneinander. Du hast mir bisher nur kurz erzählt wie du hierher gekommen bist."

„Und wie bist du hierher gekommen ?"

„Ich weiß noch weniger als du. Ich bin abends ganz normal schlafen gegangen und am Morgen dann in dieser Steppenlandschaft aufgewacht. Das ist alles."

Dann begannen sie zu erzählen; darüber verfloß der Tag. Sie erhoben sich zwischendurch lediglich zweimal um sich mit Speise und Trank zu versorgen, wechselten auch zu einem Platz unter einem Schirm als die Sonne zu drückend wurde. Niemand störte sie, niemand versuchte Kontakt zu einem der beiden aufzunehmen. Als die Sonne unterging kehrten sie ins Nachtlager zurück.

Am nächsten Morgen, nach dem Frühstück, setzten sie ihre Unterhaltung fort.

„Wir sollten uns mit dem Kennenlernen beeilen. Ich habe nämlich keine Lust noch länger als zwei Tage hierzubleiben. Man kommt sich doch hier vor wie ein Mitglied eine Viehherde: tagsüber auf der Weide, nachts eingeengt in einem Pferch."

Wieder verfloß der Tag, wie im Fluge.

„Und miteinander schlafen müssen wir ja auch noch", meinte Ludwig als es zu dunkeln begann.

„Aber heute ist es schon zu spät dazu", erwiderte Carina, „wir müssen zurück ins Nachtlager. Aber dort möchte ich es nicht tun. Es wäre mir peinlich, wenn andere zuhören oder gar zusehen. Ich bin nicht so hemmungslos."

„Ich auch nicht, suchen wir uns morgen ein ruhiges Plätzchen, wo wir ungestört sind. Ich werde auch behutsam sein; schließlich bist du noch Jungfrau."

„Ich ? Jungfrau ? Wie kommst du denn darauf ?"

„Na ja, wir haben doch ganz offensichtlich einen neuen Körper bekommen und jetzt hast du einen jungfräulichen Leib, auch wenn du vorher keinen mehr hattest."

„Woher willst du eigentlich wissen, ob der Leib, den ich bekommen habe, jungfräulich ist ? Vielleicht gibt es hier überhaupt keine jungfräulichen Leiber."

„Reg dich nicht auf. Das wäre jetzt auch keine Tragödie. Darüber müssen wir jetzt auch gar nicht streiten. Das wird sich ja auch herausstellen. Aber man muß immer auf den schlimmsten Fall vorbereitet sein. Und ich will dir ja schließlich nicht weh tun. Auch wenn es Pflicht ist, so soll es doch für uns beide ein schönes Erlebnis werden. Oder siehst du das anders ?"

„Natürlich nicht."

Carina streichelte ihn, gab ihm einen Kuß."

„Du bist schon ein sonderlicher Typ. Aber ich beginne dich zu mögen."

Und es wurde für die beiden ein schönes Erlebnis. Sie genossen es so sehr, daß sie darüber die Zeit vergaßen. Der Tag verging. Es erschien ihnen zu spät aufzubrechen, zumal sie ja auch nicht wußten, was sie im 'Zweiten Hof' erwartete, falls sie überhaupt noch nach draußen gelangten. Und daher suchten sie nochmals das Nachtlager auf.

Am nächsten Morgen, nachdem sie sich gestärkt hatten, liefen sie in Richtung Ausgang. Der Wächter blickte sie nur gelangweilt an, stellte keine Fragen. Sie konnten das Tor ungehindert passieren.

Der Zweite Hof

Etwa zweihundert Schritte entfernt befand sich der Eingang zu einem zweiten Lager, offensichtlich dem 'Zweiten Hof'. Der Wächter dort hielt sie an.

„Ihr wollt ein Paar sein ?"

„Ja."

„Beweist es."

„Wie ?"

„Liebt euch !"

„Hier ?"

„Ja, es ist Platz genug."

„Vor deinen Augen ?"

„Ja, sonst sehe ich ja nicht, daß ihr ein Paar seid."

„Nein, das tun wir nicht", sagte Ludwig bestimmt, schaute dabei Carina an, „du bist doch auch der Meinung ?"

„Ja", pflichtete sie bei, „das ist gegen unsere Würde."

„Eure Würde ? Was ist das ?" fragte der Wächter.

„Wir tun nichts, wofür wir uns vor uns selbst oder anderen schämen müssen", entgegnete Carina sehr bestimmt und Ludwig nickte zustimmend, „lieber gehen wir in das andere Lager zurück oder bleiben hier auf dem Feld. Auch wenn wir verhungern oder verdursten müssen. Außerdem haben wir schon miteinander geschlafen, sonst wären wir ja gar nicht aus dem 'Ersten Hof' herausgekommen."

Den Wachposten verwirrten dies Rede.

„Das hat wenig zu sagen. Die Wächter dort nehmen ihre Pflichten oft nicht ernst. Aber, wartet", entgegnete er und verschwand.

Es dauerte eine Weile bis er zurückkehrte.

„Gut, ihr könnt passieren", meinte er dann, „geht in euer Haus; geht hier rechts entlang, dann den dritten Weg links. Das Haus trägt die Nummer sechzehn. Alles Nähere erfahrt ihr dort."

Das Haus erwies sich als kleiner Bungalow, zwei Zimmer, Küche, Bad, möbliert. Auf dem Tisch lag ein beschriebener Bogen Papier. Es stand nicht viel darauf, lediglich, daß sie nun für sich selbst sorgen müßten. Lebensmittel und Getränke erhielten sie in einem Magazin, dessen Lage beschrieben war. Es hieß, sie würden dort auch Kleidung erhalten und je ein Tablet, auf dem Spiele, Bücher und Filme, alles zur Unterhaltung, abgespeichert seien. Die Tablets seien mit ihren Namen versehen.

Sie ruhten sich längere Zeit aus, suchten als sich Hunger und Durst meldeten das Magazin auf. Groß war die Auswahl an Lebensmitteln und Getränken nicht; es gab die gleichen Getränke wie im 'Ersten Hof', sowie Speisepulver, aus dem sich ein Brei anrühren ließ, der noch erhitzt werden mußte.

„Nun ja, fürs erste sieht es hier etwas besser aus als im 'Ersten Hof' mit einem Lager unter freiem Himmel", meinte Ludwig.

„Das stimmt. Und wir haben auch Kleidung. Sie ist zwar einfach, besteht nur aus Unterwäsche und einem Gewand. Aber das ist besser als ständig nackt herumzulaufen", pflichtete Carina bei, „ich bin ja nicht prüde, aber es ist doch ein Unterschied, ob man nackt am Strand in der Sonne liegt, oder nackt über die Straße läuft, zum Einkaufen geht oder in einem Konzert sitzt, falls es hier so etwas überhaupt gibt."

„Ja, das sehe ich auch so. Das wichtigste sind für mich allerdings die Schuhe, auch wenn es nur Sandalen sind. Ich mag es nicht ständig barfuß herumzulaufen. Trotzdem, ich möchte einmal wissen, was hier eigentlich mit uns gespielt wird. Wir können doch nicht bis zum Ende unserer Tage hier herumsitzen, auf den Tablets irgendwelche Spiele spielen, Filme anschauen, Bücher lesen und sonst nichts tun außer miteinander zu schlafen. Das ist doch auf die Dauer öde."

Carina grinste.

„Du findest es also auf die Dauer öde mit mir zu schlafen?"

Ludwig schüttelte den Kopf.

„Nein, so habe ich das nicht gemeint und das weißt du genau. Aber wir sind doch schließlich keine Tiere, die nur ihren Trieben nachgehen."

Carina lächelte.

„Natürlich, das sehe ich auch so. Es scheint sich hier allerdings um eine richtige Siedlung zu handeln. Schauen wir uns morgen einmal ein bißchen um. Vielleicht lernen wir Leute kennen, die schon besser Bescheid wissen. Aus dieser schriftlichen Notiz hier geht ja nichts hervor."

„Das ist vernünftig. Für heute ist es in der Tat zu spät. Die Sonne geht bald unter. Setzen wir uns noch ein bißchen auf die Terrasse bevor wir schlafen gehen."

„Es kommt mir hier alles so seltsam vor", begann Carina, nachdem sie eine Weile schweigend dagesessen hatten, „ich glaube nicht, daß das alles zufällig abläuft, ich bin sicher, es gibt einen Plan."

„Wir kennen ihn aber nicht, noch nicht", lautete Ludwigs Antwort.

„Du glaubst, wir werden ihn noch erfahren?"

„Keine Ahnung."

„Ich vermute eher, sie werden uns nur das mitteilen, was wir tun müssen oder was sie von uns erwarten. Wir werden wohl ewig im Dunkeln tappen."

Ludwig grinste.

„Ewig wohl nicht, denn die Anzahl der Höfe ist hoffentlich begrenzt. Ich denke, es gibt ein Ziel. Aber was es ist und wo es liegt werden wir wohl erst erfahren, wenn wir angelangt sind."

Carina lächelte.

„Etwa nach dem Motto: so, jetzt ist Schluß; jetzt seid ihr dort, wo ihr hin sollt?"

„So ähnlich könnte es sein. Aber ich denke, es lohnt sich nicht darüber nachzudenken oder zu diskutieren. Das führt zu nichts und wir drehen uns geistig immer nur im Kreise."

„Ach, da fällt mir eine Begebenheit aus meiner Jugend ein", bemerkte nun Carina.

„Erzähle sie, aber nur wenn sie lustig ist."

Es war bereits dunkel als sie in die Hütte gingen. Sie bereiteten sich ein Abendessen zu, legten sich dann bald schlafen.

Am nächsten Morgen nach dem Frühstück brachen sie zur Erkundung auf. Die Häuser waren gleichmäßig wie auf einem Schachbrett angeordnet. Jedes Grundstück war von einer Buschreihe umgeben, welche einen Einblick von außen verwehrte. Unbefestigte Wege, eigentlich konnte man sie gar nicht als Wege bezeichnen, denn es handelte sich um Grasflächen auf denen das Gras etwas niedergetreten war, kreuzten sich rechtwinklig. Ab und zu wurde diese Gleichförmigkeit durch ein Gebäude unterbrochen, welches die Aufschrift 'Magazin' trug.

Es begegneten ihnen nur wenige Menschen, welche allerdings kein Interesse an einem Gespräch oder einer näheren Bekanntschaft zu haben schienen. Sie zählten insgesamt knapp zweihundertfünfzig Häuser. Die Siedlung wurde nach drei Seiten hin durch einen Zaun begrenzt. Auf einer Seite befand sich der ihnen bereits bekannte Eingang, auf der gegenüberliegenden Seite befand sich ein Tor, offenbar der Ausgang, neben dem ein Wächter der bekannten Gestalt stand. Auch dieses Tor ließ sich nicht durchschreiten, etwa in der Mitte hemmte sie die bereits erlebte geheimnisvolle Kraft am Weitergehen.

„Ihr könnt hier ohne Berechtigung nicht heraus", erklärte der Wächter ohne eine Miene zu verziehen.

„Und worin besteht die ?"

„Das weiß ich doch nicht. Ich stehe hier nur Wache."

„Warum stehst du eigentlich Wache, wenn man das Tor ohnehin nicht durchschreiten kann ?" fragte nun Carina, „dann ist dein Hiersein doch völlig unnötig."

„Das habe ich nicht zu beurteilen. Ich befolge nur meine Anordnung."

„Und wer hat das angeordnet ?"

„Eine von den Oberen."

„Und wer sind die Oberen ?"

„Es war eine Frau mit weißem Gewand und goldfarbenen Haaren. Mehr weiß ich nicht über sie."

Sie wandten sich ab.

„Es hat keinen Zweck weiterzufragen", meinte Ludwig, „er ist sicherlich auch nur ein Roboter, der nur das weiß, was ihm einprogrammiert wurde."

Sie liefen weiter. An der vierten Seite schloß sich die bekannte Graslandschaft an die Siedlung an. In einiger Entfernung erblickten sie größere Büsche oder Bäume. So genau war das nicht zu erkennen. Sie schlugen die Richtung ein, erreichten bald einen Hain, in dessen Mitte sich ein See befand. Am Ufer lagen eine Anzahl Menschen in der Sonne, etliche badeten. Die Menschen hielten aber Abstand voneinander, es hatten sich keine Gruppen gebildet, die Paare blieben unter sich, Gespräche mit anderen fanden nicht statt. Aber auch die Paare selbst schienen einander anzuschweigen.

„Hast du Lust zum Schwimmen ?" fragte Ludwig.

Carina nickte.

Sie streiften ihre Kleider ab, begaben sich ins Wasser, tummelten sich eine

Weile darin. Dann schwammen sie zum Ufer zurück, legten sich in der Nähe eines Paares ins Gras.

„Wir sind neu, erst gestern hierher gekommen; was hat das alles zu bedeuten ?" fragte Carina die Frau.

Die blickte sie eher unfreundlich an.

„Das weiß ich doch nicht, das weiß niemand. Wir befinden uns hier im 'Zweiten Hof' und müssen uns bewähren."

„Und was müssen wir tun um uns zu bewähren ?"

„Das weiß ich doch nicht. Zumindest müssen die Paare zusammenbleiben. Eine Trennung wäre von Übel."

„Und wieso ?"

„Ach, was weiß ich. Laß mich in Ruhe !"

Carina wandte sich zu Ludwig hin.

„Was sind das nur für Wesen hier ? Das sind doch keine normalen Menschen", flüsterte sie, „warum sind die alle so abweisend ?"

Der zuckte mit den Achseln.

„Ich habe keine Ahnung. Sie sehen aus wie wir und sprechen auch unsere Sprache. Ich denke, sie sind alle genervt, da keiner weiß was gespielt wird. Und dann kommt noch dazu, daß sie als Paare zusammenleben müssen, ansonsten drohen irgendwelche Sanktionen. Zumindest verstehe ich die Aussage 'eine Trennung wäre von Übel' so."

„Das macht Sinn."

Sie atmete tief durch.

„Hoffentlich sind wir nicht in ein paar Tagen auch so."

„Nicht, wenn wir gelassen bleiben."

„Das sagst du so einfach."

Sie blieben noch einige Zeit liegen, kleideten sich dann an, begaben sich auf den Weg zurück zu ihrem Heim. Dort trafen sie eine seltsame Gestalt an, eine in ein weißes Gewand gekleidete Frau mit bräunlicher Haut und goldfarbenem Haar, die offenbar bereits auf sie wartete.

„Ich muß euch einige Erklärungen geben", begann sie, „wie ihr euch zu verhalten habt."

„Wer bist du ? Gehörst du zu den Oberen ?" fragte Ludwig.

„Ja", lautete die Antwort.

„Und wer sind die Oberen ?"

„Das ist für euch unwichtig. Es genügt, daß ihr wißt, daß es sie gibt und sie über euch bestimmen."

„Und welches Spiel wird hier gespielt ?" fragte nun Carina.

„Was fragt ihr ? Ihr erlebt es doch, ihr seid mittendrin."

„Aber wir verstehen es nicht."

„Das ist auch nicht erforderlich."

„Und was willst du uns mitteilen ?" warf nun Ludwig ein.

„Ihr müßt euch bewähren. Dann dürft ihr in den 'Dritten Hof'."

„Und was müssen wir tun um uns zu bewähren ? Gibt es irgendwelche Regeln, die wir zu beachten haben ?" hakte Carina nach.

„Regeln gibt es nicht. Ihr müßt lediglich anständig sein."

„Und was heißt das konkret ?"

„Das müßt ihr doch selbst wissen. Ihr habt doch Verstand. Benutzt ihn."

„Wir haben gehört", wollte nun Carina wissen, „wir müssen hier als Paare zusammenbleiben. Eine Trennung wäre von Übel. Was bedeutet das ?"

„Ja, Zusammenbleiben ist eine Bedingung. Wenn ihr euch trennt, dann kommt ihr in den 'Dreizehnten Hof'. Und da ergeht es euch schlecht."

„Was heißt das genau ?"

Die Gestalt lächelte.

„Ihr könnt euch doch sicher unter dem Wort 'Hölle' etwas vorstellen."

Carina schaute Ludwig an. Beide nickten.

„Also, dann habt ihr verstanden."

Die Gestalt wandte sich um zum Gehen.

„Ein Frage noch", meinte Ludwig, „du sagtest 'Dreizehnter Hof'. So viele Höfe gibt es ?"

Die Gestalt lächelte.

„Nein, nicht so viele. Wir nennen ihn nur so, da ihr dreizehn für eine Unglückszahl haltet."

Die Gestalt verschwand.

Carina und Ludwig begaben sich ins Haus, bereiteten ihr Mittagsmahl zu, aßen, setzten sich anschließend auf die Terrasse.

„Das klang ja fast so", begann Carina, „als befänden wir uns auf dem Weg ins Paradies. Aber wir gelangen nicht in einem Schritt dahin, sondern Stufe für Stufe. Und auf jeder Stufe müssen wir uns würdig erweisen zur nächsten emporsteigen zu dürfen."

Ludwig grinste.

„Ins Paradies. Aber wir sind doch noch gar nicht tot."

„Woher weißt du das ? Du sagtest doch, du hättest plötzlich eine schreckliche Müdigkeit gespürt und einen Parkplatz angesteuert. Vielleicht hast du dort einen Herzinfarkt erlitten und bist gestorben."

„Ach, du weißt doch, daß ich kein Geist bin, sondern eine physische Gestalt. Oder hast du schon einmal gehört, daß Geister miteinander schlafen und dabei Lust empfinden ?"

„Wer sagt denn, daß wir als Geister ins Paradies gelangen ? Vielleicht hat unsere Seele einen zweiten Leib erhalten, der dem zwar ersten ähnlich, aber nicht gleich ist. Das hast du mir doch selbst im 'Ersten Hof' gesagt. Lache jetzt nicht. Meiner war zwar nicht jungfräulich, wie du sicher gemerkt hast, aber ich war vorher etwas dicker als jetzt. Und du ?"

„Ich hatte einen kleinen Bierbauch, der jetzt weg ist. Aber wir können natürlich auch abgenommen haben, die Ernährung hier ist ja auch nicht üppig."

„Wie dem auch sei, so lächerlich erscheint mir die Vermutung gar nicht. Und mit 'wenn' und 'aber' kommen wir nicht weiter. Betrachten wir die Sache einmal nüchtern: es scheint hier verschiedene Höfe zu geben. In jedem muß man sich bewähren um in den nächsten zu kommen. Wer sich nicht bewährt, der kommt nicht weiter und wer gar gegen irgendwelche Regeln verstößt, man könnte es sündigen nennen, der landet in einer Art Hölle."

Ludwig lachte.

„Und das Paradies ist dann wohl der 'Siebte Hof', der Siebte Himmel."

„Vielleicht, lache daher nicht. Ich jedenfalls habe das Gefühl, daß so ein Spiel mit uns getrieben wird. Wir müssen uns in jedem Hof bewähren um in den nächsten Hof zu kommen. Und hier im 'Zweiten Hof' geht es uns doch schon besser als im 'Ersten Hof'. Und im 'Dritten Hof' ist es sicherlich besser als hier. Aber das ist alles nicht ungefährlich. Wir müssen irgendwelche Gebote einhalten, die wir nicht kennen. Fehlen wir, dann stürzen wir ins Unheil."

Ludwig überlegte.

„Vielleicht sind es die Gebote Gottes, die wir befolgen müssen. Was hat denn die Gestalt gesagt ? Wir verfügen über Vernunft, müßten sie nur

65

richtig anwenden. Das heißt aber, wenn wir unsere Vernunft richtig anwenden, dann beachten wir die Gebote Gottes. Und wenn wir das tun, dann sind wir anständig. Das wird uns nicht ganz leicht gemacht, weil wir in einer Ungewißheit leben. Richten wir uns also nach den Zehn Geboten der Bibel. Und wenn wir unsere Leidenschaften und dunklen Triebe beherrschen, sie nicht zum Vorschein kommen lassen, sondern sie in uns abtöten, dann sind wir auf einem guten Weg. Dann werden wir uns bewähren und weiterkommen."

So verbrachten sie nun einige Tage. Doch eine gewisse Unsicherheit blieb. Was bedeutete 'anständig' wirklich ? Nicht stehlen ? Hier gab es nichts zu stehlen ? Nicht töten ? Aus welchem Grund sollte man jemanden töten ? Anlaß zu Streit gab es doch nicht, da die 'anderen' ihnen aus dem Weg gingen. Nicht lügen ? Wen hätte man denn belügen können ? Und sonstige Verführungen existierten nicht. Selbst Ehebrechen schien nicht möglich. Konnte man denn die Verbindung zwischen ihnen als Ehe bezeichnen ? Und andere Frauen oder Männer suchten keinen Kontakt zu ihnen. Das einzige, was ihnen schließlich einfiel, war, daß sie sich zerstritten und gegeneinander gewalttätig werden würden. So etwas geschieht oft, wenn zwei Menschen unter ungewissen Bedingungen zusammenleben. Das liegt einfach daran, daß diese Ungewißheit Menschen verunsichert, ihnen Angst macht, die dann oft in Aggressionen gegen andere, vermeintlich Schwächere umschlägt. Carina und Ludwig hingegen verstanden sich immer besser, sie schliefen auch miteinander, genossen das Leben hier als eine Art Urlaub.

„Mir träumte heute Nacht, ich müsse hier weggehen, eine unerklärliche Kraft zog mich fort. Es ist aber nicht so, daß jemand Anstalten machte mich zu vertreiben. Ich spüre allerdings heute morgen ein seltsames Gefühl der Rastlosigkeit, das ich bisher hier noch nie empfunden habe", meinte Carina eines Morgens beim Frühstück.

„Seltsam", erwiderte Ludwig, „ich hatte weder solch einen Traum, noch verspüre ich solch ein Gefühl."

„Ja, aber irgend etwas hat das zu bedeuten. Dieses Gefühl hatte ich doch all die Tage vorher nicht."

„Es könnte ein Zeichen sein, daß wir aufbrechen müssen."

„Wir ? Du hast das Gefühl doch gar nicht."

Ludwig lachte.

„Du vergißt, daß hier ein Spiel mit uns getrieben wird. Das Gefühl aufbrechen zu müssen überkommt nur einen. Der andere versteht das nicht. Das ist doch ein Grund sich zu zerstreiten. Der eine meint, die Zeit zum Aufbruch, den Ort zu verlassen, sei nun gekommen, der andere ist ganz und gar nicht der Ansicht, hält das für Unsinn, hält das Gefühl des anderen für Einbildung, für eine seltsame Grille oder den Ausdruck einer psychischen Störung. Nicht bei allen Paaren hat man Verständnis für die Gefühle des Partners oder der Partnerin. Manchmal will man natürlich auch den anderen durch gespielte Gefühlausbrüche nerven."

Er schwieg kurz.

„Aber ich denke, bei uns ist das nicht der Fall. Gehen wir einfach in Richtung Tor und schauen was passiert."

Sie brachen auf.

Der Wächter stand starr, schien sie nicht wahrzunehmen. Sie konnten das Tor ungehindert passieren.

Der Dritte Hof

Sie durchschritten das Tor. Vor ihnen breitete sich eine Wüstenlandschaft aus. Vielleicht tausend Schritte entfernt erhob sich ein riesiger Felsblock. Sie schauten sich fragend an.

„Was hat das zu bedeuten ?" fragte Carina, „hier können wir doch nicht existieren."

„Vermutlich eine Durchgangsstation", antwortete Ludwig.

„Durchgangsstation ? Einfach nur durchlaufen ? Das ergibt doch keinen Sinn, dann könnte man sich das Ganze doch sparen ?"

„Du meinst, hier erwartet uns nichts Gutes ?"

„Ich befürchte es."

„Das könnte sein. Ich möchte wissen, was dieser Felsen dort bedeutet."

Sie gingen weiter.

Der Fels versperrte in der Tat den Weg. In seiner Mitte befand sich eine Öffnung, groß genug, daß ein Mensch sie ohne sich zu bücken passieren konnte, offenbar ein Zugang zu einem Tunnel oder einer Höhle. Sie blickten hinein, konnten aber nichts erkennen, denn drinnen war es stockfinster. Das schien ihnen bedenklich.

„Vielleicht können wir ihn umgehen", meinte Carina.

Das erwies sich aber nicht möglich, denn bereits nach wenigen Schritten hielt sie ein Kraftfeld zurück, sowohl auf der linken als auch auf der rechten Seite.

„Und ohne Hilfsmittel können wir ihn auch nicht überklettern", bemerkte Ludwig, „dazu ist die Wand zu steil. Wir müssen also durch die Öffnung."

„Mir ist unheimlich. Ich habe Angst."

„Mir ist auch nicht wohl. Aber wir haben keine Wahl."

Sie betraten nun den völlig finsteren Gang, tasteten sich langsam vorwärts. Irgendwann berührte Ludwig etwas Weißes. Sofort flammte ein grelles Licht auf und sie erblickten eine furchterregende Gestalt. Unwillkürlich bekreuzigte er sich. Das Ungeheuer stieß einen gräßlichen Schrei aus, löste sich in Luft auf.

„Ich habe furchtbare Angst", flüsterte Carina ihm zu, „mir zittern die Knie. Gehen wir zurück."

„Mir geht es nicht anders", lautete Ludwigs Antwort.

Da das Licht nicht verlosch konnten sie rasch zurücklaufen. Sie erreichten die Eingangsöffnung, doch eine geheimnisvolle Kraft hinderte sie daran ins Freie zu gelangen.

„Wir sind gefangen", seufzte Carina.

„Ja, das sieht ganz so aus. Damit ist die Entscheidung gefallen. Wir müssen nach vorn, durch den Berg hindurch."

Sie kehrten um, erreichten bald eine große, kreisrunde Halle. Entlang der Wand saßen auf Podesten unheimlich aussehende Gestalten von grauer Farbe. Sie wirkten wie aus Stein gehauen, rührten sich nicht.

„Die wirken zwar unheimlich, erscheinen mir aber ungefährlich", meinte Ludwig, „rennen wir schnell zur anderen Seite; dort scheint ein Ausgang zu sein."

„Hoffentlich geht das gut", antwortete sie.

Und in der Tat, kaum waren sie ein paar Schritte in die Halle eingedrungen, so erwachten die Kreaturen zum Leben, erhoben sich in die Luft. Es erhob sich ein furchtbares Geschrei. Im Laufen bekreuzigten sich die beiden. Die Gestalten verschwanden jedoch nicht, sie brüllen nur noch lauter, kamen näher, stürzten sich auf die beiden, behinderten sich allerdings gegenseitig. Manche spien Feuer, andere stießen Qualmwolken aus, die einen üblen Gestank verbreiteten, wieder andere schnauften heiße Luft aus. Ein Feuerstrahl traf Carinas Schulter, sie spürte einen stechenden Schmerz. Kurz vor dem Ausgang öffnete sich unvermittelt ein Spalt. Ludwig bemerkte ihn zu spät, stürzte hinein, landete in einer Grube, in der Schlangen und gefräßige Insekten herumkrochen. Carina gelang es hinüberzuspringen, sie kroch in die Öffnung. Die Ungeheuer konnten ihr nicht folgen, da sie zu eng war. Eines von ihnen blies einen Feuerstrahl in den Tunnel. Carina war aber trotz der Finsternis rasch weitergelaufen, so daß er sie nicht erreichen konnte. Sie lief weiter so schnell es die Finsternis zuließ. Hinter einer Biegung erblickte sie einen hellen Schein vor sich.

„Das könnte der Ausgang sein", sagte sie zu sich selbst.

Sie eilte darauf zu, erreichte bald die Öffnung, blickte in Freie, sah eine Wüstenlandschaft vor sich, in der Ferne ein Gebäude.

„Das könnte das Ausgangstor sein."

Sie überlegte nun. Es schien zwar verlockend geradewegs darauf hinzulaufen, aber würde sie es alleine passieren können ? Oder vielleicht in den 'Dreizehnten Hof', die Hölle gestoßen werden ?

Und was war mit Ludwig geschehen ? Sie hatte das Viehzeug in der Grube in der Eile gar nicht wahrgenommen, fragte sich nun, ob er sich beim Fall schwer oder vielleicht sogar tödlich verletzt hatte. Sie wollte Gewißheit, ihm helfen, falls dies noch möglich war. Sie lief den Tunnel zurück, erreichte bald die Grube, in welche Ludwig gestürzt war. Der hatte sich rasch aufgerappelt und versucht die Wand hochzuklettern. Zahlreiche Ritzen boten ihm ein wenig Halt, allerdings nur den Fingerspitzen und den Fußzehen. Es kostete ihn daher sehr viel Kraft sich festzuklammern. Und er wunderte sich darüber, wo er diese Kraft hernahm. Vermutlich war es die Angst vor den Schlangen und dem Ungeziefer, die ihm diese Kraft verlieh. Das Hochklettern erwies sich als sehr mühsam, es ging nur langsam vonstatten. Zumindest hatte er sich aber vor dem ekelhaften Getier in der Grube in Sicherheit bringen können.

„Kann ich dir irgendwie helfen ?“ rief ihm Carina zu.

„Ich brauche irgend etwas, an dem ich hochklettern kann, eine Stange oder ein Tau“, gab Ludwig zur Antwort.

Sie schaute sich um. In nicht allzu großer Entfernung lag ein Seil. Sie nahm es, schlang sich das eine Ende um den Leib, warf das andere Ende Ludwig zu.

„Kannst du mich auch wirklich halten ?“ fragte er sie.

„Es wird schon gehen, weil es gehen muß. Hier ist auch ein kleiner Felsblock, an dem ich mich abstützen kann. Ich werde auch versuchen zu ziehen, so gut es geht.“

Sie tat es, wunderte sich darüber, woher sie die Kraft dazu nahm.

Ludwig kletterte hoch. Kaum hatte er die Grube verlassen, so schloß sie sich. Eine neue Gefahr drohte, ein Drache tappte heran, ergriff Carina, schwang sich auf um mit ihr davonzufliegen. In aller Eile knotete Ludwig aus dem Seil ein Lasso, warf es dem Untier über den Kopf, versuchte es zu sich heranzuziehen. Er wunderte sich darüber, daß ihm dies so leicht gelang. Es schien als helfe ihm eine unsichtbare Macht. Doch noch immer hielt das Untier Carina in seinen Klauen. Ludwig überlegte wie er sie befreien könnte. Da erblickte er vor sich einen Gegenstand, der wie eine Handgranate aussah. Er hob ihn auf – er hatte sich nicht getäuscht. Er entsicherte sie, warf sie dem Drachen ins Maul. Sie explodierte, das Ungeheuer sank zusammen, ließ Carina los. Sie eilten in Richtung Tunnelöffnung. Da versperrte ihnen ein stinkender Pfuhl, in dem sich allerlei ekelerregendes Gewürm tummelte, den Weg.

Carina zögerte.

„Wir müssen da hindurch und zwar schnell, wir haben keine andere Wahl", rief Ludwig ihr zu.

Ein neuer Drache nahte. Ludwig warf ihm das Lasso über den Kopf, band das Ende an einer Felssäule fest. Das Tier zerrte mit aller Kraft an dem Seil, konnte es aber nicht zerreißen, dafür zerbrach nach wenigen Augenblicken die Felssäule. Die Halle begann zu wanken.

„Es hilft nicht, wir müssen hindurch, ich fürchte, bald stürzt alles zusammen", schrie Ludwig.

Er zog die noch immer unschlüssige Carina mit in den Pfuhl. Er war nicht sehr tief und sie konnten ihn rasch durchwaten, verließen ihn dann, blutend infolge von Bissen und behängt mit allerlei Gewürm. Das Beben hatte mittlerweile an Stärke zugenommen und bereits fielen einige Steine von der Decke herab.

„Die Halle kracht zusammen", rief Carina, „schnell in den Tunnel. Dort sind wir vielleicht sicher."

Sie liefen in die Höhle. Beruhigt waren sie nicht. Denn auch der Tunnel konnte einstürzen. Sie rannten durch den finsteren Gang um ihr Leben, achteten kaum auf den Weg, stießen auch des öfteren an. Endlich erreichten sie den Ausgang, gelangten ins Freie, etwas zerschunden, blutend, mit Gewürm behängt. Sie ließen sich im heißen Sand nieder um zu verschnaufen. Der riesige Felsblock brach krachend in sich zusammen. Nur ein Trümmerhaufen blieb zurück.

Sie erhoben sich, schritten, noch erschöpft, dem Gebäude zu, das Carina in der Ferne erblickt hatte, als sie das erste Mal den Ausgang erreichte. Ein Tor führte durch es hindurch. In nicht allzu großer Entfernung befand sich eine Dusche. Sie rissen sich die Kleider vom Leib, stellten sich darunter. Schmutz und Gewürm lösten sich von ihren Körpern, Die Wunden verheilten im Nu. Neue Kleider lagen für sie bereit, auch eine Mahlzeit und Getränke.

Nach einer kleinen Rast durchschritten sie das Tor.

Der Vierte Hof

Nach einer kurzen Wegstrecke gelangten sie dann wieder an ein Tor. Ein Wächter der bekannten Gestalt teilte ihnen lediglich mit:
„Ihr bewohnt das Zelt Nummer zwanzig."
„Und wo finden wir es ?" fragte Ludwig.
„Ich weiß es nicht", lautete die Antwort, „die Zelte stehen nicht in einer bestimmten Ordnung. Schaut euch einfach um."
Sie schritten weiter. Die Landschaft vor ihnen besaß ein völlig anderes Aussehen als die bisherigen Höfe. Ein lichter Wald lag vor ihnen. Er wies eine gewisse Ähnlichkeit mit einem tropischen Regenwald auf, erschien aber weniger undurchdringlich und statt dessen gepflegt, er ähnelte also eher einem großen Park. An den Bäumen wuchsen herrlich aussehende Früchte. Die Luft war mild und klar, nicht feucht und stickig, wie man das von einem Regenwald erwartet. Zahlreiche kleinere Tiere huschten umher, die aber harmlos wirkten.
Sie entdeckten auch zahlreiche Quellen, welche kleine Bäche speisten.
„Irgendwie sieht das hier nach dem Garten Eden aus", bemerkte Carina, „man lebt in aller Einfachheit im Zustand der Unschuld."
Ludwig grinste.
„Und irgendwo steht der Baum der Erkenntnis. Ißt man aus Versehen von seiner Frucht, dann werden die Augen geöffnet und wir merken, daß wir auf dem Niveau der Steinzeit leben."
„Zieh doch nicht alles gleich ins Lächerliche. Denk doch ein bißchen nach. Wir brauchen keinen Baum der Erkenntnis. Wir kennen ja die Sünde. Wir sind mit ihr aufgewachsen und haben bisher unter ihrer Herrschaft gelebt. Vielleicht ist das hier ein Ort der Besinnung, der uns die Rückkehr in den Stand der Unschuld ermöglichen soll."
„Das heißt, du willst damit sagen, das ist die Voraussetzung für das Weiterkommen in den nächsten Hof ?"
„Vielleicht; möglicherweise erwarten uns dort weitere Anfechtungen und hier sollen wir die Kraft gewinnen, diesen zu widerstehen."
Ludwig überlegte kurz. Vielleicht hatte Carina bereits verstanden, was hinter dem Spiel stand, welches hier getrieben wurde, was der Sinn der

Höfe war. Sollten sie die Menschen von allen Sünden befreien und in den Stand der Unschuld zurückführen ? Nicht Vergebung der Sünden war das Ziel, sondern den Willen zum Sündigen im Denken und Handeln auszulöschen. Eine merkwürdige Vorstellung. Erst wollte er schweigen, aber dann mußte er seine Gedanken doch Carina mitteilen.

„Vielleicht ist das so", entgegnete sie, „wie dem auch sei, hier wirkt alles friedlich und nach den Aufregungen im 'Dritten Hof' tut uns ein bißchen Ruhe gut."

Nach einigem Umherstreifen fanden sie das ihnen zugewiesene Zelt. Es erwies sich als recht geräumig, sie konnten bequem darin stehen, es war allerdings dürftig eingerichtet: eine Bettstatt aus einer großen Matratze auf der zwei Decken und zwei Kissen lagen, ein niedriges Tischchen, davor zwei Sitzkissen. Auf einem kleinen Gestell daneben lagen jeweils zwei Becher, Teller, Löffel, Gabeln, Messer und auch zwei Zahnbürsten.

Sie schauten sich etwas verwundert an. Es gab keine Möglichkeit Lebensmittel zu lagern oder Essen zu kochen, keine Waschgelegenheit, keine Toilette.

„Vielleicht gibt es hierfür Gemeinschafträume", folgerte Ludwig, „schauen wir uns draußen einmal um."

Nach kurzer Zeit begegnete ihnen ein Paar. Eingedenk der schlechten Erfahrungen mit anderen Menschen im 'Zweiten Hof' verzichteten sie darauf die beiden anzusprechen. Diese hatten jedoch offenbar ihre ratlosen Blicke bemerkt. Sie tuschelten kurz miteinander, dann kam die Frau auf sie zu, grüßte freundlich und sprach:

„Ihr seid wohl neu hier, weil ihr so unschlüssig herumlauft als suchtet ihr etwas ohne so recht zu wissen, was ihr sucht. Was habt ihr denn für Probleme ?"

Carina berichtete ihr kurz. Die Frau lachte.

„Ach, wenn es weiter nichts ist. Ihr müßt wissen, wir leben hier sehr einfach, ohne jeglichen Komfort. Es gibt hier nicht einmal elektrischen Strom, also auch keine Lampen. Kehrt also in euer Zelt zurück, wenn die Sonne untergeht, denn es wird sehr dunkel, insbesondere in mondlosen Nächten. Ihr verirrt euch, wenn ihr dann noch herumlauft. Ihr müßt dann im Freien schlafen. Das ist aber nicht gefährlich, denn es gibt keine wilden

Tiere, die euch fressen wollen. Allerdings wird es nachts recht kühl. Seht ihr die grauen Häuschen da drüben, das sind die Toiletten. Waschen könnt ihr euch in den Bächen, es gibt auch einige breite und tiefe Stellen, wo es möglich ist zu baden. Seife benötigt ihr nicht. Wasser könnt ihr aus den Quellen schöpfen. Und ernähren müßt ihr euch von den Früchten, die an den Bäumen wachsen. Etwas anderes gibt es nicht. Hier und da findet ihr Feuerstellen und auch Töpfe. Dort könnt ihr Früchte kochen oder rösten, wenn ihr wollt. Wir leben hier rein vegetarisch. Fleisch findet ihr nirgends. Ihr dürft auch keine Tiere töten."

Sie bedankten sich für die Auskunft, kehrten zu ihrem Zelt zurück. Unterwegs pflückten sie einige Früchte, welche sie zum Abendessen verzehrten. Es dunkelte rasch.

„Legen wir uns schlafen", schlug Carina vor, „ich fühle mich etwas zerschlagen. Die Aufregungen des Dritten Hofes stecken mir noch in den Knochen."

„Mir geht es genau so", lautete die Antwort.

Sie legten sich nieder, schmiegten sich aneinander, genossen das Zusammensein.

Am nächsten Morgen brachen sie auf um die Umgebung zu durchstreifen. Ihren Hunger stillten sie mit Früchten, ihren Durst mit Wasser, das sie aus einer Quelle schöpften. Sie nahmen ein Bad in einem kleinen See, legten sich anschließend am Ufer in die Sonne.

„Hier gibt es nichts", bemerkte Carina, „keine Bücher, keine Spiele, keine Filme, nur eine weite idyllische Landschaft. Was ist der Sinn dieses Hofes ?"

„Es gibt uns", erwiderte Ludwig.

„Was meinst du damit ?"

„Es mag vielleicht etwas merkwürdig klingen, ich will dir auch nicht zu nahe treten. Na ja, wir haben uns zufällig kennengelernt, sind dann irgendwie zusammen gekommen, weil es sich so ergab und auch nur Paare den 'Ersten Hof' verlassen konnten. Also, es ergab sich so, weil wir in der ersten Nacht nebeneinander lagen ..."

„Was willst du damit sagen ?" unterbrach ihn Carina, „die große Liebe war es jetzt nicht, was uns zusammengeführt hat. Meinst du das ? Und was ist die Konsequenz? Daß wir uns trennen, sobald sich die Gelegenheit ergibt? In aller Freundschaft natürlich."

„Nein, genau das meine ich jetzt nicht. Große Liebe, was ist denn das? Doch oft nur ein Rausch, eine Blendwerk, eine Begeisterung einem Menschen gegenüber, den man im Grunde nicht wirklich kennt. Und wenn man ihn näher kennenlernt, dann schrumpft die große Liebe oft sehr schnell. Und nach wenigen Jahren ist nichts mehr davon übrig und man trennt sich. Aber hier scheinen die Dinge anders zu liegen."

„Du meinst, daß jene Macht, die wir nicht kennen, die aber offenbar über uns bestimmt, der Ansicht ist, daß wir zusammengehören?"

Ludwig wiegte den Kopf.

„Das könnte doch sein. Vielleicht hat sie uns daher auch im 'Ersten Hof' zusammengebracht, unsere Schritte so gelenkt, daß wir am Abend nebeneinander lagen, trotz der unglücklich verlaufenen ersten Begegnung. Könnte doch sein? Und nun sollen wir erkennen, daß wir zusammengehören und auch zusammen leben können, weil wir im Denken und Fühlen übereinstimmen und Probleme und Schwierigkeiten gemeinsam lösen. Und auch, daß sich einer für den anderen einsetzt. Das verbindet. Das hat sich ja im 'Dritten Hof' gezeigt."

„Nun ja", gestand Carina ein, „ich bin ja nur zurückgekehrt, weil ich fürchtete alleine nicht durchs Tor zu kommen."

„Es ist ja wohl nicht so, daß wir sofort erkennen, daß wir füreinander geschaffen sind. Nein, wir erfahren das Schritt für Schritt."

„Das macht durchaus Sinn; es gibt Prüfungen, die wir nur bestehen können, wenn sich einer für den anderen einsetzt. Und dann geben sie uns Muse um über unser Verhältnis zueinander nachzudenken. Und das hier kann so ein Ort sein. Es gibt nichts, mit dem wir uns sonst beschäftigen können, keine Ablenkung, wir können uns ganz auf uns konzentrieren."

Ludwig grinste.

„Das ist auch eine Art Prüfung. Und wenn wir sie bestanden haben, dann dürfen wir in den nächsten Hof. Aber wie erkennen wir das?"

„Man wird uns ein Zeichen senden. Oder es wird uns eine Unruhe befallen, die uns veranlaßt weiterzuziehen."

Es vergingen zwei Wochen. Sie waren angefüllt mit langen Spaziergängen

75

und endlosen Unterhaltungen während des Tages und Zärtlichkeiten und Liebesbezeugungen während der Nacht. Ihre Vertrautheit zueinander wuchs.

Eines Abends, Carina saß vor dem Zelt, Ludwig befand sich im Innern, näherte sich eine große Schlange. Sie kroch auf Carina zu, richtete sich auf, begann zu zischen. Carina erschrak, begann zu schreien. Ludwig stürzte aus dem Zelt heraus, ein Messer in der Hand. Er schickte sich an, die Schlange zu packen und ihr den Kopf abzuschneiden. Carina fiel ihm in den Arm.

„Halte ein !" rief sie, „du weißt doch, wir dürfen keine Tiere töten !"

Ludwig ließ das Messer fallen.

„Danke, daß du mich daran erinnert hast, ich hatte es vergessen."

Er nahm sie in den Arm, zog sie von der Schlange weg. Zu ihrer Verwunderung begann die Schlange nun zu reden.

„Fürchtet euch nicht ! Ich werde euch kein Leid antun. Ihr habt recht gehandelt."

Sie wandte sich um, schlängelte sich davon.

Ludwig wurde nachdenklich.

„Wir dürfen keine Tiere töten. Das sagte uns die Frau vor zwei Wochen eher beiläufig. Ich hatte es vergessen, nicht daran gedacht, als ich die Schlange sah, die dich zu bedrohen schien. Ich hätte sie getötet und mich dadurch versündigt. Du hast mich davor bewahrt. Vielen Dank."

Carina lächelte.

„Wir haben doch auf ein Zeichen gewartet. Und ich glaube, dies war es. Morgen werden wir weiterziehen."

Nach einem kurzen Marsch erreichten sie den Ausgang. Der Wächter lächelte ihnen freundlich zu, die Pforte öffnete sich. Vor ihnen lag eine weite, mit einzelnen Bäumen durchsetzte Graslandschaft. Die Sonne schien mild. Es war warm, aber nicht drückend heiß. Gegen Mittag gelangten sie an einen kleinen Hain, in dessen Mitte eine Quelle sprudelte. Die Bäume trugen Früchte. Sie stärkten sich, ruhten sich eine Weile aus, wanderten dann weiter. Bald erreichten sie den nächsten Hof, traten durchs Tot.

Der Fünfte Hof

Der Wächter schaute sie gelangweilt an.
„Wer seid ihr ?"
Sie nannten ihre Namen. Er blickte auf seine Liste.
„Hütte achtzehn, irgendwo da drüben", sagte er, wies nach links.
Sie erreichten kurze Zeit später eine Art Wiese, mit zahlreichen Büschen besetzt, auf der verstreut zahlreiche Hütten standen. Nach kurzer Suche fanden sie die Nummer achtzehn. Sie bestand aus einem spärlich ausgestattetem Raum: eine Bettstatt, ein Tisch, zwei Sessel. Auf dem Tisch lag ein Plan, in dem die Lage des Lebensmittelmagazins, der Kleiderkammer und des Waschraums eingezeichnet waren.
Da sie hungrig und durstig waren, brachen sie bald auf. Es lagen im Magazin lediglich Pakete aus, ohne Inhaltsangabe. Daneben gab es Getränkeflaschen, Wasser und auch Wein.
Es dämmerte. Der Abend war mild und so setzten sie sich auf die Treppenstufe vor dem Eingang zur Hütte, öffneten die Pakete. Sie enthielten Brot, Wurst, Käse. Sie begannen zu essen, probierten den Wein, der allerdings recht säuerlich schmeckte, Genießer würden ihn als 'sehr trocken' bezeichnen, rätselten, welche Prüfungen sie hier wohl erwartete.
Carina zuckte schließlich mit den Schultern.
„Es sieht alles so langweilig aus."
Schließlich legten sie sich schlafen.
Als Ludwig am nächsten Morgen erwachte, fühlte er Schmerzen im Gesicht. Er betastete sich, die Haut fühlte sich seltsam weich an. Carina erschrak als sie kurze Zeit später erwachte und ihn ansah.
„Wie siehst du denn aus ?"
„Was ist mit mir ?"
„Dein Gesicht ist voller roter Flecken."
Sie schwieg kurz.
„Und ich ?"
Ludwig schüttelte den Kopf.
„Nichts, du siehst ganz normal aus."
Über sich selbst entsetzt verließ Ludwig die Hütte.

„Was ist mit mir passiert", dachte er.

Er lief zum Baderaum, in der Hoffnung dort einen Spiegel zu finden, denn er wollte mit eigenen Augen erblicken wie er aussah. Er konnte dort aber keinen entdecken. Allerdings merkte er bald, daß sich alle Leute, die ihm begegneten, von ihm abwanden. Er lief etwas ziellos umher, gelangte schließlich an einen kleinen Teich, bückte sich, konnte so im Wasser sein Spiegelbild erblicken, wenn auch nicht sehr deutlich. Was er sehen konnte, genügte ihm allerdings um entsetzt zu sein. Sein Gesicht war aufgequollen, voller Blattern.

„So kann ich keinem Menschen unter die Augen treten", sagte er sich, „vielleicht finde ich in der Kleiderkammer ein Tuch mit dem ich mein Gesicht verhüllen kann."

Er fand etwas passendes, auch einen Spiegel, den er mitnahm. Allerdings schämte er sich Carina sich so zu zeigen, ließ sich daher unweit der Hütte neben einem Busch im Gras nieder. Er spürte nun ein furchtbares Jucken im Gesicht, konnte nur mit äußerster Willensanstrengung dem Drang sich zu kratzen widerstehen. Er sagte sich, daß er dadurch sicherlich seinen Zustand nur verschlimmern werde. Allmählich wurde ihm gewahr, daß das Jucken zur Brust hin in ein seltsames Kribbeln auslief. Er öffnete sein Gewand und stellte fest, daß sich auf seinem Oberkörper viele kleine Pusteln bildeten. Er erschrak. Welche Krankheit hatte er sich zugezogen ? Er überlegte. Er fühlte sich als Aussätziger. So konnte er sich nicht unter die Menschen wagen. Vermutlich würden sie ihn auch aus Furcht vor Ansteckung wegjagen. Aber konnte er sich irgendwo verkriechen ? Er kam zu keinem Entschluß, blieb liegen. Nach einiger Zeit spürte er dann eine Hitze in sich aufstiegen.

„Jetzt setzt auch noch Fieber ein. Nein, hier kann ich nicht bleiben."

Er beschloß zur Hütte zurückzukehren. Bereits beim Aufstehen fühlte er eine bleierne Müdigkeit, er konnte kaum gehen. Dennoch erreichte er schließlich die Hütte, legte sich auf die Bettstatt, legte den Spiegel daneben auf den Boden. Carina war nicht anwesend, sie kehrte erst zurück als es dunkelte, sie scheute seine Nähe, nahm ihre Decke legte sich in der entgegengesetzten Ecke auf den Fußboden zum Schlafen.

Am nächsten Morgen fühlte sich Ludwig so schwach, daß er nicht aufstehen konnte. Er bat Carina ihm etwas zum Essen und zum Trinken mitzubringen. Am Lebensmittelmagazin sprach ein Mann Carina an.

„Dein Freund hat die 'roten Blattern'."

„Die 'roten Blattern', woher wissen Sie das ?" fragte sie ihn erstaunt, „wer sind Sie überhaupt ?"

„Ja, so nennt man sie. Ich heiße übrigens Emil."

Er schaute Carina nun scharf an.

„Vergiß ihn, er wird sowieso bald sterben. Komm zu mir."

„Und wieso sollte ich das tun ? Sie haben ja überhaupt kein Benehmen und kein Taktgefühl. Mein Freund ist schwer krank, braucht meine Hilfe, meinen Beistand und Sie verlangen von mir, daß ich mich Ihnen an den Hals werfen soll. Wieso duzen Sie mich überhaupt ? Das habe ich Ihnen nicht gestattet !"

„Ach stell dich doch nicht so zickig an, Carina. Was glaubst du eigentlich, wo du hier bist ? Und ich sage dir eines: wenn er stirbt, und das ist sicher, dann bist du allein. Und allein kommst du nicht in den nächsten Hof."

„Noch ist er nicht tot. Und wenn er wirklich stirbt, dann kann ich mir noch immer einen neuen Partner suchen. Ich hoffe doch schwer, daß es hier noch mehr Männer gibt und vor allen Dingen anständigere als dich, Männer, die wissen, wie sie sich zu benehmen haben."

„Dummes Weibergeschwafel. Wenn du nicht ganz dumm bist, dann kommst du jetzt mit mir. Ich kann dir ein schönes Zimmer bieten, groß-zügig ausgestattet, ich habe sogar Fernsehen. Und ich habe auch gutes Essen, etwas besseres als diesen Paketfraß, den es hier gibt, auch habe ich guten Wein."

„Und wie kommst du zu den Sachen ?"

Emil grinste.

„Ich sagte dir ja, alleine kommst du nicht weiter. Und hier wird ein bißchen gesiebt, werden Fallstricke gelegt. Es gibt Krankheiten, Sterbefälle, es wird Zwietracht gesät um Paare auseinander zu bringen. Aber ganz gemein sind sie jetzt auch wieder nicht. Diejenigen, die alleine sind, bekommen zum Trost etwas mehr Komfort."

„Das verstehe ich jetzt nicht so ganz. Wenn ein Paar auseinander geht, dann bleiben ein Mann und eine Frau alleine übrig. Und es werden ja wohl auch nicht nur Frauen oder nicht nur Männer sterben. Da können sich wieder neue Paare bilden."

„Da hast du im Prinzip recht, aber du weißt nicht, wie das hier abläuft. Ein Partnerwechsel ist nur einmal im Jahr an drei aufeinanderfolgenden Tagen möglich. Und heute ist der dritte Tag."

„Das heißt, wer heute nichts findet, muß ein Jahr lang alleine bleiben, hat auch keine Chance weiterzukommen."

„Exakt. Du hast kapiert."

„Das heißt aber, dich hat bisher keine genommen und jetzt willst du unbedingt mich. Du hast wohl Angst vor der Konkurrenz?"

Carina grinste.

„Es ist ja erst Morgen. Und ich habe noch einen ganzen Tag Zeit mir einen netten Mann zu suchen. Vielen Dank für den Hinweis."

Sie drehte sich um, bemerkte im Gehen.

„Nun ja, du hast ja auch noch fast einen Tag Zeit, vielleicht findest du ja eine Dumme, die dich nimmt."

Ludwig lag elend da als sie die Hütte erreichte; er wirkte aber nicht verzweifelt,

„Es geht mir schlecht", meinte er, „aber sterben? Daran denke ich nicht, meine Zeit ist noch nicht gekommen. Vielleicht kann ich auch gar nicht mehr sterben, weil ich schon tot bin. Aber wenn du gehen willst, dann gehe. Ich will dich nicht zurückhalten. Aber ich hätte es nicht erwartet, daß du mich im Stich läßt. Ich werde es überleben."

„Was redest du eigentlich für ein dummes Zeug", entgegnete Carina ungehalten, „ich lasse dich nicht im Stich."

„Und wenn er wirklich sterben sollte, dann bleibe ich eben ein Jahr alleine", dachte sie.

Ludwig schlief bald wieder ein. Carina ging nach draußen, setzte sich ins Gras.

„Ludwig hat Mut, aber wird ihm das helfen?" dachte sie, „es gibt hier weder einen Arzt noch gibt es Medizin."

Eine Stimme schreckte sie auf.

„Hast du es dir überlegt?"

Es war Emil.

„Es geht ihm noch schlechter, er stirbt. Das ist sicher."

„Noch lebt er", antwortete sie.

„Ja, noch ! Aber wie lange noch ? Ein paar Stunden ? Ein Tag ? Willst du wirklich deswegen hier ein Jahr verbringen."

„Wäre das so schlecht ? Du hast doch gutes Essen, sogar Wein. Ich werde das dann auch erhalten. Und was erwartet mich, wenn ich hier herauskomme ? Wo gelange ich hin ? Erwartet mich dann wirklich etwas besseres als hier ? Und woher weiß ich, ob du nicht lügst ? Muß ich dann wirklich ein Jahr hierbleiben ?"

„Vor allen Dingen wirst du einen Mann haben."

Er lächelte zweideutig.

„Darum geht es dir also", fauchte sie ihn an, „ich sage dir eines, ich habe dich durchschaut. Ich bedeute dir nichts. Für dich bin ich nur das Mittel um hier herauszukommen und um einen gewissen Spaß zu haben. Aber ansonsten schätzt du mich nicht. Du wirst mich wegwerfen, sobald du mich nicht mehr brauchst oder eine findest, welche dich mehr reizt als ich. Ich habe mit Ludwig zusammen bisher alle Schwierigkeiten gemeistert und ich werde ihn nicht verlassen solange er noch lebt. Merke dir das !"

Sie blickte ihn scharf an.

„Und er wird genesen, wenn der böse Geist weicht. Der bist doch du. Hebe dich hinweg, Satan !"

Sie stand auf, trat vor ihn hin, schlug mit der rechten Hand ein Kreuzzeichen. Emil hielt sich schützend die Hände vor die Augen, drehte sich um und rannte davon. Carina setzte sich erneut nieder, genoß die warme Sonne. Erst als es dunkelte ging sie in die Hütte zurück.

Ludwig saß aufrecht im Bett. Die roten Pusteln auf seinem Körper waren großteils verschwunden.

„Ich glaube, ich habe auch kein Fieber mehr", sagte er, „aber ich fühle mich noch sehr schwach."

„Hast du Hunger und Durst ?"

„Hunger nicht, aber Durst."

„Warte, ich hole dir Wasser."

Er trank, legte sich dann wieder nieder, schlief ein.

Am nächsten Morgen fühlte er sich schon so kräftig, daß er aufstehen konnte. Er nahm aber erst einmal den Spiegel in die Hand, betrachtete sein Antlitz. Die Tür öffnete sich, Carina kam mit einem Essenspaket und einem Krug Wasser aus dem Magazin zurück.

81

„Die roten Pusteln sind verschwunden, auch aus dem Gesicht", rief er ihr freudig zu.
Nach dem Frühstück ging er nach draußen, setzte sich in die Sonne.
„Ich brauche noch etwas Ruhe. Ich denke, morgen oder übermorgen bin ich genügend bei Kräften, so daß wir weiterziehen können."

Zwei Tage später brachen sie morgens auf.
Sie durchquerten eine eintönige Landschaft, Wiesenflächen, auf denen aber keine Tiere grasten, gelegentlich ein kleiner Hain. Am frühen Nachmittag erreichten sie das Tor, das sie ungehindert durchschritten. Als die Sonne unterging gelangten sie zu einer Hütte, die von fruchttragenden Bäumen umgeben war. In der Nähe fand sich ein Brunnen. Sie stillten ihren Hunger und ihren Durst, legten sich dann schlafen.
Am nächsten Morgen wanderten sie weiter.

Der Sechste Hof

Sie durchschritten die Pforte, gelangten in eine lieblich wirkende Gartenlandschaft. Eine reich gekleidete Gestalt näherte sich ihnen.
„Wie seht ihr denn aus, ihr ärmlich Gekleideten ? Wo wollte ihr hin ?" fragte sie ohne zu grüßen.
„Wir wollen zum gegenüberliegenden Tor, in den nächsten Hof gelangen", antwortete Carina.
„Und was wollt ihr dort ?
„Wir streben der Vollendung entgegen, der Erlösung ?"
Die Gestalt lachte.
„Von was wollt ihr erlöst werden ?"
„Von allen Übeln."
Die Gestalt blickte die beiden spöttisch an.
„Von welchen Übeln ? Welche Übel quälen euch denn ?"
„Die Ungewißheit, die Rastlosigkeit, unsere Sünden ..."
Die Gestalt lachte.
„Eure Sünden ? Das ist doch nur Pfaffengeschwätz ! Sie wollen euch doch nur Angst vor dem Höllenfeuer machen und euch dann erzählen, die einzige Rettung davor bestehe darin ihren Worten zu folgen. Das tun sie doch nur um euch zu beherrschen, um euch zu ihren Sklaven zu machen. Na, da kann ich euch etwas Besseres zeigen. Kommt mit !"
Die beiden schienen zunächst unschlüssig.
„Vielleicht hat es etwas Gutes zu bedeuten. Wir gehen damit ja keiner Verpflichtung ein", meinte Ludwig.
Sie folgten der Gestalt, die sich Urban nannte, und sie in ein kleines Siedlungsgebiet führte. Bald waren sie von menschlich aussehemden Wesen umringt. Man gab ihnen neue Kleider, fragte sie, ob sie Hunger hätten. Sie bejahten. Man führte sie dann zu einer reichlich gedeckten Tafel. Die Speisen bildeten einen gewaltigen Gegensatz zu den ärmlichen Mahlzeiten, welche sie bisher erhalten hatten.
„Sei vorsichtig", raunte Carina Ludwig zu, „man will uns verführen."
„Den Verdacht habe ich auch", flüsterte Ludwig, „mäßigen wir uns also, besonders beim Genuß von Wein."

„Wir müssen in allem vorsichtig sein, vielleicht mischen sie auch Drogen unter die Speisen."

Sie aßen und tranken nur wenig.

„Was ist ?" fragte ihr Begleiter, „wieso haltet ihr euch zurück. Es ist alles nur für euch bereitet. Greift zu."

„Wir haben nur wenig Hunger und Durst", erwiderte Carina.

Die Gesichtszüge der Gestalt verfinsterten sich und sie blickte schnell zur Seite, als die beiden nach Beendigung der Mahlzeit ein Gebet sprachen und sich bekreuzigten.

„Was soll der Unsinn ? Ihr sollt hier lustig sein, das Leben genießen."

Urban klatschte in die Hände. Eine Wand schob sich zurück und vor ihnen tat sich ein großer Saal mit einer Bühne auf. Mit einem Male saßen sie unter vielen Menschen, die lachten und schwatzten. Ein zarter, hübscher Jüngling betrat nun die Bühne, hob an zu singen. Es klang gräßlich, doch das Publikum jubelte und klatschte."

„Ein schöner Bursche", flüsterte Urban Carina zu, „er wird dir die Nacht versüßen. Ich werde ihn hierher beordern."

„Laß es", wehrte Carina ab, „es ist noch zu früh und er sollte sich daher noch keine Hoffnungen machen. Vielleicht findet sich im Laufe des Abends etwas Besseres."

Urban lachte schallend.

„Etwas besseres finden ? Nein, das ist es nicht, was du meinst. Du zierst dich, du bist zu verkrampft ! Was hast du denn ? Ein junger, stürmischer Mann, der dir alle Lust schenken wird, die du dir im Geheimen wünschst ! Du bist zu verkrampft. Du mußt locker werden. Das gilt auch für dich, Ludwig. Du sitzt ja da wie ein Gartenzwerg vor einem Springbrunnen. Hier habt ihr etwas. Das wird euch helfen."

Er reichte jedem eine Pille. Ludwig schüttelte den Kopf.

„Drogen ? Behalte das für dich ! Nein, das lockert nicht auf, vernebelt nur die Sinne und macht willenlos. Behalte das Zeug für dich."

„Das sind zwei harte Nüsse", sagte Urban zu sich selbst, „aber ich werde sie schon knacken."

„Hier habt ihr Wein !" rief er ihnen dann zu, „ihr habt doch sicher Durst ? Es ist wirklich nichts darunter gemischt. Ob Wasser oder Wein, man kann allem geeignete Drogen beigeben. Vielleicht habt ihr sie bereits mit dem

Essen zu euch genommen, vielleicht ist auch die Luft mit einem Gas versetzt, welches die Sinne verwirrt. Wie wollt ihr das wissen ? Also, nehmt, was ihr bekommt, genießt es."

Er reichte beiden einen Becher Wein. Sie verspürten plötzlich Durst, schauten einander an. Jeder nahm nur einen kleinen Schluck. Doch der genügte um ein unbändiges Verlangen nach mehr in ihnen hervorzurufen. Sie tranken die Becher leer. Urban grinste.

Nun betraten Tänzerinnen und Tänzer die Bühne, boten bei manchmal lauter und aufpeitschender, manchmal bei ruhiger, gediegener Musik ihre Kunst dar.

War es die geringe Menge Alkohol oder waren es beigemischte Drogen, was ihre Sinne zu vernebeln begann ?

„Na, wie gefällt euch das ?" Urban lächelte, „ein hübscher Mann für die Dame, eine hübsche Frau für den Herrn !"

Er winkte den Tänzern auf der Bühne zu. Ein junger Mann und eine junge Frau lösten sich aus der Gruppe, kamen auf Carina und Ludwig zu. Das Mädchen setzte sich auf Ludwigs Schoß, begann ihn zu streicheln und zu küssen. Sie war zärtlich, duftete verführerisch, doch Ludwig empfand Abscheu.

„Eine Hexe hinter der Maske der Schönheit", dachte er, „der Geruch der Hölle umgibt sie, den kann auch das süßeste Parfüm nicht überdecken."

Er stieß sie von sich.

Nicht besser erging es dem jungen Mann, der sich Carina näherte, sie wies ihn zurück, gab ihm sogar noch eine Ohrfeige als er nicht gleich von ihr abließ, fauchte ihn dabei an:

„Du Widerling, du ekelst mich an; hinweg !"

„Ihr seid wohl noch nicht so richtig in Stimmung ?" bemerkte nun Urban.

Er gab den Abgewiesenen einen Wink. Sie legten sich nun vor ihnen auf den Tisch, liebten sich vor ihren Augen, zeigten dabei höchstes Lustempfinden."

„Nun, was ist jetzt ?" munterte sie Urban sie auf, „das könnt ihr auch alles so genießen, wenn ihr nur wollt. Ihr könnt es auch miteinander treiben, hier auf dem Tisch, wenn euch das lieber ist. Ziert euch nicht, zeigt keine Scham. So etwas kennen wir hier nicht."

Carina spürte, daß alles immer mehr vor ihren Augen verschwamm. Sie stieß Ludwig an.

„Wir müssen hier raus ! Sofort ! Ich beginne die Kontrolle über mich zu verlieren."

„Mir geht es ebenso", antwortete er, „bald werden wir uns nicht mehr wehren können und alles willenlos über uns ergehen lassen."

Sie nahmen sich bei der Hand, sprangen auf, schubsten Urban beiseite. Der Saal hatte sich mittlerweile gefüllt und so drängten sie sich ohne Rücksichtnahme durch die Menge, gelangten schließlich durch einen langen Flur ins Freie.

„Noch sind wir nicht gerettet", stieß Carina hervor, „wir müssen diesen Ort verlassen."

Doch sie waren nicht mehr Herr ihrer Glieder. Eine bleierne Müdigkeit hatte sie erfaßt. Sie sanken nieder, schliefen ein.

Urban war ihnen gefolgt, betrachtete mit höhnischem Grinsen die Schlafenden.

„Ihr seid hartnäckig", sprach er, „aber das hilft euch nicht. Ich werde euch furchtbare Träume senden. Und morgen geht es dann weiter und spätestens am Abend werdet ihr dann genau so verderbt sein wie die anderen hier. Und dann hinab mit euch ! Ihr hättet weitergehen müssen, nichts von uns annehmen. Ihr aber habt euch auf das Spiel eingelassen und nun gibt es kein Entrinnen mehr. Ihr kommt hier nicht raus, ihr kennt das Mittel dazu nicht."

Ein wirrer Traum entsetzte Carina, der Teufel erschien ihr, forderte ihre Seele.

„Glaubt ihr etwa, das alles erhaltet ihr umsonst ?" schrie er sie an, „wir boten euch berauschendes Vergnügen und der Preis hierfür war die ewige Verdammnis. Ihr habt es nicht angenommen. Das war dumm, denn eure Seele gehört ohnehin mir. Ihr werdet in der Hölle braten noch bevor die Sonne aufgeht."

Sie schreckte auf, erhob sich, suchte Ludwig, den sie unweit von ihr schlafend fand, rüttelte ihn wach.

„Wir müssen fort", stieß sie hervor, „der Teufel ist hinter uns her."

„Ich bin todmüde, du hast geträumt. Warte bis es hell ist, dann sehen wir weiter."

„Nein, dann ist es zu spät", beschwor ihn Carina, „das hier ist der Vorhof zur Hölle. Es führen von hier aus zwei Wege weiter, einer in die Verdammung, einer zur Erlösung. Und wir müssen uns beeilen, morgen früh wird der Weg zur Erlösung bereits versperrt sein. Rette mich, der Teufel ist mir bereits erschienen. Er wird mich bald wegschleppen."

Ludwig konnte ihr Gesicht nicht sehen, aber es erschreckte ihn das Entsetzen, welches aus ihrer Stimme herausklang. Sie mußte wirklich etwas furchtbares erlebt oder auch geträumt haben. Beruhigen konnte er sie nicht mehr und so bestand die Gefahr, daß sie kopflos irgendwo hinlief, ins Verderben, wenn er sie nun alleine ließ. Er hatte keine Wahl.

„Komm, wir gehen."

Die Siedlung lag bald hinter ihnen, sie gelangen in einen Wald. Es war stockfinster, es war kein Weg zu erkennen, es schien aber als führe sie ein unsichtbarer Geist. Sie sahen niemanden, vernahmen nur ein höhnisches Lachen und eine Stimme, die sagte, sie könnten nicht das Tor durchschreiten, sie seien gefangen.

Sie erreichten das Tor, doch es öffnete sich nicht. Der Wächter schwieg sich aus, sagte nur:

„Ihr habt es in der Hand."

Die beiden überlegten.

„Wir können nur im Zustand der Reinheit das Tor passieren", meinte Carina schließlich, „wir dürfen nichts aus diesem Hof mitnehmen, da hier alles sündig ist. Die Kleider sind es, die uns hemmen."

Rasch warfen sie die Kleider ab, denn schon nahte eine Horde Buhlen, Trinker, Spieler, Musikanten und Tänzer um sie an den Ort der Wollust zurückzubringen.

Doch da öffnete sich die Pforte und rasch eilten sie nach draußen.

Der Siebte Hof

Es war stockfinster.
„Was machen wir jetzt ?" fragte Ludwig, „wohin sollen wir uns wenden ?"
„Bisher lag das Ziel immer geradeaus vor uns. Das wird auch diesmal so sein. Gehen wir also in diese Richtung. Aber nicht jetzt in der Nacht. Wir würden uns sicherlich verlaufen", antwortete Carina.
„Warten wir also den Morgen ab ?"
„Ja, das ist das beste. Ich bin auch müde."
Sie entfernten sich etwa zweihundert Schritte vom Tor, legten sich nieder. Sie schliefen bald ein.
Sie erwachten kurz nach Tagesanbruch. Vor ihnen lag so weit das Auge reichte eine ausgedehnte Wiesenlandschaft. Sie brachen auf. Die Sonne stieg höher und höher, brannte bald unbarmherzig. Es wurde unangenehm. Ihr Haut begann zu schmerzen, ebenso ihre Füße, denn sie waren nackt und nichts schützte sie vor der Sonnenglut. Bald stellten sich auch Hunger und Durst ein.
„Glaubst du, daß wir auf den richtigen Weg sind ?" fragte Carina gegen Mittag.
Ludwig zuckte mit den Schultern.
„Ich weiß es nicht; aber welche Wahl haben wir denn außer weiterzugehen ?"
Carina überlegte kurz.
„Bisher sind wir immer zu einem Ziel, das heißt zu einem neuen Hof gelangt. Und diesmal wird es auch so sein. Ich glaube fest daran."
Ludwig umarmte und küßte sie.
„Wir haben bisher alle Gefahren überstanden und sie haben uns nie im Stich gelassen. Ich glaube auch fest daran."
Die Stunden strichen dahin. Sie ermüdeten.
„Die Hitze ist furchtbar. Ich kann bald nicht mehr", klagte schließlich Carina, „ich mag auch nicht mehr. Laß mich hier zurück."
„Das kommt überhaupt nicht in Frage", erwiderte Ludwig, „wir haben bisher alles gemeinsam durchgestanden und das werden wir auch jetzt tun. Ich stütze dich, wenn du nicht mehr kannst."

Sie setzten ihren Weg fort. Ihre Schritte wurden allmählich kürzer, bald schleppten sie sich nur noch vorwärts. Sie sprachen wenig miteinander, auch um ihre Kräfte zu schonen.

„Täusche ich mich oder steht da vorne wirklich ein Turm?" fragte Ludwig als die Sonne bereits zu sinken begann."

„Vielleicht, vielleicht auch nicht. Ich sehe auch etwas, aber mir schwimmt bereits alles vor den Augen. Vielleicht ist es nur eine Fata Morgana, vielleicht auch wirklich ein Turm, der Eingang zu dem nächsten Hof."

Sie blieb stehen, wandte sich Ludwig zu.

„Ich kann bald wirklich nicht mehr weiter. Ich bin total erschöpft, meine Füße schmerzen und meine Haut brennt, als sei ein Feuer auf ihr entfacht worden."

„Mir geht es auch nicht besser. Aber wir dürfen jetzt nicht aufgeben. Hänge dich bei mir ein."

„Willst du dich nicht retten? Laß mich zurück."

„Nein, Carina, ich liebe dich. Entweder wir leben zusammen oder wir sterben zusammen."

Er küßte sie.

„Danke!"

„Was heißt hier 'danke'? Bisher hat sich stets der eine für den anderen eingesetzt. Und so wird es auch bleiben bis zum Ende, einerlei ob es gut oder schlecht sein wird."

Sie hatten sich nicht getäuscht. Noch bevor die Sonne unterging erreichten sie ein Tor, den Zugang zu einen umzäunten Bereich. Am Eingang stand eine Gestalt, die ein flammendes Schwert in der Hand hielt.

„Der Erzengel Michael, der den Zugang zum Garten Eden bewacht", raunte Carina.

Ein leichter Schauer überfiel beide; sie zögerten weiterzulaufen.

Doch die Gestalt lächelte ihnen freundlich zu.

„Tretet näher, ihr werdet erwartet."

Sie schritten durch das Tor und alle Müdigkeit fiel von ihnen ab. Eine Frau mit goldenen Haaren, in ein weißes Gewand gehüllt, trat ihnen entgegen.

„Seid gegrüßt", sprach sie, „ihr habt euer Ziel erreicht."

„Was ist das für ein Ziel?" fragte Carina.

„Später, ihr seid ermattet von dem Marsch und bedürft der Ruhe."

„Wir fühlen uns frisch."

„Nein, nein, wir haben nur die Todesmattigkeit von euch genommen. Ihr seid erschöpft. Es hat außerdem keine Eile. Ihr werdet alles erfahren – morgen."

Sie pausierte kurz, wies auf ein in der Nähe stehendes Zelt.

„Es wird euch heute als Nachtlager dienen. Dort findet ihr auch Kleidung. Nackt wurdet ihr geboren und nackt seid ihr hierher gekommen, im Zustand der Reinheit, der seelischen Reinheit. Nun dürft ihr Kleider anlegen. Reinigt aber zuvor eure Körper vom Schmutz der Reise. Dort drüben steht eine Dusche und in der kleinen Hütte daneben findet ihr Speise und Trank."

Die Frau verabschiedete sich, verschwand.

„Angekommen!" Carinas Gesicht hellte sich auf, „wo sind wir angekommen?"

„Ich weiß es nicht. Man kann auch nicht viel erkennen, es ist schon fast dunkel. Der Empfang war jedenfalls recht freundlich. Und nach den Strapazen haben wir Ruhe nötig", antwortete Ludwig.

Sie reinigten ihre Körper, liefen zum Zelt, legten die bereit liegenden Gewänder an. Neben einer Bettstatt befanden sich im Zelt noch ein Tisch und zwei Sessel. Sie stellten die Möbel ins Freie, begaben sich dann in die Hütte, wo sie die köstlichsten Speisen und auch Wein vorfanden. Sie bedienten sich, nahmen in den Sesseln Platz, aßen, tranken, sprachen wenig.

Dann gingen sie ins Zelt, legten sich nieder, schmiegten sich aneinander, nicht um sich zu wärmen, sondern um einander zu spüren, um sicher zu sein, daß das alles nicht ein Traum sondern Wirklichkeit war.

Sie schliefen gut und lange. Als sie erwachten stand die Sonne bereits hoch am Himmel. Sie erhoben sich, gingen nach draußen, reinigten sich, holten sich dann ein Frühstück, das sie vor dem Zelt verzehrten. Dann beschlossen sie ein bißchen umherzuschlendern um die Umgebung kennenzulernen. Vor ihnen lag eine ausgedehnte Parklandschaft, übersät mit Bäumen, welche Früchte zu tragen schienen, und durchzogen von Bächen. Eine unsichtbare Kraft hinderte sie allerdings daran dorthin zu gehen.

„Verstehst du das?" fragte Ludwig.

„Nun ja", antwortete Carina, „die Frau, die uns gestern abend empfing, teilte uns mit, wir würden erfahren, wo wir uns befinden und wie unsere weitere Zukunft aussieht. Ich halte es durchaus für möglich, daß sich der

Zugang ins Innere für uns erst öffnet, wenn sie uns das alles mitgeteilt hat."

„Das ergibt einen Sinn. Warten wir also."

Sie ließen sich in den Sesseln vor dem Zelt nieder, mußten sich allerdings einige Zeit gedulden. Die Frau vom Vorabend erschien erst gegen Mittag.

„Einen schönen Morgen wünsche ich euch, ich hoffe ihr habt euch mittlerweile einigermaßen erholt", sagte sie zur Begrüßung.

„Erwarten uns schwere Aufgaben ?" fragte nun Ludwig.

„Wie kommst du darauf ?"

„Weil Sie fragten, ob wir uns mittlerweile einigermaßen erholt hätten ?"

Die Frau lachte.

„Nein, das war nur so eine Floskel. Ihr braucht nur noch zu eurem Haus zu gehen. Das bedeutet aber keine Anstrengung. Aber vorher sollt ihr noch einige Erklärungen erhalten und wissen, wo ihr angelangt seid. Man nennt diesen Ort 'Hof der Vollendung'. Ihr mußtet zuvor einige Prüfungen ablegen um würdig gehalten zu werden hier einzutreten. Ihr habt sie bestanden."

„Hof der Vollendung ? Ist er das Paradies ? Der Garten Eden ?" fragte Carina.

Die Frau zuckte mit den Schultern.

„Paradies ? Garten Eden ? Nennt ihn so wenn ihr wollt. Das sind nur Namen. Hier findet ihr keine Begierden, keine Leidenschaften, keine Wollüste mehr. Hier gibt es keine Sünde und es soll auch keine Sünde mehr geben. Daher mußten wir euch prüfen, sicherstellen, daß ihr keine Sünden im Herzen tragt. Ansonsten wären wir gezwungen gewesen euch in die Verdammnis zu werfen. Das entspricht aber nicht unseren Gepflogenheiten. Seid also willkommen !"

Carina und Ludwig schauten die Frau leicht verwirrt an. Sie lächelte.

„Ihr dürft das nicht mißverstehen. Ihr habt bewiesen, daß ihr zusammengehört und daher sollt ihr auch als Frau und Mann zusammenleben. Eure Liebe ist etwas Reines. Ihr sündigt nicht miteinander, solange der eine dem anderen nicht Gewalt antut oder von ihm Dinge verlangt, die seine Seele verletzen. Aber so habt ihr euch bisher auch nicht gegeneinander verhalten. Niemand wird euch trennen und niemand wird euch in Versuchung führen eure Verbindung zu lösen und sich anderen zuzuwenden."

„Und wie sollen wir hier leben ?" fragten beide nun wie aus einem Mund.

„In Frieden mit euch selbst und miteinander. Eure Seele ist rein, ihr lebt hier frei von aller materieller Not, habt keine Pflichten anderen gegenüber. Ihr könnt euer Leben und euer Zusammenleben nach euren eigenen Vorstellungen gestalten. Ob ihr euch mit Wissenschaften beschäftigen wollt, mit Philosophie, mit Musik, ob ihr spielen wollt oder Leibesertüchtigung treiben, ihr werdet alles vorfinden, was ihr wünscht, aber bedenkt folgendes: begehrt nicht mehr als ihr sinnvoll genießen könnt, versucht nicht Reichtümer zu sammeln; genießt die Speisen und Getränke, aber verfallt nicht der Völlerei."

Sie pausierte kurz, wartete offenbar auf Fragen. Doch die beiden schwiegen.

„Dann werde ich euch jetzt zu eurem Haus führen. Folgt mir also nach."

Sie durchschritten nun eine wundervolle Landschaft, eine Mischung aus Garten und Park. Bäume und Sträucher trugen herrliche Früchte, auf größeren oder kleineren Beeten wuchsen zahlreiche Sorten Gemüse und Salate. Und überall blühten Blumen."

„Ihr dürft von allem nehmen", erklärte die Frau, „es gibt keinen Baum, dessen Früchte euch verboten sind. Nur Tiere dürft ihr nicht töten. Was euch an Fleisch zu essen erlaubt ist, das findet ihr in den Vorratsräumen. Dort findet ihr auch Getränke und bereits zubereitete Speisen."

Auf ihrem Weg begegneten ihnen zahlreiche Menschen, welche freundlich grüßten.

„Ihr müßt nicht alleine sein, ihr werdet Gesellschaft haben", erklärte die Frau.

Sie erreichten ein kleines Gebäude.

„Wir sind am Ziel. Das ist euer Zuhause. Ihr werdet alles, was ihr wissen müßt, auf einem großen Plan verzeichnet finden. Ich verabschiede mich jetzt."

Die Frau verschwand.

Die beiden blickten einander an.

„Das sieht nach dem vollkommenen Glück aus", meinte Carina, „das können wir jetzt nur noch durch eigene Unvernunft zerstören."

„Das haben wir aber doch nicht vor", entgegnete Ludwig.

Sie umarmten und küßten sich. Dann traten sie in das Haus ein.

Raumfrachter XPZ15

Das Jahr 5021

Wir schreiben das Jahr 5021. All die Streitereien, Konflikte und Probleme, welche die Menschheit zu Beginn des dritten Jahrtausends in Atem hielten, sind vergessen: es gibt keine Nationalstaaten mehr, keine Rassen, keine Kriege, keine Religionen, keine Umweltverschmutzung, keine Erderwärmung, aber auch keine geistige Freiheit, kein selbständiges Denken. Es gibt nur noch eine Menschheit, in bunter, sexueller Vielfalt. Demokratie oder per-sönliche Freiheit sind unbekannt, auch nicht notwendig, da sich das 'wahre' Bewußtsein oder auch die 'wahre' Ideologie durchgesetzt hat, dem sich alle zu unterwerfen haben. Es gibt daher auch keine kontroversen Diskussionen über Gesellschaftsstruktur, Lebensweisen und dem Verhältnis der vielen Geschlechter zueinander, da das Leben durch ein umfangreiches auf der 'wahren' Ideologie basierenden Gesetzeswerk geregelt wird, dessen Ein-haltung die Regierung mit aller Strenge überwacht. Da nun alle Menschen gleichviel wert sind, werden Regierungen auch nicht mehr gewählt, denn Wahl bedeutet Selektion. Das heißt im Klartext: die Auswahl eines Kandi-daten aufgrund einer Abstimmung durch Menschen, die sich in ihrem Wahlverhalten auch durch Gefühle und Sympathien für einen Kandidaten leiten lassen, also durch subjektive Empfindungen, bedeutet eine Diskrimi-nierung aller anderen Kandidaten. Die Auswahl von Personen für ein bestimmtes Amt erfolgt durch Losentscheid. Das hat allerdings zur Folge, daß die auf diese Weise ausgewählten Personen dieses Amt auch annehmen müssen, denn nach der 'wahren' Ideologie sind alle Menschen gleichviel wert und damit auch alle in gleicher Weise für jedes Amt geeignet. Somit muß nicht auf spezielle Qualifikationen geachtet werden. Und wer ein Amt, für das er per Los bestimmt wurde, ablehnt, weil er sich nicht für das Amt geeignet hält oder kein Interesse daran zeigt, wird bestraft, da er mit einer solchen Entscheidung die Gültigkeit der 'wahren' Ideologie in Frage stellt. Er gilt damit als Staatsfeind.

Das kommt aber recht selten vor. Denn so zufällig wie es die 'wahre' Ideologie verkündet, sind die Losentscheidungen nun auch wieder nicht, denn es existiert, zwar nicht offiziell, aber in der Realität, eine Gruppe Herrschender, welche die Losentscheide dahingehend beeinflußt, daß die jeweils gewünschten Kandidaten für die zu vergebenden Ämter ausgewählt werden, was aber nicht heißt, daß Ämter auch mit hierfür qualifizierten Personen besetzt werden.

Natürlich läßt es sich nicht vermeiden, daß es immer wieder einzelne Existenzen gibt, welche zum selbständigen Denken und Handeln neigen. Und viele tarnen diese naturwidrigen Eigenschaften, führen nach außen hin ein völlig normales Leben, sind aber nichtsdestoweniger stets bestrebt die staatliche, wahre Ordnung zu untergraben. Die Geheimpolizei hat daher alle Hände voll zu tun, solche Individuen ausfindig und unschädlich zu machen.

Ursprünglich versuchte man noch, diese Personen durch geeignete Erziehungsmaßnahmen wieder in wertvolle Mitglieder der Gesellschaft zu verwandeln und siedelte sie auf dem Planeten Pluto an, der eigens hierfür mit erheblichem technischen und finanziellen Aufwand in Teilen besiedelbar gemacht wurde. Doch dieser Plan schlug fehl. Die Verbannten zeigten keineswegs Reue und Einsicht, sondern schlossen sich zusammen, leisteten Widerstand, vertrieben am Ende ihre irdischen Mentoren. Eine nur halbherzig durchgeführte Strafaktion scheiterte am entschlossenen Widerstand der Plutonianer. Und so schloß man ein Übereinkommen, gewährte ihnen eine weitgehende Unabhängigkeit und eine ihren Interessen entsprechende Lebensführung, da die irdische Regierung einen langwierigen Krieg vermeiden und auch nicht riskieren wollte, daß Pluto ein Stützpunkt krimineller Banden würde. Diese hatten sich im Laufe der Jahrhunderte gebildet. Sie rekrutierten sich aus Verbrechern, welche sich der Verhaftung auf der Erde durch Flucht in den Plutoaußenbereich entzogen hatten. Man muß hier erwähnen, daß es dort zahlreiche größere oder auch kleinere Planetoiden gibt. Manche erlauben sogar die Ansiedlung kleinerer Gruppen von Menschen in hermetisch von der Außenwelt abgeschirmten Siedlungen, deren Energieversorgung durch Kernkraftwerke oder Kernfusionsanlagen erfolgt. Einige dieser Planetoiden sind für die Erde als Rohstofflieferanten von Interesse, andere dienen als Räubernester. Einer von ihnen,

94

Punischtar, dient heute als Verbannungsort.

Die Räuberbanden überfallen recht häufig Rohstofftransporter, verkaufen die Waren dann über dunkle Kanäle an irdische Abnehmer oder auch, wie es manchmal heißt, an außerirdische Wesen, die Frogonen, deren Herkunftsplanet unbekannt ist. Größere Konflikte zwischen Erdenmenschen und Frogonen gab es bisher noch nicht, von gelegentlichen Zusammenstößen mit irdischen Patrouillen, kleineren Scharmützeln und Überfällen auf Rohstofftransporter abgesehen. Der Plutoaußenbereich gilt daher als 'gefährliche' Zone, die sich von der Erde aus auch kaum überwachen läßt. Schon deshalb ist man auf ein gutes Verhältnis zu den Plutonianern angewiesen.

Es ist nach dem gesagten völlig klar, daß die Rohstofftransporte durch dieses Gebiet sehr gefährlich sind, daher fast ausschließlich von Männern durchgeführt werden, welche zwar fähig und mutig, auf der Erde aber unerwünscht sind, denen aber keine Vergehen zur Last gelegt werden konnten, welche eine Verbannung nach Punischtar rechtfertigten.

Einer dieser Ausgestoßenen ist Fitz Brassam, der Kommandant des Raumfrachters XPZ15.

Die Raumfrachter

Der Raumfrachter XPZ15 war schon ein älteres Modell, bereits knapp fünfzig Jahre in Betrieb. Er war einer jener Riesenraumschiffe, welche Erz von 'Tichroni' einem Außenplanetoiden jenseits des Plutos zum Mars transportierten. Tichroni besitzt einen Durchmesser von etwa sechzehntausend Kilometern und man fand dort reiche Vorkommen an Titan, Chrom, Nickel, Kobalt, Zink, Mangan, Eisen und Kupfer. Das Erz wird auf dem Planeten abgebaut und es wird dort auch eine grobe Trennung des Metalls vom tauben Gestein durchgeführt. Das vorgereinigte Erz wird, zu Barren gepreßt, zu den Außenstationen Venus III oder Mars II transportiert. Auf diesen Planeten werden dann die Metalle von dem restlichen tauben Gestein ab-getrennt und von einander geschieden. Auf der Erde sind solche Ver-hüttungsprozesse wegen der damit verbundenen Umweltverschmutzung schon seit mehr als einem Jahrhundert nicht mehr erlaubt.

Aber nicht nur Metalle werden auf Planeten jenseits des Plutos gewonnen. Es gibt in jenen unendlichen Weiten des Weltraums zahlreiche Himmelskörper, auf denen auf der Erde benötigte Rohstoffe abgebaut werden, erwähnt seien hier der Asteroid 'Heliogenar', auf dem Helium in großen Mengen in flüssiger Form vorkommt, 'Deuteron', auf dem das für die Energiegewinnung durch Kernfusion bedeutsame Deuterium gefördert wird und 'Lithion', auf dem reiche Lager des zur Herstellung leistungsfähiger Batterien benötigte Lithium entdeckt wurden. Diese Himmelskörper liegen in einem Gürtel dreißig bis zweihundert Milliarden Kilometer von der Sonne entfernt.

Man hatte daher Riesenraumschiffe mit Ladekapazitäten von bis zu zweieinhalb Millionen Tonnen gebaut, die wegen ihrer Größe allerdings im Weltraum sowohl beladen als auch entladen werden müssen. Bei der Konstruktion war auch ins Auge gefaßt worden diese Riesenraumschiffe eventuell unbemannt zu betreiben. Es zeigten sich dann allerdings in der Praxis Mängel, welche die Verantwortlichen veranlaßte von diesem Vorhaben abzugehen. Die automatische Steuerung erwies sich als unzuverlässig, auch als zu unpräzise. Geplante Kontrollstationen, in denen der zur Erreichung der Entladestellen, beziehungsweise Beladestellen notwendige Kurs mit dem tatsächlichen Kurs verglichen und Korrekturen vorgenommen werden konnten, wurden aus Kostengründen nicht installiert. Dadurch ereigneten sich zahlreiche Pannen, gingen Frachter 'verloren'; das bedeutete, daß die Frachter ihre Endladestellen an einer Außenstation, beziehungsweise ihre Beladestellen am Rohstoffplaneten verfehlten und weiterflogen. Sie mußten dann geborgen werden, das heißt, es wurde ihnen ein Bergungskreuzer nachgeschickt, in der Regel dann ein Mann auf den Transporter übergesetzt, der per Hand den Frachter wieder auf den richtigen Kurs brachte. Insbesondere hinsichtlich der Beladestation war dies fatal, da die letzte Erdaußenstation, 'Pluto I' sich in der Nähe des Plutos befand, etwa vier bis sechs Wochen Frachterfahrzeit zum nahesten Erzplaneten entfernt. Selbst ein schneller Raumkreuzer benötigte dann etwa fünf Tage um den Frachter einzuholen.

Man faßte daher den Beschluß die Transporter mit einem Piloten, etwas hochtrabend 'Kommandant' genannt, zu besetzen; man strebte natürlich minimalen Personaleinsatz an. Es war keine attraktive Stellung, bedeutete bei den meisten Touren, mindestens zwölf Monate alleine durch den Weltraum zu fliegen; und ein großzügiges Gehalt wollte man natürlich auch nicht bezahlen. Die Folge war wie bereits angedeutet die Anheuerung recht zweifelhafter Existenzen; die Männer waren zwar fachlich kompetent, aber mit vielen menschlichen Schwächen behaftet, in der Regel also gescheiterte Existenzen oder solche, die sich auf der Erde nicht mehr blicken lassen durften oder dort unerwünscht waren.

Einer dieser Piloten war Fitz Brassam, ehemals Kommandant eines Raumkreuzers. Im Zweiten Marsianischen Krieg griff er entgegen des ausdrücklichen Befehls des Flottenkommodores den Planetoiden 'Sikus 3' an, auf dem er die Kommunikationszentrale des Feindes, der aufständischen Marsianer, vermutete, was der Kommodore für Unsinn hielt. Fitz behielt recht. Und nach Zerstörung der Zentrale war eine Koordinierung der Aktionen des Feindes für einige Tage nicht möglich. Der Oberbefehlshaber der 'Irdischen Raumflotte' nutzte dies aus, griff den Feind an und bescherte ihm eine entscheidende Niederlage, welche die Aufständischen veranlaßte sich aus dem Sonnensystem zurückzuziehen.

Fitz erhielt für seine Leistung keinen Dank. Der Kommodore machte seinen

Einfluß geltend. Fitz wurde vor ein Militärgericht gestellt, wegen Ungehorsams unehrenhaft aus den Streitkräften entlassen und außerdem zu zwei Jahren Haft in einem Straflager verurteilt. Nach Abbüßung seiner Strafe war er gebrandmarkt. Er fand trotz seiner Erfahrung als Raumschiffskommandeur keine Anstellung in einer der beliebten Positionen der zivilen Raumfahrt. Das waren die Transport- und Fahrgastrouten im Bereich der Planeten bis hin zum Pluto. Hier waren einige Planeten und Planetoiden bewohnbar gemacht worden, dienten weitgehend als Urlaubsziele. Und daher nahm er schließlich die Stelle als Erztransportführer an.

So befuhr er mittlerweile seit mehreren Jahren die Route zwischen Tichroni und Mars II; die Zeit für die einfache Reisestrecke betrug zehn Monate, das Beladen und Entladen jeweils zehn Tage.
Fitz war damit zufrieden; er benötigte lediglich stets eine größere Menge Whisky und Zigaretten für seine Fahrten. Alkoholgenuß und Rauchen war Raumfahrern zwar offiziell während des Einsatzes verboten; bei den Erztransportern tolerierte man das allerdings, da man froh sein mußte, überhaupt geeignetes Personal zu bekommen. Da Herstellung und Verkauf von Alkohol und Tabakwaren auf der Erde wie auch auf allen von der Erde kontrollierten Raumstationen verboten war, machte er regelmäßig an der von den Plutonianern betriebenen Außenstation 'Pluto II' Halt um Whisky, Bier und Zigaretten zu laden. Die Produktion und der Genuß solcher Waren solcher Waren gehörten zu den Zugeständnissen, welche man den Plutonianern eingeräumt hatte.

Nun waren die Fahrten dieser Raumfrachter nicht unbedingt ungefährlich, da sich wie bereits erwähnt im Transplutobereich Raumpiraten herumtrieben, die immer wieder Frachter überfielen, die Ladung raubten und sie an zwielichtige irdische Händler oder die 'Frogonen' verkauften. Es handelte sich bei diesen Räubern meist um Nachkommen ehemaliger marsianische Rebellen, die sich nach ihrer Niederlage im Ersten Marsianischen Krieg vor hundert Jahren in die Weite des Alls zurückgezogen hatten und vor einigen Jahren nach Ende des Zweiten Marsianischen Krieges Verstärkung durch überlebende Rebellen erhielten. Der Galaktische Sicherheitsdienst ging mittlerweile davon aus, daß es sich um mehrere

Banden, die unabhängig von einander operierten, sich teilweise auch gegenseitig bekämpften handelte. Es war ihm aber bisher nicht gelungen ihre Schlupfwinkel ausfindig zu machen oder sie zu vernichten.

Bei den 'Frogonen' handelte es sich um intelligente Weltraumwesen, über die man nicht allzuviel wußte. Einige sagten, sie stammten von frühen irdischen Raumfahrern ab, die einst von der Erde vertrieben, sich auf einem Himmelskörper etwa vierhundert Milliarden Kilometer von der Sonne entfernt angesiedelt hatten. Andere behaupteten, es handele sich um Wesen aus einem anderen Planetensystem oder gar aus einer anderen Galaxis. Wie sie überhaupt auf einem offensichtlich so unwirtlichen Planeten eine Zivilisation aufbauen konnten wußte niemand. Vielleicht gab es dort Energiequellen, die zumindest die Besiedlung eines Teils des Himmelskörpers zuließen. Auch wußte niemand wie groß das Volk der Frogonen war. In früheren Zeiten gab es ständig frogonische Überfälle auf Frachter. Man hatte vor dreißig Jahren nach einem kurzen galaktischen Krieg, eher einem ausgedehnten Scharmützel, ein Friedensabkommen geschlossen, in dem eine 'neutrale Zone' vereinbart wurde, innerhalb deren man sich jeder Feindseligkeit gegenüber der anderen Seite, hierzu zählten auch Raubüberfälle, enthielt. Trotzdem ließ sich bis heute nicht vermeiden, daß es gelegentlich zu Provokationen, von beiden Seiten ausgehend, und einzelnen Gefechten kommt. Und es heißt auch, daß manche Überfälle auf Frachter nicht auf das Konto der Weltraumpiraten, sondern auf das Konto der Frogonen gehen und auch, daß manche Kommandanten mit den Frogonen gemeinsame Sache machen und ihnen ihre Frachter zuspielen.

Fitz empfand allerdings keine Furcht. Er besaß genügend Erfahrung um Gefahren schon frühzeitig zu erkennen und entsprechende Vorsichtsmaßnahmen zu treffen, wie den Aufbau von Schutzschildern oder auch einer aktiven Abwehr.

In der Tat hatte Fitz bald nach der Übernahme des Raumfrachters eine Protonenkanone erworben, genau gesagt, geschenkt bekommen. Er ließ sie, natürlich ohne Wissen der Behörden und der Gesellschaft, welcher der Frachter gehörte, einbauen und setzte sie wieder in Gang. Sie war bisher bei den wenigen Inspektionen des Frachters auch nicht aufgefallen, da Fitz sie so hatte installieren lassen, daß man sie als 'Maschinenteile' deklarieren konnte. Gefälschte Transportpapiere führte er vorsichtshalber stets bei sich, aber die Inspekteure hatten bisher bestenfalls einen flüchtigen Blick auf sie geworfen.

Die Waffe war vor mehr als zweihundert Jahren entwickelt worden, galt damals als hervorragend, mittlerweile wegen ihrer Größe und niedrigen Schußfrequenz als veraltet, und war schon vor Jahrzehnten durch leistungsfähigere Waffensysteme ersetzt worden. Fitz erachtete die Protonenkanone aber noch immer als wirkungsvoll; sie mochte zwar wegen ihrer geringen Schußfrequenz für Schlachten zwischen Raumflotten und wegen ihrer Größe und ihrer Masse auch für die kleinen und schnellen Raumkreuzer ungeeignet sein, in dem riesigen Raumfrachter dagegen nahm sie nur unbedeutenden Platz weg und zur Abwehr einzelner frogonischer Raubschiffe oder Weltraumpiraten benötigte man keine hohe Schußfrequenz, zumal Fitz die Zielansteuerung so verbessert hatte, daß eine Trefferquote von praktisch hundert Prozent erreicht wurde. Der größte Vorteil der Waffe war aber, daß weder die Weltraumräuber noch die Frogonen sie kannten und daher auch keine Abwehrmaßnahmen gegen sie hatten ergreifen können. Sie hatten es wohl auch nicht für nötig gehalten, den Gegner genauer zu studieren. Möglicherweise sagten sie sich, warum sollten sie sich an einem einzelnen Schiff die Zähne ausbeißen, wenn es vor leichter Beute nur so wimmelte.

Man wußte also, daß er wehrhaft war, hatte Respekt vor ihm, ließ ihn in Ruhe. Mehr wollte er auch gar nicht.

Die Generalin

Der Raumkreuzer Sagittarius III befand sich auf einer Patrouillenfahrt im Plutoaußenbereich. Ein Routineflug ohne besondere Vorkommnisse. Major Swan beachtete daher den kleinen Punkt auf dem Überwachungsschirm nicht weiter. Doch die an Bord anwesende Generalin Almuta Bersekierski wies ihn darauf hin.

„Was bedeutet das?" fragte sie.

„Was wird das schon bedeuten? Nichts wichtiges", erwiderte der Major.

Die Generalin gab sich mit der Antwort nicht zufrieden, betrachtete das Objekt genauer.

„Das ist kein irdisches Raumschiff", meinte sie schließlich.

„Da haben Sie völlig recht. Es sieht wie ein kleines Frogonenfahrzeug aus."

„Frogonen? Hier?"

„Nun ja, es befindet sich in der Neutralen Zone. Es besteht kein Grund zur Aufregung. Das ist nicht vertragswidrig solange es keine feindlichen Absichten erkennen läßt."

Die Generalin verzog das Gesicht.

„Neutrale Zone? Sie irren sich. Es befindet bereits sich in unserem Hoheitsgebiet."

„Und wenn, das kommt öfters vor."

„Was höre ich denn da? Das kommt öfters vor? Das ist eine klare Verletzung des Abkommens!"

„Und wenn, es ist ein kleines, schwach bewaffnetes Fahrzeug, ein Begleitboot eines größeren Kreuzers."

„Und das sagen Sie so lakonisch? Das bedeutet eine Gefahr!"

„Ach was, das bedeutet keine Gefahr. Die kommen, wie es aussieht von der Station 'Pluto II', haben sich dort Schnaps und Tabakwaren besorgt. Das machen die öfters. Niemand stört das."

„Was ist denn das für eine Dienstauffassung, Major? Ein bewaffnetes Frogonenschiff befindet sich illegal in unserem Hoheitsgebiet! Haben Sie eine Identifizierungsorder gesendet?"

„Jawohl."

„Und? hat es geantwortet?"

„Nein !"

„Nein ? Dann müssen Sie eingreifen !"

„Das lohnt nicht."

Die Generalin wurde ernst.

„Ich denke, Sie sind sich Ihrer Pflichten nicht bewußt. Sie haben die Erde und ihre Raumstationen vor Angriffen aus den Tiefen des Alls zu schützen. Und Sie dulden es, daß bewaffnete frogonische Schiffe unser Hoheitsgebiet verletzen ! Bringen Sie das Schiff auf ! Das ist ein Befehl !"

„Das ist doch Blödsinn, wegen so einer Lappalie."

„Lappalie nennen Sie das ? Das ist keine Lappalie ! Bringen Sie das Schiff auf oder ich lasse Sie wegen Befehlsverweigerung arrestieren !"

Der Major erschrak. Mit solch einer Reaktion hatte er nicht gerechnet. Was sollte er tun ? Er fügte sich. Er signalisierte dem Frogonenschiff, daß es stoppen sollte. Doch es folgte seiner Aufforderung nicht, sondern beschleunigte seine Fahrt.

„Warnschuß !" kommandierte die Generalin.

Die Frogonen ignorierten ihn.

„Gezielter Schuß !" befahl sie nun.

„Wir können sie doch wegen so einer Lappalie nicht umbringen", gab Major Swan zu bedenken.

„Gezielter Schuß !" wiederholte die Generalin ihren Befehl.

Ein Volltreffer. Das Fahrzeug explodierte.

„Sind Sie jetzt zufrieden ?" meinte der Major bissig.

Die Generalin antwortete nicht.

Dem Major war unwohl. Das kleine Frogonenfahrzeug war mit Sicherheit nur ein Beischiff eines größeren Raumkreuzers gewesen, dem die Sagittarius III höchstwahrscheinlich nicht gewachsen war. Und man befand sich im Grenzgebiet. Niemand konnte mir Sicherheit sagen, ob es sich zum Zeitpunkt des Abschusses nicht doch schon in der neutralen Zone aufhielt was die Generalin so rechthaberisch bestritten hatte. Die Frogonen würden daher die Ansicht vertreten, ihr Raumschiff habe das irdische Hoheitsgebiet nicht verletzt, es sei aus purer Willkür vernichtet worden und sie würden entsprechend handeln. Er sollte recht behalten. Wenige Stunden später tauchten drei Frogonenkreuzer auf, die sofort das Feuer eröffneten. Die Generalin verlor bereits beim ersten Treffer, der noch gar keinen nennenswerten Schaden anrichtete, die Nerven, verlangte nach einem der Evakuierungsboote, verließ die Sagittarius III, welche kurze Zeit später nach weiteren Treffern explodierte.

Nach zwei Tagen Herumirrens im Weltraum näherte sich Almuta der XPZ15, setzte einen Hilferuf ab. Fitz wies sie ein, ließ sie an Bord gehen. Die Generalin hatte während des Irrfluges ständig Todesangst ausgestanden. Kaum spürte sie jedoch nun wieder 'festen Boden' unter den Füßen, so gewann sie ihre Fassung wieder, betrat in herrischer Haltung die Leitstelle.

„Auf welcher alten Schüssel bin ich denn da gelandet ? Und wer sind Sie ?" fragte sie ohne zu grüßen.

Fitz ließ sich nicht aus der Ruhe bringen.

„Und wer sind Sie eigentlich ? Eine Frau in einer Generalsuniform ! Zustände herrschen heutzutage auf der Erde ! Und allein in einem Fluchtboot ? Gab es eine Meuterei und hat man Sie ausgesetzt ? Oder sind Sie unter die Räuber gefallen und die wollten Sie so rasch wie möglich wieder loswerden ? Nun ja, wie dem auch sei, ich weiß, was Höflichkeit ist, auch wenn ich sie nicht oft an den Tag lege. Sie haben auf dem Erzfrachter XPZ15 Zuflucht gefunden und mein Name ist Fitz Brassam."

Die Angekommene verzog das Gesicht.

„So, so, der sind Sie also. Nun ja, ein Unglück kommt selten allein. Ich bin Generalin Almuta Bersekierski, Kommandierende der 17. Raumflotte."

Fitz grinste.

„Ihre Flotte ist aber recht klein."

Ihr Blick verfinsterte sich.

„Werden Sie nicht frech, Sie unverschämter Mensch. Ich war Gast auf der Sagittarius III. Und wir wurden hinterrücks von den Frogonen angegriffen. Ich bin vermutlich die einzige Überlebende."

„Leider", erwiderte Fitz zweideutig.

Er schwieg kurz, fuhr dann fort.

„So, so ! Ja, ja, die Frogonen sind gefährlich. Man muß es sich gut überlegen, ob man mit ihnen Streit anfängt, insbesondere, wenn ein größerer Verband unterwegs ist. Wissen Sie, sie kamen von 'Phobaristo', einem jener Räubernester, die nicht mit ihnen kooperieren, sondern ihnen in letzter Zeit Ärger machten. Und so haben sie kurzerhand diesen Schandfleck elimi-

103

niert. Nicht schade drum. Und dann wollten sie sich noch auf der Pluto – Außenstation mit Schnaps für die Siegesfeier versorgen. Aber dann hat ihnen so ein Tolpatsch das Transportschiff abgeschossen. Da waren sie zurecht sauer. Finden Sie nicht auch ?"

„Das haben Sie überhaupt nicht zu beurteilen. Und wie kommen Sie dazu, so despektierlich über unsere Raumpatrouillen zu sprechen ? Wir haben unsere Pflicht getan."

„Manchmal ist es besser, wenn man nicht das tut, was man für seine Pflicht hält."

„Sie sind ein widerwärtiger Flegel und Anarchist. Sie gehören eingesperrt." Fitz grinste.

„Ich darf die Erde nicht mehr betreten."

Fitz bat sie nun Platz zu nehmen. Er holte eine Whiskyflasche und ein Glas hervor, goß ein.

„Hier, trinken Sie erst einmal einen auf den Schreck."

Die Generalin blickte ihn erzürnt an.

„Was erlauben Sie sich da ?" empörte sie sich, „wollen Sie mich zu ungesetzlichen Handlungen verführen ? Alkoholgenuß ist seit mehr als drei Jahrzehnten auf der Erde und in Raumschiffen verboten, ebenso das Rauchen."

„Da haben Sie völlig recht", grinste Fitz, „das gilt aber nur für irdische Raumschiffe. Mein Schiff ist allerdings auf dem Pluto zugelassen. Und wie Sie sicher wissen, besitzen die Plutonier gewisse Autonomie- und Sonderrechte; das bedeutet, daß es weder auf dem Pluto noch in plutonischen Raumschiffen ein Alkohol- und Rauchverbot gibt. Wenn Sie also nicht wollen, dann trinke ich den Whisky eben selbst. Wegschütten will ich ihn nicht, dazu ist er zu schade."

„Nein, Sie müssen sich nicht vor mir betrinken. Geben Sie das Glas her."

„Die XPZ15 ist langsam. Wir werden die Außenstation 'Pluto I' so in vierzehn Tagen erreichen. Solange müssen Sie wohl oder übel hier bleiben. Sie können aber auch mit ihrem Fluchtboot weiterfliegen. Lebensmittel und Treibstoff kann ich Ihnen geben, auch einen genügend großen Vorrat an Sauerstoff. Und den optimalen Kurs werde ich Ihnen auch in Ihre Steuerung einprogrammieren wenn ich wieder nüchtern bin. Und wenn Sie unsicher sind, können Sie auch von der Pluto – Außenstation auf Anfrage automatische Kurskorrekturen erhalten, Ihr Beiboot ist wohl dafür ausgerüstet. Es lohnt sich allerdings nur, wenn Sie nicht weiter als zwei Tage entfernt sind. Aber viel eher als ich mit XPZ15 kommen Sie mit der Flohkiste auch nicht hin."

Ein erneuter Hilferuf unterbrach das Gespräch.

„Es ist wohl noch einer entkommen", meinte Fitz lakonisch, „lassen wir ihn an Bord."

Eine Stunde später betrat ein nicht mehr ganz junger Offizier im Rang eines Hauptmanns die Leitstelle. Er brauchte sich gar nicht vorzustellen. Fitz kannte ihn aus seiner Zeit vor der Ächtung. Er hieß Manfred Kolweis. Fitz besaß schon damals keine hohe Meinung von ihm. Er hielt ihn für einen Mann ohne nennenswerte Fähigkeiten, der daher bestrebt war sich nach oben zu bückeln.

„Was Sie sind erst Hauptmann ? Sie waren doch damals bereits Oberleutnant", fragte Fitz grinsend, „Sie sind inzwischen nicht sehr oft befördert worden ?"

Kolweis verzog das Gesicht.

„Ich bin jetzt Adjutant der Frau Generalin", entgegnete der mit wichtiger Miene.

„Ein sehr verantwortungsvoller Posten. Da müssen Sie Ihrer Chefin überall hin folgen, sogar zu mir."

Bevor Kolweis antworten konnte, wandte sich Fitz an die Generalin.

„Sie werden sich doch sicher erst einmal ausruhen wollen bevor sie weitere Entscheidungen treffen. Ich werde Ihnen und Ihrem Adjutanten je eine Kabine zur Verfügung stellen. Ich gehe einmal davon aus, daß Sie nicht eine gemeinsame Kabine möchten. Für einen Hauptmann ist sie sicher gut genug, für eine Generalin nicht. Es tut mir leid, aber ich habe nichts besseres."

Er führte sie zu den Räumen. Auf dem Wege dorthin zeigt er ihnen noch die Küche.

„Hier können Sie sich nach Belieben bedienen. Groß ist die Auswahl allerdings nicht."

Erinnerungen an Eileen

Fitz kehrte in den Kontrollraum zurück, goß sich erst einmal ein großes Glas Whisky ein.

Er war unzufrieden. Zwei ungebetene Gäste, eine aufgeblasene Generalin und einen unfähigen, aber arroganten Hauptmann. Und die hatte er nun für vierzehn Tage auf dem Pelz, wo er doch gewohnt war allein zu sein. Bedenklicher erschien ihm allerdings, daß sie zur Besatzung eines Raumkreuzers gehörten, der sich mit den Frogonen angelegt hatte, von ihnen aber vernichtet worden war. Und Überlebende mochten die Frogonen nicht. Er wußte das von gekaperten Raumfrachtern. Ihre Besatzungen sah man nie wieder. Er mußte also damit rechnen von den Frogonen verfolgt zu werden.

„Widerliches Pack", dachte er.

Er überprüfte die Instrumente, suchte die Umgebung ab. Nichts verdächtiges war auf dem Schirm zu erkennen. Es gab keinen Hinweis darauf, daß sie von Frogonen verfolgt wurden. Alles war in Ordnung. Er lümmelte sich in seinen Lieblingssessel, nahm einen großen Schluck Whisky zu sich, begann zu träumen.

„Wieviel schöner war es doch als sie mir damals diese Eileen aufhalsten. Sie war eine wesentlich angenehmere Gesellschaft."

Das lag nun mehr als drei Jahre zurück. Fitz hatte an der Erdaußenstation eine Ladung Schrott übernommen, ausgemusterte Gegenstände, deren Verwertung nicht lohnte, die er zur Enddeponierung nach 'Terrataurus' bringen sollte, einem Außenasteroiden, der auf der Flugroute zu Tichroni lag. Kurz vor dem Abflug erteilte man ihm die Order, eine Frau mitzunehmen, die nach Terrataurus verbannt worden war. Ablehnen konnte er nicht, da die Order vom plutonischen Gesandten genehmigt worden war. Trotz der politischen Gegensätze erwies man sich sehr oft solch kleine Gefälligkeiten. Die Frau hieß Eileen, war hübsch, gut aussehend, Anfang dreißig und wegen selbständiger gewerbsmäßiger Unzucht verurteilt worden. Das heißt, sie war eine Prostituierte, die nicht in einem der staatlichen Bordelle, sondern in eigener Regie arbeitete, was verboten war. Sie war aber nicht nur hübsch und leidenschaftlich, sondern auch gebildet und hatte einen wachen Verstand. Sie verstanden sich prächtig, hatten viel Spaß miteinander. Sie hatte sich völlig zwanglos vorgestellt als sie mit einer Reisetasche in der Hand den Frachter betrat.

„Hallo, ich bin Eileen. Den Rest kennst du ja. Ich hoffe, es ist dir recht, wenn ich dich duze und einfach Fitz zu dir sage."

„Das geht schon in Ordnung, früher oder später wäre es ja ohnehin soweit gekommen. Magst du einen Schluck Whisky zur Begrüßung?"

„Das lehne ich nicht ab."

Er führte sie zu einem der Ruhesessel, die bei der Konstruktion des Frachters für Besatzungsmitglieder gedacht waren, die gerade nicht an einem der Kontrollschirme benötigt wurden. Sie blieben aber seit Jahren ungenutzt, da es seit den letztlich fehlgeschlagenen Versuchen mit einer automatischen Steuerung, nie mehrere Besatzungsmitglieder gab, sondern nur noch einen Piloten. Insgesamt standen hier vier Sessel, gruppiert um einen kleinen, runden Tisch. Er holte eine Flasche und zwei Gläser hervor, goß ein.

„Ist das nicht verboten?"

„Im Prinzip Jein. Das ist hier ein plutonisches Schiff. Im Gegensatz zu irdischen Schiffen ist es nicht ausdrücklich verboten, aber auch nicht wirklich erlaubt. Geahndet wird es nur, wenn es zu Dienstpflichtsverletzungen kommt oder im Zustand der Trunkenheit Schäden angerichtet werden. Ich bin aber hier alleine."

„Mit der Prostitution ist es auf der Erde ähnlich. Die ist zwar außerhalb der staatlichen Bordelle verboten, aber dennoch werden Privatgewerbe toleriert, solange niemand Anzeige erstattet."

„Ich kenne das. In den Bordellen muß man seine Personalien angeben und welcher der Bonzen aus der Führungsschicht möchte sich schon offiziell als Bordellbesucher bloßstellen, insbesondere, wenn er auch noch verheiratet ist. Mir hat dies nie etwas ausgemacht. Und verheiratet war ich auch nicht."

„Nun ja, mein Geschäft lief gut, ich hatte auch anständige Kunden. Und dann kam dieser Halunke von Polizeichef; also ich vermute jetzt stark, daß er dahintersteckte. Anfangs war er nett, doch dann wollte er alles kostenlos. Es gab Krach. Und vier Tage später drang die Polizei gewaltsam in meine Wohnung ein, gerade als ich mit einem im Bett lag."

107

Eileen lachte.

„Das war ein abgekartetes Spiel, nicht nur gegen mich. Mein Freier war nämlich Generalsekretär der einzigen Oppositionspartei und der Regierung schon lange ein Dorn im Auge. Und damit haben sie dann zwei Fliegen mit einer Klappe erschlagen. Der Polizeichef hatte seine Rache und die Regierung war ihren heftigsten Kritiker los. Der Generalsekretär verlor nicht nur sein Amt, er wurde angeklagt, verurteilt und verbannt, nach Punischtar, soweit ich weiß. Da waren sie fix. Der Prozeß hat nicht einmal zwei Tage gedauert."

„Hättest du diesen Polizeichef nicht bloßstellen können?"

„Du bist wohl schon zu lange von der Erde weg; ja, vor zehn Jahren wäre das noch möglich gewesen. Aber heute? Die hätten mich so lange in die Mangel genommen, bis ich meine Anzeige als Versuch einer Verleumdung gestanden hätte. Und dann wäre ich auf Jahre in einem ihrer Kerker verschwunden. Nein, es ist besser so."

„Aber ist eine Verbannung nach Terrataurus wirklich angenehmer als der Kerker? Wer weiß, was da für Typen herumlungern. Und wenn sie erfahren, daß du auf der Erde als Nutte gearbeitet hast, dann wollen sie doch nur das eine von dir. Das macht dich auf die Dauer ziemlich fertig."

„Ach, so schlimm wird es nicht werden. Dort haben sie ja keine Verbrecher untergebracht, eher Leute, die sie auf der Erde nicht haben wollen, also Typen wie dich. Es sollen auch zahlreiche Gebildete darunter sein. Das sind doch Leute, die ihren Verstand zu mehr benutzen als ans Bumsen zu denken."

„Na, wenn du dich da nicht täuschst. Dumme können an nichts anderes denken. Die haben ja auch nicht soviel Verstand. Aber die Gescheiten lassen bei allem Denken immer noch ein paar Gehirnzellen zum Nachdenken über weniger geistige Dinge frei. Und sie denken sich dann Sachen aus, auf die Dumme niemals kommen. Das sind dann die Perversesten."

„Du sprichst wohl aus Erfahrung."

„Ich kann mich beherrschen. Ich kann dir ja zeigen, daß ich nicht pervers bin, wenn du es unbedingt wissen willst."

„Das hast du aber jetzt sehr deutlich gesagt. Aber gut, ich habe schon Lust darauf es erfahren. Und ich habe auch sonst nichts wichtiges vor. Und wie sieht es bei dir aus?"

„Genauso."

Sie suchten eine Bettkammer auf.

Fitz saß bereits am Kontrollpult und überprüfte die Bordinstrumente als Eileen erschien.

„Und, warst du zufrieden mit mir ?" fragte sie ohne Umschweife, „oder hast du mehr erwartet ? Fast glaube ich es, da du dich davongeschlichen hast."

„Nein, ich habe mich nicht davongeschlichen, ich wollte dich schlafen lassen. Und das Zusammensein mit dir habe ich genossen. Aber du bist für mich keine Puppe, die auf Knopfdruck zu funktionieren hat. Denke das nicht von mir. Eine Hure warst du auf der Erde. Aber hier bist du eine Frau, die einen Anspruch darauf hat wie ein Mensch behandelt zu werden – solange du mir nicht das Gegenteil beweist."

„Was soll das schon wieder heißen ?"

„Stell dich nicht so dumm an, du weißt genau, was ich meine."

„Nein, das weiß ich nicht !"

„Also konkret: solange du dich nicht wie eine Schlampe aufführst, solange werde ich dich auch nicht wie eine Schlampe behandeln."

„Und was muß ich tun um bei dir als Schlampe zu gelten ?"

„Ach, da habe ich schon meine konkreten Kriterien, aber die sage ich dir nicht, denn am Ende benimmst du dich absichtlich so um mich zu ärgern."

Eileen schüttelte den Kopf.

„Du bist schon ein spezieller Typ."

„Das sagen viele. Was solls ? Außerdem, der Flug nach Terrataurus dauert einige Wochen. Da haben wir noch genügend Gelegenheiten. Oder dauert bei dir die Monatsregel einen Monat ?"

Eileen stöhnte.

„Nein, aber wie soll ich es so lange bei dir aushalten ?"

„Keine Bange, das wird schon nicht so schlimm. Außerdem bin ich oft betrunken. Andere werden dann aggressiv, ich will dann meine Ruhe haben, lege mich hin. Grantig werde ich nur, wenn mich dann einer nervt. Übrigens, willst du einen Morgentrunk ?"

„Ist es den Morgen ?"

„Morgen ist es hier immer, wenn man aufwacht. Das ist eine reine Definitionssache. Darüber muß man nicht philosophieren."

109

„Also gut."

Fitz schenkte zwei Gläser Whisky ein, reichte Eileen eines. Sie setzten sich dann in zwei Sessel am Beratungstisch.

„Es gibt auf der Erde noch immer Bestrebungen das herrschende System zu überwinden und eine gerechte Gesellschaft zu schaffen, in welcher die Menschen frei leben können", begann Eileen, nachdem sie einen großen Schluck genommen hatte, „warum kehrst du nicht zurück und schließt dich einer Gruppe an, welche dieses Ziel vertritt, sondern verkriechst dich auf diesen alten Raumfrachter und gibst dich dem Trunk hin ?"

„Freiheit ? Gerechtigkeit ? Das sind doch nur Schlagworte ! Letztlich ist doch nur eine Gruppe Machtgieriger bestrebt eine andere Gruppe Macht-gieriger zu stürzen und sich an ihre Stelle zu setzen. Eine Gesellschaft ist schlecht, nicht weil sie von schlechten Menschen geführt wird, sondern weil sie aus überwiegend schlechten Menschen besteht. Soll ich nun für schlechte Menschen mein Leben aufs Spiel setzen ? Die meisten Menschen sind doch dumm und naiv, wollen gar nicht denken, sondern lassen sich gerne verführen, glauben alles, was man ihnen erzählt. Sie rennen denen nach, welche ihnen die süßesten Versprechungen machen."

Er nahm einen kräftigen Schluck Whisky zu sich.

„Ich las einmal, daß in alten Zeiten Menschen für den Glauben an einen Gott oder auch an viele Götter ihr Leben hingaben. Ich denke, diese Götter gab es gar nicht und die Menschen haben ihr Leben unnötig weggeworfen. Ich jedenfalls habe keine Lust mich für Ideale zu opfern, die am Ende doch verraten werden. Nein, ich will gut leben; gut ist, was ich als gut empfinde, nicht das, was mir andere als 'gut' vorzuschreiben versuchen. Die anderen brauchen nicht als gut zu empfinden, was ich für gut halte. Das ist mir gleichgültig. Ich bin niemandem Rechenschaft schuldig, ebenso wenig wie mir irgendwer Rechenschaft schuldig ist. Ich habe nur ein Leben, bis zum Tode. An ein Leben nach dem Tod glaube ich nicht. Und wenn es zu meinem Lebensglück gehört, möglichst viel Whisky zu trinken, dann ist das eben so. Kannst du mir ein anderes Lebensglück nennen ? Macht zu haben vielleicht ? Oder Liebe zu empfinden ? Das ist doch alles nur Unsinn, für andere vielleicht erstrebenswert, nicht aber für mich."

Die Zeit verging rascher als Fitz lieb war. Sie verstanden sich prächtig, führten sogar anregende Gespräche, denn Eileen war in der Literatur bewandert. Und sie genossen den Whisky und die Liebe.

Als sie sich dann Terrataurus näherten, meinte Fitz als sie so innig zusammenlagen.

„Wir haben bisher in jeder Hinsicht eine schöne Zeit miteinander verbracht. Und so wie es aussieht wird es uns auch in nächster Zeit nicht langweilig werden. Bleibe also bei mir. Keiner Sau wird es auffallen, wenn ich dich nicht abliefere."

Doch Eileen schüttelte den Kopf.

„Du bist zwar ein toller Hecht", meinte sie, „aber ein Mann genügt mir auf Dauer nicht. Ich brauche Abwechslung, auch bei Männern. Man will ja auch nicht jeden Tag das gleiche essen oder trinken."

„Wieso nicht ? Whisky schmeckt mir immer. Und es wird mir nie zu langweilig ihn zu trinken. Und du bist wie Whisky. Dich kann ich immer genießen."

Eileen lachte.

„Das meinst du jetzt doch wohl nicht im Ernst. Whisky schmeckt um so besser je älter er ist. Denkst du auch so über Frauen ?"

Fitz grinste.

„Es gibt Männer, die sagen Frauen seien wie Käse: je älter, desto schärfer."

„Ja, aber dann sagen sie wieder: alter Käse stinkt. Und dem Whisky mag es auch gleichgültig sein, von wem er getrunken wird. Außerdem trinkst du nie den gleichen Whisky, denn der, den du getrunken hast, ist weg. Aber ich bin eine Frau und nach einer Liebesnacht bin ich noch da und bin die gleiche wie vorher. Dein Vergleich hinkt also gewaltig."

Da half kein gutes Zureden. Eileen wollte weg. Er setzte sie dann auf Terrataurus ab. Was mochte wohl aus ihr geworden sein ? Er hatte den Asteroiden in der Zwischenzeit nicht mehr angelaufen.

„Aber", so sagte er sich, „sie gehört zu den Frauen um die man sich keine Sorgen machen muß. Sie findet überall einen Mann fürs Bett."

Aber immerhin, es waren tolle Wochen gewesen. Die standen nun nicht bevor. Die Generalin schien gerade das Gegenteil von Eileen zu sein. Die besaß deren Empfindungen offenbar nicht. Und dann gab es auch noch diesen unnützen Kläffer von Hauptmann, der sich als Adjutant aufspielte. Der Whisky tat seine Wirkung. Fitz schlief bald ein.

111

Streitgespräche

Als Fitz erwachte blickte er in das gestrenge Gesicht der Generalin.
„Sie schlafen im Dienst ? Sie waren wohl betrunken ?" fragte sie barsch.
„Wieso schlafe ich im Dienst ?" antwortete Fitz, „ich kann doch nicht einundzwanzig Monate wach bleiben. So lange dauert nämlich der Flug von Mars II nach Tichroni und zurück."
„Sie schlafen in dem Kontrollraum und nicht in Ihrer Kabine. Das heißt, daß Sie betrunken vor ihren Instrumenten eingeschlafen sind. Sie haben die Steuerung nicht auf Automatik umgestellt und sind nicht zum Schlafen in Ihre Kabine gegangen, wie das normalerweise und auch den Vorschriften entsprechend der Fall sein sollte."
„Ich kenne keinen Unterschied zwischen Dienst und Freizeit. Ich bin immer im Dienst, wie ein Soldat, auch wenn ich schlafe. Das müßten Sie wissen. Und wenn ich hier schlafe, dann bin ich gleich vor Ort, wenn es etwas wichtiges gibt, Und außerdem, das Schiff fliegt immer im Automatik-modus, wenn ich nicht gerade Kurskorrekturen vornehme oder etwas wichtiges zu tun gibt, zum Beispiel Räuber oder Frogonen abzuwehren oder Generalinnen auf der Flucht aufzunehmen."
„Das mag sein, aber ab heute schlafen Sie in Ihrer Kabine."
„Wieso sollte ich das tun ?"
„Weil ich Ihnen das befehle. Außerdem ist Ihnen das Trinken alkoholischer Getränke strengstens untersagt."
„Und weshalb sollte ich das tun beziehungsweise unterlassen ?"
„Weil ich Ihnen das befehle."
„Und wie kommen Sie dazu mir Befehle zu erteilen ?"
„Weil ich das Kommando über den Raumfrachter übernehme."
„Woher nehmen Sie sich das Recht dazu ?"
„Als Generalin ist es mein Recht, in Gefahrensituationen das Kommando über zivile Raumschiffe zu übernehmen."
Fitz grinste.
„Da irren Sie sich aber sehr. Hören Sie mir einmal gut zu. Aufgrund des Artikels 38 des Friedensvertrages zwischen der irdischen 'Weltregierung' und den Frogonen wurde das Gebiet ab einer Entfernung von zweieinhalb

Milliarden Kilometern jenseits der sich 40 Millionen Kilometer vom Pluto entfernten Plutoaußenstation Pluto I auf eine Strecke von zweihundert Milliarden Kilometern in den Weltraum hinein zur neutralen Zone erklärt. Die Vertragspartner dürfen dort im gegenseitigen Einverständnis die Planetoiden wirtschaftlich ausbeuten, aber keinerlei hoheitliche Funktion ausüben. Militäreinsätze sind nur zur Verbrechensbekämpfung gestattet, zur Verfolgung von Verbrechen, die innerhalb der terrestrischen Zone, also im Bereich bis zur Plutoaußenstation, oder gegen Transportschiffe beziehungsweise Bergwerke auf den Planetoiden verübt wurden. Und im Vertrag mit der Plutoregierung ist festgelegt, daß die irdische 'Weltregierung' jenseits des Neptuns keine hoheitliche Gewalt gegen plutonische Raumschiffe ausüben darf. Und innerhalb der Neptunzone dürfen plutonische Raumschiffe nur dann durchsucht und beschlagnahmt werden, wenn sie Güter mit sich führen, welche benutzt werden können um die Sicherheit der Menschen auf der Erde, den Basen auf dem Mars oder den Raumstationen bis hin zur Plutoaußenstation zu gefährden. Eine Liste dieser Güter ist in der Verordnung EL 273/5a zusammengestellt. Whisky und Tabakwaren gehören übrigens nicht dazu. Und da die XPZ15 ein plutonisches Schiff ist, sind Sie nicht berechtigt, hier das Kommando zu übernehmen. Sie dürfen auch nicht meinen Whisky beschlagnahmen."
Die Generalin verzog das Gesicht.
„Na schön, wenn es so ist. Aber glauben Sie bloß nicht, daß ich mir alles von Ihnen gefallen lasse."
„Worauf wollen Sie jetzt schon wieder hinaus ?"
„Sie haben einen äußerst schlechten Ruf und ich bin unglücklicherweise gezwungen einige Tage auf Ihrem Schiff zu verbringen. Ich warne Sie, kommen Sie mir nicht zu nahe und belästigen Sie mich nicht."
Fitz grinste.
„Da brauchen Sie keinerlei Befürchtungen zu haben. Ich habe keine Beißzange an Bord, daher werde ich sie auch nicht anfassen."
Sie blickte ihn grimmig an.
„Unterlassen Sie gefälligst solche unverschämten Bemerkungen."
„Wieso denn, ich denke Sie lieben klare Verhältnisse. Sie brauchen also keine Angst vor sexuellen Belästigungen zu haben."
„Das würde ich Ihnen auch nicht raten", warf der Adjutant ein, der mittler-

weile hinzugekommen war, „ich würde die Ehre der Generalin bis zum letzten Atemzug verteidigen."

Fitz blickte ihn scheel an.

„Du zählst hier nicht."

„Für diese Beleidigung sollte ich Genugtuung fordern."

„Halt den Mund", entgegnete ihm Fitz, „dazu hast du kein Recht. Du bist Gast hier auf meinem Schiff und wenn du frech wirst, dann kannst du dich in dein Raummobil setzen und alleine zur Plutoaußenstation fliegen. Wasser und Brot für drei Wochen gebe ich dir gerne mit. Ich gehe ja nicht davon aus, daß du sie auf Anhieb findest."

Er wollte etwas antworteten, doch die Generalin bedeutete ihm zu schweigen.

„Sie sind Offizier und es ist unter Ihrer Würde sich mit so einem Flegel anzulegen. Kommen Sie, beruhigen Sie sich."

Der Adjutant beruhigte sich nicht völlig.

„Man sollte ihn vor ein Kriegsgericht stellen."

„Dazu haben wir kein Recht."

„Ich halte es bei diesem Kerl nicht aus. Ich begebe mich in mein Quartier, wenn Sie es gestatten."

„Sie können es ruhig gestatten, Generalin", warf nun Fitz ein, „sexuelle Lust ist an Sympathie gebunden. Und Weiber, die mir unsympathisch sind, mache ich nicht an. Da können Sie ganz beruhigt sein."

„Und Sie halten mich also für unsympathisch ?"

„Sie haben mir bisher noch keinen Grund gegeben Sie für sympathisch zu halten."

„Dazu bestand auch kein Anlaß. Ich bin Generalin. Ich verlange Respekt, keine Sympathie. In der Armee ist Sympathie ein Mittel zur Untergrabung der Disziplin."

„Ich gehöre aber nicht der Armee an; ich bin Ihnen also keinerlei Respekt schuldig. Also können Sie hier beides nicht erwarten, weder Sympathie noch Respekt. Ich kann Ihnen lediglich die Behandlung als Gast anbieten."

„Eines unwillkommenen Gastes sicherlich."

„Das spielt keine Rolle. Ich besitze genügend Selbstdisziplin um Gefühle, die sich hieraus ergeben könnten, zu verbergen. Was bleibt, ist ein kühler, formeller Umgang."

„Also doch Respekt."

„Wenn Sie das so sehen wollen; meinetwegen. Aber es ist der Respekt gegenüber Ihrer Person und nicht gegenüber Ihrer Funktion als Generalin."

„Ich verstehe. Es war doch gut, daß man Sie aus der Armee geworfen hat. Sie sind ein Anarchist, ein Wesen, das wir in unserem Staat nicht gebrauchen können."

„Das war mir völlig klar. Deswegen habe ich auch die Erde verlassen."

„Jetzt tun Sie doch nicht so als hätten Sie die Erde freiwillig verlassen. Sie wurden zur unerwünschten Person erklärt und standen vor der Wahl die Erde zu verlassen oder auf unbestimmte Zeit nach Terrataurus verbannt zu werden. Ich weiß über Sie Bescheid. Und ich habe keine Lust mich mit Ihnen herumzustreiten. Ich werde mich jetzt in mein Quartier begeben."

Sie erhob sich, verließ den Raum. Der Adjutant blieb zurück.

„Und Sie gehen nicht in Ihr Quartier? Sie sollten es doch auch aufsuchen", meinte nun Fitz.

„Die Generalin hat mir keine Erlaubnis hierzu gegeben", lautete die Antwort.

„Ach, das hat sie sicherlich im Eifer des Wortgefechtes vergessen. Sie ist doch auch gegangen."

„Deswegen habe ich noch lange kein Recht auch zu gehen. Das ist eine Frage der Disziplin. Aber diesen Begriff kennen Sie gar nicht. Ohne Befehl darf ich diesen Raum während meiner Dienstzeit nicht verlassen."

„Und wie lange läuft Ihre heutige Dienstzeit noch?"

„Knappe sechs Stunden."

„Hoffentlich kommt die Generalin bald wieder", dachte Fitz, meinte dann, „und was wollen Sie in dieser Zeit tun?"

„Warten und Sie im Auge behalten."

„Und wieso wollen Sie mich im Auge behalten?"

„Wir trauen Ihnen nicht! Sie könnten uns den Frogonen in die Hände spielen."

Fitz zog die Augenbrauen zusammen.

„Wer kommt denn auf diesen Unsinn?"

„Man munkelt, daß Sie mit den Frogonen in Verbindung stehen; schließlich wurden Sie ja noch nie von Ihnen angegriffen und ausgeraubt."

Fitz lachte.

115

„Angegriffen haben Sie mich schon, aber ich habe sie mir vom Leib gehalten und nachdem sie drei Schiffe verloren hatten, bekamen sie Respekt vor mir und meiden mich nun."

„Drei Frogonenschiffe vernichtet ? Jetzt lügen Sie ? Das müßte dem Galaktischen Sicherheitsdienst bekannt sein."

„Ihr habt das wahrscheinlich gar nicht mitbekommen, das war ja auch weit draußen, so zwischen vierzig und fünfzig Milliarden Kilometer jenseits des Pluto."

„Und Sie haben das nicht gemeldet ?"

„Ins Bordbuch habe ich es schon eingetragen."

„Aber mit Sicherheit in Ihren Fahrtberichten an den Galaktischen Sicherheitsdienst, die Sie bei Ihrer Ankunft auf Mars II abliefern müssen, nicht erwähnt ?"

Fitz schüttelte mit dem Kopf.

„Nein, habe ich nicht. Dort wird ja auch nur nach 'Besonderen Vorkommnissen' gefragt."

„Und der Abschuß eines Frogonen – Raubschiffes ist kein 'Besonderes Vorkommnis' ?"

„Nein, bei fünf Prozent Schwund, das sind so an die zwanzig Transportschiffe pro Jahr, die durch Überfälle von Weltraumräubern irdischer oder frogonischer Herkunft verloren gehen, ist ein einzelner, abgewehrter Angriff nichts Besonderes."

„Oh Gott, ihr Plutonianer seid alle unverbesserliche, hoffnungslose, anarchistische Chaoten. Euch sollte man das Betreten der Erde verbieten !"

„Da haben Sie Ihrer Chefin vorhin nicht zugehört. Was ist denn das für eine Dienstauffassung ? Bei mir ist das nicht nötig, nach meiner Entlassung aus dem Straflager mußte ich mich in freiwillige Verbannung begeben um eine unfreiwillige Verbannung zu vermeiden. Ich darf die Erde für fünfzehn Jahre nicht mehr betreten und habe es auch hinterher nicht vor."

Sie schwiegen einen Moment.

„Aber wenn ich es mir so überlege", fuhr Kolweis fort, „so richtig glauben kann ich Ihnen nicht. Kein Frachter kann die Raubschiffe der Frogonen abwehren. Dazu sind sie viel zu schwach bewaffnet. Und selbst unsere besten Raumkreuzer haben oft Schwierigkeiten mit ihnen, wir hatten sogar schon Verluste."

Fitz grinste.

„Besonders dann, wenn unfähige Generalinnen den Kommandeuren Vorschriften machen."

Dieser Seitenhieb traf. Kolweis schwieg. Fitz fuhr grinsend fort.

„Ich habe eine Geheimwaffe, gegen die sie machtlos sind."

„Und was ist das für eine Geheimwaffe ?" fragte der Adjutant erstaunt.

„Das verrate ich Ihnen doch nicht ! Dann wäre es ja keine Geheimwaffe mehr. Sie verraten es dann postwendend der Generalin. Und es schließlich ist bekannt, daß Weiber alles, was sie wissen, in die Welt hinausposaunen."

„Ich glaube Ihnen kein Wort. Sie machen illegale Geschäfte mit den Räubern und den Frogonen, liefern ihnen Waren, die auf der Verkaufsverbotsliste stehen. Wer sagt denn, daß Sie leer nach Tichroni fliegen ?"

„Und wo soll ich die Sachen her haben ?"

„Natürlich von Pluto II, dort wo Sie sich auch mit Whisky und Tabakwaren versorgen. Das ist doch ein richtiges Räubernest, ein Umschlagplatz für alle illegalen Waren. Ihr Plutonianer seid doch alle Gaunergesindel."

Fitz grinste.

„Und selbst wenn es so wäre, eure irdische Verbotsliste interessiert uns auf Pluto II einen Dreck."

„Ja, ja, unsere Regierung ist euch gegenüber viel zu lasch. Wenn ich etwas zu sagen hätte, dann wäre dieser Sumpf schon längst trockengelegt."

Fitz lachte.

„Das glaube ich kaum. Dazu braucht es richtige Männer. Und Sie taugen doch nur zum Umschleimen einer unfähigen Generalin."

Der Adjutant wollte aufbrausen, doch Fitz' freches Grinsen schüchterte ihn ein.

„Regen Sie sich ab", meinte Fitz freundlich, „trinken Sie lieber einen Whisky. Ich verrate Sie auch nicht."

„Nein", entgegnete Kolweis mit fester Stimme, „verboten ist verboten, auch wenn es niemand sieht."

„Ganz wie Sie wollen, dann trinke ich eben einen für Sie mit."

Er schenkte sich ein. Das Gespräch verstummte nun. Fitz hatte auch gar keine Lust es fortzusetzen. Er holte sich ein Buch aus dem Schrank, der neben der Tür zum Gang in Richtung Quartiere stand, setzte sich dann wieder in seinen Lieblingssessel und begann zu lesen.

„Hauptmann Kolweis bei der Überwachung des Fluges von XPZ15 nach Pluto I. Keine besonderen Vorkommnisse."

Fitz erschrak leicht als die schnarrende Stimme des Adjutanten die Stille zerriß. Er blickte auf. Kolweis stand in strammer Haltung vor der Generalin.

„So, er hat also keine neuen Frechheiten von sich gegeben", antwortete sie bloß.

„Darf ich mich in mein Quartier zurückziehen?" fragte er nun vorsichtig.

Die Generalin lächelte.

„Natürlich, hier werden Sie ohnehin nicht gebraucht."

Der Adjutant trat ab. Sie wandte sich nun Fitz zu.

„Was tun Sie da eigentlich?"

„Ich lese", antwortete Fitz.

„Sie lesen? Was haben Sie denn da in der Hand?"

„Ein Buch."

„Ein Buch? Zeigen Sie es mir bitte einmal."

Fitz reichte es ihr, grinste.

„Sie brauchen nicht so vorsichtig mit ihm umzugehen. Es zerbricht nicht so leicht."

Sie schaute es mißtrauisch an, blätterte darin.

„Das ist also ein Buch. Ich habe einmal gehört, daß man so etwas vor vielen tausend Jahren benutzte. Gesehen habe ich noch nie eins. Haben Sie denn kein Tablet?"

„Doch schon, aber es ist bequemer aus einem Buch zu lesen, zumindest für mich. Und Sie können tun, was Sie wollen, ich mache Ihnen da keine Vorschriften. Machen Sie mir daher bitte auch keine."

Seine Stimme klang etwas grob. Die Generalin überhörte dies.

„Was lesen Sie denn da? Dieses Bücher sind doch in einer völlig unbekannten Schrift gedruckt. Sind das frogonische Werke? Man munkelt ja, daß Sie mit den Frogonen in Verbindung stehen."

Fitz lachte.

„Gedanken haben Sie, da brauche ich erst einmal einen Schluck Whisky."

Er goß sich ein, trank, fuhr dann fort.

„Frogonenwerke? Na, über eine nennenswerte Bildung verfügen Sie ja wohl nicht. Das ist lateinische Schrift. Die war vor dreitausend Jahren auf der Erde weit verbreitet. Sie war aber nicht die einzige Schrift, die damals benutzt wurde, ist aber die einzige der alten Schriften, die ich erlernt habe. Die Texte sind in einer mittlerweile ausgestorbenen Sprache verfaßt. Die habe ich auch erlernt."

„Sie haben da noch mehr solcher Bücher in dem Schrank neben der Tür. Wo haben Sie die her ?"

„Die habe ich aus der 'Akademie für Altertumsforschung'. Die Texte sind auf Datenträgern abgespeichert und man versteht es dort Bücher herzustellen. Das ist eine recht einfache Prozedur, bei denen eine Routineangelegenheit, denn zahlreiche Gelehrte ziehen es heute noch vor mit Büchern zu arbeiten. Wissen Sie, ich habe mich bereits in meiner Jugend für das Altertum interessiert und das Studium eines nicht militärtechnischen Faches gehört ja zur Offiziersausbildung. Ich habe eben Altertumkunde gewählt."

„Sie hätten besser Staatslehre studiert wie die meisten anderen", tadelte die Generalin, „dann hätten Sie gewußt, welche Werte ein Offizier zu verteidigen hat und auch auf welche Art und Weise das geschehen muß. Dann hätten Sie sich vermutlich Ihre Verfehlungen erspart und wären noch heute ein nützliches Mitglied unserer Gesellschaft. Aber Sie waren vermutlich bereits damals ein Anarchist."

Fitz grinste.

„Staatslehre muß man nicht studieren. Die Struktur unseres Staates und seine Werte erkennt man sehr rasch, wenn man mit offenen Augen durch die Welt geht und in der Lage ist selbständig zu denken."

„Selbständiges Denken ! Das ist Ihr Schlagwort ! Diese Eigenschaft gilt aber heute nicht mehr als Tugend, denn sie führt zu Gehirngrillen, zu unqualifiziertem Herumkritteln an unserer Gesellschaftslehre und unserem Staatsaufbau, die doch wissenschaftlich exakt fundiert sind und es endet in destruktiven Ideologien. Und was kommt dabei heraus ? Doch nur Elemente, die danach trachten, Staat und Gesellschaft zu zerstören", erwiderte die Generalin.

„Ich weiß", antwortete Fitz, „deshalb fliege ich auch geächtet als Kommandant eines alten Frachters durch den Weltraum. Aber darüber bin ich nicht traurig, ich glaube, es ist besser, daß es so gekommen ist."

Fitz goß sich erneut einen Whisky ein, fragte die Generalin, ob sie auch einen möchte. Die nickte bloß.

„Üblicherweise ist der Genuß von Alkohol verboten. Es gilt allerdings für Oberste und Generale eine Ausnahmeregelung. Er ist erlaubt, wenn er zur Aufrechterhaltung oder der Wiederherstellung der Gesundheit oder Dienstfähigkeit erforderlich ist."

Diese mußten aber sehr beeinträchtigt gewesen sein, denn sie ließ sich zweimal nachschenken. Ihre Stimme wurde dann freundlicher.

„Und wie sind Sie eigentlich dazu gekommen, diese alte Schrift und diese Sprache zu erlernen. Das interessiert mich jetzt schon."

„Notwendig wäre es nicht gewesen, denn als Offiziersanwärter muß man kein Vollstudium absolvieren. Die meisten wären damit ja auch geistig überfordert. Deshalb hat man ja auch Offiziersakademien gegründet, welche den Rang von Hochschulen haben, auch wenn das Niveau der Lehre dort viel niedriger ist. Aber lassen wir das, sonst ist Ihr Adjutant nur wieder beleidigt."

„Er ist nicht anwesend."

Fitz grinste.

„Vielleicht hat er das Audiophon eingeschaltet und kann mithören, was hier gesprochen wird."

„Das ist möglich?"

„Ja, sicher. Aber ich kann es deaktivieren wenn Sie es wünschen."

„Natürlich."

Fitz drückte irgendeinen Knopf. Natürlich gab es kein Audiophon, Es war nur ein Scherz, der ihm spontan eingefallen war.

„Sie haben nur meinen Adjutanten erwähnt. Auf die Idee, daß auch ich beleidigt sein könnte, sind Sie wohl nicht gekommen?"

„Wieso sollten Sie beleidigt sein? Sie haben doch gar keine Offiziersakademie besucht. Sie waren auf einer richtigen Universität, haben dort Astronomie, Astrophysik und Kosmologie studiert."

„Das wissen Sie?"

„Logisch. Ich habe mich über Sie kundig gemacht. Man muß doch wissen, mit wem man es zu tun hat. Ihr Lebenslauf ist schließlich kein Geheimnis. Den findet man im Informationsnetz."

Er nahm einen Schlick Whisky.

„Jetzt sind wir aber vom Thema abgewichen. Viele der alten Werke sind auch als Übersetzungen vorhanden. Wissen Sie, beim Studium dieser

Schriften stieß ich des öfteren auf Anmerkungen, in denen andere Werke erwähnt wurden, die nicht als Übersetzungen vorlagen. Das weckte meine Neugier und wollte sie kennenlernen. Die Werke waren in unterschiedlichen Sprachen und unterschiedlichen Schriften verfaßt. Bestimmte Dichter, über die ich las, interessierten mich besonders; sie hatten in einer Sprache geschrieben, die als 'Deutsch' bezeichnet wurde. Und nach kurzem Recherchieren fand ich auch einen Lernkurs für diese Sprache im Selbststudium. Ich mußte natürlich auch die fremde Schrift lernen. Ich beherrschte sie bald 'passiv', das heißt, ich konnte die Texte lesen, aber natürlich die Sprache nicht sprechen. Das war auch nicht notwendig, denn es gab ohnehin niemanden, mit dem ich mich in dieser Sprache hätte unterhalten können. Es gab natürlich in der Akademie auch ein Spracharchiv. Dort konnte man Hilfe von Computern den Klang der Sprache reproduzieren. Ich war mir aber nicht sicher gewesen, ob die Sprache damals wirklich so geklungen hatte, wie das jetzt aus dem Lautsprecher ertönte. Aber das war ja auch nicht entscheidend. Aber es interessierte mich schon und ich begann die Sprache zu sprechen. Ich weiß allerdings nicht, ob jemand, der diese Sprache beherrscht, mich verstehen würde. Aber es machte Spaß. Und ich übe mich auch heute noch im Sprechen."

Fitz lachte.

„Meist, wenn ich zuviel getrunken habe, dann ist die Zunge lockerer. Ich fand auch bald heraus, daß zahlreiche Werke, die ursprünglich in anderen Sprachen verfaßt worden waren auch in deutscher Übersetzung vorlagen, so daß ich nicht alle Sprachen lernen mußte. Ich begnügte mich daher nur noch eine andere Sprache, die als Englisch bezeichnet wurde, zu erlernen, was mir nicht allzu schwer fiel, da sie eine gewisse Ähnlichkeit, mit unserer heutigen Sprache aufwies."

Die Generalin verwirrte das alles. Sie fragte sich, wieso es Fitz trotz dieser merkwürdigen Interessen zu einem fähigen Offizier hatte bringen können. Sie hatte ihre Wahl getroffen, weil sie als zukünftige Offizierin der Raumflotte möglichst viel über den Aufbau, die Struktur und die Geschichte des Weltalls, ihrem zukünftigen Metier, lernen wollte. Aber was nutzen einem Offizier die Kenntnis alter Sprachen und alter Literatur?

Fitz erriet ihre Gedanken, lächelte.

„Es ist nicht damit abgetan diese Texte zu lesen; auf Anhieb versteht man

121

sie nicht, das ist alles zu fremd; man muß sich auch mit der Zeit, in der sie geschrieben wurden, beschäftigen. Sie werden sich wundern, wieviel aus den alten Zeiten überliefert ist. Aber es macht Mühe, kostet viel Zeit, sich darüber zu informieren. Deswegen interessieren sich ja auch nur so wenige dafür. Und dann muß man sich auch in den Dichter hineinversetzen, zu verstehen versuchen, was er gemeint, wie er gedacht hat. Diese Werke sind ja letztlich ja auch Kinder ihrer Zeit. Sie spiegeln die damalige Denkweise wider. Das fördert das eigene Denkvermögen, insbesondere das Vermögen selbständig zu denken, was heute nicht mehr geduldet ist."

„Ich sehe schon, das Lesen hat Sie verdorben. Sie lehnen unsere Gesellschaft und unsere Staatsordnung ab, die sich in einem jahrtausendelangen Entwicklungsprozeß als die besten von allen herauskristallisiert haben, also alternativlos sind und träumen nun von archaischen Gesellschaften, die Sie natürlich idealisieren, da Sie diese Ordnungen nie in der Realität erlebt haben."

Sie ließ sich noch einmal Whisky nachschenken, fuhr dann fort.

„Ich bestreite ja nicht, daß es sinnvoll ist, sich in gewissem Umfang mit längst vergangenen Zeiten zu beschäftigen. Aber es war eine weise Entscheidung unserer Regierung die Universitäten, in welchen auf diesem Gebiet geforscht wird, in entlegenen Gegenden oder auf einsamen Inseln zu errichten und die Gelehrten, die sich mit diesen Dingen beschäftigen zu kasernieren, von der Menschheit fernzuhalten und ihre Werke nur Eingeweihten zugänglich zu machen. Ansonsten würden sie nur die Sinne der Menschen verwirren, was unweigerlich zu Unruhe und Unfrieden führen würde."

Fitz lächelte.

„Das ist Ihre Position und die der irdischen Führungsschicht. Darüber müssen wir nicht streiten. Das führt ohnehin zu nichts."

Er schenkte sich noch einmal ein, trank, meinte dann.

„Ich denke, ich habe erst einmal genug geredet für heute, ich werde mich in mein Quartier begeben."

„Sie meinen wohl, Sie haben genug getrunken", erwiderte die Generalin spitz.

„Nehmen Sie es wie Sie wollen. In meiner Kabine ist übrigens eine Alarmglocke installiert. Wenn etwas außergewöhnliches passiert werde ich geweckt. Also lassen Sie bitte Ihre Finger von der Steuerung. Sagen Sie das auch bitte Ihrem Adjutanten."

Almuta blieb leicht verwirrt zurück, wunderte sich über diesen unverschämten Kerl, der allem Anschein nach kein Benehmen besaß, ein unmäßiger Trinker war. Und ausgerechnet dieser Mensch interessierte sich für die kulturellen Errungenschaften längst vergangener Zeiten, welche keinerlei Bezug zum heutigen Leben hatten. Und er erlernte sogar eine alte Schrift und alte Sprachen. Was war daran interessant ? Diese Frage erweckte ihre Neugier. Sie ging zum Bücherschrank, fand nach längerem Suchen ein Buch, das in der heutigen Sprache und Schrift gedruckt war. Es trug den Titel 'Europa im Neunzehnten und Zwanzigsten Jahrhundert'. Sie entnahm es, setzte sich in einen Sessel, begann zu lesen.

„Glücklicherweise hat er die Whiskyflasche dagelassen", sagte sie zu sich selbst und schenkte sich ein.

Die Generalin saß schlafend in ihrem Sessel als Fitz etwa zwölf Stunden später zurückkam. Das Buch lag auf dem Boden. Fitz betrachtete es.

„Die ist wohl doch nicht ganz so dumpf wie ich angenommen habe. Sie trinkt Whisky, liest. Vielleicht wird sie eines Tages noch mein weibliches Pendant."

Er kümmerte sich dann nicht weiter um die Frau, kontrollierte die Instrumente.

„Nichts besonderes. Alles läuft normal."

Ein lautes Stöhnen ließ ihn herumfahren. Almuta war erwacht, richtete sich langsam auf, blickte gequält.

„Was ist mit Ihnen ? Sind Sie krank ?" fragte er leicht besorgt.

„Mir ist schlecht. Mein Kopf fühlt sich so dumpf an. Mein Schädel dröhnt. Meine Glieder schmerzen."

Fitz erblickte die leere Whiskyflasche, grinste.

„Ach, das ist nichts Schlimmes, nur ein Kater. Sie haben zuviel Whisky getrunken, Sie sind das Zeug nicht gewöhnt. Machen Sie sich deswegen keine Sorgen. Das vergeht in ein paar Stunden. Ich mache Ihnen erst einmal einen Kaffee."

Die Generalin bedankte sich als er ihr den Becher reichte.

„Ich rühre das Zeug nie mehr an", meinte sie dann.

„Sagen Sie das nicht. Das sind typische Anfängerschwierigkeiten. Bleiben Sie bei mir auf dem Schiff und Sie werden sehen, wenn wir Mars II erreichen haben Sie keine Probleme mehr."

Almuta lachte.

„Sie sind gut. Ich will schließlich nicht als Kommandantin eines Raumfrachters enden."

„Wieso nicht ? Das ist doch nicht der schlechteste Job."

Sie lachte, wurde dann ernster.

„Ich muß Ihnen etwas sagen, solange wir noch alleine sind. Sie sind doch ein vernünftiger Mann, seien Sie bitte nicht so grob zu dem Hauptmann. Ich weiß, er führt sich hier auf, und das geht Ihnen auf die Nerven, aber im Grunde genommen steckt er ziemlich in der Klemme. Wissen Sie, ich hatte Order, das Schiff zu verlassen und mich in Sicherheit zu bringen, falls wir angegriffen und die Lage brenzlich würde. Das galt aber nur für mich, nicht für meinen Adjutanten. Er hätte bleiben müssen, hat nun sozusagen Fahnenflucht begangen. Und nun erwartet ihn ein Kriegsgerichtsverfahren."

Fitz zuckte mit den Achseln.

„Generalin, ich habe das alles durchgemacht, hinter mich gebracht. Erwarten Sie deshalb nicht, daß ich Mitleid mit ihm habe."

„Das erwartet auch niemand von Ihnen. Aber Sie sollten es unterlassen auf ihm herumzuhacken."

Almuta nahm einen großen Schluck Kaffee.

„Sie fliegen jetzt bereits einige Jahre hier im Außenplutobereich herum. Man munkelt auch, Sie hätten Kontakt zu den Frogonen. Stimmt das ? Sie können ruhig ehrlich sein. Ich betrachte das Gespräch als vertraulich."

Fitz lachte.

„Sie brauchen das gar nicht als vertraulich einstufen. Uns Plutonianern ist der Kontakt zu den Frogonen nicht verboten. Aber wieso möchten Sie das wissen ?"

„Reine Neugier; denn wenn Sie Kontakt hatten, dann müßten Sie wissen wie sie aussehen. Das interessiert mich nun wirklich."

„Ich hatte vermutlich Begegnungen mit Frogonen, aber keine friedlichen, sondern es waren Überfälle. Ich bin aber nicht sicher, ob das wirklich Frogonen waren oder andere Weltraumräuber. Zu Gesicht bekommen habe ich jedenfalls bisher keinen."

„Wissen Sie, ich frage mich, wie ich mir diese Außerirdischen vorstellen soll. Sind es irgendwelche glitzernden Geistwesen, die vielleicht durchsichtig sind ? Oder klapprige Skelettgerüste ? Oder kleine grüne, deformierte, häßliche Wesen ? Wissen Sie, auf der Erde herrscht die Meinung vor, daß sie uns vernichten wollen, daß sie für ein Regime stehen, das keinen freien Willen duldet, nur eine formbare, geistlose Masse, die kritiklos einer Bande verbrecherischer Führer folgt."

Fitz grinste.

„Da wären sie euch ja gar nicht so unähnlich. Ihr behauptet, die wahren galaktischen Werte zu vertreten. Aber was seid ihr denn ? Doch auch nur willenlose Vollstrecker der Anordnungen einer autoritären Weltregierung, die nicht frei gewählt wurde, keinerlei Legitimation durch die 'Weltbürger' hat."

Er trank einen Schluck Whisky.

„Nein, nein, gesehen habe ich noch keine. Es kommt zwar ab und zu ein Frogonenschiff nach Pluto II um gewisse Waren einzukaufen, aber die Geschäfte werden über Roboter abgewickelt, einen Frogonen hat bisher noch keiner zu Gesicht bekommen. Das ist zumindest das, was ich erfahren habe. Man muß mir aber nicht die Wahrheit erzählt haben. Und soweit mir bekannt ist, hielten sie sich damals bei den Friedensverhandlungen auch bedeckt, niemand hat einen von ihnen zu Gesicht bekommen. Oder wissen Sie mehr ?"

„Nein, sonst hätte ich ja nicht gefragt."

Fitz schwieg einen Moment.

„Und wie ich sie mir vorstelle ?" fuhr er dann fort, „sicherlich sind sie Wesen mit einem Kopf, Armen und Beinen. Möglicherweise sind sie nach unseren Vorstellungen krottenhäßlich, haben eine deformierte Gestalt, aber ich denke nicht, daß sie wie Spinnen oder Käfer aussehen oder gasförmige Geisterwesen sind."

Die Generalin runzelte die Stirn.

„So ähnlich denke ich auch."

Sie pausierte kurz.

„Ich habe mir nachdem Sie gestern gegangen waren, ein Buch aus Ihrem Schrank genommen und darin gelesen bis ich einschlief. Ich hoffe, Sie haben nichts dagegen."

Fitz schüttelte den Kopf.

„Nein, nein, bedienen Sie sich ruhig. Das gilt auch für Ihren Adjutanten. Wenn er liest, dann stört er wenigstens nicht. Ich habe auch nichts dagegen, wenn Sie ein Buch mit in Ihre Kabine nehmen."

Er grinste.

„Es ist durchaus sinnvoll sich mit der Geschichte der alten Völker zu beschäftigen. Die waren ja keineswegs primitiv, auch wenn sie nicht über die technischen Mittel verfügten, die wir heute haben. Sie haben durchaus funktionierende Staatswesen aufgebaut, in denen Rechtssicherheit herrschte und die den Bewohnern Wohlstand und Freiheit bescherten, wenn auch nicht unbedingt auf Dauer. Viele Staatswesen verdarben im Laufe der Zeit, wandelten sich in autoritäre Unterdrückerstaaten um. Dennoch, zahlreiche Menschen machten sich damals Gedanken über die Struktur der Welt, über die Gesellschaft, über das Wesen des Menschen. Vieles mag uns heute unsinnig erscheinen, auch aufgrund unseres heutigen Wissens als falsch, aber vieles ist auch für uns noch sinnvoll und wahr."

„Und wie soll man das erkennen ?" entgegnete Almuta.

„Nun, man muß die alten Schriften gründlich lesen, darüber nachdenken, was da geschrieben steht und mit unseren Vorstellungen vergleichen. Dabei darf man aber auch unsere Vorstellungen nicht als absolute Wahrheit ansehen, sondern muß sie durchaus kritisch hinterfragen."

„Das ist doch unmöglich, das kann doch niemand bewerkstelligen."

„Das sehe ich nicht so. Das ist sehr schwierig, aber nicht unmöglich. Man muß natürlich auch in der Lage sein selbständig zu denken. Und hierin liegt das große Problem. Selbständig denken ! Das müssen die Menschen erst wieder lernen ! Wie sieht es denn heute aus ? Selbständig denken ! Das gilt doch als schlechter Charakterzug und Intelligenz ist doch schon fast eine verbrecherische Neigung !"

Almuta lächelte.

„Und was nutzt Ihnen das alles ? Sie reden ständig von selbständigem Denken. Aber was kommt dabei heraus ? Wem erweisen Sie einen Nutzen ? Sie reimen sich da etwas zusammen, schreiben vielleicht auch einiges nieder. Aber niemand erfährt davon. Sie hängen doch hier herum, verbringen Ihre Zeit mit Saufen, tun nichts. Was haben denn Ihre Erkenntnisse für einen Wert wenn keine Taten folgen ? Sie sind doch nur ein Schwätzer. Sie reden sich damit heraus, daß die Menschen nicht wert seien, daß man sich für sie einsetzt. Das ist aber doch nur eine Ausrede. Sie wissen doch genau, welchen Gefahren Sie sich aussetzen, wenn Sie versuchen Ihre Vorstellungen von Staat und Gesellschaft umzusetzen: Verfolgung, Verbannung, Kerker, vielleicht auch Liquidierung. Davor haben Sie Angst. Und mit ihrem Gerede wollen Sie im Grunde nur Ihre Feigheit kaschieren. Aber machen Sie, was Sie wollen, es ist Ihr Leben, Ihre Existenz. Aber glauben Sie bloß nicht, daß andere Achtung vor Ihnen haben. Dazu gibt es überhaupt keinen Grund."

Sie atmete tief durch, fuhr dann fort.

„So, jetzt habe ich genug geredet. Ich werde mich jetzt in mein Quartier zurückziehen und lesen. Bevor ich irgendwelche Meinungen von mir gebe oder Urteile fälle, muß ich mir erst einmal ein Bild von dem verschaffen, was sie damals alles so gedacht und niedergeschrieben haben."

Fitz blieb leicht zerknittert zurück. Er konnte der Generalin allerdings nicht böse sein. Er mußte ihr im Grunde ja recht geben. Er hatte sich aus der Welt zurückgezogen, lebte nun in einem selbstgewählten Exil. Und eben hatte er sich ihr gegenüber ihrem Empfinden nach wohl als belehrend aufgeführt, was ihr Mißfallen erregt hatte, auch wenn er es jetzt nicht so gemeint hatte. Er nahm zur Beruhigung erst einmal einen kräftigen Schluck Whisky.

Fitz saß vor seinen Instrumenten, schien in Beobachtungen vertieft als Almuta in den Kontrollraum zurückkam. Fitz beachtete sie nicht. Almuta blieb eine Weile unschlüssig stehen, begab sich dann zum Bücherschrank, kramte darin, holte schließlich ein Werk hervor, setzte sich an den Besprechungstisch, öffnete es. Sie las unkonzentriert. Fitzens Verhalten irritierte und verstörte sie. Schließlich faßte sie sich ein Herz. Sie erhob sich, trat zu ihm heran.

„Sind Sie mir böse ?"

Fitz drehte sich zu ihr hin.

„Nein, wieso ?"

„Wegen dem, was ich gesagt habe."

„Was haben Sie denn gesagt ?"

„Wie, was habe ich gesagt ? Waren Sie denn betrunken und haben alles nicht mitbekommen „"

„Betrunken war ich sicher, aber ich habe schon noch mitbekommen, was Sie gesagt haben."

„Und ?"

„Ihre Vorwürfe waren durchaus berechtigt, Ihre Schlußfolgerungen kann ich allerdings nicht teilen. Aber das ist kein Beinbruch, kein Grund eingeschnappt zu sein und zu trotzen. Ich mag zwar viel reden, aber wissen Sie, ich las einmal in einer alten Schrift 'ich möchte die Welt verändern, aber ich weiß nicht, was ich konkret tun soll, deshalb überlasse ich es euch'. Und so fühle ich mich eben. Wie sieht es denn aus mit mir ? Ich bin geächtet, kein Hund frißt mehr etwas von mir."

„Sie sollten die Ächtung überwinden."

„Und wie ? Trete ich als Revolutionär auf, dann werde ich doch gleich liquidiert. Das wäre dumm und sinnlos. Es ist schwachsinnig sich zu opfern, wenn nicht die geringste Chance besteht etwas zu ändern. Nein, jede Änderung der politischen und gesellschaftlichen Verhältnisse muß mit einer Änderung des Denkens beginnen. Vor vielen tausend Jahren schrieb einmal einer, nie seien die wichtigsten Tonarten geändert worden ohne daß die wichtigsten Gesetze in Mitleidenschaft gezogen wurden. Sie verstehen, was gemeint ist ?"

Almuta runzelte die Stirn, dachte eine Weile nach.

„Ich glaube schon."

„Ich habe schon ein Werk verfaßt und versucht es unter die Leute zu bringen, ohne Erfolg. Wissen Sie, die einfachste Methode unangenehme Gedanken zu unterdrücken, besteht darin sie totzuschweigen, so zu tun als gebe es sie gar nicht. Das verursacht das geringste öffentliche Aufsehen. Da kann ich nur hoffen, daß wenigstens ein paar das Werk gelesen haben und es an Freunde oder Bekannte weitergeben. Ich rufe darin nicht zur Revolution, zum politischen Umsturz auf, sondern zum Umdenken auf einigen Gebieten. Es schließt dann mit dem Satz 'Nichtbeteiligung an Niedrigem ist die erste Form des Widerstandes'. Das stammt nicht von mir. Ich habe den Satz in einem alten Werk gelesen. Ihn schrieb ein Autor, der im zwanzigsten Jahrhundert in einer Diktatur lebte."

„Das ist keine schlechte Formulierung. Ein Einzelner kann keine Gewaltherrschaft ausüben, auch nicht eine kleine Gruppe. Sie brauchen immer

eine genügend große Schar von Helfern, welche ihre Befehle ausführen. Und wenn sich keiner mehr dazu bereit erklärt, dann verlieren sie sehr schnell ihre Macht. Ich glaube, so etwas nennt man passiven Widerstand."
Fitz verzog das Gesicht.
„Nein, so würde ich es nicht nennen. Ich würde es als 'Nichtmitmachen' bezeichnen, sich einfach weigern ein Rädchen in einer großen Maschinerie zu spielen. Und wenn genügend Rädchen ausfallen, dann funktioniert die Maschinerie nicht mehr."
Fitz nahm einen kleinen Schluck Whisky.
„Daß ich Sie vorhin nicht beachtet habe, hatte einen anderen Grund. Schauen Sie mal."
Er zeigte mit dem Finger auf eine Stelle am seitlichen Rand des großen Bildschirms, der einen Ausschnitt des Weltraums mit XPZ15 im Mittelpunkt darstellte.
„Hier, im Planquadrat BR20D21 stimmt irgendetwas nicht."
„Was stimmt dort nicht ?"
„Keine Ahnung, es ist zu weit weg. Man kann nichts Konkretes erkennen. Vielleicht bedeutet es gar keine Gefahr, betrifft uns hoffentlich auch gar nicht. Trotzdem, wir sollten es auf jeden Fall im Auge behalten."
Er grinste.
„Schnauzen Sie mich ruhig an, wenn ich zuviel saufe. Das ist in der gegenwärtigen Situation völlig unangebracht; wir müssen nun wachsam sein, unsere Sinne beieinander haben und **richtig** reagieren."
Fitz betonte das Wort 'richtig' besonders.
Almuta verzog leicht das Gesicht.
„Sie meinen wohl, ich habe auf der Sagittarius III falsch reagiert."
Fitz grinste.
„Wir müssen uns deswegen nicht streiten. Aus Fehlern lernen Sie nur, wenn Sie von selbst einsehen, daß es Fehler waren. Belehrungen führen da zu nichts außer zu geistigen Blockierungen und Abwehrhaltungen. Sie stärken nur den inneren Widerstand."
Die Generalin setzte sich wieder in den Sessel am Besprechungstisch, schlug das Buch auf, blätterte darin. Fitz wandte sich den Instrumenten zu. Nach kurzer Zeit erhob sie sich wieder, ging zu Fitz hin.
„Ich sehe es ein, es war ein Fehler. Und ich mache mir jetzt auch Vorwürfe.

Und wegen meiner Überheblichkeit bin ich letztlich für die Zerstörung des Raumkreuzers und den Tod der Besatzung moralisch verantwortlich. Aber ich habe doch nur den Vorschriften entsprechend gehandelt. Das Raumschiff hat sich auf Anforderung nicht identifiziert, den Befehl zum Stoppen ignoriert und den Warnschuß mißachtet. Den Vorschriften gemäß mußte ich es abschießen lassen."

„Den Vorschriften gemäß", murmelte Fitz.

„Ich weiß, was Sie meinen. Ich hätte selbständig denken, der Situation entsprechend handeln müssen wie es Major Swan vorschlug, und nicht stur die Vorschriften befolgen sollen."

Es lag Fitz auf der Zunge zu sagen 'gut, daß Sie das einsehen'. Aber er zog es vor zu schweigen.

Almuta entfernte sich, kam kurz darauf mit zwei Bechern Kaffee zurück, reichte einen davon Fitz.

„Ich hoffe, es ist ein brauchbarer Whiskyersatz. Sie haben diesen Satz 'Nichtbeteiligung an Niedrigem ist die erste Form des Widerstandes' erwähnt, aus welchem Werk haben Sie ihn entnommen ? Gibt es das auch in unserer Sprache und Schrift ?"

Fitz erhob sich, ging zum Bücherschrank, musterte ihn durch, entnahm schließlich einen dicken Band, ging zum Besprechungstisch, setzte sich in einen Sessel. Almuta folgte ihm, die Kaffeebecher in der Hand.

„Es ist eine der Geschichten aus diesem Buch, der Autor heißt Ernst Jünger. Sie sollten aber auch das Vorwort lesen. Dort sind die Umstände unter denen diese Werke geschrieben wurden und die Zeit, in der sie entstanden, erläutert. Schriftsteller sind auch nur Kinder ihrer Zeit und ihre Geschichten spiegeln eben das Denken oder auch die Denkrichtungen in jener Zeit und jene Zeit selbst wider, mit all ihren Facetten, Widersprüchen und negativen Begleiterscheinungen."

Almuta begann zu lesen. Fitz begab sich wieder an seinen Kontrollpult. Er grinste so vor sich hin.

„Meine Erziehungsversuche beginnen wohl Wirkung zu zeigen. Vielleicht wird doch noch ein vernünftiger Mensch aus ihr. Und im Grunde ist sie doch ganz sympathisch."

Die Extrasolaristin

Etwa dreißig Stunden später nahm Fitz ein merkwürdiges, nicht zuzuordnendes Signal auf. Es stammte weder von einem irdischen, noch von einem frogonischen Raumschiff, ähnelte auch nicht den Signalen, die er bisher von Weltraumpiraten aufgefangen hatte. Er dachte an die seltsamen Beobachtungen im Planquadrat BR20D21 vom Vortag. Er suchte die Umgebung ab, gewahrte einen kleinen Punkt, der sich rasch näherte. Vorsichtshalber aktivierte er das Abwehrsystem. Nach einigen Stunden erkannte er schließlich, daß es sich um ein sehr kleines Fahrzeug handeln mußte, sicher nicht viel größer als die Raumboote mit denen die Generalin und ihr Adjutant angekommen waren.

Bald konnte er deutlich den Funkruf 'Hilfe' wahrnehmen, der permanent gesendet wurde.

Nach einigen Versuchen gelang es schließlich mit dem Raumboot Kontakt aufzunehmen. In einer etwas holprigen Sprache bat ihn eine Stimme zum Frachter und an Bord kommen zu dürfen. Seltsamerweise sprach sie Deutsch.

Fitz überlegte kurz, gab dann die Erlaubnis, nachdem die Stimme versichert hatte, es sei nur eine Person im Boot. Er traf nun die entsprechenden Vorbereitungen.

Die Generalin und ihr Adjutant hatten die Geschehnisse mitbekommen, fanden sich bei Fitz ein.

„Sind Sie wahnsinnig ? Sie holen sich hier einen Frogonen an Bord."

Doch Fitz ließ sich nicht beirren.

„Nein, das ist kein Frogone."

„Aber auf jeden Fall ein Extrasolarist."

Dies war die allgemeine Bezeichnung für intelligente Lebewesen außerhalb des Sonnensystems.

„Ich kenne Menschen, die sind schlimmer als man sich je einen Extrasolaristen ausmalen kann."

„Sie meinen wohl mich ?" schnarrte ihn Kolweis an.

„Nein, ich las zwar einmal in einem alten Buch ein Sprichwort, das 'Betroffener Hund bellt' lautete, aber Sie meine ich jetzt nicht", entgegnete Fitz lachend, „Sie sind zwar etwas aufgeblasen, geistig, meine ich, nicht

131

körperlich, aber ansonsten nicht schlimmer als die anderen Ihres Ranges."
Kurze Zeit später betrat eine zierliche Frau, gekleidet in einen silber-
farbenen Overall, die Leitstelle; sie hatte eine recht helle, leicht bläuliche
Haut, dunkle Haare, war nach irdischen Maßstäben hübsch zu nennen. Sie
trug eine kleine an einem Band befestigte Kugel um den Hals, deren
Funktion den Dreien rasch klar wurde. Sie enthielt wohl einen Computer,
welcher deren Sprache in die deutsche Sprache übersetzte. Fitz übersetzte
dann simultan in die heutige Sprache,
„Vielen Dank für die Rettung, Fremde", begann sie, „mein Name ist
Kassiolara; ich komme von dem Planten Galtromeria, welcher in dem
Sternbild liegt, das Sie als 'Lyra' bezeichnen."
Die Generalin blickte sie mißtrauisch an.
„Kann man das glauben? Ich halte Sie für eine frogonische Spionin."
Die Galtromerianerin schüttelte den Kopf.
„Nein, ich bin keine Frogonin. Ich gehörte einer wissenschaftlichen Expe-
dition an, die uns hierhergeführt hat. Wir gaben das Zeichen des Friedens,
doch Ihre Fahrzeuge griffen uns an, zerstörten unser Schiff. Nur wenige
konnten fliehen. Ich fürchte aber, die meisten sind mittlerweile wohl umge-
kommen. Warum behandeln Sie friedliche Fremde so feindselig?"
„Was heißt hier wir?" empörte sich die Generalin, „wir sind eine friedliche
Rasse. Das waren ohne Zweifel Frogonen oder Räuber."
„Da bin ich mir nicht so sicher", zweifelte Fitz, „da draußen ballert doch im
Moment jeder auf jeden. Es macht allerdings keinen Sinn, daß wir nun
anfangen darüber zu streiten, wer nun geschossen haben könnte. Es ist nun
einmal passiert. Wir sollten vielmehr überlegen, wie wir der Frau helfen
können."
„Wie meinen Sie das?" fragte ihn die Generalin.
„Nun ja, sie sieht zwar aus wie ein Mensch, aber kann sie überhaupt in
unserer Umgebung existieren? Verträgt sie unsere Atemluftzusammen-
setzung? Verträgt sie unsere Nahrung?" warf Kolweis ein.
Fitz grinste.
„Das waren die ersten vernünftigen Sätze, die ich von Ihnen gehört habe."
„Die Atemluft ist kein Problem", begann nun Kassiolara, „der Sauerstoff-
gehalt beträgt auf Galtromeria zweiundzwanzig Prozent, der Rest ist Stick-
stoff, sowie einige Spurengase. Der Luftdruck ist bei uns etwas höher, aber

das ist kein Problem. Was die Nahrung betrifft, weiß ich es nicht. Aber meine Kugel enthält einen Analysator, damit kann ich feststellen, was für mich verträglich ist."

„Wir haben uns ja noch gar nicht vorgestellt", fiel es Fitz nun ein, „ich heiße Fitz Brassam, bin der Kommandant dieses Raumfrachters, der den Namen XPZ15 trägt. Die Dame", er grinste dabei leicht, „ist Generalin Almuta Bersekierski, Kommandeurin unserer 17. Raumflotte. Und der Herr ist Hauptmann Kolweis, ihr Adjutant. Sie sind Gäste auf meinem Frachter, hatten ein ähnliches Mißgeschick wie Sie. Und was Sie betrifft, so können Sie vorerst hier bleiben. Ich werde Ihnen eine Kabine zur Verfügung stellen."

„Vielen Dank. Wenn es Ihnen recht ist, dann möchte ich mich baldmöglichst zurückziehen. Ich bin erschöpft, möchte auch Ihre Sprache lernen."

„Sprache lernen?" wunderte sich die Generalin.

„Ja, mittels meiner Kugel habe ich Ihre Sprache bereits analysiert. Ich brauche sie nur noch in mein Gehirn einprogrammieren."

„Einprogrammieren?"

Kassiolara lachte.

„Sie kennen diese Technik sicherlich noch nicht. Wir haben die Möglichkeit Wissen und Fähigkeiten direkt in das Gehirn abzuspeichern."

Fitz führte sie zu einer freien Kabine, fragte sie unterwegs.

„Sie sprechen, ich meine Ihre Kugel, die Sprache eines Erdmenschenvolkes, das bereits lange ausgestorben ist. Wie kommt das?"

„Nun, vor vielen Jahren hat schon einmal eine Expedition Ihren Planeten, den Sie Erde nennen, besucht. Damals lebten auf Ihrem Planeten zahlreiche Völker, welche sehr unterschiedliche Sprachen hatten. Die damalige Expedition hat einige, die häufig verwendet wurden, analysiert. Aber Ihre heutige Sprache ist nicht darunter."

Fitz lächelte.

„Das liegt sicherlich nach unserer Zeitrechnung mehrere tausend Jahre zurück. Damals wurde Ihre Expedition auch mit Sicherheit nicht weit im Weltraum angegriffen. Die Menschen auf der Erde waren zu jener Zeit hierzu noch gar nicht in der Lage."

Er wünschte ihr dann angenehme Ruhe. Kassiolara legte sich auf das Bett, wandte ein Metallband um ihren Kopf, das mit der Kugel verbunden war, schlief bald ein.

„Was machen wir nun mit ihr ?" fragte der Adjutant als Fitz in die Leitstelle zurückkehrte.

„Wir werden sie auf jeden Fall dem Galaktischen Sicherheitsdienst übergeben. Der muß ihre Angaben überprüfen. Ihre Identität muß festgestellt werden. Es ist noch immer nicht ausgeschlossen, daß sie eine frogonische Spionin ist", meinte die Generalin.

„Sie sieht aber nicht wie eine Frogonin aus", zweifelte Fitz.

„Woher wissen Sie das ? Haben Sie schon einmal eine Frogonin gesehen ?" fragte Kolweis.

„Nein, aber die blaue Haut. Die Frogonen haben keine blaue Haut, soweit mir bekannt ist", erwiderte Fitz.

„Das ist aber jetzt eine bloße Vermutung. Das hat nichts zu sagen. Außerdem, Sie wissen doch gar nicht wie Frogonen aussehen. Das haben Sie doch selbst vor zwei Tagen gesagt", warf Almuta ein, „aber es ist doch schon seltsam, sie sieht ja aus wie ein Mensch, nur die blaue Farbe stört etwas."

„Glaubten Sie vielleicht sie sehe aus wie eine Ziege ?" entgegnete Fitz. Und er dachte dann.

„Die Generalin ist eine Ziege und sieht aus wie ein Mensch."

„Sie hat sicherlich eine andere Gestalt angenommen", meinte die Generalin dann.

Fitz wurde leicht verlegen.

„Na ja, ich fühle es eben, daß sie keine Frogonin ist. Außerdem bin ich dagegen und noch kommandiere ich hier."

„Noch !" entgegnete ihm die Generalin, „bis zur Neptungrenze. Und dann unterstehen Sie der Kontrolle des Galaktischen Sicherheitsdienstes. Da können Sie sich nicht dagegen wehren, denn das ist ein sicherheitsrelevanter Fall. Also, seien Sie vernünftig."

Fitz überlegte.

„Was ist denn jetzt schon wieder mit ihr los ? Gestern schien Sie doch vernünftig zu werden", dachte er, sagte dann um keinen Streit zu provozieren. „Sie haben recht. Und wie lange dauert so eine Überprüfung."

„Das kann schnell gehen oder auch nicht. Weshalb fragen Sie ?"

„Nun ja, wenn die Überprüfung auf der Außenstation 'Pluto I' stattfindet

134

und nicht allzu lange dauert, dann könnte ich sie ja wieder mitnehmen."
„Ihnen gefällt wohl die Kleine", witzelte der Hauptmann.
„Das auch", räumte Fitz ein, „aber darum geht es nicht. Es ist doch so: was soll denn aus ihr werden, selbst wenn sie als unbedenklich eingestuft und freigelassen wird ? Wo soll sie denn bleiben ? Sie ist alleine, hat kein zuhause ? Glauben Sie der Galaktische Sicherheitsdienst wird sich um sie kümmern ? Und auf ihren Heimatplaneten kann sie nicht zurückkehren. Und hier ist sie doch vorerst gut unter, zumindest bis wir etwas besseres gefunden haben."
„Nun, unsere Akademie der Wissenschaft wird doch an ihr interessiert sein. Eine echte Extrasolaristin ! Das ist doch eine Sensation ! Ein Studienobjekt von unschätzbaren Wert !"
Fitz verzog das Gesicht.
„Ein Studienobjekt ! Vornehmlich ein Objekt ! Wollen Sie wirklich, daß irgendwelche Wissenschaftler sie mißbrauchen, als sei sie ein exotisches Tier ? Nein, an die Akademie der Wissenschaft dürfen wir sie nicht ausliefern. Sie sollte schon mit den Leuten diskutieren, aber auf gleicher Augenhöhe. Verstehen Sie den Unterschied ?"
„Im Grunde haben Sie recht", pflichtete ihm die Generalin nach kurzem Überlegen bei, „nein, wir dürfen sie nicht wie ein exotisches Tier behandeln. Ich werde mich für sie einsetzen. Dann ist die Sache wohl innerhalb von zwei bis drei Erdentagen erledigt. Wäre das in Ordnung für Sie ?"
„Ja, das wäre es allemal. So lange kann ich warten. Vielen Dank."

Als Kassiolara ausgeschlafen hatte kehrte sie in den Kontrollraum zurück.
„Wir haben Sie aus dem Weltraum gerettet, das ist die eine Sache. Aber sicherlich kommen Sie nicht ohne Nahrung aus. Vertragen Sie überhaupt unsere Lebensmittel ?" fragte Fitz.
„Daran habe ich auch schon gedacht. Ich kann es mittels meiner kleinen Kugel überprüfen", antwortete sich.
„Das ist gut, ich zeige Ihnen den Vorratsraum."
Nach etwa zwei Stunden kehrte Kassiolara zurück.
„Ich habe die verschiedenen Nahrungsmittel dort überprüft. Die meisten sind unbedenklich", sie lächelte süffisant, „am geeignetsten für mich ist eine braune Flüssigkeit, die ich in einer Flasche in einem Schrank fand. Sie

riecht nur etwas seltsam."

Fitz lachte.

„Das ist Whisky, mein Lieblingsgetränk. Schön, daß er zu Ihnen paßt. Das ist gut. An den Geruch werden Sie sich gewöhnen, auch an den Geschmack."

Die Frau war ihm auf Anhieb sympathisch. Er konnte allerdings keinen näheren Kontakt zu ihr knüpfen, keine längeren Gespräche mit ihr führen. Das lag aber nicht daran, daß Kassiolara sich ihm gegenüber abweisend verhielt. Vielmehr blieb Kolweis mißtrauisch. Er argwöhnte noch immer Kassiolara sei eine frogonische Spionin oder Agentin und Fitz stehe mit den Frogonen in Kontakt. Er spitzte stets die Ohren, wenn sie miteinander sprachen, damit ihm auch kein Wort entgehe. Das verhinderte natürlich eine ungezwungene Unterhaltung. Fitz ärgerte sich darüber, stellte Kolweis unwirsch zur Rede, sagte ihm, es sei nicht ein Zeichen von zivilisiertem Verhalten die Gespräche anderer zu belauschen. Allerdings könne man zivilisiertes Verhalten von Typen seines Schlages auch gar nicht erwarten. Kolweis war zwar eingeschnappt, nahm die Rügen aber nicht hin, sondern beschwerte sich bei der Generalin. Diese wiederum warf Fitz vor, er wolle geheime Unterredungen mit der Fremden führen, was ein untrügliches Zeichen subversiver Absichten sei. Sie sehe sich daher gezwungen dem Galaktischen Sicherheitsdienst Meldung zu machen.

„Und wenn der erst einmal auf Sie aufmerksam geworden ist, dann werden Sie bald verhaftet. Und dann gnade Ihnen Gott oder wer auch immer. Dann nutzt es Ihnen auch nichts, wenn Sie Plutonianer sein wollen. Sie verschwinden in einem Loch und keine Sau wird erfahren, was aus Ihnen geworden ist."

Das wirkte. Er traute der Generalin durchaus zu, daß sie ihre Drohung wahrmachen könnte, schon aus Rache für das despektierliche Verhalten, das er am Anfang ihr gegenüber an den Tag legte. Da mochten die freundlichen Worte, die sie vor ein paar Tagen miteinander gewechselt hatten nichts ändern. Denn Menschen sind im Grunde rachsüchtig. Freundlichkeit und Versöhnung sind oft nur Methoden zur Täuschung. In Wirklichkeit wartet man auf eine Gelegenheit eine echte oder vermeintliche Kränkung zu vergelten. Und das Vorgehen des Galaktischen Sicherheitsdienstes kannte er. Also hielt er sich zurück.

Einige Tage später erreichten sie 'Pluto I'.

„Nun werden Sie mich endlich los", Almuta lächelte, „jetzt können Sie sich wieder ungestört Ihrem Lotterleben hingeben."

„Sie vergessen Kassiolara. Die wird doch mit mir reisen ?"

„Das kann ich nicht mit Bestimmtheit sagen. Das wird die Überprüfung ergeben. Ich werde mich aber für sie einsetzen, das verspreche ich."

„Vielen Dank, Generalin. Und außerdem, so schlimm war es mit Ihnen gar nicht", er grinste, „Sie haben sich in den letzten Tagen unter meinem Einfluß sehr positiv entwickelt. Nur an Ihren Adjutanten mochte ich mich nicht so recht gewöhnen."

Fitz setzte sein Grinsen fort.

„Ich habe im Leben wesentlich unangenehmeres erlebt als Ihre Gesellschaft. Im Grunde verstehen wir uns doch."

„Soll das jetzt ein Kompliment sein ? Nun, das ist Ihre Einschätzung der Dinge. Also gut. Träumen Sie recht schön von mir, vergessen Sie darüber aber nicht Kassiolara und vor allen Dingen nicht Ihren weiteren Kurs. Es wäre doch ein unrühmliches Ende wenn Sie wegen mir Mars II verpassen und die Venus rammen würden."

Die drei verließen das Raumschiff.

Bereits einen Tag später kehrten Kassiolara und Kolweis zurück. Fitz wunderte sich. Der Adjutant war offensichtlich noch nicht wegen seiner 'Fahnenflucht' verhaftet worden. So schlimm konnte die Sache also nicht stehen.

„Das ging schnell", erklärte er Fitz, „keinerlei genetische Übereinstimmung mit Frogonen oder sonstigem bekannten Gesindel. Den Rest interessierte niemanden. Die sind jetzt mit den Zwischenfällen da draußen beschäftigt. Deswegen konnte auch die Generalin nicht mitkommen."

„Danke, Hauptmann, aber, wie sieht es mit Papieren aus ? Sie braucht doch eine Identität, schon wegen möglicher Kontrollen."

„Daran habe ich nicht gedacht."

„Das war auch nicht anders zu erwarten."

Kolweis wurde verlegen.

„Ich werde die Generalin informieren."

„Eine Frage noch: Sie sprachen von nicht vorhandener genetischer Übereinstimmung mit den Frogonen. Woher kennt man deren genetische

137

Struktur. Ich denke, keiner hat bisher einen Frogonen gesehen."
Der Hauptmann lachte.
„Jetzt fragen Sie aber blöd. Sie kennen doch den Galaktischen Sicherheitsdienst. Das ist ein Staat im Staate. Die haben Informationen über Dinge,
von denen wir absolut nichts wissen."
Bereits zwei Stunden später erhielten sie Antwort in Form einer Aufent-
haltsgenehmigung innerhalb des terrestrischen Hoheitsgebietes. Kolweis
verabschiedete sich dann.

Kassiolara faszinierte Fitz nicht nur wegen ihrer äußeren Erscheinung. Sie
war ein Mensch aus einer anderen Welt, mit anderem Wissen, mit anderer
Lebenserfahrung, einer anderen Kultur. Sie lebte bisher wohl in einer völlig
anderen sozialen Umgebung, in völlig anderen politischen Verhältnissen.
Aber sie schien zugänglich, aufgeschlossen, ein Mensch mit dem man
lange, intensive Gespräche führen, von dem man sehr viel lernen konnte.
Und das alles bei einem guten Glas Whisky. Natürlich war der Raumfrachter auf Dauer keine Lebenswelt. Er überlegte, seine Stelle als Raumfrachterkommandant war nicht so schlecht bezahlt, seine Ausgaben waren
ja auch gering, trotz des Whiskykonsums, und so hatte er einige Ersparnisse
zusammentragen können. Vielleicht war es möglich, auf die Erde zurückzukehren, in einer entlegenen Gegend ein Haus zu erwerben, wo er mit
Kassiolara in Frieden leben konnte. Er schwankte. Zeitweise gefiel ihm
diese Idee, dann fand er sie wieder lächerlich.

„So, jetzt sind wir alleine. Und du wirst dir überlegen müssen, was weiterhin mit dir geschehen soll. Ich bin Raumfrachterkommandant; der Frachter
ist mein Zuhause. Sonst habe ich keine Heimat. Auf der Erde bin ich
ungelitten. Da will ich eigentlich auch gar nicht mehr hin. Es könnten sich
natürlich auch Gründe ergeben meine Meinung zu ändern, zum Beispiel,
wenn du mitkommst. Auf alle Fälle, du kannst bleiben solange du möchtest,
aber ich fürchte, es wird dir mit der Zeit hier öde."
„Vielen Dank für das Angebot, es ist sehr nett von dir. Aber leider muß ich
es ablehnen. Ich möchte zurück auf meinen Heimatplaneten."
„Das ist aber doch unmöglich. Du kannst doch mit dem Raumboot
unmöglich bis zur Wega fliegen."

„Mit dem Raumboot auf keinen Fall, aber es gibt vielleicht doch eine Möglichkeit. Ich habe nicht die volle Wahrheit gesagt. Unsere Expedition wurde mit einem großen Kampfstern durchgeführt. Ich befand mich damals mit zehn anderen in einem recht kleinen, nur leicht bewaffneten Beischiff auf dem dem Flug zu einem Planeten, der nach unseren Erkenntnissen Leben trug. Wir sollten ihn näher erkunden. Wir hatten schon fast unser Ziel erreicht als wir überraschend angegriffen wurden. Der Kampfstern eilte uns zu Hilfe, doch er kam zu spät. Einige von uns konnten sich kurz vor der Katastrophe in die Raumboote retten."

„Und warum bist du nicht in Richtung des Kampfsterns geflohen ?"

„Ich bin Wissenschaftlerin, keine Raumpilotin. Wir benutzen diese Raumboote öfters um auf Planeten zu landen oder sie zu erkunden. Dabei werden wir aber von einem Leitstrahl geführt. Selbständig steuern kann ich es nicht, Ich verstehe auch nichts von Navigation."

„Und du gehst davon aus, daß der Kampfstern nicht zerstört wurde und du Kontakt mit ihm aufnehmen kannst ? Bedenke auch, seit deiner Flucht sind bereits Wochen vergangen. Das ist eine lange Zeit. Das Schiff kann sich schon längst weit entfernt haben, in ein anderes Sonnensystem geflogen sein."

„Das ist mir klar, aber ich muß trotzdem versuchen Kontakt aufzunehmen. Dazu brauche ich aber deine Hilfe. Meine Kugel ist zu schwach. Aber mit der Kommunikationsanlage hier an Bord müßte es gehen. Ich kenne den Code mittels dem man den Kampfstern erreichen kann. Ich kann ihn in die Anlage eingeben. Das müßte funktionieren."

„Na gut, versuchen können wir es."

Kassiolara setzte eine Nachricht ab. Fitz gab nicht viel auf die Sache, doch zu seiner Überraschung erhielten sie bereits drei Tage später eine Antwort. Kassiolara strahlte vor Freude. Fitz blieb skeptisch.

„Die Sache bleibt gefährlich. Sie könnten dich zwar nahe Tichroni aufnehmen. Das liegt in der neutralen Zone. Aber es handelt sich um ein fremdes Schiff. Und zur Zeit herrscht hier draußen eine ziemliche Aktivität. Die Raumflotte führt offensichtlich einige konzentrierte Aktionen durch. Das könnte Verwicklungen geben."

Kassiolara lächelte.

„Was unseren Kampfstern betrifft, so weißt du nicht, wovon ich rede. Er ist in der Lage, eure gesamte Raumflotte zu zerstören."

Er überlegte kurz.

„Das muß aber nicht sein. Ich werde einmal die Generalin kontaktieren."

Die antwortete auch rasch.

„Sie haben uns mit Ihren Problemen gerade noch gefehlt", las Fitz, „aber wir haben Kontakt zu einen extrasolaristischen Schiff. Es hat uns einen großen Dienst erwiesen. Und wenn es das Schiff ist, das Kassiolara aufnehmen soll, dann sehe ich keine Schwierigkeiten. Geben Sie mir bitte die Kennung durch."

„Dann ist ja im Prinzip alles geklärt", meinte Fitz zu Kassiolara, „aber ein bißchen wirst du dich schon gedulden müssen. Ich kann nicht einfach umkehren. Ich muß erst meine Ladung auf Mars II abliefern und dort neue Instruktionen entgegen nehmen."

„Und wie lange wird das dauern ?"

Fitz überlegte kurz.

„Nun ja, Flug nach Mars II, Entladung, Warten auf neue Instruktionen; ich schätze, so in drei Wochen können wir Richtung Tichroni zurückfliegen. Der Flug dorthin dauert etwa zehn Monate. Es kann aber auch sein, daß ich Ausrüstungsgegenstände für einen anderen Planetoiden mitnehmen und daher einen Umweg machen muß."

„Das sollte kein Problem sein. Die Expedition wird nach eurer Zeitrechnung frühestens in neunzehn Monaten nach Galtromeria zurückkehren. Und es wird sich sicherlich auch eine Möglichkeit finden, mich nahe Tichroni abzuholen. Du wirst also nicht warten müssen."

Der Flug zu Mars II und der Rückflug nach Tichroni verliefen ohne Störungen, ohne besondere Vorkommnisse. Sie unterhielten sich ausgiebig. Fitz wollte natürlich möglichst viel über die Verhältnisse auf Kassiolaras Heimatplanet wissen, sie andererseits möglichst viel über die Erde. Insbesondere interessierte sie sich für die Bücher, verbrachte den Großteil der Zeit sie mittels ihrer Kugel zu kopieren.

„Ich habe dir ja bereits einmal erzählt, daß ich auf der Erde unerwünscht bin, daher mit diesem Raumfrachter zwischen Mars und Tichroni hin und her pendele. Auf die Dauer ist das schon öde. Ist es eigentlich möglich mit dir nach Galtromeria zu kommen ?"

Kassiolara zuckte mit den Schultern.

„Ich weiß nicht. Das muß der Leiter der Expedition oder der Kommandant unseres Kampfsterns entscheiden. Und wie steht es mit dir ? Du kannst doch nicht einfach deinen Raumfrachter zurücklassen und verschwinden."

„Wieso nicht. Ich stelle die Steuerung auf Automatik und dann wird er so lange Tichroni umkreisen, bis jemand an Bord kommt und ihn zum Pluto oder zum Mars zurückbringt."

„Aber selbst wenn du die Erlaubnis erhältst mitzukommen. Ich rate es dir nicht. Das ist eine endgültige Entscheidung. Du wirst nicht als fremder Besucher nach Galtromeria kommen, der den Planeten, seine Bewohner und ihre Zivilisation kennenlernen will und nach einiger Zeit wieder abreist. Du wist bis an dein Lebensende bleiben müssen. Du wirst in einer dir völlig fremden Welt leben müssen. Du wirst mit Menschen zusammen sein, die anders aussehen, völlig anders denken und handeln, andere Sitten und Gebräuche, eine völlig andere Lebensweise haben. Und ein Zusammenleben mit mir, wie du dir das wünschst, wird es nicht geben. Das ist bei uns unüblich. Du wirst dich bald einsam fühlen, nicht für ein paar Monate wie hier in deinem Raumfrachter, sondern für immer. Du wirst deine Entscheidung bald bereuen, aber du kannst sie nicht rückgängig machen."

Kurz vor Erreichen von Tichroni verabschiedete sich Kassiolara.

„Vielen Dank für alles. Es war eine schöne Zeit, auch wenn ein trauriges Geschehen Anlaß unseres Zusammentreffens war. Ich werde dich immer in guter Erinnerung behalten. Aber nun muß ich dich verlassen. Sie warten bereits auf mich. Sie haben einen Leitstrahl zu XPZ15 gerichtet, auf dem ich zurückfliegen kann. Lebe wohl !"

Sie bestieg ihr Raumboot. Fitz verfolgte ihren Flug auf dem großen Bildschirm im Leitstand. Nach einigen Stunden verschmolz das Raumboot mit einem großen Punkt.

„Sie hat ihr Raumschiff erreicht."

Er holte sich eine Flasche Whisky, trank sie leer, schlief irgendwann ein.

Zwei Tage später erreichte er die Tichroni-Umlaufbahn. Er war in schlechter Verfassung. Er war zum ersten Mal seit gut zwölf Monaten allein, hatte seine Ruhe. Was ihm früher lieb war, behagte ihm nun nicht. Er war mittlerweile Gesellschaft gewohnt. Hinzu kam, daß er sich während des Beladungsvorgangs mit dem Trinken zurückhalten mußte, was seine Stimmung zusätzlich drückte. Die erste Hälfe des Fluges zu Mars II war er die meiste Zeit betrunken, erst nahe der Saturnbahn besserte sich seine Verfassung, er verbrachte seine Zeit überwiegend mit Lesen, mied den Alkohol, zumal er auch feststellen mußte, das der Whiskyvorrat bereits bedenklich geschrumpft war.

Auf Mars II übernahm der dann eine Ladung Schrott für Terrataurus. Das besserte seine Gemütsverfassung.

„Ich könnte dort mit dem Raumboot landen und versuchen Eileen zu treffen", sagte er sich.

Eine neue 'Kommandantin'

Wie üblich machte Fitz auf dem Flug von Mars II nach Terrataurus auf Pluto II Zwischenstation, aber nicht nur um Whisky und Tabakwaren zu bunkern, sondern er suchte auch regelmäßig Igor Schlawinski, den Agenten der 'Pluto Allflug' auf, jener Gesellschaft, welcher die XPZ15 gehörte und in deren Auftrag er arbeitete. Er vereinbarte dann stets einen Termin zu einem persönlichen Gespräch. Dieses diente als Erfahrungsaustausch bezüglich der Auslegung neuer Verordnungen und Vorschriften, der Dringlichkeit von Wartungsarbeiten oder Reparaturen oder auch der Notwendigkeit technischer Änderungen beziehungsweise Modernisierung technischer Einrichtungen im Raumschiff wie Antrieb, Steuerung, Navigationselemente, Computer und so weiter.

Als Fitz nun zur vereinbarten Zeit das Büro betrat, erblickte er eine Frau, die vor Schlawinskis Schreibtisch saß und die ihm den Rücken zukehrte.

„Oh, verzeihen Sie", meinte Fitz höflich, er wußte schließlich, wie er sich zu benehmen hatte, er tat es nur meist nicht, „Sie haben Besuch. Da will ich nicht stören. Ich warte draußen im Zimmer der Sekretärin, bis Sie mich rufen. Das macht mir nichts aus. Mit Mai Dai kann man nett plaudern und einen Kaffee erhalte ich auch von ihr."

„Nein, nein, bleiben Sie", erwiderte der Agent, „die Frau ist keine Besucherin. Sie ist wegen Ihnen hier. Sie kennen sie. Sie ist die Generalin a.D. Almuta Bersekierski."

Fitz runzelte die Stirn.

„Almuta Bersekierski?" dachte er, „so hieß doch die Generalin, die ich vor so ungefähr zwei Jahren im All aufgelesen und auf Pluto I abgegeben hatte. Was will die denn von mir. Und warum bezeichnete Igor sie als Generalin a.D. - außer Dienst?"

Er sagte dann freundlich.

„Verzeihen Sie, wenn ich etwas verwirrt bin. Was möchte denn die Generalin a.D. von mir?"

„Das werden Sie alles gleich erfahren. Setzen Sie sich bitte."

Fitz nahm auf dem zweiten, noch freien Stuhl vor Schlawinskis Schreibtisch Platz. Almuta drehte sich kurz zu ihm hin, lächelte ihn freundlich an.

„Hallo Fitz, wie gehts?"

143

Bevor Fitz antworten konnte begann der Agent.

„Um es kurz zu machen, Frau Bersekierski hat ihren Dienst bei der 'Irdischen Raumflotte' quittiert und bei unserer Gesellschaft als angehende Kommandantin eines Raumfrachters angeheuert."

Fitz zog die Augenbrauen zusammen.

„Na, war der Feldzug gegen die Weltraumräuber so erfolgreich, daß die Flüge zu den Rohstoffasteroiden jetzt ungefährlich sind und man sogar Frauen als Frachtschiffkommandanten nehmen kann ?" meinte er lachend.

Schlawinski blickt ihn nun streng an.

„Unterlassen Sie bitte diese despektierlichen Bemerkungen. Die Generalin hatte einen erheblichen Anteil an der Vernichtung der Weltraumräuberbrut. Der Feldzug wurde gemäß ihren Vorschlägen durchgeführt. Sie hat nun aus persönlichen Gründen, die hier keine Rolle spielen, ihren Dienst bei den Streitkräften quittiert und unserer Gesellschaft ihre Dienste angeboten, die wir dankend annehmen."

Er pausierte kurz, fügte dann spitz hinzu.

„Und unsere Überprüfung ihrer fachlichen Kompetenzen hat ergeben, daß sie für diese Tätigkeit mindestens genau so gut qualifiziert ist wie Sie."

Fitz atmete tief durch.

„Schön, aber warum erzählen Sie mir das alles ?"

„Frau Bersekierski ist für die Tätigkeit hochqualifiziert, wie ich bereits sagte, ihr fehlt lediglich die praktische Erfahrung. Daher hat die Gesellschaft beschlossen, daß sie ihre erste Fahrt unter Ihrer Anleitung durchführen wird."

„Und wie kommen Sie ausgerechnet auf mich ?"

„Es war ihr besonderer Wunsch."

„Und was bedeutet das konkret ?"

„Was meinen Sie damit ?"

„Heißt das, daß ich XPZ15 verlassen muß und auf ihrem Schiff mitfahren ?"

„Nein, nein, ganz im Gegenteil, sie wird auf XPZ15 fahren, als Kommandantin, als Schiffsführerin und Sie sind ihr Mentor."

„Ich bin ihr also unterstellt ? Auf meinem Schiff ?"

„Nein, so ist das nicht gemeint. Sie hat Ihnen keine Befehle zu erteilen, kann Ihnen also nicht den Whisky verbieten. Das befürchteten Sie doch. Sie dürfen natürlich eingreifen, ja Sie müssen es sogar, wenn es darum geht eine Katastrophe zu verhindern. Aber ansonsten ist sie für den Flug und die Kommunikation mit Terrataurus, Tichroni und Mars II verantwortlich, was auch Beladung und Entladung des Frachtschiffs einschließlich Abwicklung der Formalitäten betrifft. Sie sind sozusagen ein neutraler Aufpasser. Sie sind doch vernünftige Menschen, Sie werden sicher miteinander auskommen ohne daß unsere Gesellschaft Ihnen besondere Verhaltensregeln vorschreiben muß."

Er pausierte kurz, nahm einen Schluck Kaffee.

„So, das wäre es von meiner Seite. Haben Sie noch Fragen ? Hinsichtlich der Wartungsarbeiten haben Sie ja bereits den Plan abgegeben, nennenswerte Reparaturen sind nicht erforderlich, Sie werden in so etwa fünfzig Stunden Ihren Flug fortsetzen können. Frau Bersekierskis persönliche Habe wird in einigen Stunden an Bord gebracht. Da bleibt mir nur noch Ihnen eine gute Reise und eine fruchtbare Zusammenarbeit zu wünschen."

Sie verließen den Raum.

„Den Ausdruck 'fruchtbare Zusammenarbeit' habe ich im übertragenen Sinne verstanden", bemerkte Almuta lakonisch, „ich habe keinerlei Interesse daran schwanger zu werden. Aber üben können wir schon, wenn du magst."

Fitz lachte.

„Das fängt ja gut an, ganz ohne meinen Ratschlag. Apropos Ratschlag. Wir sind jetzt zu zweit. Da reicht der Whiskyvorrat nicht. Du mußt daher noch nachbunkern. Aber keine Angst, ich werde bezahlen."

„Du hast den Tabakvorrat vergessen, den müssen wir auch noch ergänzen. Den werde ich bezahlen. Um den sonstigen Proviant brauchen wir uns nicht zu kümmern. Den liefert die Gesellschaft."

Sie begaben sich zu XPZ15. Fitz machte Almuta mit den technischen Einrichtungen vertraut.

„Mit dem Whisky müssen wir uns noch zurückhalten", meinte er dann, „wegen der Wartungsarbeiten kommen noch Techniker an Bord. Die sollen keinen schlechten Eindruck von uns bekommen."

Sie setzten sich dann an den Besprechungstisch. Fitz besorgte Kaffee, blickte Almuta etwas unsicher an. Sie bemerkte das.

„Na, was hast du denn ?" fragte sie schließlich, „möchtest du gerne wissen, wie ich mir unser Verhältnis zueinander vorstelle und traust dich nicht zu fragen ? Was ist denn mit dir los ? Du warst doch früher nicht so schüchtern."

Fitz grinste.

„Nein, darum geht es nicht. Unser Verhältnis wird sich schon klären. Da muß ich mir keine Gedanken machen. Darüber muß man auch nicht reden, denn bei euch Frauen gilt erfahrungsgemäß oft morgen nicht mehr, was heute noch als das wichtigste erachtet wird. Es geht um etwas anderes. Ich weiß allerdings nicht, ob du mir das überhaupt erzählen darfst. Du hast zwar deinen Dienst bei den Streitkräften quittiert, aber bist dennoch zur Wahrung militärischer Geheimnisse verpflichtet."

„Na, um was geht es denn konkret ?"

„Weißt du, ich wunderte mich schon ein bißchen darüber, daß der galtromerianische Kampfstern so ungehindert bis nahe an Tichroni heran konnte. Im Transplutobereich war doch in dieser Zeit der Teufel los. Habt ihr keine Angst vor ihm gehabt."

„Das mag wohl auch eine Rolle gespielt haben. Er ist vermutlich unseren Schiffen an Kampfkraft weit überlegen. Aber es gab noch einen anderen Grund. Wir haben freundschaftlichen Kontakt zu ihm aufgenommen. Er hatte uns einen großen Dienst erwiesen."

„Das hattest du damals auf meine Anfrage schon erwähnt. Was war es denn ? Oder ist es ein Staatsgeheimnis ?"

„Nicht direkt. Es soll aber auch nicht darüber gesprochen werden. Manche Generale möchten sich die Sache an die eigene Brust heften. Die Galtromerianer haben das frogonische Basisschiff vernichtet."

„Wohl als Vergeltung für die Zerstörung des Forschungsschiffes auf dem Kassiolara unterwegs war ?"

„Ja, genau, die Galtromerianer verstehen keinen Spaß. Sie haben auch noch einige Raumkreuzer der Frogonen zerstört, die auf Raub aus waren."

„Das heißt, die Frogonen haben den Friedensvertrag gebrochen und sind in die neutrale Zone eingedrungen um unsere Frachter zu überfallen ?"

„Nein, wenn man den Galtromerianern glauben darf, nicht. Die haben nicht nur das Basisschiff vernichtet, sondern auch ihren Aussagen nach, einige Frogonen gefangen genommen. Und bei denen handelte es sich Rebellen, die vertrieben wurden und sich ein neues Betätigungsfeld suchten. Die frogonische Regierung hat angeblich damit nichts zu tun. Und mit den Weltraumpiraten haben sie auch weitgehend aufgeräumt. Sie haben einen Großteil ihrer Schlupfwinkel zerstört. Den Rest haben wir dann erledigt."

„Und das haben die Galtromerianer euch erzählt ?"

„Ja, natürlich, ich sagte doch, wir haben freundschaftliche Beziehungen zu ihnen aufgenommen, sie sogar zu einem Besuch der Erde eingeladen." Almuta grinste.

„Dein Pech, daß du von der Erde verbannt bist, sonst könntest du jetzt dort Kassiolara treffen."

„Ach, das würde jetzt auch nichts mehr bringen. Ich war lange genug mit ihr auf XPZ15 zusammen. Wir haben miteinander diskutiert und getrunken, aber weiter ist nichts passiert. Die haben eben andere Vorstellungen hinsichtlich des Umgangs der Geschlechter untereinander als wir."

„Das heißt, von der großen Euphorie zum großen Frust ist nur ein Schritt." Fitz verzog das Gesicht, antwortete aber nicht.

Ein Signal ertönte.

„Es kommen Wartungstechniker an Bord. Wir müssen leider unser Gespräch unterbrechen", meinte Fitz.

„Das kommt ihn gerade recht", dachte Almuta.

Zwei Tage später startete XPZ15 Richtung Terrataurus. Der Flug verlief ruhig, darüber gibt es wenig zu berichten. Nach Vernichtung der Weltraumpiraten waren auch keine Gefahren mehr zu erwarten. Fitz und Almuta fanden Zeit für lange Gespräche, er hielt sich dabei auch mit dem Trinken zurück. Er erfuhr einiges über ihre Ansichten über das Leben im Allgemeinen wie auch zu Staat und Gesellschaft und er stellte fest, daß trotz mancher scheinbarer Gegensätze sie beide in ihrer Denkweise sich gar nicht so sehr unterschieden.

„Warum hast du eigentlich den Dienst quittiert ?" fragte er sie als sie wieder einmal bei einem Glas Whisky zusammensaßen.

„Ach, ich war fünfundzwanzig Jahre bei den Streitkräften, habe lange Zeit über Leben und Tod entschieden. Ich war nun einfach müde. Auch zeigte mir die Zeit mit dir, daß es noch andere Dinge im Leben gibt. Und ich begann nachzudenken, konnte allerdings nicht so einfach die Entscheidung fällen, mich zurückzuziehen. Die Schmach, daß Sagittarius III durch meinen Fehler verloren ging, ließ mir keine Ruhe. Diese Scharte mußte ausgewetzt werden. Ich entwarf den Plan zum Feldzug gegen die Weltraumpiraten und die Frogonen. Und der Feldzug wurde ein großer Erfolg. Auch wenn ich jetzt unbescheiden erscheine, aber es war mein Verdienst, zumindest die Erfolge, welche die irdische Raumflott erzielt hat. Und die militärische Führung sah das auch so. Ich wurde geehrt, dekoriert, hatte das Gefühl nun ganz oben zu stehen. Und das gab mir zu denken. Denn wenn man ganz oben steht, kann man nur noch fallen. Es war also auch eine gute Gelegenheit aufzuhören."

„Und warum hast du dich entschieden, gerade Kommandantin eines Raumfrachters werden."

„Notwendig wäre das nicht gewesen. Ich wurde in Ehren verabschiedet, erhielt ein Landgut als Wohnsitz und erhalte eine großzügige Pension. Aber bevor ich mich zur Ruhe setze, mich nur noch mit Geschichte, Literatur und anderen geistigen Dingen beschäftige, vielleicht auch meine Gedanken und Vorstellungen niederschreibe, wollte ich erst einmal die andere Seite kennenlernen, wenn du verstehst, was ich meine."

„Welche andere Seite ?"

„Also, nicht mit einem Raumkreuzer, umgeben von einer großen Mannschaft, durch das All zu fliegen, immer bereit irgendwo irgendwen, der gegen irgendwelche Gesetze verstoßen hatte, abzuknallen, sondern als einfache Raumpilotin einsam und schutzlos den Weltraum zu durchqueren. Schlawinski hat nicht die Wahrheit gesprochen. Ich habe keinen Vertrag unterschrieben, lediglich die Bitte geäußert, eine oder zwei Fahrten in einem Raumfrachter zu unternehmen. Und die Bitte wurde gewährt. Es ist vielleicht ein dummer Gedanke, aber ich wollte in der Einsamkeit zu mir selbst finden, auch erfahren wie sich diese Einsamkeit auf meine Lebenseinstellung, meine Denkweise auswirkt."

Fitz lachte.

„Du bist aber nicht einsam, sondern mit mir zusammen."

„Das hier ist die Übungsfahrt. Die zweite Reise werde ich alleine unternehmen. Aber vielleicht ist sie gar nicht notwendig, vielleicht gelingt es mir das auch in deinem Beisein. Du bist ja auch nicht nervig, versuchst nicht ständig um mich herum zu sein, sondern läßt mir genügend Zeit allein und in Ruhe nachzudenken."

Sie nahm einen Schluck Whisky.

„Am Ende der Reise werde ich auf jeden Fall eine Entscheidung treffen."

„Was für eine Entscheidung."

„Das kann ich dir doch jetzt noch nicht sagen."

Fitz zog sich zurück.

„Sie kann mich nicht täuschen, ich durchschaue sie", dachte er als er in seiner Schlafkammer auf dem Bett lag, „ich weiß doch genau, warum sie gerade mit mir unterwegs ist und ich kann mir auch vorstellen, was sie mir am Ende der Fahrt vermutlich vorschlagen wird."

Er überlegte kurz.

„Aber will ich das auch ? Vielleicht ist es das Beste. Ich habe ja noch genügend Zeit darüber nachzudenken."

Die Atlanter

Heinrich erfüllte sich einen lang gehegten Traum, einen Segeltörn über den Atlantischen Ozean. Durch eine Zeitungsanzeige war er auf das Unternehmen 'South African Atlantic Cruising Tours Company' aufmerksam geworden, welche Fahrten von Kapstadt nach Buenos Aires anbot. Die Reise war nicht ganz billig, kostete knapp achttausend Euro, einschließlich Hotelaufenthalt in Kapstadt vor Abreise und in Buenos Aires nach Ankunft, sowie Hinflug von Frankfurt nach Kapstadt und Rückflug von Buenos Aires nach Frankfurt.

Für Heinrich spielten Kosten keine Rolle. Er war Ende dreißig, sportlich, von Beruf Maschinenbauingenieur, hatte eine gut bezahlte Stelle in einem großen Frankfurter Unternehmen. Sein Chef akzeptierte es auch, daß er sich wegen der Reise eine Auszeit von vier Monaten erbat. Er meinte sogar. „Sie sind jetzt mehr als zehn Jahre bei uns beschäftigt, haben kaum Urlaub gemacht. Wir werden Ihre Stelle ein Jahr offen halten. Sie können also auch verlängern wenn Sie möchten. Kommen Sie mit neuen Ideen zurück."

Verheiratet war Heinrich nicht; er hatte auch keine feste Freundin.

"Weiber bereiten nur Probleme, die man nicht unbedingt haben muß und die man ohne sie auch gar nicht hat", sagte er sich.

Nach Ankunft in Kapstadt bezog er ein Hotelzimmer an der Waterfront. Er unternahm eine Besichtigungstour durch die Stadt, auch einen Ausflug zum Tafelberg. Und er suchte das Büro des Reiseunternehmens auf.

„Die Abfahrt erfolgt in drei Tagen", erfuhr er dort, „die Reisezeit bis Buenos Aires beträgt etwa vierundzwanzig Tage. Je nach Wetterbedingungen kann es etwas schneller gehen, auch länger dauern. Sie werden Gesellschaft haben. Das Schiff bietet fünfzehn Passagieren Platz, die Fahrt ist aus-gebucht. Die Segelyacht liegt im Hafen. Ihr Name ist 'Princess of Good Hope'. Sie können sie gerne schon besichtigen, sich mit den Örtlichkeiten vertraut machen. "

Heinrich tat es. Das Schiff gefiel ihm. Er freute sich auf die Fahrt.
Die ersten zehn Tage der Reise verliefen ohne nennenswerte Ereignisse bei
herrlichem Wetter und mäßigem Wind. Er blieb aber für sich, hatte kein
Interesse Kontakte zu knüpfen.
Dann setzte ein Sturm ein, der immer mehr an Heftigkeit zunahm. Er zog
seine Rettungsweste an. Das Schiff wurde zum Spielball meterhoher
Wellen, war bald manövrierunfähig, schlug irgendwann leck, sank schließlich. Heinrich gelang es noch rechtzeitig über Bord zu springen, trieb nun
dahin, konnte irgendwann eine im Wasser schwimmende Holzplanke fassen
und sich an ihr festklammern. Stunden der Verzweiflung folgen. Er sah den
Tod vor den Augen. Allmählich ließ der Sturm nach, das Meer glättete sich.
Am Morgen war es dann fast windstill, die Sonne schien, nichts erinnerte
mehr an das Grauen der Nacht. Gegen Mittag sichtete er ein Schlauchboot,
es stammte offensichtlich von der Yacht. Es war leer. Mit einiger Mühe
erreichte er es, schaffte es hinein zu klettern. Er fühlte sich völlig steif vor
Kälte, die Sonne tat ihm gut. Erschöpft schlief er ein.
Er wußte nicht wie lange er geschlafen hatte als er wieder erwachte. Die
Sonne stand jedenfalls noch tiefer als zu dem Zeitpunkt als er das
Schlauchboot erreichte. Es mußte also Vormittag sein. Er wußte aber nicht,
ob es der nächste oder bereits der übernächste Vormittag war. Hunger und
Durst meldeten sich. Er besaß aber nichts zu Essen und nichts zu Trinken.
Die Sonne brannte vom Himmel. Und überall nur Wasser. Er zog sich so
gut es ging unter die kleine Plane, welche als Schutz gegen Spritzwasser
und die Sonne diente, zurück, zumindest konnte er damit seinen Kopf
etwas schützen. Angst überfiel ihn als er seine Lage analysierte. Den Sturm
hatte er überstanden, war nicht ertrunken, aber nun trieb er allein im Südatlantik, weit entfernt vom Festland, von Südamerika und Afrika. Nur zwei
kleine Inseln, Tristan da Cunha und Gough Island lagen entlang der Route.
„Es wäre aber ein Wunder", dachte er, „wenn ich an einer von ihnen stran-
den würde. Ertrunken bin ich zwar nicht, aber ich werde verhungern oder
verdursten, wenn ich nicht bald von einem Schiff aufgenommen werde."
Und das bereitete ihm Sorgen. Er wußte nicht, ob die Route, die sie gese-
gelt waren, vielbefahren war. Schiffe hatten sie nur gelegentlich gesehen.
Es blieb ihm die Hoffnung, daß von der Yacht aus ein Notruf abgesetzt
worden war bevor sie sank und nach Überlebenden gesucht wurde. Aber es

war nur eine schwache Hoffnung. Ein kleines Boot war schließlich nur schwer zu entdecken und ein Navigationsgerät mittels dessen er die eigene Position hätte bestimmen und Signale abgeben können, gab es nicht auf dem Boot.
Gegen Abend verfiel er wieder in einen Schlaf.

Zu seiner Verwunderung erwachte er in einem Bett in einem sauberen Raum, trug ein weißes Nachthemd. Er fragte sich, ob er träume, kam nach einigem Nachdenken aber dann zu dem Schluß, daß er sich tatsächlich in einem Krankenzimmer befand. Er richtete sich auf, konnte durch das Fenster blicken, sah draußen Bäume. Also konnte er sich nicht auf einem Schiff befinden, schloß er daraus.
Wo war er gelandet ?
Nach einiger Zeit erschien ein Mann in weißem Gewand, der ihn fragte, ob er Hunger und Durst habe, auch fragte, ob er etwas Bestimmtes zu essen wolle. Hinsichtlich der Speise hatte Heinrich keine besonderen Wünsche, sagte dann aber, ein Bier sei ihm schon recht. Der Mann, grinste, meinte, eine solche Antwort habe er fast erwartet.
Der Mann ging. Heinrich wurde erst jetzt bewußt, daß der Mann Deutsch gesprochen hatte.
Er kehrte bald mit einem Tablett zurück, mit Brot, Wurst, Käse, Butter, Tee und auch einer Flasche Bier.
„Sie sprechen Deutsch mit mir. Sie sprechen also Deutsch ? Woher wissen Sie, daß ich Deutscher bin ?"
„Deutsch spreche ich recht gut; und daß Sie Deutscher sind, das steht doch in Ihrem Paß, den Sie in einem Brustbeutel bei sich trugen. Wir haben Sie schließlich durchsucht nachdem wir Sie aus dem Ozean gefischt hatten. Was ist eigentlich mit Ihnen geschehen ?"
„Ich war mit einer Segelyacht von Kapstadt nach Buenos Aires unterwegs. Das Schiff hieß 'Princess of Good Hope', war in Südafrika registriert. Es war eine Urlaubsfahrt. Wir gerieten in einen Sturm. Das Schiff sank und ich trieb zwei der drei Tage im Meer."
„Da hatten Sie ja schweres Glück."
Der Mann verließ den Raum. Wenig später trat ein Arzt ein, untersuchte ihn, stellte allerdings nur Erschöpfung und einen leichten Sonnenstich fest.

Er sagte Heinrich, in ein paar Tagen werde er wieder in Ordnung sein. Der fragte, ob er aufstehen und ein bißchen umhergehen dürfe. Der Arzt erlaubte dies. Heinrich ging nach draußen, gelangte in einen Park, sah sich um. Er befand sich tatsächlich in einem Krankenhaus.

Aber wo war er gelandet?

Die Menschen hier hatten etwa die gleiche Gestalt wie Europäer, allerdings einen etwas dunkleren Teint und schwarze Augen, aber blonde Haare. Das verwunderte ihn. Um was für eine Rasse handelte es sich? Er schaute sich um. Es gab offenbar zahlreiche Hinweisschilder, allerdings in einer ihm unbekannten Schrift. Die Menschen sprachen auch eine ihm unbekannte Sprache.

Er dachte nach. Er mußte sich etwa in der Mitte zwischen Afrika und Südamerika befinden und es gab seines Wissens nach im südlichen Atlantik nur eine Inselgruppe, die in Frage kommen konnte – Tristan da Cunha; die stand aber unter britischer Herrschaft. Warum waren daher die Hinweisschilder nicht auf englisch? Die fremde Schrift paßte hier nicht. Außerdem war die Inselgruppe nur dürftig besiedelt – ein paar hundert Einwohner. Wieso verfügte sie dann über ein recht großes Krankenhaus. Das machte keinen Sinn.

Und auch die Menschen sahen nicht gerade wie Engländer aus, auch nicht wie Südamerikaner und schon gar nicht wie Afrikaner. Man konnte sie überhaupt keiner Rasse zuordnen.

Sein Zustand besserte sich rasch. Nach einigen Tagen fühlte er sich wieder bei vollen Kräften.

Er wurde aus dem Krankenhaus entlassen; ihm wurde eine kleine Wohnung in einem 'Gästehaus' zugewiesen. Ein schweigsamer Mann führte ihn dort hin. Er übergab ihm auch einen Briefumschlag, der eine kleine Karte, wohl ein Ausweis und Geld in einer fremden Währung enthielt.

Die Wohnung war recht hübsch eingerichtet, ähnlich, wie er das von zuhause gewohnt war, auch ein Fernsehapparat war vorhanden. Er probierte ihn aus. Er schaltete hin- und her, fand neben englischsprachigen, spanischsprachigen, portugiesischsprachigen Sendern auch einen deutschsprachigen.

Es lief gerade eine Unterhaltungssendung, Dutzendware, eine Plappershow, dann ein älterer, etwas sentimentaler amerikanischer Film.

Er fragte sich erneut, wo er gelandet war.

Gegen Abend klingelte es an der Wohnungstür. Er öffnete. Draußen stand eine nicht mehr ganz junge Frau. Sie trug ein weißes Gewand, wie alle Bewohner dieser seltsamen Insel, die ihm bisher begegnet waren.

„Guten Tag", grüßte sie, „mein Name ist Amira. Ich bin Angestellte der Stadtverwaltung und zuständig für die administrative Betreuung der Fremden in unserem Land. Ich bin gekommen um Ihnen einige Mitteilungen zu machen."

„Bitte, treten Sie ein."

Die Frau schüttelte den Kopf.

„Nein, nicht hier. Kommen Sie bitte mit."

Sie sprach Deutsch. Sie führte ihn zu einem nicht allzu weit entfernten Gartencafe, bestellte für sich einen Milchkaffee und für Heinrich einen Espresso, nachdem sie Platz genommen hatten.

„Wissen Sie", begann dann Amira, „wir hassen Bürokratie und steife Förmlichkeiten, pflegen viel lieber einen natürlichen Umgang miteinander. Deswegen habe ich Sie ja hierher geführt. Ich wollte mich nicht in einer Amtsstube oder in Ihrer Wohnung mit Ihnen unterhalten. Der Grund unseres Gespräches liegt auf der Hand. Sie sind auf unserer Insel gestrandet und haben natürlich auch ein Recht auf Auskunft darüber wo Sie sich befinden und wie es mit Ihnen weitergehen soll. Sie dürfen aber nicht denken, daß wir Sie zu irgend etwas zwingen, über Ihren Kopf hinweg entscheiden wollen."

„Ja, wo bin ich denn hier ?"

„Sie sind auf Atlantis. Aber denken Sie jetzt nicht an das sagenhafte Atlantis, das einst Platon erwähnte und über das so viel spekuliert wird. Damit haben wir nur den Namen gemeinsam. Wir sind Außerirdische, von einem Planeten namens Margonakra. Er liegt etwa vierzehn Lichtjahre von der Erde entfernt. Vor knapp dreihundert Jahren kam unsere Expedition zur Erde. Sie stellte bald fest, daß hier ähnliche Bedingungen wie auf unserem Heimatplaneten herrschen und auch intelligente Lebewesen wohnen, die uns ähnlich schienen. Und so beschlossen sie die Erde näher in Augenschein zu nehmen und eine feste Station zu errichten. Sie wollten aber eine

154

zu große Nähe zu den Erdenmenschen vermeiden. Diese abgelegene Insel, mitten in einem Meer, das als Atlantischer Ozean bezeichnet wurde, entsprach ihren Vorstellungen, erschien als der geeignete Ort. Es handelte sich ja schließlich nicht um eine kleine Expedition mit nur ein paar Teilnehmern, sondern um ein großes Unternehmen mit etwa viertausend Personen. Sie richteten sich ein, unternahmen von hier aus Fahrten zu allen Teilen der Erde. Zunächst verlief alles ihren Plänen entsprechend, doch nach zwei Jahren ereilte sie eine Katastrophe. Das Raumschiff, welches die Erde umkreiste, explodierte; die Ursache hierfür erfuhren die auf der Erde wohnenden nie, da es keine Überlebenden gab. Es fehlte den hier gestrandeten, wie ich sie einmal nennen möchte, die Fähigkeiten und auch die Mittel ein neues Raumschiff zu bauen. Sie beschlossen daher auf der Erde zu bleiben und hier eine Kolonie zu gründen. Schwierigkeiten waren nicht zu erwarten, denn es gab genügend Wissenschaftler, Ingenieure, Handwerker und Ärzte unter den Mitgliedern der Expedition. Ein 'Hoher Rat', der die Regierungsgeschäfte führen sollte, wurde gewählt. Man analysierte die Lage, kam zu dem Schluß, daß eine Bevölkerung von fünfzigtausend ausreichen würde um die Zivilisation zu erhalten. Eine derartige Anzahl konnte auch auf der Insel leicht ernährt werden. Und so stellte man ein großangelegtes Bevölkerungsprogramm auf, wobei zugute kam, daß die Nachwuchsproduktion auf ihrem Planeten nicht mehr über den alten biologischen Weg, also Zeugung, Schwangerschaft und Geburt, betrieben wurde, sondern über künstliche Befruchtung und Aufzucht der Embryos in Nährlösungen und Brutkästen. So erreichte man die erwünschte Bevölkerungszahl innerhalb von vierzig Jahren, ist seitdem nur darauf bedacht sie konstant zu halten. Etwa fünfzig Jahre nach Gründung der Kolonie tauchte an der Küste ein englisches Geschwader auf. Man empfing es freundlich, doch die Engländer versuchten bald, die Insel unter ihre Kontrolle zu bringen, was unsere Vorfahren natürlich mit Leichtigkeit unterbanden, da die altertümlichen Kanonen und Vorderlader der Engländer ihren Strahlenwaffen unterlegen waren. Sie schützten dann die Insel durch ein Kraftfeld, das für Lebewesen, Schiffe und auch Flugzeuge undurchdringlich ist. So vergingen weitere dreißig Jahre. Erneut tauchten Engländer auf, diesmal aber ein Forschungsschiff, und es gelang mit ihnen einen freundschaftlichen Kontakt zu knüpfen, was insbesondere einem deutschen Gelehrten, der sich als Gast auf dem Schiff befand, zu verdanken war. Es dauerte allerdings einige Zeit bis sie verstanden, wer die Inselbewohner waren, daß sie nicht von der Erde stammten. Unsere Vorfahren erklärten den Engländern, daß sie den Menschen gegenüber keinerlei Herrschaftsansprüche stellten, daß sie unter sich bleiben, den Kontakt zu den Menschen auf ein Minimum beschränken und nicht unter ihnen leben wollten. Es hätte ohnehin wenig Zweck gehabt, da Untersuchungen ergeben hatten, daß die Margonakrer mit Erdmenschen keinen lebensfähigen Nachwuchs zeugen können. Eine Vermischung mit Erdmenschen hätte daher nicht nur den Untergang ihrer Zivilisation bedeutet, sondern auch ihr Aussterben innerhalb weniger Jahrzehnte. Sie waren natürlich in der Lage kleine Schiffe und auch Luftfahrzeuge zu bauen. Zur Energieerzeugung nutzten sie die Fusion von Wasserstoff zu Helium wie es auch auf der Sonne geschieht, eine Technik, die ihr nur zum Bau von Massenvernichtungswaffen, nicht aber zur friedlichen Nutzung beherrscht. Es entstanden wenige Handelsbeziehungen, die noch heute existieren, um den Bedarf an Gütern, die wir nicht haben, zu decken. Es handelt sich dabei ausschließlich um bestimmte Metalle. Eine Erdölquelle haben wir hier entdeckt, Und da unser Bedarf an Erdöl niedrig ist, reicht der Vorrat für mehrere hundert Jahre. Es war mit den Engländern eine Vereinbarung getroffen worden, daß die Existenz der Atlanter, wie sich die Margonakrer nun nannten, nicht öffentlich bekannt gemacht werden und die Insel auch nicht in den Karten eingezeichnet werden soll. Später schlossen sich auch andere Länder an. Die Schiffahrtsrouten, später auch die Flugrouten wurden so eingerichtet, daß sie das Kraftfeld nicht berührten. Später unterzeichneten wir Atlanter auch ein Abkommen mit der UNO. Wir wollen unter uns bleiben, haben es bisher auch unterlassen uns in eure Kriege und Konflikte einzumischen und die eine oder andere Seite zu unterstützen. Euere ideologischen, religiösen und politischen Auseinandersetzungen gehen uns nichts an. Sie basieren ja auch nicht auf der Vernunft, sondern auf Machtbestrebungen. Der Stärkere hält seine Ideologie für richtig und der Schwächere ist der Verbrecher. Und alle, welche dazwischen stehen urteilen nicht aufgrund von Tatsachen und der Vernunft, sondern schließen sich dem Stärkeren, dem Mächtigeren an und vertreten dessen Interessen noch vehementer als diese selbst. Anfangs war es noch einfach abgeschieden zu bleiben, mittlerweile ist es aufgrund des technischen Fortschritts und der erdumspannenden Kommunikation schwieriger geworden unsere Existenz geheim zu halten. Auch könnten wir in Zukunft in Konflikte hineingezogen werden. Das Kraftfeld schützt uns zwar gegen Schiffe, Flugzeuge und Raketen, nicht aber gegen Strahlung. Wir haben den Regierungen daher klargemacht, daß wir alle Versuche uns aus dem Weltraum mit Strahlenwaffen zu bedrohen, von vornherein unterbinden werden. Deswegen haben wir auch keinerlei Interesse daran unser technisches Wissen den Erdmenschen preiszugeben. Sie würden es ohnehin nur gegen uns verwenden. Und sollte es wirklich zum Abschmelzen der Polkappen und zu einem Anstieg des Meeresspiegels kommen, so wird unsere Insel nicht überflutet. Die Wassermassen können wir durch das Kraftfeld von unserer Küste fernhalten."

„Vielen Dank für die Auskunft, aber was wird nun aus mir?"

„Das wird sich bald zeigen. Wir haben Ihren Fall den britischen Behörden in Ascension übermittelt, mit der Bitte um Weiterleitung an deutsche Botschaft in London, da wir keinen direkten Kontakt zu deutschen Behörden unterhalten."

Sie lachte.

„Wir werden sehen, ob Ihr Land Sie zurück haben will. Es gibt von hier aus nur eine Flugverbindung, nach Ascension, einen Flug pro Monat. Ihre Regierung muß Ihnen schon das Geld für eine Flugkarte zuschicken. Die Briten werden Sie wohl kaum kostenlos mitnehmen. Aber machen Sie sich keine Sorgen. Sie sind unser Gast, Sie können bleiben solange Sie wollen. Für Ihren Aufenthalt werden wir vorerst aufkommen. Wenn Sie allerdings längerfristig auf unserer Insel leben möchten, dann müssen Sie schon eine Tätigkeit aufnehmen."

„Was für eine Tätigkeit?"

„Wir werden schon etwas für Sie finden. Aber haben Sie keine Angst, Schmutzarbeit müssen Sie nicht verrichten. Dafür haben wir Maschinenwesen, Roboter."

Sie bezahlte, erhob sich dann.

„Ach, noch etwas. Lassen Sie sich Zeit. Die Flüge nach Ascension sind gefragt und das Flugzeug ist recht klein. Sie werden also frühestens in drei Wochen abreisen können, vermutlich aber später, erst in knapp zwei Monaten. Ich werde mich melden, wenn es Neuigkeiten gibt."

Amira verabschiedete sich.

Heinrich kehrte in seine Wohnung zurück, kaufte unterwegs einige Lebensmittel und Getränke ein. Der Laden glich einem größeren Supermarkt. Die Aufschriften auf den Verpackungen konnte er natürlich nicht lesen, selbst das offen ausgelegte Obst und Gemüse bereitete ihm Schwierigkeiten, da er nur einen Teil der Erzeugnisse kannte.

„Ich kann ja schlecht nur von Bananen und Tomaten leben", dachte er.

So lief er zunächst etwas unschlüssig durch die Gänge, entdeckte schließlich eine längere Kühltheke, die, teilweise in durchsichtigen Folien verpackte Waren enthielt. Manches sah nach Wurst, manches nach Käse aus.

„Du bist wohl neu hier und hast Schwierigkeiten?" sprach ihn ein Mann mittleren Alters schließlich auf englisch an.

„So ist es", antwortete Heinrich.

Der Mann lachte.

„Das können wir leicht klären. Komm mit."

Er führte ihn zu einer Glastüre, hinter der sich eine Art Büro befand, klingelte.

Wenig später erschien eine Frau. Sie verstand englisch. Heinrich schilderte ihr sein Problem. Sie lächelte.

„Warten Sie einen Moment."

Sie ging ins Büro zurück, kam dann mit einem Heft in der Hand wieder, überreichte es Heinrich.

„Hier sind alle Waren aufgeführt, die es bei uns gibt, in unserer Schrift und in eurer Schrift und Sprache."

Heinrich bedankte sich.

„Ein bißchen umständlich am Anfang, aber du wirst dich bald daran gewöhnen", meinte der Mann, „übrigens, ich heiße Adolfo, arbeite im Hafenkontor. Und du?"

„Ich heiße Heinrich, bin vor einigen Tagen als Schiffbrüchiger hier angekommen."

Adolfo lachte.

„Als Schiffbrüchiger? Na, darüber müssen wir uns bei Gelegenheit näher unterhalten. Sei mir nicht böse, wenn ich etwas kurz angebunden bin. Ich habe eine Verabredung mit einem Freund, will nur schnell ein paar Getränke besorgen. Man sieht sich."

Heinrich ließ sich Zeit, suchte aus, was er zu brauchen glaubte. Er fand in dem Heft auch eine Beschreibung der Ziffern und des Zahlensystems der Atlanter. Sie verwendeten ein 'Achter-System'. Auch die Geldscheine und ihr Wert waren aufgeführt. So fiel es im nicht schwer an der Kasse zu bezahlen.

In seiner Wohnung angekommen, bereitete er sich ein Abendessen zu, das er auf dem Balkon einnahm. Bei einer Flasche Bier dachte er dann über seine Situation nach. Alles erschien ihm so unwirklich und er fragte sich, ob er nicht träume. Plötzlich kam ihm ein Gedanke, den er aber gleich wieder als idiotisch verwarf.

„Vielleicht bin ich tot und befinde mich im Jenseits. Und das Jenseits sieht so aus. Den Himmel habe ich mir bisher anders vorgestellt, aber in der Hölle scheine ich auch nicht gelandet zu sein. Aber Außerirdische, die genau so aussehen wie wir Menschen, von einem etwa vierzehn Lichtjahre entfernten Planeten ? Das ist doch unmöglich ! Das kann nicht sein. Ich habe auch noch nie von einer Kolonie Außerirdischer gehört oder gelesen. Das läßt sich doch auf Dauer nicht geheim halten. Und Kontakt zu dem Rest der Welt haben sie doch auch, wenn auch nur geringen. Da braucht doch nur einer zu reden. Das wäre ja dann ein gefundenes Fressen für die Medien. Vielleicht handelt es sich um eine Sekte, die auf einer abgelegenen Insel eine Kolonie gegründet hat. So etwas könnte es ja geben. Die hätten dann die gleiche äußere Erscheinung, die gleiche Zivilisationsstufe, vielleicht aber eine andere Lebensweise und Lebenseinstellung."

Er dachte kurz nach.

„Möglicherweise bin ich weiter nach Süden abgetrieben und befinde mich jetzt auf Südgeorgien. So muß es sein. Diese Amira hat mir sicherlich ein Märchen erzählt. Sie ist Mitglied der Sekte, stammt aus Deutschland, spricht daher perfekt Deutsch. Im täglichen Umgang miteinander benutzen sie natürlich eine künstlich geschaffene Sektensprache und auch eine Sektenschrift."

Diese für ihn natürliche Erklärung beruhigte ihn etwas. Er legte sich schlafen.

Am nächsten Morgen beschloß er die Stadt, näher zu erkunden. Sie erschien ihm als aufgelockerte Siedlung aus Wohnblocks, die durch mit

159

Büschen und einzelnen Bäumen durchsetzten Grünflächen voneinander getrennt waren. In den Untergeschossen der Gebäude befanden sich des öfteren Läden, die Lebensmittel, Getränke und Waren des täglichen Bedarfs, wie Reinigungsmittel, Hygieneartikel, Körperpflegemittel und so weiter im Angebot führten. Daneben gab es Cafes und Restaurants mit Sitzplätzen im Außenbereich. Lediglich nahe des Hafens befand sich eine Art Zentrum mit dichter Bebauung. Es schien sich aber ausschließlich um Amts- und Bürogebäude zu handeln. Im Hafen lagen einige eher kleinere Schiffe vor Anker. Es wirkte alles vertraut, westeuropäisch, erinnerte ihn an die Waterfront in Kapstadt.

Die wenigen durchgehenden Straßen waren befestigt, sehr sauber. Nirgends lag Müll herum. Auf ihnen fuhren Luftkissenfahrzeuge. Manche dienten offensichtlich als Lastwagen, andere zum Personentransport.

„Hier werden offenbar neue Techniken ausprobiert", dachte er, „aber Außerirdische? Nein, das kann nicht sein. Die würden doch keine europäisch wirkende Stadt bauen."

Eine Beobachtung machte ihn allerdings unsicher. Bisher war ihm das gar nicht aufgefallen. Die Atlanter hatten an jeder Hand nur vier Finger, der kleine Finger fehlte. Was hatte das zu bedeuten?

„Nun", überlegte er, „wir kennen aus der Bibel die Beschneidung der Knaben als Zeichen des Bundes Abrahams und seiner Nachkommen mit Gott. Vielleicht ist es ein Zeichen der Zugehörigkeit zur Sekte, den kleinen Finger an jeder Hand zu amputieren."

Auch fiel ihm das auf der Acht aufgebauten Zahlensystem der Atlanter auf. „Wir benutzen das Zehnersystem", sagte er sich, „vermutlich, weil wir zehn Finger haben. Und die Atlanter haben nur acht Finger. Aber selbst wenn sie sich zwei Finger als Zeichen der Zugehörigkeit zur Sekte abschneiden, dann ist dies doch kein Grund für den täglichen Gebrauch ein neues Zahlensystem einzuführen."

Unweit des Hafens entdeckte er einen mit zahlreichen Liegen ausgestatteten Badestrand, an dem sich allerdings niemand aufhielt. Ein Kassenhäuschen sah er nirgends.

„Es wird wohl niemand etwas dagegen haben, wenn ich mich hier niederlasse."

Er machte es sich auf einer Liege bequem, döste vor sich hin. Es war angenehm warm in der Sonne. Erst als es zu dämmern begann, kehrte er in seine Wohnung zurück.

„Die Sache mit den vier Fingern ist schon merkwürdig", sagte er sich als er nach dem Abendessen auf dem Balkon saß und seine Hand betrachtete, „der kleine Finger bildet mit dem Rand der Handfläche ein Linie. Amputiert man ihn, entsteht ein Absatz zwischen dem dann letzten Finger, dem Ringfinger und dem Rand der Handfläche. Besitzt jemand von Natur aus nur vier Finger, dann müßte es doch so sein, daß trotzdem der letzte Finger eine Linie mit dem Rand der Handfläche bildet. Da habe ich bei den Atlantern heute nicht darauf geachtet. Morgen werde ich das nachholen."

Dies erwies sich gar nicht so einfach, wie er geglaubt hatte. Die Atlanter dachten keineswegs daran, ihm die Hände zur Begutachtung hinzuhalten. Er unterließ es auch bald sie intensiv anzustarren, denn sie bemerkten das, mißverstanden das Verhalten offenbar, bedeuteten ihm er möge verschwinden. Kurz und gut, er machte keine Beobachtung, die ihm Aufschluß brachte. So gab er sein Vorhaben bald auf, ließ sich in einem Straßencafe nieder. Sein Gesicht hellte sich auf.

„Natürlich", sagte er sich, „das ist die Idee. Ich kann doch die Hände der Bedienung genau betrachten wenn sie serviert oder kassiert."

Doch er wurde enttäuscht. Die Kellnerin trug Handschuhe. Er wollte schon wieder aufbrechen als Adolfo vorbeikam, ihn erkannte, zu ihm hertrat und fragte, ob er sich setzen dürfe. Heinrich bejahte. Adolfo nahm Platz.

„Und, hast du dich schon ein bißchen eingelebt ? Du sagtest, du seist als Schiffbrüchiger hierher gekommen. Wie ist denn das passiert ?"

„Nun, ich befand mich auf einem Segeltörn von Kapstadt nach Buenos Aires. Unsere Yacht geriet in einen Sturm, sank. Ich bin vermutlich der einzige Überlebende. Ich trieb einige Tage auf dem Meer."

„Und wie hast du das Kraftfeld überwunden ?"

„Keine Ahnung. Ich verlor irgendwann das Bewußtsein oder schlief ein, erwachte dann in einem Krankenhaus. Kannst du mir eigentlich sagen, wo ich gelandet bin ?"

„Auf der Insel der Atlanter natürlich."

„Ja, das hat man mir auch erzählt. Aber ist das denn wahr ? Die Atlanter sollen Außerirdische sein und die Insel durch ein Kraftfeld schützen. Das ist doch kaum glaubhaft. Das ist doch genau so unwahrscheinlich wie eine jungfräuliche Geburt oder ein Leben nach dem Tod. Und wo liegt diese Insel eigentlich. Sie ist auf keiner Karte eingezeichnet, weil die Atlanter das angeblich nicht wollen."

„Wo soll die Insel schon liegen? Im Südatlantik natürlich."

„Der Südatlantik ist groß. Du bist doch irgendwie hierher gekommen. Wie denn? Mit einem Schiff oder in einem Flugzeug? Es gibt hier einen Hafen und auch eine Flugverbindung nach Ascension. Da muß man doch wissen, wo die Insel liegt."

Adolfo zuckte mit den Achseln.

„Die Kapitäne und Piloten wissen das sicherlich. Aber ich glaube, das sind fast ausschließlich Atlanter. Und Landkarten gibt es hier nicht. Das heißt, es gibt hier nur solche, welche die Insel zeigen und nicht ihre Lage im Atlantik. Und auf den Karten sind auch keine Längen- und Breitenkreise eingezeichnet. Was soll das auch?"

„Aber man muß doch wissen, wo man sich befindet. Und, sind diese Atlanter überhaupt Außerirdische oder handelt es sich um eine geheime Sekte? Sie haben auch nur vier Finger. Haben sie das von Natur aus oder haben sie sich an beiden Händen den kleinen Finger abgeschnitten als Zeichen der Zugehörigkeit zu einem Geheimbund?"

„Mann, du stellst aber komische Fragen. Hast du sonst keine Probleme? Vier Finger an jeder Hand. Außerirdische oder Geheimsekte? Was spielt das denn für eine Rolle? Die wollen ihre Ruhe haben, den Kontakt mit der restlichen Welt auf ein Minimum beschränken. Was ist daran schlimm? Ich habe den Job hier angenommen, weil er gut bezahlt wird. Und man kann hier angenehm leben. Was will ich mehr? Und die anderen sehen das genau so."

„Die anderen?"

„Es gibt hier ein paar Dutzend aus aller Welt, Amerikaner, Afrikaner, Europäer, Asiaten, Australier."

„Und habt ihr näheren Kontakt zu den Atlantern?"

„Näheren Kontakt? Nein, wieso? Die haben doch eine ganz andere Lebenseinstellung und Lebensweise. Wir bleiben unter uns. Weshalb willst du eigentlich das alles wissen? Du bist nervig. Das stört. Auf diese Art und Weise machst du dir hier keine Freunde."

Heinrich merkte wohl, daß Adolfo dieses Gespräch nicht paßte. War es nur Desinteresse oder behagte ihm das Thema nicht, weil er, Heinrich, Auskunft über Dinge haben wollte, über die nicht geredet werden durfte. Adolfo wirkte zweifelsohne gereizt. Er beschloß daher nicht weiterzubohren. Sie schwiegen eine Weile.

„Ich muß jetzt gehen", meinte schließlich Adolfo, „ich will mich mit ein paar Freunden treffen."

„Eigentlich könnte er mich fragen, ob ich mitkommen und sie kennenlernen möchte", dachte Heinrich.

Aber er wollte sich nicht aufdrängen, sagte daher nichts, blickte ihn nur erwartungsvoll an. Doch der reagierte nicht, winkte der Kellnerin, bezahlte seinen Kaffee und verabschiedete sich.

Adolfo mußte wohl über dieses Gespräch geredet haben und dies hatte offenbar keinen guten Eindruck über ihn hinterlassen. Er begegnete zwar in den folgenden Tagen des öfteren im Gästehaus in den Fluren oder auf den Treppen Männern und Frauen, doch diese schienen einem Kontakt zu ihm auszuweichen, grüßten bestenfalls nur kurz. Er verzichtete deshalb darauf sie anzusprechen, beachtete sie bald nicht mehr.

„Hoffentlich erhalte ich bald von Amira Nachricht darüber wann ich abreisen kann", sagte er zu sich selbst.

Er durchstreifte die Straßen. Auch die Atlanter schienen ihm gegenüber abweisend.

„Ein merkwürdiges Volk", dachte er, „sie sehen sich alle sehr ähnlich, sind gleich gekleidet, weisen keinerlei Zeichen von Individualismus auf."

Er suchte Cafes auf, begab sich zum Strand, badete im Meer.

Er wunderte sich daher, als ihn ein paar Tage später nachmittags eine Frau auf der Straße ansprach, die nicht wie eine Atlanterin aussah. Sie hatte eine deutlich hellere Hautfarbe, braune Augen, braune Haare.

„Du bist sicher der Deutsche, den sie aus dem Meer gefischt haben?" fragte sie ihn.

„Hat sich das bereits herumgesprochen?"

„Unter den Erdenmenschen schon, wie ein Lauffeuer. Es gibt ja nicht allzu viele von uns, die auf Dauer hier auf der Insel leben, vielleicht fünfzig. Wir sollten daher einander kennenlernen, obwohl Sie ja keinen guten Ruf haben. Möchten Sie ?"

„Sicher, aber nicht hier auf der Straße. Suchen wir ein Cafe auf. Und warum habe ich keinen guten Ruf ? "

„Gut, ich kenne ein nettes Lokal. Gehen wir hin."

Es lag nur wenige hundert Meter entfernt. Sie nahmen Platz, bestellten Kaffee.

„Ich heiße Fatma", begann die Frau, „ich bin Türkin, lebe seit zwei Jahren auf Atlantis. Sollten wir nicht 'du' zueinander sagen ? Das ist hier unter den Erdenmenschen so üblich."

„Abgemacht, ich habe nichts dagegen. Und warum habe ich keinen guten Ruf ?"

„Weil du neugierig bist, Dinge wissen möchtest, über welche die meisten nicht reden wollen."

„Ist das denn verboten ?"

„Nein, das ist es nicht. Aber sie möchten nicht darüber reden. Ich weiß nicht warum, vermute aber, sie meinen, sie müßten sich für ihr Hiersein rechtfertigen. Und das wollen sie nicht. Ich bin da anders. Mit mir kannst du offen über alles sprechen."

„Das ist schön. Aber ich will mich erst einmal vorstellen, ich heiße Heinrich. Du sprichst deutsch. Bist du in Deutschland aufgewachsen ?"

Sie schüttelte den Kopf.

„Nein, ich habe mir die Sprache einprogrammieren lassen, wegen dir."

„Einprogrammieren lassen ? Wegen mir ?"

„Ja, die Atlanter verstehen es Wissen direkt in das Gehirn zu übertragen."

„Ein Nürnberger Trichter also."

„Nürnberger Trichter ?"

Fatma blickte Heinrich verblüfft an.

„Es ist ein Scherz. Man sagt in Deutschland, es gebe eine Methode, Menschen mittels eines Trichters Wissen einzuflößen. Das geht auf einen Nürnberger Dichter aus dem siebzehnten Jahrhundert zurück. Deswegen nennt man ihn 'Nürnberger Trichter'."

Fatma lächelte.

„Er hat sicherlich nicht geahnt, daß dies einige Jahrhunderte später tatsächlich möglich sein würde."

„Vermutlich. Aber nun zur zweiten Frage. Was bedeutet 'wegen dir'. Dann mußtest du mich doch kennen."

„Bist du immer derart zerstreut, daß du nicht siehst, was um dich herum vorgeht ? Ich wohne doch auch in diesem Gästehaus. Alle Erdenmenschen wohnen dort. Wir sind uns schon ein paarmal begegnet. Du hast mich aber nie bemerkt."

Heinrich sann kurz nach einer Ausrede. Er wollte ihr nicht sagen, daß er wegen des Verhaltens einiger nach dem Gespräch mit Adolfo die Mitmenschen im Gästehaus bewußt ignoriert hatte.

„Entschuldige bitte. Das war nicht böse gemeint. Ich bin noch etwas durcheinander."

„Das ist auch zu verstehen. Du bist ja im Grunde ohne Vorwarnung in einer völlig anderen Welt gelandet, die dir vollkommen fremd vorkommen muß."

„Und warum lebst du hier, seit zwei Jahren, wie du sagtest ?"

„Ich lernte in Istanbul einen Atlanter kennen. Er hat mir hier eine Aufenthaltserlaubnis und eine Stellung vermittelt. Es dauerte allerdings einige Zeit bis ich beides erhielt."

Heinrich verzog leicht das Gesicht.

„Wie kommt man dazu, freiwillig hierher zu gehen ?"

Fatma lächelte.

„Nein, es ist nicht so wie du denkst. Atlanter haben keine sexuellen Gefühle gegenüber Erdenfrauen und Atlanterinnen nicht gegenüber Erdenmännern. Mach dir da also keine Hoffnungen. Ja, sie haben überhaupt üblicherweise keine sexuellen Empfindungen. Sie haben lediglich eine Brunftzeit, ein paar Tage, so etwa alle anderthalb Jahre. Und die haben sie alle gleichzeitig. Dann geht es hoch her. Da werden die wildesten Orgien gefeiert. Dann erkennt man sie nicht wieder. Aber Kinder werden dabei nicht gezeugt. Und wir Erdenmenschen sind dabei ausgeschlossen."

„Ich weiß, sie züchten ihren Nachwuchs künstlich heran."

„So ist es."

„Aber du hast den Atlanter doch in Istanbul kennengelernt. Was wollte er dort ?"

„Die Atlanter haben überall ihre Leute. Sie betreuen die Handelsbeziehungen, studieren unsere Kulturen, unsere Sitten, unsere Lebensweisen. Und dann gibt es auch welche, die sich über die Stimmungen und Entwicklungen in den einzelnen Ländern informieren. Spionage kann man das eigentlich nicht nennen. Sie wollen eben wissen, was auf der Erde so vorgeht, aus eigenen Quellen, nicht aus zweiter Hand. Sie tun das natürlich auch um ihrer eigenen Sicherheit willen. Sie fürchten, daß auf der Erde Entwicklungen in Gang kommen könnten, die ihnen gefährlich werden könnten. Deshalb wollen sie auch das Denken der Erdenmenschen verstehen. Und darum leben auch einige von uns hier auf Atlantis. Ihre Zahl ist allerdings nicht groß. Ich habe keinen genauen Überblick, aber mehr als fünfzig dürften es wohl nicht sein. Sie arbeiten hier, unterstützen die Atlanter bei der Abwicklung des Handels, den sie mit den Völkern der Erde in geringem Umfang betreiben."

Fatma schwieg kurz. Sie sprach dann leiser.

„Es wird gemunkelt, daß sie schon eingreifen, wenn sie Entwicklungen sehen, die ihnen unangenehm sind. Es ist auch nicht ratsam offen über Atlantis zu reden oder zu schreiben. Sie sollen da schon manchen zum Schweigen gebracht haben."

Sie verzog leicht das Gesicht, fuhr dann fort.

„Wir scheinen hier in Freiheit zu leben, aber du darfst dir keine Illusionen machen. Wir werden genauestens beobachtet und überwacht. Vor allen Dingen sollten wir nicht versuchen ihre technischen Geheimnisse auszuspionieren. Da verstehen sie keinen Spaß. Ich habe von einem Fall gehört, von einem Mann, der dies versuchte. Ihm haben sie kurzerhand das Gedächtnis gelöscht. Sie verstehen sich darauf."

„Und warum bleibst du hier?"

„Du magst es für seltsam halten, aber mir gefällt die Lebensweise der Atlanter und ich möchte auch ihre Denkweise ergründen. Weißt du, es ist ein einfaches Leben, aber man besitzt alles, was man braucht, wenn man nicht überanspruchsvoll ist. Es gibt hier kein Streben nach Reichtum, nach Gewinn, niemand versucht den anderen auszunutzen, zu betrügen, ihm seinen Willen aufzuzwingen. Es gibt unter den Atlantern keinen Neid, keinen Haß, keine Gewalt. Niemand versucht dem anderen seine Denkweise aufzuzwingen. Es gibt nur einen Gemeinsinn."

„Einen einzigen Gemeinsinn? Ich weiß nicht so recht, aber bedeutet das nicht, daß es hier bereits nur eine Denkrichtung gibt, mit vielen unbedeutenden Nuancen und alles, was signifikant davon abweicht, tabu ist. Führt das nicht langfristig zu einer geistigen Abstumpfung? Ist sie

vielleicht nicht bereits eingetreten ?"
Fatma überlegte.
„Das könnte schon sein. Aber ich bin keine Atlanterin. Gegenwärtig empfinde ich das noch nicht so, ich spüre Freiheit. In zehn Jahren denke ich vielleicht anders darüber. Aber ich bin hier nicht gefangen. Ich kann jederzeit wieder gehen."
„Und dann wird dein Gedächtnis gelöscht."
„Ich glaube nicht, daß sie das tun, solange ich keines ihrer Geheimnisse kenne. Und wie steht es mit dir ?"
„Ich weiß noch nicht so recht. Ich habe mir noch keine Gedanken gemacht. Ich bin noch neu hier, alles ist interessant. Mein Chef hat mir eine Auszeit, wie man das bei uns nennt, gewährt und mir erlaubt mich für ein Jahr von meiner Firma beurlauben lassen. Ich wollte reisen, die Welt etwas näher kennenlernen. Vielleicht bleibe ich hier, falls es möglich ist."
„Sei mir bitte nicht böse", meinte Fatma dann, „es wird bald dunkel, wir sollten aufbrechen."
„Wieso ? Wird es bei Dunkelheit gefährlich auf den Straßen ?"
Fatma lachte.
„Nein, natürlich nicht. Aber ich habe den ganzen Tag gearbeitet, bin jetzt müde, möchte nach Hause, mir mein Abendessen zubereiten und dann ausruhen. Das verstehst du doch."
„Natürlich verstehe ich das. Aber eine Frage liegt mir noch auf der Zunge. Ich kann nicht so recht an Außerirdische glauben. Die müßten doch mit Überlichtgeschwindigkeit durchs All fliegen. Das ist doch unmöglich. Ich habe mir schon überlegt, ob es sich bei den Atlantern nicht um eine Sekte handeln könnte, die sich auf einer einsamen Insel niedergelassen hat. Verstehe mich jetzt nicht falsch. Es muß sich ja nicht um schlechte Menschen handeln. Vielleicht wurden sie politisch verfolgt und haben sich hierher zurückgezogen um hier in Ruhe und Frieden zu leben. So etwas kann es doch geben."
„Ach, sei mir nicht böse. Daraus kann sich eine längere Diskussion ergeben. Darüber sollten wir ein andermal in Ruhe reden. Nur eines, um deine gröbste Neugier zu befriedigen. Ich lebe ja jetzt bereits zwei Jahre auf Atlantis, wie ich dir bereits sagte und habe auch ein einiges über sie in Erfahrung gebracht, aber ich habe bisher nicht den Eindruck gewonnen,

daß es sich um eine irdische Sekte handelt."
Sie winkte der Kellnerin zu. Sie bezahlten dann ihren Kaffee.
„Ich hoffe, du hast nichts dagegen wenn ich dich begleite", meinte Heinrich dann.
„Nein, wir haben doch ohnehin den gleichen Weg. Und ich habe auch keinen Liebhaber, der eifersüchtig wird, wenn er mich mit einem anderen Mann zusammen sieht."
Sie brachen auf, verabschiedeten sich an der Eingangstür zum Gästehaus.
„Wann sehen wir uns wieder?" fragte Heinrich bevor sie sich trennten, „ich will doch noch so viel von dir wissen."
„Also, bei den Atlantern hat die Woche acht Tage, sechs Tage Arbeit, zwei Tage Freizeit, sozusagen Wochenende. Während der Woche möchte ich abends keine langen und anstrengenden Gespräche führen. Da bin ich meist müde und will meine Ruhe haben. Das nächste Wochenende beginnt in drei Tagen. Kannst du solange deine Neugier zügeln? Wir können uns dann schon am Vormittag treffen und etwas zusammen unternehmen. Meine Wohnung hat die Nummer siebenunddreißig. Sie steht an der Eingangstür. Du kannst so gegen zwölf Uhr kommen."
Sie stutzte einen Augenblick.
„Weißt du bereits, daß die Tage hier zweiunddreißig Stunden haben? Das entspricht dann neun Uhr unserer Zeit."
„Ist dir das nicht zu früh?"
„Nein, keineswegs. Dann sehen wir uns also in drei Tagen. Ich hoffe, du kannst deine Neugier solange zügeln."
Heinrich grinste.
„Mir bleibt doch gar nichts anderes übrig."
Heinrich ging in seine Wohnung zurück bereitete sich ein Abendessen. Er dachte über die Begegnung mit Fatma nach.
„Das war wohl der absolute Glücksfall", sagte er sich, „einen Menschen zu treffen, der nicht nur intelligent ist, sondern auch über einen freien Geist verfügt, mit dem man auch über heikle Themen sachlich, leidenschaftslos und unvoreingenommen diskutieren kann."
Aber es war nicht nur das. Fatma war hübsch und wohlgestaltet, gefiel ihm auch als Frau. Und hatte sie nicht erwähnt, daß sie keinen Liebhaber hat? Das war doch sicher ein Signal!

168

„Mit einer Kameradin wie ihr werde ich es hier sehr lange aushalten",
dachte er.
Die Zeit verstrich viel zu langsam. Endlich nahte der Zeitpunkt, zu dem er
sich zu ihr begeben konnte.
„Du bist sehr pünktlich", begrüßte sie ihn, „ich sehe, du konntest es kaum
abwarten. Ich vermute, das war nicht nur wegen der Informationen, die du
von mir erwartest, sondern auch wegen mir. Hast du irgendwelche Pläne ?"
Diese Offenheit überraschte Heinrich, er wurde sogar rot im Gesicht.
Fatma grinste.
„Die Farbe zeigt mir. daß ich recht habe. Hast du irgendwelche Vorschläge,
was wir unternehmen könnten ?"
Heinrich starrte sie groß an.
„Ich ? Nein, du kennst dich doch hier besser aus."
„Na schön, dann gehen wir erst einmal zum Strand, wenn es dir recht ist.
Hast du Badekleidung dabei ?"
„Badekleidung ?"
„Sie haben dich doch mit Kleidung ausgestattet. Da wird doch auch eine
Badehose dabei sein. Schau mal nach. Und auch ein größeres Badetuch
brauchst du noch."

Der Strand war bereits recht gut besucht.
„Bisher war er stets leer."
„Das ist normal während der Arbeitswoche. Während des Tages arbeiten
fast alle und nach Feierabend kommt kaum jemand hierher. Am Wochen-
ende verbringen sie natürlich gerne ihre Zeit hier."
Sie ließen sich nieder. Heinrich betrachtete das Treiben.
„Manche laufen hier nackt herum, andere nicht", meinte Fatma, „keiner
stört sich daran. Manche mögen es eben, andere mögen es nicht. Ich mag
es auch nicht nackt herumzuliegen. Das hat aber keine philosophische
Bedeutung. In meiner Heimat war es verpönt und ich bin es daher nicht
gewohnt. Du kannst aber machen, was du willst."
„Wenn du es nicht tust, dann tue ich es auch nicht. Es würde dumm
aussehen."
„Das verstehe ich jetzt zwar nicht ganz, aber du hast wohl deine Gründe.
Aber du mußt dich nicht unbedingt nach mir richten. Für die Atlanter hat

die Nacktheit keine allzu große Bedeutung, da sie ja nur während der Brunftzeit sexuelle Gefühle haben. Allerdings ist es nur erlaubt am Strand oder im privaten Bereich nackt herumzulaufen. In der Öffentlichkeit und auch am Arbeitsplatz ist es verboten. Warum das so geregelt ist, weiß ich nicht. Vielleicht hält man es für unhygienisch."

„Ja, wenn sie normalerweise keine sexuellen Gefühle haben, auch keine Kinder bekommen, weil sie den Nachwuchs über künstliche Befruchtung zeugen und die Embryos in Brutkästen aufziehen bis sie selbständig lebensfähig sind, dann gibt es doch sicherlich auch keine Familien wie wir sie kennen. Leben die alle alleine ? Das kann ich mir gar nicht vorstellen, denn hier liegen sie ja auch großteils in Gruppen zusammen, Und es gibt nicht nur reine Männergruppen und reine Frauengruppen, sondern auch gemischte."

„Das ist ein komplexes Thema. Da gibt es auch soweit ich weiß keine gesetzliche Regelung. Jeder kann das handhaben wie er will. Und du mußt eines bedenken: trotz ihrer einheitlichen Kleidung, ihres recht ähnlichen äußeren Aussehens, ihrer Diszipliniertheit und ihrer Einordnung in die Gemeinschaft, sind die dennoch Individuen. Sie haben ihre Gefühle, ihre Vorlieben, ihre Abneigungen. Es ist wie bei uns Menschen. Nicht jeder verträgt sich mit jedem. Einige leben alleine, aber es gibt auch Paare, also Frauen und Männer, die jeweils zu zweit zusammenleben. Die meisten leben aber in Gruppen zusammen, überwiegend in Männergruppen oder Frauengruppen. Es gibt auch gemischte Gruppen, die sind allerdings nicht häufig. Ihre Größe liegt typischerweise bei zehn bis zwanzig Personen. Größere Gruppen sind selten, kleinere häufiger. Es handelt sich nicht um feste Zusammenschlüsse, die einen Clan – Charakter aufweisen, wie das auf der Erde bei vielen Völkern üblich ist. Ihre Zusammensetzung erscheint mir eher willkürlich und die Zugehörigkeit ist nicht bindend. Man kann jederzeit die Gruppe verlassen, dann alleine leben oder sich einer anderen anschließen. Nach welchen Kriterien sich jemand entschließt einer bestimmten Gruppe beizutreten, konnte ich bisher nicht erfahren. Vielleicht verbindet die Mitglieder einer Gruppe bestimmte Interessen was die Freizeitgestaltung betrifft, man könnte es Hobbies nennen. Berufliche Tätigkeit ist es jedenfalls nicht, auch nicht das Alter, da in der Regel alle Altersstufen der Erwachsenen vertreten sind. In den Gruppen leben nur Erwachsene.

170

Erwachsen sind die Atlanter allerdings bereits im Alter von zwölf Jahren, auch wenn die Ausbildung bis dahin noch nicht abgeschlossen ist. In früheren Zeiten gehörten den Gruppen auch Kinder an, den männlichen Gruppen Knaben, den weiblichen Gruppen Mädchen. Irgendwann hat man sich aber entschlossen dies zu ändern und die Kinder gesondert aufzuziehen. Frag mich nicht nach den Gründen. Ich kenne sie nicht. Gesetzliche Vorgaben gibt es jedenfalls nicht soweit mir bekannt ist. Und was das Wechseln der Gruppe betrifft: meist sind es Streitereien bezüglich der Rangfolge, die jemanden dazu bewegen die Gruppe zu verlassen."

„Rangfolge? Gibt es eine Hierarchie innerhalb einer Gruppe?"

„Ja, das kann man so sagen. Innerhalb einer Gruppe gibt es Rangunterschiede, basierend auf Alter und der Stellung in der Gesellschaft, aber keine eigentlichen Oberhäupter. Die Rangniederen ordnen sich den Ranghöheren unter. Das gilt aber nur für das Leben innerhalb der gemeinsamen Wohneinheit. Das betrifft gewisse Dienste, wie Reinigung der Räume, Reinigung des Geschirrs, Wegbringen des Mülls. Auch entscheiden die Ranghöheren darüber wie Gemeinschaftsräume genutzt werden. Ansonsten ist jeder im Prinzip frei und kann sein Leben eigenbestimmt gestalten."

„Das heißt doch nichts anderes als das: wer zum Diener bestimmt ist, der muß dienen. Und wer zum Herrn bestimmt ist, der darf sich bedienen lassen."

Fatma schüttelte den Kopf.

„Nein, so krass darf man es nun auch wieder nicht sehen. Die Atlanter sind gewohnt gemeinsam in größeren Räumen zu schlafen, oft auch mehrere Personen zusammen gemeinsam in einem Bett. Und dabei spielen Rangunterschiede offenbar keine Rolle. Es ist nicht so, daß die Ranghöheren eigene Schlafräume haben. Nein, der Ranghöhere schläft neben dem Rangniedrigeren. Du mußt verstehen, das ist nur eine Abstufung in der Rangfolge innerhalb einer Gruppe. Das hat nichts mit einer Einteilung in Adelige und Gemeine zu tun, wie wir sie kennen. Daß sie zusammen schlafen, darf man allerdings nicht mit unserer Sexualität in Verbindung bringen. Es ist eher ein archaisches Verhalten, nachts zusammenzuliegen und sich gegenseitig zu wärmen. Denn einen Sexualtrieb in unserem Sinne besitzen ja sie nicht, wie ich schon gesagt habe. Sie kennen nur eine Brunftzeit, einen Zeitraum von wenigen Tagen, in denen sie sexuell aktiv sind, gefolgt von einer langen Periode sexuell völlig inaktiver Zeit; die Zeitdauer liegt etwa bei anderthalb Jahren, so genau weiß ich das aber nicht, da ich erst zwei Jahre auf der Insel lebe, könnte aber mit der Dauer eines Jahres auf ihrem Heimatplaneten verknüpft sein. Wie nun die Paarungen in der Brunftzeit zustande kommen, ist mir auch unbekannt. Vermutlich haben ranghöheren Frauen oder Männer das vornehmliche Recht sich einen Partner oder eine Partnerin zu suchen, wobei Partner oder Partnerin zustimmen müssen; sie können auch ablehnen. Erst wenn die Ranghöheren ihre Lust befriedigt haben, dann dürfen auch die Rangniederen ihre Triebe ausleben. Die bleiben aber dann unter sich. Aber das ist nur eine Spekulation. Wirklich klar ist mir das alles nicht. Jedenfalls sprengt die Brunft die Grenzen zwischen den Gruppen. Denn es ist nicht so, daß sich Frauen aus bestimmten Gruppen nur mit Männern aus bestimmten Gruppen paaren. Das geht kreuz und quer. Das ist ein Chaos kann ich dir sagen. Aber wenn die Brunftzeit vorüber ist, dann kehrt alles in seine alte Ordnung zurück. Es bilden sich keine neuen Gruppen."

„Das verstehe ich nicht ganz; da muß es doch eigentlich eine Grenze zwischen Ranghöheren und Rangniederen geben."

„Ich habe doch versucht dir das zu erklären. Das gibt es offensichtlich nicht."

Sie schwieg einen Moment.

„Versuche auch niemals mit ihnen über Religion zu reden. Sie werden dich nicht verstehen. Sie glauben weder an Allah oder euren Christengott, ja sie streiten die Existenz eines jeglichen Gottes ab, welcher die Welt und die Menschen erschaffen hat und ihr Schicksal bestimmt. Sie glauben nicht an die Existenz einer unsterblichen Seele und nicht an das jüngste Gericht; sie halten das alles für den Ausdruck menschlichen Unverstandes. Und wenn du ihnen gegenüber so etwas vorbringst, dann giltst du als Wesen, das weit unter ihnen steht. Ansonsten, was ihre Lebensweise betrifft, alkoholische Getränke kennen sie auch, genießen allerdings nur solche mit niedrigem Alkoholgehalt, wie Wein oder Bier. Die Herstellung von Bier haben sie hier auf der Erde gelernt, wie auch die Anpflanzung von Kaffee und Tabak. Rauchen ist bei ihnen beliebt, allerdings nur außerhalb von Gebäuden im Freien erlaubt. Wein wird nicht hier produziert, er gehört zu den wenigen Importwaren."

Fatma atmete tief durch.

„Ich habe aber jetzt lange genug geredet. Ich will jetzt erst einmal schwimmen gehen. Kommst du mit?"

Das Wasser war herrlich warm. Heinrich genoß das Baden im Meer.

„Weißt du", rief er Fatma zu, „das ist ein ganz anderes Gefühl heute als damals als ich im Meer schwamm. Es war Nacht, ein Sturm tobte, meterhohe Wellen. Ich hatte Todesangst."

Fatma lachte.

„Die brauchst du heute nicht zu haben."

Nach einiger Zeit kehrten sie zum Strand zurück, legten sich in die Sonne.

„Du hattest vor ein paar Tagen den Verdacht geäußert, es handele sich bei den Atlantern um ein Sekte. Worauf gründet sich der?"

„Ich sagte doch, es ist völlig unwahrscheinlich, daß es sich um Außerirdische handelt. Amira sagte mir, daß ihr Heimatplanet Margonakra vierzehn Lichtjahre entfernt liegt. Dann würden sie ja, selbst wenn ihr Raumschiff mit Lichtgeschwindigkeit fliegen könnte, vierzehn Jahre zur Erde unterwegs gewesen sein, vermutlich sogar noch länger, da ich annehme, daß sie von der Erde gar nichts wußten, sie auf ihrer Expedition zufällig gefunden haben. Aber das ist doch unmöglich. Kein Raumschiff kann je Lichtgeschwindigkeit erreichen. Das habe ich während meines Studiums in der Physikvorlesung gelernt. Man kann vielleicht zehn Prozent der Lichtgeschwindigkeit erreichen. Aber dann wären sie ja mindesten einhundertvierzig Jahre unterwegs gewesen. Wer unternimmt denn solch lange Reisen. So alt wird doch niemand. Oder leben die Atlanter etwa ewig?"

„Nein, das nicht. Sie leben nicht ewig, sie werden auch nicht allzu viel älter als wir. Hundert Jahre sind bereits ein gesegnetes Alter für sie. Aber sie sind uns technisch um Jahrtausende voraus. Sie können mit Überlichtgeschwindigkeit durch das All fliegen. Das Problem haben sie gelöst. Ich weiß nicht wie sie das gelöst haben, aber sie haben es gelöst. Das kannst du mir ruhig glauben. Und was die Sekte betrifft, betrachte ihre Hände. Sie haben nur vier Finger an jeder Hand. Wir haben fünf und zwar alle Rassen. Sie sind also keine Erdenmenschen."

„Ja, sie können sich ja den kleinen Finger als Zeichen für die Zugehörigkeit zu der Sekte abgeschnitten haben."

Fatma lachte.

173

„Du hast Ideen ! Warum haben sie sich dann nicht gleich die ganze Hand abgeschnitten ! Nein, sie haben sich keine Finger abgeschnitten. Das müßte man ja sehen. Da müßten Narben sein. Nein, der Rand des Handrückens bildet mit dem letzten Finger eine gerade Linie, wie bei uns."

„Daran habe ich auch gedacht. Ich konnte allerdings bisher noch von keinem die Hand genau sehen."

„Es ist so, glaube es mir."

„Aber sie sehen doch auch fast so aus wie wir, haben auch etwa die gleiche Größe."

„Ja, das ist schon erstaunlich, vielleicht ist es Zufall. Vielleicht ist es aber auch eine körperliche Voraussetzung dafür, daß ein intelligentes Lebewesen auch in der Lage ist eine Zivilisation zu entwickeln. Es heißt, Delphine seien auch intelligent. Ich denke, auch wenn sie noch so intelligent wären, sie wären doch wohl kaum in der Lage, Häuser, einfache Maschinen oder gar Raumschiffe zu bauen. Darüber könnten wir lange diskutieren und spekulieren, aber zu einer vernünftigen Lösung werden wir nicht kommen. Aber trotz dieser Ähnlichkeiten sind wir doch genetisch verschieden. Wir können miteinander keinen lebensfähigen Nachwuchs zeugen. Das weiß ich von Artan ?"

„Wer ist Artan ?"

„Artan ? Das ist doch der Atlanter, durch den ich hierher gekommen bin. Ich sagte dir ja bereits, ich lernte einen Atlanter in Istanbul kennen. Wir trafen uns öfters, unterhielten uns ausgiebig. Und irgendwann erzählte er mir, er sei ein Außerirdischer, erzählte, wie sie auf die Erde kamen, von ihrer Kolonie. Mir war nicht klar, warum er mir das alles erzählte, denn üblicherweise sind die Atlanter den Erdenmenschen gegenüber eher verschlossen. Aber das alles interessierte mich und er merkte das wohl. Und eines Tages fragte er mich, ob ich nicht Lust hätte mit ihm nach Atlantis zu fahren. Weißt du, ich habe Völkerkunde studiert, arbeitete an der Universität, hatte aber keine feste Stelle. Und da mein Arbeitsvertrag ohnehin bald auslief, reizte es mich schon, für einige Zeit auf Atlantis zu leben und die Sitten und Gebräuche dieser fremden Rasse zu studieren. Ich fragte Artan, ob das überhaupt möglich sei und er antwortete, daß ließe sich schon arrangieren. Tja, und jetzt bin ich hier."

„Und nun führst du deine völkerkundlichen Studien, wenn man sie einmal so nennen darf, durch."

„Natürlich nicht hauptamtlich. Ich habe schon eine Arbeitsstelle im Hafen bei der Importabwicklung. Aber das unterscheidet mich von den anderen, die zum Geldverdienen hier sind, hier mehr verdienen als sie es je zuhause könnten."

Heinrich schaute sie groß an.

„Sei mir nicht böse, wenn ich dumm frage. Was nützen dir deine völkerkundlichen Studien hier. Du sagtest doch, daß die Atlanter es nicht mögen, daß man offen über sie redet oder schreibt. Du wirst deine Erfahrungen und die Ergebnisse deiner Studien nie publizieren können."

Fatma lächelte verschmitzt.

„Das ist für mich auch gar nicht von Bedeutung. Alles was ich hier erlebe und erfahre erweitert meinen geistigen Horizont, trägt zur Weiterentwicklung meiner Persönlichkeit bei. Das ist für mich wichtig. Man muß nicht alles zu Geld machen. Das hier ist für mich ein geistiger Gewinn, kein materieller. Und das zählt mehr. Der Sinn des Lebens besteht darin geistige Gewinne zu erzielen, nicht materielle."

„Das siehst du so, aber die meisten sehen das anders."

„Das ist deren Problem, nicht meines. Und wie siehst du es?"

„Nun ja, ich bin kein Aussteiger. Ich habe mir einen längeren unbezahlten Urlaub genommen, kann also einige Zeit bleiben. Das alles fasziniert mich schon. Ich möchte es auch näher kennenlernen. Ob ich aber auf Dauer bleiben möchte, weiß ich jetzt noch nicht."

Fatma hatte nicht die wirkliche Wahrheit gesagt, Heinrich bemerkte es jedoch nicht.

„Mir ist warm", meinte Fatma nun, „gehen wir noch einmal ins Wasser. Aber ich denke, ich habe für heute genug über die Atlanter geredet. Reden wir hinterher von etwas anderem. Ich möchte dich kennenlernen. Wer bist du eigentlich? Erzähle du."

Als die Dämmerung hereinbrach verließen sie den Strand, suchten ein Straßenlokal zum Abendessen auf.

„Ich möchte dich gerne wiedertreffen", meinte Heinrich auf dem Weg zum Gästehaus.

„Ich dich auch. Morgen bin ich aber bereits mit Artan verabredet und während der Woche möchte ich abends meine Ruhe haben, aber am

Wochenende ..."

Heinrich verbrachte die Woche in Trägheit. Er hatte keine große Lust etwas zu unternehmen, zumal er sich meist auch müde fühlte. Er schlief lange, wanderte durch die Straßen um die Atlanter zu beobachten und ihr Verhalten zu studieren, suchte dann meist den Strand auf, legte sich in die Sonne, ging ab und zu schwimmen. Er sehnte das Wochenende herbei.

Endlich traf er sich wieder mit Fatma. Sie suchten zunächst ein Straßencafe auf um zu frühstücken. Anschließend gingen sie zum Strand.

„Und wie lebt ihr hier ? Es scheint mir ja so zu sein, daß jeder für sich alleine wohnt", begann Heinrich das Gespräch.

„Die meisten schon. Es gibt aber auch Pärchen. Das sind aber keine dauerhaften Beziehungen. Die halten meist nicht länger als ein paar Wochen. Du mußt wissen, die meisten sind doch hier, weil die Jobs gut bezahlt werden und keine sonderliche Qualifikation verlangen. Es sind doch nur reine Sachbearbeitertätigkeiten. Und ehrlich gesagt, es handelt sich bei den meisten um mehr oder weniger gescheiterte Existenzen ohne hohes geistiges Niveau. Entsprechend sind ihr Benehmen und ihre Interessen: Fernsehen, ein bißchen Sport treiben, meist Fußball, trinken und auf Sex aus sein. Und wenn du dich da mit einem einläßt, dann bleibt es nicht bei einem. Die Kerle erzählen das doch herum und wenn sie dich für gut befunden haben, dann wollen die anderen auch an dich ran und du kannst dich ihren Nachstellungen kaum erwehren. Und wenn du erst einmal mit zwei oder drei von diesen Burschen geschlafen hast, dann ist dein Ruf ruiniert, du giltst dann als Flittchen, als Schlampe, als leichte Beute für jeden. Nein, da spiele ich nicht mit. Ich habe mein Ehrgefühl und mich mit keinem eingelassen. Ich meide ihre Gesellschaft und insbesondere ihre Feiern. Da machen sie dich betrunken, damit du willig wirst. Lieber alleine sein als in schlechter Gesellschaft. Aber nun sollten wir ins Wasser gehen."

Nachdem sie sich genügend im Meer getummelt hatten, legten sie sich wieder in die Sonne, die gar nicht einmal heiß vom Himmel brannte.

„Ich habe natürlich das meiste, was ich weiß, von Artan erfahren", begann Fatma, „und ich glaube, er hat mir mehr erzählt als er eigentlich hätte sagen dürfen. Nun ja, als damals die Expedition nicht mehr zurückkehrte, beschloß man auf Margonakra schon nach einiger Zeit nach den Verschollenen zu suchen. Du kannst dir aber leicht vorstellen, daß dieses Unternehmen der Suche nach einer Nadel in einem Heuhaufen glich. Sie kehrten dann auch nach einigen Margonakra – Jahren unverrichteter Dinge zurück. Die Atlanter hier versuchten natürlich auch mit ihrem Heimatplaneten Kontakt aufzunehmen. Es gelang ihnen einen Sender zu konstruieren mittels dessen sie Signale bis nach Margonakra senden konnten. Stell dir vor, der Strahl war so gut gebündelt, daß er auf diese riesige Entfernung nur auf einen Durchmesser von etwa zweihundert Kilometern aufgeweitet wurde. Das war beabsichtigt, denn man mußte ja auf Margonakra einen Empfänger, eine Art Radioteleskop treffen."

„Unter diesen Umständen sind natürlich zweihundert Kilometer nicht viel. Ich denke nicht, daß der Planet mit einem dichten Netz von Radioteleskopen überzogen ist."

„Nein, das ist er auch nicht. Aber das war schon das erste Problem. Viel mehr konnte man den Strahl nicht aufweiten, denn sonst wäre das Signal zu schwach gewesen um empfangen zu werden. Die größere Schwierigkeit lag allerdings darin, daß man den Abstand der Erde zu Margonakra nicht genau kannte. Und dann kreist der Planet auch um sein Zentralgestirn und das wiederum bewegt sich, wie die Sonne auch, durch den Weltraum. Auch das war den Atlantern auf der Erde nicht so genau bekannt. Die exakten Daten waren zwar auf einem Computer auf dem Raumschiff abgespeichert, wahrscheinlich sogar mehrfach, aber das alles war mit der Explosion des Raumschiffs verloren gegangen."

Heinrich lächelte.

„Ich verstehe, sie konnten also nicht die Position bestimmen, an der sich Margonakra befinden würde, wenn das Signal ankommt."

„Ja genau, im Grunde war es ein Blindschuß in die Richtung, wo sich Margonakra befinden könnte. Das war den Atlantern natürlich klar, aber sie hatten keine andere Idee, wie sie eine Nachricht zu ihrem Heimatplaneten senden könnten und auch keine andere Wahl. Und so blieb ihnen nur die Hoffnung, daß ihre Signale irgendwann einmal zufällig auf Margonakra empfangen werden würden. Aber sie gaben nie auf und nach etwa zweihundertfünfzig Jahren hatten sie in der Tat Glück oder Erfolg, wie man es nun nennen mag. Auf Margonakra erfuhr man von der Existenz der Nachfahren der Verschollenen und auch den Ort wo sie gestrandet waren. Und die Margonakrer hatten sie nicht vergessen und rüsteten eine Expedition aus um die Erde zu besuchen."

„Wollten die Atlanter nicht auf ihren Heimatplaneten zurück ?"

„Was heißt Heimatplanet ? Dreihundert Jahre sind eine lange Zeit und sie lebten schon seit mehreren Generationen auf der Erde. Ich denke, Margonakra war ihnen ebenso fremd wie dieser Planet uns ist. Etliche wollten natürlich zurück, schon aus Neugier. Die meisten aber wollten auf der Erde bleiben. Und so beschloß man schließlich, Atlantis als margonakrischen Außenposten zu erhalten. Und nun besteht seit knapp dreißig Jahren ein regelmäßiger Verkehr zwischen der Erde und Margonakra."

„Das klingt ja phantastisch. Aber das ist doch sicherlich sehr aufwendig und kostspielig. Und auf der Erde weiß man nichts davon ?"

Fatma lächelte.

„Der Reihe nach. Was die Kosten betrifft, so haben die Margonakrer ein völlig anderes Verhältnis zum Geld als wir Erdenmenschen. Aber es gibt noch einen anderen Grund. Unter dem Meeresboden rund um die Insel gibt es reiche Lagerstätten an Platin, Iridium, Rhenium und Gold. Die Atlanter hatten sie nur wenig ausgebeutet, da sie keinen großen Bedarf an diesen Metallen besaßen. Sie wollten sie auch nicht in die Länder mit denen sie Handelsverbindungen haben exportieren um nicht die Gier der Großmächte zu wecken, hielten sie deshalb geheim. Auf Margonakra sind diese Metalle allerdings recht selten und daher lohnt sich trotz der großen Entfernung ein Transport dorthin wirtschaftlich."

Fatma nahm einen großen Schluck Kaffee.

„Und was ihre Raumschiffe betrifft, sie können in der Tat mit den irdischen Ortungsmethoden nicht entdeckt werden, auch nicht vom Weltraum aus. Sie sind also unsichtbar."

„Das klingt ja phantastisch", meinte Heinrich mit etwas gespielter Begeisterung.

In Wirklichkeit lag ihm auf der Zunge zu sagen.

„Ich glaube, da hat dir Artan einen ziemlichen Bären aufgebunden. Das kann es doch gar nicht geben. Es handelt sich in Wirklichkeit mit Sicherheit um eine Sekte, die sich hier niedergelassen hat."

Doch fürchtete er, daß er sie mit solchen Worten kränken könne, schwieg daher.

Einige Tage später, gegen Mitte der Woche, als Heinrich abends vom Strand zurückkehrte und er noch ein Straßenlokal zu einem Espresso aufsuchen wollte bevor er in seine Wohnung zurückging, sprach ihn auf der Straße eine recht hübsche, blonde Frau an, fragte, ob er Lust auf eine kleine Unterhaltung bei einer Tasse Kaffee habe. Heinrich bejahte.

„Man sieht dich fast ausschließlich zusammen mit Fatma", begann sie unvermittelt, „was findest du denn an ihr? Die ist doch eine gestörte Kuh. Die will mit uns auch nichts zu tun haben. Sie hat auch keine Lust auf Sex. Das ist doch krankhaft. Jede gesunde Frau hat Lust auf Sex. Vermutlich ist sie frigide und außerdem psychisch gestört. Mach dir bei ihr also keine Hoffnungen. Du verschwendest nur deine Zeit. Und laß dich von diesem Gerede von Sitte und Moral nicht beindrucken. Das ist nur dummes Geschwätz. Wir haben nur ein Leben und das sollten wir genießen. Und Sex ist ein Genuß. Laß dich also nicht von irgendwelchen frustrierten Weibern, die solche Gefühle nicht kennen und sie daher aus Neid verdammen und anderen madig machen wollen, nicht beeinflussen. Sitte und Moral sind nur hohles Geschwätz. Genieße den Tag. Und wenn er ungenutzt verstreicht, dann ist er unwiederbringlich verloren."

Heinrich gefiel diese Rede ganz und gar nicht. Die Frau war ihm unsympathisch. Er bereute nun, daß er sich bereit erklärt hatte mit ihr ein Straßencafe aufzusuchen. Aber er hatte ja nicht wissen können auf was er sich einließ. Er wollte allerdings nicht unhöflich sein, war auch neugierig zu erfahren, was sie eigentlich von ihm wollte, setzte daher eine freundliche Miene auf, meinte.

„Ich bin ja noch nicht lange hier, muß mich erst zurechtfinden. Und außer Fatma habe ich bisher niemanden kennengelernt. Ich habe in ihr eine nette Gesprächspartnerin gefunden."

Er grinste.

„Vielleicht bin ich auch gestört und passe daher zu ihr. Das heißt, am Anfang lernte ich einen gewissen Adolfo kennen. Dem war ich aber offensichtlich zu neugierig, was die Lebensweise der Atlanter und auch die Gründe für seinen Aufenthalt hier betrifft. Er meidet nun auch den Umgang mit mir. Wer bist eigentlich du? Und warum lebst du hier?"

„Ich heiße Alicija und komme aus Rumänien. Und hier bin ich aus einem einzigen Grund. Ich habe einen gut bezahlten Job und ich bekomme hier

179

viel mehr als ich je zuhause verdienen könnte. Das alleine zählt für mich. Die Atlanter interessieren mich nicht. Sie sind mir ohnehin fremd. Und ich habe auch nicht vor auf Dauer hierzubleiben. Wenn ich genügend Geld zusammen habe, gehe ich nach Rumänien zurück, vielleicht auch in ein anderes Land. Die Welt ist groß, und Männer, die Sex mögen, gibt es überall. Aber noch ist es hier angenehm. Wir leben ein heiteres, ungezwungenes Leben und niemand stört es, niemand nimmt Anstoß daran. Schlechter Ruf? Was ist das? Die Männer nennen uns Huren und wir Frauen nennen sie Hurenböcke. Wer von uns ist ehrenhafter? Fatma kennt nur die eine Seite. Die Männer erzählen untereinander wie gut wir beim Sex sind und stellen uns dann entsprechend nach. Wir Frauen erzählen untereinander wie gut und wie leistungsfähig die Männer beim Sex sind. Und mit dem besten Hengst will jede schlafen. Du bist noch ein unbeschriebenes Blatt. Und ich möchte wissen, was in dir steckt. Du gehst dabei keinerlei Verpflichtung ein. Willst du? Oder bist du verklemmt oder sonst etwas?"
Heinrich grinste.
„Ich habe nichts gegen Huren. Sie sind die ehrlichsten Frauen. Bei ihnen weiß man bereits vorher, was man bezahlen muß. Mit einer Hure kann man auch mal einen Kaffee trinken gehen, aber das war es dann schon. Und merke dir eins: ich bin keine Figur in eurem Spiel. Ich lasse mich nicht mißbrauchen. Übrigens, da vorne ist ein Straßencafe. Hast du noch Lust auf einen Cappuccino?"
Alicija schaute in grimmig.
„Vergiß den Cappuccino!"
Sie drehte sich um und ging.
Heinrich zuckte mit den Schultern.
„Na, dann eben nicht."
Das Gespräch hatte auch Rückwirkungen auf das Verhältnis zu den anderen Erdenmenschen. Hatte man sich ihm bisher recht distanziert verhalten, so zeigten sie ihm jetzt eine völlige Abneigung.
Heinrich störte sich nicht daran. Die Woche über blieb er allein. Er unternahm nun auch einige längere Wanderungen in die Umgebung der Stadt, entdeckte dabei allerdings nicht besonderes: Felder, Weiden, einige Fabrikkomplexe, einzelne Gehöfte, kleinere Wohnsiedlungen, aber keine eigentlichen Dörfer. Nach Süden hin stieg das Land an, wurde allmählich felsig.

180

„Ja, ja, der Süden ist felsig, zum Ackerbau wenig geeignet", berichtete Fatma bei einem Treffen, „die Küste fällt dort steil zum Meer hin ab, eine urwüchsige Landschaft, irgendwie faszinierend schön. Dort befindet sich auch ihre Energiezentrale, natürlich unter der Erde. Sie verstehen es, die Kernfusion kontrolliert ablaufen zu lassen. Sie verwenden dazu ein Gemisch aus Deuterium und Tritium. Das Tritium erzeugen sie durch Reaktionen von Neutronen mit Lithium. Die Anlage ist allerdings nicht sehr groß, da ihr Energiebedarf nicht allzu hoch ist. Die meiste Energie benötigen sie zur Aufrechterhaltung ihres Kraftfeldes."

„Für die Menschheit wäre das ein Segen, eine unermeßliche Energiequelle", bemerkte Heinrich, „unsere Wissenschaftler versuchen das seit Jahrzehnten, bisher allerdings ohne durchschlagenden Erfolg."

„Tja, die Atlanter sind uns in der technischen Entwicklung eben weit voraus. Sie verraten aber ihre Geheimnisse nicht. Das sieht man auch an den Geräten, die sie exportieren. Sie sind auf dem technischen Standard unserer irdische Erzeugnisse, vielleicht ein bißchen weiter entwickelt um sie interessant zu machen, um ihre Marktchancen zu verbessern."

„Ja, auch im täglichen Leben hier hat man nicht den Eindruck, daß es sich um eine Rasse handelt, die uns in Technik und Wissenschaft offenbar um Jahrtausende voraus ist. Alles wirkt so vertraut, bieder, von diesem seltsamen Kraftfeld abgesehen, dessen Erzeugung außerhalb unserer irdischen Möglichkeiten liegt."

„Da steckt natürlich Absicht dahinter. Sie möchten uns gegenüber so unauffällig leben wie möglich. Sie zeigen uns nur das, was wir sehen dürfen. Schau dir deine Wohnung an. Sie ist so eingerichtet, wie du sie von zuhause kennst. Aber wie sieht es in ihren Wohnungen aus ? Wie sind die eingerichtet ? Ich habe Artan schon ein paarmal danach gefragt. Aber er hat nie etwas Konkretes gesagt. Du kennst auch nur die Straßencafes. Sie haben aber ihre eigenen Restaurants, auch Freizeiteinrichtungen, zu denen wir keinen Zugang haben. Ebenso verhält es sich mit den Geschäften. Es gibt Läden, in denen sie Waren kaufen können, die wir nicht sehen sollen. Auch die dürfen wir nicht betreten. Ihr technisches Wissen ist eben ihr Trumpf, wenn es doch einmal zu einem Konflikt mit den Erdenmenschen kommen sollte und daher geben sie es nicht preis. Das ist auch zu verstehen. Oder etwa nicht ?"

„Schon", pflichtete Heinrich bei.

„Dort im Süden befinden sich auch die Zugänge zu ihren Bergwerken, die Förderanlagen, sowie die Verhüttungswerke. Alles natürlich unterirdisch soweit wie möglich. Das Gebiet ist abgesperrt, Fremden ist der Zutritt strengsten verboten. Versuche, dort Spionage zu treiben werden unerbittlich geahndet. Das geht so weit, daß sie das Gedächtnis löschen, wie ich dir schon einmal sagte. Auch der Transport der Exportgüter von den Fabriken zum Hafen läuft über eine unterirdische Bahn."

„Sie exportieren doch in alle Welt. Wie geht denn das von sich."

„Der Transport erfolgt ausschließlich durch atlantische Schiffe nach Ushuaia. Das ist der einzige Hafen, den sie anlaufen. Dort werden die Waren umgeladen."

Heinrich suchte diese Gegend allerdings nie auf, zum einen natürlich aus Furcht, er könnte Unerlaubtes begehen und bestraft werden, zum anderen lag die Südküste zu weit entfernt um sie in einer Tageswanderung zu erreichen und er sich scheute, irgendwo im Freien zu übernachten.

Im Laufe der Wochen änderten sich die Themen ihrer Gespräche. Fatma hatte wohl auch alles erzählt, was sie über die Atlanter wußte. Sie redeten nun über persönliche Dinge, über Literatur, Musik, Geschichte. Heinrich war fasziniert von ihrem Wissen, insbesondere erstaunte ihn auch ihre Kenntnisse der vortürkischen Geschichte Kleinasiens bis ins dritte Jahrtausend vor Christus hinein. Sie wußte Bescheid über die Völker, ihre Religionen, ihre Mythen, soweit sie überhaupt bekannt sind. Stundenlang konnte er ihr zuhören.

Heinrich fand Gefallen an Fatma, er hätte gerne die Beziehung zu ihr intensiviert. Sie blieb jedoch zurückhaltend. Heinrich bedauerte dies zwar, er mochte sie allerdings nicht drängen, denn das Leben auf Atlantis besaß für ihn keine besondere Attraktivität, um dies einmal neutral auszudrücken. Die Atlanter waren für ihn eben nichts weiter als fremdartige Wesen. Es war für ihn als wißbegieriger Mensch recht interessant einiges über sie zu erfahren, aber im Gegensatz zu Fatma war sein Interesse ihre Lebensweise, ihre Sitten und so weiter im Detail zu studieren wenig ausgeprägt. Ein grober Überblick genügte ihm. Er war eben Ingenieur, ein technisch rational denkender Mensch, kein Völkerkundler oder Soziologe.

Zum anderen glaubte er noch immer nicht so recht an die Existenz Außerirdischer und war daher weiterhin der Ansicht, daß Atlantis in Wirklichkeit die Kolonie einer Sekte war. Und er erwartete täglich die Nachricht von Amira, daß sich die deutsche Regierung bereit erklärt hatte, die Rückreise nach Deutschland zu bezahlen. Unter diesen Umständen konnte eine nähere Beziehung zu Fatma nur von kurzer Dauer sein und er verstand vollkommen, daß Fatma nicht bereit war, ein solches Verhältnis einzugehen. Ob das ihre wirklichen Gründe waren sich ihm gegenüber distanziert zu verhalten, wußte er natürlich nicht, er hielt es aber auch nicht für schicklich, sie direkt danach zu fragen. Aber spielte das nun auch eine Rolle ? Er schätzte sie als Mensch, zu schade für ein billiges Liebesabenteuer.

Vier Wochen später fand er eine Nachricht von Amira vor. Sie bat ihn in ihr Büro in der Stadtverwaltung zu kommen.
„Ihre Botschaft in London hat sich gemeldet“, begann Amira, „nun ja, sie haben sich Zeit gelassen. Vermutlich hält man Sie nicht für sonderlich wichtig, nicht für einen Promi oder VIP. Aber sie werden für die Flugkosten aufkommen. Außerdem erhalten Sie ein Reisegeld von dreitausend Euro.“
Heinrich lächelte.
„Das ist ja direkt großzügig. Das hätte ich gar nicht erwartet.“
Amira grinste.
„Freuen Sie sich nicht zu früh. Sie erhalten das natürlich nicht als Geschenk, sondern als Kredit. Sie müssen alles zurückbezahlen, wenn Sie wieder in Deutschland sind.“
Nun grinste auch Heinrich.
„Das macht nichts. Ich kann es mir leisten. Ich habe schließlich keine kostspielige Frau. Aber warum erhalte ich noch einen recht hohen Betrag an Reisegeld ?“
„Das ist ein bißchen kompliziert. Sie müssen von hier aus nach Ascension, von dort aus nach St. Helena; von St. Helena aus nach Johannesburg und von Johannesburg aus nach Deutschland. Und es gibt von hier aus nur einen Flug pro Monat nach Ascension, von Ascension nur einen Flug pro Monat nach St. Helena. Dort sieht es etwas besser aus. Es gibt immerhin einen Flug pro Woche nach Johannesburg. Die Flugpläne sind nicht immer aufeinander abgestimmt, die Flugzeuge sind recht klein und wenn Sie Pech

haben müssen Sie längere Wartezeiten in Kauf nehmen. Aber keine Angst, Sie müssen nicht auf einer Bank im Flughafen schlafen. Es gibt Gästehäuser."

„Aber es gibt doch auch eine Schiffsverbindung nach Ushuaia. Von dort aus könnte ich über Buenos Aires nach Frankfurt fliegen. Das ist doch sicherlich weniger umständlich."

„Nein, das ist ausgeschlossen. Auf Schiffen dürfen keine Passagiere mitfahren."

„Das muß ich wohl akzeptieren. Und wann besteht die nächste Reisemöglichkeit."

„Einen Moment."

Sie kramte ein Tablet hervor.

„Also, von hier aus geht der nächste Flug in drei Wochen. Da ist sogar noch etwas frei. Wie es dann in Ascension weitergeht, kann ich auf Anhieb nicht sagen. Möchten Sie das nehmen ?"

Heinrich nickte.

„Ja, das geht in Ordnung."

„Und welches Ziel in Deutschland bevorzugen Sie ?"

„Frankfurt wäre am günstigsten."

„Gut, dann werde ich das so buchen. Ich gebe Ihnen in den nächsten Tage Bescheid."

Fünf Tage später fand er eine Nachricht von Amira vor, mit der Bitte sie in ihrem Büro aufzusuchen.

„Es hat alles geklappt. Hier sind Ihre Reiseunterlagen und das Geld. In Ascension haben Sie allerdings sieben Tage Aufenthalt. Wir haben Ihnen im dortigen Gästehaus am Flughafen ein Zimmer reserviert. Das müssen Sie schon nehmen. Etwas anderes gibt es nicht. Auf St. Helena geht es dann nach acht Stunden weiter. In Johannesburg haben Sie einen Tag Aufenthalt. So, das wäre es. Ich wünsche Ihnen eine gute Reise und eine gesunde Heimkehr."

Heinrich bedankte sich, verabschiedete sich.

Auch wenn Heinrich nun der Abreise entgegenfieberte, versuchte er dennoch Fatma so oft wie möglich zu treffen. Nicht unbedingt, weil noch

184

viel über die Atlanter, ihre Lebensweise, ihre Zivilisation und ihren Heimatplaneten erfahren wollte, sie hatte ihm ja bereits alles gesagt, was sie wußte, sondern weil ihm ihre Gesellschaft wohl tat und er sich im Klaren darüber war, daß ihre gemeinsame Zeit, auch wenn ihre Freundschaft nur 'platonischer Art' war, bald zu Ende ging. Und manchmal hatte er den Eindruck, daß Fatma ähnlich empfand.

„Über ihren Planeten weiß ich praktisch nichts. Artan hat bisher kaum darüber gesprochen. Das scheint mir aber keine Geheimhaltung zu sein. Ich bin mir sicher, er weiß selbst nicht viel."

Sie lächelte.

„Ich habe aber durch ihn eine Frau kennengelernt, die erst vor kurzem von Margonakra gekommen ist und nun für einige Zeit auf Atlantis bleiben, vielleicht auch die Erde bereisen wird. Sie ist so eine Art Kollegin, also das, was man auf der Erde als Völkerkundlerin bezeichnet. Sie will die Menschen und ihre Kulturen studieren. Sie ist auch an einer näheren Bekanntschaft mit mir interessiert. Aber es gibt noch eine gewisse Distanz zwischen uns. Du verstehst, was ich meine ? Wir haben noch gewisse Hemmungen offen miteinander zu reden, sie über Margonakra, ich über die Erde und uns gegenseitig Fragen zu stellen. Aber ich bin zuversichtlich, daß wir diese Distanz bald überwinden werden."

„Das nutzt mir aber wenig, bald bin ich nicht mehr da."

„Sieh das doch nicht so negativ. Wir können doch versuchen Kontakt zueinander zu halten."

„Ist das denn möglich ? Können wir uns schreiben ?"

„Im Moment nicht, aber vielleicht erhalte ich irgendwann eine Erlaubnis hierzu. Und außerdem, ich werde nicht bis zu meinem Lebensende auf Atlantis bleiben. Dann werde ich dich besuchen, falls du es wünschst und du mir deine Adresse mitteilst."

„Die bekommst du auf jeden Fall. Und auch meine Telefonnummer."

Zwei Tage vor seiner Abreise suchte Heinrich Fatma noch einmal auf um sich von ihr zu verabschieden.

„Was hält dich eigentlich hier ? Du lebst alleine, Kontakt mit den anderen Erdenmenschen hast du praktisch nicht. Fühlst du dich nicht einsam ? Empfindest du kein Heimweh ?" fragte er schließlich.

185

Fatma schüttelte den Kopf.

„Ich glaube, du hast meine Motivation noch immer nicht verstanden", erwiderte sie lächelnd, „im Gegensatz zu den meisten anderen interessierst du dich zwar für die Atlanter, wenn ich das einmal so allgemein ausdrükken darf. Dir genügt allerdings eine allgemeine Kenntnis ihrer Geschichte, ihrer Lebensweise, die nicht so sehr in die Tiefe geht. Ich möchte aber gerade in die Tiefe blicken, sie wirklich verstehen. Und das nicht unbedingt um meine Neugier oder meinen Wissensdurst zu befriedigen. Es ist auch im Interesse der Atlanter selbst. Das hat mir Artan versichert. Deshalb liefert er mir ja auch so viele Informationen, die über das hinausgehen, was wir Erdenmenschen eigentlich wissen sollten."

„Wie ist denn das zu verstehen ?"

„Ich habe dir bisher einiges verschwiegen. Du weißt, die Atlanter, die Margonakrer, wollen ihre Kolonie hier auf der Erde aufrecht erhalten. Bisher ist sie aber noch etwas Geheimnisvolles, von der nur wenige Kenntnis haben und die schweigen. Den Margonakrern ist aber klar, daß sich ihre Existenz auf der Erde nicht auf Dauer geheimhalten läßt. Das war vor zweihundert Jahren möglich als die weltweite Kommunikation noch schwach entwickelt war. Aber heute ? Wir reden von Globalisierung. In der Wirtschaft ist sie bereits weit fortgeschritten, aber auch im Zusammenleben der Völker wird sie auf Dauer nicht aufzuhalten sein. Das führt zu Konflikten, wie wir wissen. Wenn die Welt zusammenwächst, zu einem einzigen großen Dorf wird, dann wird eines Tages auch nur eine einzige Zivilisation herrschen. Deren Werte werden aber vielfach nicht den historisch gewachsenen kulturellen Werten der einzelnen Völker entsprechen. Es gibt natürlich Helotenvölker, die ihre eigenen Werte auf den Müllhaufen der Geschichte werfen und die globale Zivilisation übernehmen, aber viele werden sich dagegen wehren."

Sie lächelte.

„Du weißt, was ich meine, denke nur einmal an den Konflikt zwischen der amerikanisch – westlichen und der islamischen Welt. Die Margonakrer wissen, daß sie sich auf Dauer dieser Globalisierung nicht entziehen können. Sie sind aber nicht bereit, ihre eigene Identität aufzugeben und diese irdischglobale Zivilisation zu übernehmen, wie immer sie auch aussehen wird. Sie wollen aber auch nicht ihre eigene Identität durch einen Krieg verteidigen. Sie wollen vielmehr, daß wir Erdenmenschen ihre Lebensweise, ihre Zivilisation anerkennen und sie respektieren. Hierzu müssen wir Erdenmenschen sie aber erst einmal kennen. Und sie sind eben der Ansicht, daß nur ein Erdenmensch diese den anderen Erdenmenschen am besten vermitteln kann."

„Ich verstehe", unterbrach sie Heinrich, „und darin siehst du deine Aufgabe."

„Du hast den Nagel auf den Kopf getroffen. Das bedeutet aber nicht, daß ich auf Dauer hier bleiben will. Nein, wenn ich meine Aufgabe erledigt habe, kehre ich wahrscheinlich in die Erdenmenschenwelt zurück."

Heinrich lächelte.

„Du wirst sicherlich ein Buch darüber schreiben."

„Ich bin bereits dabei."

„Na, dann teile mir mit, wenn es erschienen ist. Ich werde es bestimmt lesen. Wir können uns ja dann auch einmal treffen, wenn du Lust hast."

Er zog ein Büchlein hervor, schrieb etwas auf, riß dann die Seite heraus, reichte sie Fatma.

„Hier sind meine Adresse und meine Telefonnummer."

Am Tag der Abreise fuhr er bereits am Morgen zum Flughafen, der eher nur ein großer Platz mit einer Start- und Landebahn war. Das Abfertigungsgebäude hatte die Größe eines Dorfbahnhofs. Auch das Flugzeug war recht klein, es bot etwa dreißig Personen Platz. Es war allerdings nicht ausgebucht. Der Sitz neben ihm blieb frei. Heinrich fand dies ein bißchen schade. Er hätte sich gerne mit jemandem unterhalten.

„Vielleicht ergibt sich auf Ascension eine Gelegenheit. Die müssen ja alle sieben Tage warten", sagte er sich.

Er überlegte kurz.

„Warum eigentlich ? Einmal im Monat geht ein Flug von Atlantis nach Ascension und einmal im Monat ein Flug von Ascension nach St. Helena. Da könnte man die Flüge doch aufeinander abstimmen. Bei denen, die. nach Atlantis wollen, ist es ja noch schlimmer. Die müssen auf Ascension drei Wochen auf den Weiterflug warten. Will man auf diese Art vielleicht Besucher abschrecken ?"

Das Zimmer im Gästehaus war einfach eingerichtet, ohne großen Komfort, aber doch gemütlich. Es war allerdings recht teuer, kostete umgerechnet etwa einhundert Euro pro Nacht. Das Frühstück war nicht eingeschlossen; es gab aber einen kleinen Restaurationsbetrieb.

Der Aufenthalt bot ihm Zeit seine Gedanken zu ordnen und seine Erlebnisse niederzuschreiben, was er auf Atlantis aus Furcht, man könne ihm die Aufzeichnungen abnehmen, unterlassen hatte.

Er versuchte Kontakt zu anderen aufzunehmen, doch das gelang nicht so recht; fast alle waren ziemlich verschwiegen, nicht auf Unterhaltungen aus. Lediglich mit einem Chinesen, der sich Wang nannte, kam er ein bißchen ins Gespräch. Allerdings redeten sie eher nur über Belanglosigkeiten. Heinrich berichtete ihm zwar, wie er nach Altlantis gekommen war, von Wang erfuhr er allerdings nur, daß er sich nun zum dritten Mal für vier Wochen auf der Insel aufgehalten hatte, in welcher Angelegenheit allerdings, erfuhr Heinrich nicht. Und auf die Wartezeit auf Ascension angesprochen, meinte Wang lediglich, was er selbst bereits vermutet hatte, daß man auf diese Art und Weise Besucher abschrecken wolle.

„Man muß sich viel Zeit nehmen", sagte er, „es werden daher nur diejenigen nach Atlantis reisen, die wichtige Gründe hierfür haben."

Er lächelte dann.

„Vielleicht stecken auch die Engländer dahinter. Der Aufenthalt auf Ascension ist ja nicht gerade billig."

Ansonsten verlief die Reise ohne nennenswerte Ereignisse. Müde kam Heinrich zuhause an, schlief sich erst einmal aus. Am nächsten Tag nach dem Frühstück kramte er seinen Atlas hervor, forschte dann im Internet nach.

„Also Südgeorgien paßt überhaupt nicht", resümierte er, „abgesehen davon, daß es von dort aus keine Flugverbindung nach Ascension gibt, die Entfernung beträgt fast siebentausend Kilometer und der Flug dauerte nur gute vier Stunden. Dann müßten wir ja mit Überschallgeschwindigkeit geflogen sein. Und dann war es recht warm auf Atlantis, man konnte sogar im Meer baden. Auf Südgeorgien ist es aber auch im dortigen Sommer kalt. Und überhaupt, die Insel ist ja auch gar nicht dauerhaft besiedelt. Dort war ich auf keinen Fall. Also bleibt wirklich nur ein geheimnisvolles Atlantis. Aber auch darüber finde ich nichts im Internet. Das verstehe ich nicht."

Er nahm einen großen Schluck Whisky zu sich.
„Die verbreiten dort doch alles mögliche. Und ich bin doch nicht der einzige, der auf Atlantis war und die Insel wieder verlassen hat."
Er goß sich erneut ein.
„Bleibt nur die Möglichkeit, daß das Internet von den Atlantern überwacht wird und solche Berichte gleich wieder gelöscht werden. Wer weiß, was sie sonst noch mit den Schreibern tun. Fatma erzählte mir, daß die Atlanter schon manchen zum Schweigen gebracht hätten, der zu offen über Atlantis redete oder schrieb. Fatma hat zwar, so wie sie sich ausdrückte, eine Erlaubnis über sie zu schreiben, aber was ihr genau erlaubt ist, weiß ich natürlich nicht. Und ich habe keine Erlaubnis. Ich denke, es ist besser ich halte den Mund, erzähle niemandem von meinen Erlebnissen."

Die Zeit verstrich. Heinrich hoffte täglich auf eine Nachricht von Fatma. Enttäuscht legte er sich dann abends schlafen. In heller Aufregung nahm er daher knappe neun Monate später ein Schreiben aus dem Briefkasten, das als Absender nur den Namen 'Fatma' trug, keine Adresse. Mit zitternden Händen öffnete er ihn. Er enthielt allerdings nur Unverbindliches, in der Art, es gehe ihr gut, sie fühle sich wohl, denke oft an ihn und so fort. Er enthielt aber auch eine Bemerkung, daß er ihr nicht schreiben könne, da es an ihrem Aufenthaltsort keine Postzustellung gebe. Der Name 'Atlantis' war nicht erwähnt. Glücklich war er dennoch, zumal der Brief auch ein Photo von ihr enthielt. Es erhielt natürlich einen Ehrenplatz in seiner Wohnung. Sie schrieb ihm dann gelegentlich; der Inhalt war wie beim ersten Brief – unverbindlich.
„Vermutlich darf sie nichts über Atlantis mitteilen", sagte er sich.

Etwa dreieinhalb Jahre später klingelte abends das Telefon. Zu seiner Überraschung war Fatma am Apparat.
„Gibt es jetzt eine Telefonverbindung nach Atlantis ?"
Er hörte ihr Lachen.
„Nein, natürlich nicht Ich bin wieder zuhause, in Istanbul. Mein Buch ist fertig und erschienen. Natürlich wurde es von den Atlantern zensiert. Ich durfte nur das schreiben, was die Menschen auf der Erde über sie wissen dürfen. Aber das ist bereits eine ganze Menge. Darf ich dir ein Exemplar

zuschicken ?"

„Ja, schon, aber lieber wäre mir, wenn ich es mir persönlich abholen dürfte."

„Wie meinst du das ?"

„Ich könnte zu dir nach Istanbul kommen, wenn du nichts dagegen hast." Heinrich hörte, wie sie tief durchatmete.

„Und wann kommst du ?"

„So bald wie möglich, wenn es dir recht ist. Ich muß allerdings vorher Urlaub beantragen. Das geht aber kurzfristig. Und dann muß ich auch noch einen Flug buchen. Ein paar Tage wird das schon dauern."

„Das wäre toll. Komm sobald wie möglich. Ich sehne mich nach dir."

„Ich mich auch nach dir."

Eine Woche später flog Heinrich nach Istanbul.

Pottenwald

Die Versetzung

Mit unguten Gefühlen betrat Anita Wermaier das Büro des Direktors der Kaufmännischen Berufsschule, Andreas Holzauge, in Torlau.
„Sie haben mich einbestellt, Herr Direktor."
Sie schaute sich vorsichtig um, erblickte einen jüngeren Mann, der vor Holzauges Schreibtisch saß.
„Ach, Sie haben Besuch. Dann störe ich wohl ? Am besten ich komme später wieder. Wann ist es Ihnen recht ?"
„Bleiben Sie, bleiben Sie, Frau Wermaier, der Herr ist ja gerade wegen Ihnen gekommen. Darf ich vorstellen, Dieter Haderleib, der Parteisekretär unseres Stadtbezirks.
„Das hat nichts gutes zu bedeuten", schoß es Anita durch den Kopf.
„Aber setzen Sie sich doch bitte", meinte der Direktor.
Anita ließ sich auf einem für sie bereitstehenden, gepolsterten Stuhl nieder.
Holzauge räusperte sich, setzte eine wichtige Miene auf, begann dann.
„Also, es ist eine unangenehme Geschichte, die bis zur Parteileitung vor-gedrungen ist."
„Worum geht es denn ?" fragte Anita, „worum geht es denn ? Bis zur Parteileitung ? Bis in die Hauptstadt, nach Nilreb ? Dann muß es ja etwas ganz schlimmes sein. Was habe ich denn getan ? Ich bin mir keiner Verfeh-lung bewußt."
„Da sieht man es wieder", fuhr Haderleib dazwischen, „diese Leute sind sich gar nicht bewußt, was sie anrichten."
„Was sie anrichten ? Ja, was habe ich denn angerichtet ?"
„Na ja, bis in die Hauptstadt ist es gerade nicht vorgedrungen, Gott sei Dank ...", ergriff nun der Direktor das Wort, stockte aber sofort wieder, „verzeihen Sie mir die Entgleisung, Herr Haderleib, ich meine natürlich,

unserer Obersten Staatsrätin sei Dank, es gibt ja gar keinen Gott, dem man danken könnte. Aber da sehen Sie wie mich der Fall seelisch aufwühlt."

„Ich verstehe", antwortete der Parteisekretär, „eine Seele gibt es natürlich auch nicht, das würde ja die Existenz eines Gottes voraussetzen. Es gibt höchstens ein Psyche."

„Was ist da jetzt der große Unterschied ?" fragte sich Anita, sagte dies aber nicht laut, sondern meinte.

„Psyche ? Seele ? Worum geht es jetzt eigentlich ?"

„Ach, Sie haben mich ganz aus dem Konzept gebracht", die Stimme des Direktors klang vorwurfsvoll, „es geht um Ihre Tätigkeit als Lehrerin. Sie sollen Ihre Schüler Unterricht im Buchhaltungswesen, in Betriebswirtschaftslehre und im kaufmännischen Rechnen geben, aber keine politischen Schulungen abhalten; das ist nicht Ihre Aufgabe."

„Politische Schulungen ? Das verstehe ich nicht. Ich habe niemals politische Schulungen abgehalten. Politischer Unterricht gehört auch gar nicht zu meinen Fächern."

„Und warum gab es dann Beschwerden ?" mischte sich Haderleib nun ein, „haben Sie Ihren Schülern denn nicht gesagt, sie sollten lernen, sich Ihres Verstandes zu bedienen ? Sie sollten lernen selbständig und kritisch zu denken ? Nicht alles einfach schlucken, was man Ihnen vorsetzt ? Haben Sie das etwa nicht gesagt ?"

„Doch, schon; aber was ist daran politisch ? Warum sollte das politische Schulung sein ?"

„Also entweder sind Sie völlig naiv und unwissend", sagte Haderleib jetzt streng, „oder Sie sind völlig verstockt. Das ist sogar höchst politisch !"

Anita schaute ihn fragend an.

„Ich verstehe nichts."

„Was haben Sie eigentlich gelernt ?" der Parteisekretär wurde ungehalten, „haben Sie im staatsbürgerlichen Unterricht geschlafen ? Mit Sicherheit, sonst wüßten Sie genau, daß die Menschen in unserem Staat den Lehren der Partei zu folgen haben und nicht selbständig denken sollen ! Wo kämen wir da hin ? Wollen Sie Unruhen und Revolutionen anstiften ? Mehr als hundert Jahre haben die klügsten Köpfe unseres Volkes über die Theorie der Grundlagen unseres Staates und unserer Gesellschaft nachgedacht, diverse Konzepte erörtert, oft sehr kontrovers. Und das Ergebnis all dieser Mühen ist in dem Buch 'Grundlagen der pluralistisch - sozialistischen Gesellschaft', auch das 'Grüne Buch' genannt, niedergelegt. Das ist unsere Staatsdoktrin, wenn Sie so wollen. Diese Lehren sind zu befolgen. Selbständiges Denken ist darin nicht vorgesehen."

„Es ist aber auch nicht verboten", wandte Anita ein.

„Verboten ! Verboten !" Haderleib schüttelte ereifernd den Kopf, „muß man denn alles ausdrücklich verbieten ? Offensichtlich ja, um einer Clique Verbohrter das Handwerk zu legen ! Merken Sie sich eines: alles, was nicht ausdrücklich erlaubt ist, das ist prinzipiell verboten ! Wie ich schon gesagt habe, ich wiederhole das jetzt noch einmal: unsere Staats- und Gesellschaftslehre ist das Ergebnis eines einhundertjährigen Bemühens der besten Köpfe unseres Volkes, ach, was sage ich, der besten Köpfe der Welt ! Und jetzt kommen Sie daher und fordern jeden x-beliebigen Dummkopf auf selbständig zu denken und die Lehren der größten Geister der Welt in Zweifel zu ziehen ! Was Sie da tun, das grenzt ja schon an Größenwahn !"

„Und dabei haben Sie noch nicht einmal promoviert", warf der Direktor ein.

„Es wurde sogar in der Bezirksparteileitung darüber diskutiert", fuhr Haderleib jetzt fort, „ob man Sie nicht einer gründlichen psychiatrischen Untersuchung unterziehen sollte."

„Selbständiges Denken als Geisteskrankheit ?" spottete jetzt Anita.

„Also, das ist ja eine bodenlose Unverschämtheit, was Sie da von sich geben", die Stimme des Parteisekretärs überschlug sich, „aber ich will es überhört haben."

Er überließ nun dem Direktor das das Wort.

„Das Wesentliche haben Sie ja schon gehört, ich brauche das nicht zu wiederholen, fasse also zusammen: aufgrund dieser Vorfälle sind Sie für unsere Schule untragbar. Sie sind daher mit sofortiger Wirkung ihres Dienstes erhoben. Und ich sage jetzt bewußt nicht 'zu meinem Bedauern'. Denn das tue ich nicht."

Anita erstarrte.

„Entlassen also ?"

„Nein", wandte der Parteisekretär nun ein, „entlassen wird in unserem Staat niemand. Jeder ist zur Arbeit verpflichtet. Ihnen wird lediglich eine andere Wirkungsstätte zugeteilt."

Anita blickte Haderleib fragend an. Der fuhr fort.

„Sie haben mehr Glück als Sie verdienen. Es gibt offenbar, unbegreiflicherweise, sogar Parteigenossen, die auf Ihrer Seite stehen. Die Bezirksparteiführung hat beschlossen, Sie für die Position der Buchhalterin im Holzverarbeitungskombinat in Pottenwald in der Provinz Markland vorzuschlagen. Und der dortige Direktor hat den Vorschlag positiv bewertet."

Anita schwieg. Sie wurde also abgeschoben, früher hätte man das Verbannung genannt. Die Provinz Markland bildete den nordöstlichen Teil des Staates. Sie grenzte an das Nordmeer, war wenig erschlossen, unwirtlich, dünn besiedelt, weitgehend mit Wald bedeckt, aber reich an Bodenschätzen. Bereits in der Zeit des späten Kaisertums hatte man unliebsame Personen dorthin verfrachtet. Nach der Revolution ließ die Regierung riesige Arbeitslager errichten, die aber bereits vor mehr als zehn Jahren größtenteils aufgelöst wurden, da sich Häftlingsarbeit als nicht mehr rentabel erwies und es auch aufgrund gewisser Liberalisierungsmaßnahmen an Nachschub mangelte. Man setzte nun stattdessen in großem Stil Maschinen ein. Da aber nur wenige bereit sind, selbst bei besserer Bezahlung in diese Provinz zu ziehen, versetzt man nun unliebsame Personen per Dekret dorthin. Sie erhalten ein normales Gehalt, unterliegen keiner besonderen Bewachung, können sich innerhalb der Provinz frei bewegen, soweit es die Verkehrsverhältnisse zulassen, denn es gibt dort kaum Straßen und nur wenige Eisenbahnlinien.

Der Parteisekretär reichte Anita nun ein Schreiben.

„Das ist Ihr Arbeitsvertrag. Unterschreiben müssen Sie nicht. Er ist auch so gültig. Und Sie können sich wirklich nicht beschweren. Ihr Gehalt ist fast so hoch wie hier. Und eine Wohnung erhalten Sie auch."

Er pausierte kurz.

„Allerdings nicht für sich allein."

„Was bedeutet denn das ?" fragte Anita verwundert.

„Die Parteileitung ist zu dem Schluß gekommen, daß es nicht gut für Sie ist alleinstehend zu sein. Es war vielleicht gerade das Alleinsein, das Ihre geistigen Störungen verursacht hat, wenn ich mich einmal so ausdrücken darf. Es wurde daher beschlossen Ihnen einen Mann zu geben."

„Einen Mann ? Was soll ich denn mit einem Mann ? Ich hatte bisher nie einen Mann ! Ich habe sogar eine Zusicherung der Partei, die mich von der

194

Verpflichtung einer Eheschließung entbindet."
„Ja, die wurde vor fünfzehn Jahren oder so gegeben. Und wie Sie zugeben müssen, hat sich das als gravierender Fehler erwiesen. Die ist daher jetzt widerrufen."
„Und wenn ich das ablehne?"
Haderleib lächelte.
„Davon muß ich Ihnen dringend abraten. Es handelt sich um eine Anordnung der Parteiführung und damit der Staatsführung. Eine Ablehnung bedeutet Widerstand gegen die staatliche Ordnung. Sie wissen, was das heißt?"
Anita nickte. Sie wußte, es bedeutete Verurteilung zu fünfundzwanzig Jahren Straflager.
„Wir sind doch keine Unmenschen", fuhr der Parteisekretär fort, „wir wollen doch nur Ihr Bestes. Ein Leben auf dem Lande und ein liebender Mann werden bald zu Ihrer geistigen Gesundung führen und Sie wieder zu einem wertvollen Mitglied der Gesellschaft machen. Sie brauchen auch keine Angst zu haben. Sie bekommen keinen primitiven Rüpel. Wir haben bereits einen ausgewählt, der zu Ihnen paßt; er ist ein gutaussehender Mann im richtigen Alter, intelligent, gebildet. Was wollen Sie mehr?"
Er schwieg kurz.
„Sie werden dann am Freitag, also in drei Tagen, zu Ihrer neuen Wirkungsstätte reisen. Um sieben Uhr morgens werden Sie abgeholt. Als Reisegepäck stehen Ihnen zwei Koffer und ein Rucksack zu. Falls Sie weitere Besitztümer haben, die Sie nicht mitnehmen können, dann stellen Sie bitte ein Liste zusammen und geben Sie diese spätestens am Donnerstag abend bei der Bezirksleitung ab. Die Sachen werden Ihnen dann nachgeschickt. Und haben Sie keine Bedenken, wir stehlen nichts. Haben Sie sonst noch Fragen?"
Anita schüttelte den Kopf.
„Dann ist ja alles bestens. Ich wünsche Ihnen eine gute Reise und alles Beste für die Zukunft. Ach, bevor ich es vergesse. Denken Sie daran, sich mit genügend Reisemitteln auszustatten. Sie müssen ja unterwegs für ihren Lebensunterhalt aufkommen. Und Sie werden sicherlich nicht auf jedem Bahnhof mit Ihrer Bankkarte bezahlen können."
Anita verabschiedete sich, verließ den Raum.

„Zyniker !" sagte sie leise vor sich hin als sie alleine war.

Sie begab sich in ihre Wohnung, begann ihre Habe zu sortieren und zu packen.

Etwa zur gleichen Zeit als Anita den Schulleiter aufsuchte betrat im ungefähr zweihundert Kilometer südwestlich von Torlau gelegenen Gaspera Dr. Frank Nennberger das Büro des Direktors der dort ansässigen Naturwissenschaftlichen Akademie, Horst Röckster.

„Sie haben mich einbestellt. Worum geht es ?"

„Setzen Sie sich bitte. Möchten Sie Kaffee ?"

„Gerne."

Röckster nahm eine Tasse aus dem Schrank hinter ihm, goß aus der neben ihm stehenden Kanne ein.

„Ich erwarte noch eine Besucherin. Dann erfahren Sie alles. Gedulden Sie sich bitte noch ein paar Minuten."

Er schwieg kurz.

„Daß Weiber nie pünktlich sein können", murmelte er dann vor sich hin, „ich habe schließlich meine Zeit auch nicht gestohlen."

Frank dachte nach.

„Wenn Weiber die Hände im Spiel haben, dann hat das mit Sicherheit nichts Gutes zu bedeuten", sagte er zu sich selbst.

Endlich klopfte es an der Tür. Auf das 'Herein' des Direktors betrat eine Frau mittleren Alters den Raum.

„Guten Morgen, Herr Professor", grüßte sie.

„Guten Morgen, Frau Nichtlieb", erwiderte der Direktor den Gruß.

„Das ist übrigens das 'corpus delicti', Dr. Frank Nennberger."

Und dann zu Frank gewandt.

„Das ist Frau Margarethe Nichtlieb, die Parteisekretärin unserer Stadt."

Nachdem sich die Frau gesetzt und der Direktor ihr Kaffee eingeschenkt hatte, begann Professor Röckster.

„Es hat eine schwerwiegende Beschwerde gegen Sie gegeben, Herr Doktor, wegen Ihrer Kritik an der jüngsten wissenschaftlichen Arbeit Ihrer Kollegin Professor Rosalia Sigmann, die Sie kürzlich veröffentlicht haben."

„So ?" entgegnete Nennberger, „wieso Beschwerde ? Ich habe eindeutig nachgewiesen, daß die von Professor Sigmann publizierten Meßergebnisse

196

zumindest unschlüssig, wenn nicht sogar fehlerhaft sind, ihre Analyse falsch ist, ihr postulierter physikalischer Effekt nicht existiert und ihre gesamte Darstellung unwissenschaftlich ist. Das konnten selbst die kritischen Begutachter meines Artikels nicht widerlegen und mußten schließlich die Arbeit zur Publikation empfehlen. Und Sie wissen genau, daß Professor Sigmann sich bisher geweigert hat, mit mir öffentlich über den Inhalt ihrer Publikation zu diskutieren und auch ein internes Gespräch mit Ihnen und mir ablehnte."

„Mein lieber Herr Doktor", entgegnete der Direktor, „Sie brauchen sich gar nicht zu ereifern. Sie wissen genau, Professor Sigmann ist eine aussichtsreiche Nobelpreiskandidatin, die hohes internationales Ansehen besitzt. Und Sie ? Sie kennt man nicht einmal außerhalb der Akademie, zumindest nicht in wissenschaftlich relevanten Kreisen. Professor Sigmann wurde in den letzten zehn Jahren zu insgesamt fünfunddreißig internationalen Konferenzen als Rednerin eingeladen. Und Sie ? Da habe ich gerade einmal zwei Einladungen gefunden. Sie hat viele Auszeichnungen für ihre Arbeiten erhalten, ist Mitglied in einem halben Dutzend Gremien. Und Sie ? Da habe ich nichts gefunden ! Und Sie wagen es sie öffentlich zu diffamieren ! Sie sollten sich schämen ! Sie sind doch ein Nichts gegen sie !"

Frank atmete tief durch,

„Herr Direktor ! Diesen Artikel habe ich erst publiziert, nachdem sie jede Diskussion verweigert und auch ein internes Gespräch mit Ihnen und mir abgelehnt hatte. Und was ich geschrieben habe, das ist Punkt für Punkt wahr."

„Das sieht aber unser Wissenschaftlicher Rat nicht so. Er hält Ihre Arbeit für ein billiges Pamphlet, billige Polemik, ohne jeglichen wissenschaftlichen Wert, unsachliches Gequake. Sie sind doch nur neidisch auf Professor Sigmann, weil Sie es zu nichts gebracht haben. Sie sind ein reaktionärer Kleingeist, haben eine negative Einstellung zu Professor Sigmann, weil Sie Ihrer Meinung nach eine geistesgestörte Frau ist, da Professor Sigmann öffentlich bekannt hat, sexuell divers zu sein. Und daher wollen Sie Professor Sigmann diskreditieren. Ja, Sie wollen jeden vernichten der nicht in Ihr antiquiertes Menschenbild paßt."

„Seichtes Gequake, billige Polemik ! Bloße Unterstellungen ! Unwissenschaftlichkeit ? Das kann man eher von dem Bericht des Wissenschaft-

197

lichen Rates sagen ! Kein einziger Punkt meiner Kritik wurde widerlegt. Und meine Kritik ist rein wissenschaftlich, hat mit ihrer selbst definierten sexuellen Identität gar nichts zu tun. Die ist mir auch vollkommen gleichgültig."

„Das wäre auch noch schöner", mischte sich jetzt Frau Nichtlieb ein, „soll sich etwa der Wissenschaftliche Rat, alle Mitglieder sind hochangesehene Wissenschaftlerinnen und Wissenschaftler, vor Ihnen, einem Niemand, rechtfertigen ? Nein, das wäre ja noch schöner ! Und haben Sie nicht Ihrem Kollegen Dr. Jonathan Ackenwurm gegenüber erklärt, daß Sie die Lehre von der sexuellen Vielfalt für Geistesmüll halten ? Was bilden Sie sich eigentlich ein ? Diese Lehre wird von mehreren hundert angesehenster Wissenschaftlerinnen und Wissenschaftler in den bedeutendsten Universitäten der Welt vertreten ! Und auf dem 49. Staatskongreß unserer Partei wurde sie einstimmig als wahr anerkannt ! Und Sie wagen es, sie flapsig als Geistesmüll zu bezeichnen ! Sie sind ein Staats- und Geistesfeind ! Und Sie haben mit Ihrem Pamphlet, Ihrer Schmiererei unsere angesehenste Wissenschaftlerin diskreditiert, Ihre Aussicht auf den Nobelpreis zerstört, der auch für das weltweite Ansehen der Wissenschaft in unserem Staat von außerordentlicher Bedeutung gewesen wäre. Sie haben also das Ansehen unseres Staates geschädigt. Leider kann Ihr Fall nicht als Straftat gewertet werden. Sie haben da eine Gesetzeslücke ausgenutzt, es schlau eingefädelt, vermutlich unter Mitarbeit destruktiver Elemente. Leider kann man Ihnen keine Sabotage nachweisen. Nichtsdestoweniger, als Mitarbeiter der Naturwissenschaftlichen Akademie sind Sie untragbar."

Frank schaute den Direktor an.

„Ich bin also entlassen ?"

„Das könnte Ihnen so passen", fauchte die Parteisekretärin jetzt, „am liebsten würden Sie dann wohl ins Ausland gehen ? Da haben Sie doch Freunde. Wir wissen Bescheid. Zum Beispiel diesen Professor Kaminski in Lordes. Dieser Querulant, der auch ständig gegen Professor Sigmann schießt. Nein, nein, machen Sie sich da keine Hoffnung. In unseren Land herrscht Arbeitspflicht ! Sie erhalten eine Arbeitsstelle weit weg von hier, als Assistent des Betriebsleiters des Holzverarbeitungskombinats in Pottenwald. Meiner Meinung nach ist das eine viel zu gute Stellung für Sie und Sie haben sie auch nur bekommen, weil sich dieser Hackelberg, dieser

Schleimer, der Vorsitzende des Rates Volksbeauftragten, für Sie eingesetzt hat. Er hat auch erreicht, daß Sie dort sogar noch ein höheres Gehalt bekommen als hier und er hat Ihnen auch eine Frau verschafft, die Sie gar nicht verdienen."

„Pottenwald, wo liegt das ? Und was hat das mit der Frau auf sich ?" wunderte sich Frank, der trotz der Eiferung Frau Nichtliebs ganz ruhig geblieben war.

Da die Parteisekretärin schwieg, antwortete Röckster.

„Pottenwald liegt in der Provinz Markland. Mehr brauchen Sie im Moment nicht zu wissen. Und was die Frau betrifft: die Parteiführung ist der Meinung, daß Sie die Sperenzien nur treiben, weil Sie zu viel Zeit haben, unausgeglichen sind, einen liederlichen Lebenswandel führen, Sie also eine Frau brauchen, die für Sie sorgt, Sie leitet, Sie auf den rechten Weg zurückführt."

„Ich brauche aber keine Frau. Ich bin bisher ganz gut alleine zurecht gekommen. Die Parteiführung hat sich da etwas zusammengefaselt."

Der Direktor lächelte.

„Hätten Sie lieber einen Mann. Sie sind doch nicht etwa homosexuell ?"

„Lassen Sie bitte diese dummen Scherze, Herr Professor", fuhr Frau Nichtlieb unwirsch dazwischen, „Sie sehen ja, wohin das bei Ihm geführt hat. Die Partei hat so entschieden und die Partei hat immer recht. Wenn Sie das ablehnen, dann ist das Widerstand gegen die staatliche Ordnung. Sie wissen, was das bedeutet ?"

Frank nickte.

„Fünfundzwanzig Jahre Straflager."

Er grinste.

„Dafür nehme ich selbst eine Furie in Kauf. Das Straflager läuft mir ja nicht davon. Da kann ich noch immer hinkommen, zum Beispiel, wenn ich das Weib erschlage."

Die sonst so gestrenge Frau Nichtlieb konnte angesichts dieser Worte ein Lächeln nicht unterdrücken.

„Wenn es nach mir gegangen wäre hätte ich Ihnen so eine Xanthippe besorgt, damit Ihnen das Lachen vergangen wäre. Dann hätten wir zwei Fliegen mit einer Klappe erschlagen. Aber dieser elende Theodor Hackelberg hat das verpfuscht. Er hat eine aus Torlau organisiert. Weiß der Teufel, wie er auf die gekommen ist. Die ist hübsch und intelligent, ist Lehrerin, hat ihre Schüler zu selbständigem Denken aufgefordert. Ich hoffe nur, sie ist bösartig."

Frank grinste.

„Haben Sie keine Lust nach Pottenwald überzusiedeln ? Sie wären doch Ihre Wunschkandidatin für mich."

Die Parteisekretärin bebte vor Zorn, fand glücklicherweise keine Worte. Der Direktor nutzte das aus.

„Sie werden dann am Freitag, also in drei Tagen, zu Ihrer neuen Wirkungsstätte reisen. Um sechs Uhr morgens werden Sie abgeholt. Als Reisegepäck stehen Ihnen zwei Koffer und ein Rucksack zu. Falls Sie weitere Besitztümer haben, die Sie nicht mitnehmen können, dann stellen Sie bitte eine Liste zusammen und geben Sie diese spätestens am Donnerstag abend bei der Bezirksleitung ab. Die Sachen werden Ihnen nachgeschickt. Und haben Sie keine Bedenken, wir stehlen nichts. Haben Sie sonst noch Fragen ?"

Frank schüttelte den Kopf.

„Dann ist ja alles bestens. Ich wünsche Ihnen eine gute Reise und alles Beste für die Zukunft."

„Lassen Sie das Gesülze", antwortete Frank.

„Sie können bis dahin zuhause bleiben. Hier sind Sie unerwünscht. Ach, bevor ich es vergesse. Denken Sie daran, sich mit genügend Reisemitteln auszustatten. Sie müssen ja unterwegs für ihren Lebensunterhalt aufkommen. Und Sie werden sicherlich nicht auf jedem Bahnhof mit Ihrer Bankkarte bezahlen können."

Frank grinste.

„Darauf wäre ich von alleine nie gekommen."

Frank verabschiedete sich, verließ den Raum.

„Gott sei Dank, den sind wir los", stöhnte der Direktor nachdem Frank gegangen war.

„Es gibt keinen Gott", mahnte Frau Nichtlieb.

„Leider", antwortete Röckster.

„Wieso ?"

„Na, wenn es keinen Gott gibt, dann gibt es auch keinen Teufel."

„Ist das schlimm ?"

„Ja, denn der hätte diesen Nennberger schon längst geholt."

Margarethe Nichtlieb verzog das Gesicht.

„Einen Teufel brauchen wir nicht um mit solchem Gesindel fertig zu werden. Das schaffen wir alleine. Wenn es mir nach ginge, befände sich dieses Subjekt schon längst für fünfundzwanzig Jahre in einem Straflager. Aber das ist die Folge der Liberalisierung, überall hocken in führenden Stellungen Schönbieger und Beschwichtiger, welche den Staat von innen zerstören. Die müßten alle entfernt werden."

Frank begab sich in seine Wohnung, begann seine Habe zu sortieren und zu packen.

Die Ankunft

Pünktlich um sieben Uhr am Freitag fuhr ein Wagen vor, der Anita zum Bahnhof brachte. Der Fahrer begleitete sie dann in den Wartesaal, stellte sie einem Uniformierten vor.

„Guten Morgen, Frau Wermaier", entgegnete dieser freundlich, „ich bin Albert Blechstein, Ihr Reisebegleiter.

„Mein Reisebegleiter ?" wunderte sie sich, „ist das nicht ein bißchen viel Aufwand wegen einer Person ? Oder müssen Sie mich bewachen, damit ich nicht heimlich verschwinde."

„Nein", erwiderte Blechstein lachend, „Sie brauchen doch Schutz auf der langen Reise. Wer weiß, wer uns da alles begegnet: asoziale, kriminelle Elemente, entlaufene Sträflinge, ausländische Agenten und Provokateure. Unsere Partei kann den Bürgern in den entlegenen Provinzen nicht den flächendeckenden Schutz gewähren wie in den großen Städten. Und wir werden auch nicht alleine reisen. Insgesamt sind mir zehn Personen gemeldet."

„Und zu deren Schutz reicht ein Offizier aus ? Sie müssen wirklich ein großer Held sein."

Blechstein strahlte ob dieses vermeintlichen Lobes. Den ironischen Unterton in ihrer Stimme hatte er nicht bemerkt.

„Wir werden zunächst nach Golgau fahren, das dauert etwa vierundzwanzig

Stunden. Es ist allerdings eine direkte Verbindung, umsteigen ist nicht notwendig. Sie sollten sich allerdings noch vorher mit Reiseproviant versorgen, falls Sie das noch nicht getan haben. Im Speisewagen ist es recht teuer und an den Haltestationen sind die Einkaufsmöglichkeiten sehr beschränkt. Sie haben ja auch noch genügend Zeit."

„Wann fährt der Zug eigentlich ab ?" fragte sie dann.

„Um zehn Uhr."

„Und warum hat mich dann schon drei Stunden vorher zum Bahnhof bringen lassen. Die Fahrt hierher dauerte doch nur zwanzig Minuten."

„Das weiß ich leider nicht. Vielleicht steht nur ein Fahrer zur Verfügung und der kann nicht alle gleichzeitig abholen."

Anita erledigte einige Einkäufe, ließ sich Zeit, kehrte gegen halb zehn zurück. Die Gruppe, vier Männer und drei Frauen, war schon fast vollständig; zwei weitere Männer stießen zehn Minuten später hinzu.

Kurz vor zehn Uhr bestiegen sie den Zug. Für sie war ein größeres Abteil reserviert, in dem sie bequem Platz fanden. Pünktlich fuhr der Zug ab. Sie waren unter sich, denn Blechstein hatten seinen Sitzplatz in einem anderen Abteil, er schaute dann auch nur gelegentlich vorbei.

Es entspann sich eine zwanglose Unterhaltung. Sieben reisten in das Bergbaugebiet von Pavran, zwei nach Aralon, einer Hafenstadt an der Ostküste. Sie war die einzige, die nach Pottenwald fuhr. Der versprochene Mann war also nicht unter den Reisegefährten. Das beruhigte sie insofern, da keiner unter ihnen ihren Vorstellungen von einem Lebensgefährten entsprach.

Müde erreichten sie am nächsten Vormittag Golgau, Anita hatte während der Nacht nur wenig Schlaf gefunden. Die Gruppe begab sich in den Wartesaal.

„Hier müssen wir uns trennen", meinte Blechstein, „ein Teil fährt dann weiter nach Aralon, der andere nach Pavran. Sie, Frau Wermaier, nehmen den Zug nach Pavran, der hält in Pottenwald. Ich werde die Gruppe nach Aralon begleiten. Die Gruppe nach Pavran übernimmt der Kamerad aus Gaspera, der Zug von dort wird in drei Stunden hier eintreffen. Nach Pavran geht es dann um zwei Uhr weiter, nach Aralon um sechs Uhr. Bis dahin können Sie machen, was Sie wollen oder es auch lassen, wenn Sie keine Lust dazu haben. Seien Sie bitte aber eine halbe Stunde vor Abfahrt wieder hier."

„Verzeihen Sie, Herr Blechstein", wandte sich Anita nun an ihn, „lohnt sich ein Spaziergang durch die Stadt, gibt es hier etwas Sehenswertes ?"
Er schüttelte den Kopf.
„Nein, das ist keine Stadt, lediglich ein Eisenbahnknotenpunkt, ein Bahnhof, umgeben von einigen Häusern. Nicht einmal ein Bordell gibt es hier."
„Da wollte ich auch gar nicht hin."
„Sie nicht, aber vielleicht einer der Herren."
Anita ging nach draußen. Ihre Koffer überließ sie der Obhut Blechsteins, der versprach auf sie aufzupassen. Es war Mitte Juli, angenehm warm. Gegenüber dem Bahnhofsgebäude war ein kleiner Park angelegt, sie betrat ihn, nahm auf einer Bank Platz, holte ein Buch aus ihrem Rucksack hervor, begann zu lesen. Kurz vor halb zwei ging sie in den Warteraum zurück. Der Zug aus Gaspera war mittlerweile angekommen, die Gruppe nach Pavran hatte sich um ihren Begleiter, einen Herrn Emanuel Bogenspeier, versammelt, der in den höchsten Tönen die Gegend von Pavran ob ihrer wundervollen Landschaft, den herrlichen kulturellen Einrichtungen und den großartigen Sportanlagen pries. Er meinte dann, eine Versetzung in diese Stadt sei zweifelsohne eine hohe Auszeichnung, sicherlich aus dem Grunde habe man der Gruppe ja auch einen Reisebegleiter gegeben, der sie auf der Fahrt betreue und leite.
Ein Mann, Ende dreißig, also in ihrem Alter, stieß Anita an.
„Alleine hätten wir die Reise auch nicht geschafft, immerhin müssen wir einmal umsteigen", meinte er spöttisch.
Er war einer der beiden Männer, die aus Gaspera gekommen waren und den Zug nach Pavran nahmen, außerdem hatten sich noch vier Frauen der Gruppe angeschlossen.
„Für Sie wird das wohl eine Fahrt ins Paradies", fuhr er dann fort, „selbst wenn man nur ein Drittel von dem glaubt, was der Bursche da von sich gibt. Ich habe allerdings gelesen, da oben in Pavran ist es ein halbes Jahr kalt und den Rest der Zeit ist es kalt und dunkel."
Dieses Geschwätz ärgerte Anita ein bißchen.
„Seien Sie doch nicht so destruktiv. Wenn es kalt ist, kann man trotzdem ins Hallenbad gehen und wenn es dunkel ist ins Theater. Wo ist also Ihr Problem ? Oder sind Sie etwa neidisch, weil Sie nicht mit nach Pavran dürfen, sondern unterwegs irgendwo in der Wildnis ausgeladen werden ?"

203

„So ist es", antwortete er nur, lief dann zum Bahnhofskiosk um sich ein Getränk zu kaufen.

„Ob dieser Typ mein Mann ist ?" fragte sie sich.

Sie hatte aber irgendwie kein Interesse daran dies sofort zu erfahren.

Kurz vor zwei Uhr bestiegen sie dann den Zug nach Pavran. Wieder hatte die Gruppe ein Abteil für sich, der Reisebegleiter war in einem anderen Abteil untergebracht. Kurz nach der Abfahrt kam er vorbei, sagte, ohne eine bestimmte Person anzublicken, in die Runde.

„Die Fahrt nach Pottenwald dauert etwa drei Stunden. Ich werde Sie rechtzeitig wecken, falls Sie schlafen möchten."

Anita war müde, neigte ihr Haupt gegen die Kopflehne ihres Sitzes, schlief bald ein. Erschöpft schienen auch die anderen, so entspannte sich keine wirkliche Unterhaltung, nur ab und zu wechselte man einige Sätze, doch nach und nach schliefen auch sie ein. Lediglich Frank blieb wach. Er dachte nach. Sie waren nun zu zwölft, sechs Männer, sechs Frauen. Zwei Frauen waren mit aus Gaspera gekommen, die fuhren nach Pavran; in Golgau waren vier weitere Frauen hinzugekommen. Wie er aus den wenigen Gesprächen zwischen ihnen entnommen hatte, fuhren die drei zunächst wach gebliebenen auch nach Pavran, also mußte die Schlafende in Pottenwald aussteigen, die ihm zugesagte Frau sein. Er betrachtete sie intensiv. Hübsches Gesicht, halblange, lockige, hellbraune Haare, ansprechende Figur.

„Eine hübsche Maus hat mir Theodor da besorgt", sagte er leise vor sich hin, im Selbstgespräch, „er ist zwar nicht besonders hell im Kopf, aber eine treue Seele. Und er ist mir vermutlich noch immer dankbar, ich habe ihn damals bei seiner Diplomarbeit betreut und am Ende die Hälfte selbst schreiben müssen, sonst wäre sie heute noch nicht fertig. Und jetzt wollte er mir eben einmal etwas Gutes antun. Ich hoffe nur, ich habe vorhin in der Bahnhofshalle mit meinem flapsigen Gerede die Sache nicht verpatzt. Hätte ich bloß den Mund gehalten."

Kurz vor fünf Uhr tauchte Bogenspeier auf.

„Frau Wermaier ! Herr Dr. Nennberger !", rief er, „wir erreichen in wenigen Minuten Pottenwald. Machen Sie sich bitte zum Aussteigen fertig."

Frank erhob sich.

„Frau Wermaier scheint die Schlafende mir gegenüber zu sein. Ich glaube

wir müssen Sie wecken. Wollen Sie das tun oder soll ich es machen ?"
„Es ist meine Aufgabe", antwortete Bogenspeier mit wichtiger Miene.
Als der Zug hielt stiegen sie aus. Frank half Anita beim Herausheben ihrer Koffer. Zum ersten Mal trafen sich ihre Blicke wirklich. Sie lächelten einander an.
„Vielen Dank", sagte Anita.
„Da gibt es nichts zu danken", erwiderte Frank grinsend, „Sie sind doch schließlich meine Frau; Anordnung der Partei. Oder wissen Sie noch von nichts ?"
„Doch schon. Aber ich sehe, die haben mich angelogen."
„Wieso ?"
„Sie hatten mir einen gutaussehenden Mann versprochen."
„Bin ich etwa keiner ?"
„Nein."
„Dem ist leicht abzuhelfen. Ein Wanst läßt sich recht einfach anfressen. Oder wäre Ihnen ein Bierbauch lieber ?"
Anita lachte.
„Das war doch nur ein Scherz."
„Das ist gut, ich hatte es schon für Ihren Ernst gehalten. Wissen Sie, es ist doch so, daß intelligente, gutaussehende Frauen in der Regel Männer bevorzugen, die scheiße aussehen und blöde sind."
„Ja, in der Regel. Und außerhalb der Regel ?"
„Gut, ich gebe mich geschlagen. Diesmal haben Sie das letzte Wort."

Sie hatten den kräftigen, etwa fünfzig Jahre alten Mann mit ungewöhnlich großem Schnurrbart nicht bemerkt, der mittlerweile an sie herangetreten war.
„Guten Tag", sprach er sie an, „sind Sie Anita Wermaier und Dr. Frank Nennberger ?"
Sie nickten.
„Ich bin Ottmar Rehkamp; ich soll Sie abholen und zu Ihrer Wohnung bringen. Ich bin im Kombinat das Mädchen für alles."
Frank grinste.
„Sind Sie sexuell divers ?" fragte er spöttisch.
„Wieso ?" fragte Rehkamp.

„Weil man Sie als Mädchen einsetzen kann."

Ottmar mußte auf diese Bemerkung hin lachen.

„Sie kennen wohl diese Redewendung nicht ? Nein, ich meine damit, daß ich für alle Arbeiten zuständig bin, die sonst keiner tun will."

Er nahm nun Anitas Koffer, trug sie zu einem Lieferwagen mittlerer Größe, lud sie ein.

„Sie müssen Ihre Koffer selbst tragen. Sie sind schließlich ein Mann", er schaute Frank grinsend an.

„Ich sehe", entgegnete Frank, „die Emanzipation der Frauen ist noch nicht bis hierher vorgedrungen."

Anita schaute ihn verwundert an.

„Wie kommen Sie jetzt darauf ?"

„Frauen brauchen ihr Gepäck noch nicht selbst zu tragen."

„Also, wenn Sie damit ein Problem haben, dann trage ich Ihre Koffer."

„Schon gut."

Frank nahm sein Gepäck verstaute es im Lieferwagen, stieg dann ein, Anita folgte ihn.

Rehkamp fuhr dann los.

„Sie müssen sich ja sicherlich selbst versorgen. Haben Sie Lebensmittel dabei ?" meinte er nach einer Weile, „nein ? Gut, dann fahren wir am Magazin vorbei. Dort bekommen Sie alles, was Sie so brauchen, sofern Sie keine ausgefallenen Bedürfnisse haben. Aber es ist der einzige Laden hier im Ort. Der nächste ist so hundert Kilometer entfernt. Geld haben Sie ja, oder ? Sie können auch mit Ihrer Bankkarte bezahlen, falls Sie eine besitzen. Ich warte so lange."

Sie stiegen aus, schauten sich an.

„Wir haben uns noch gar nicht einander vorgestellt", bemerkte Frank, „ich heiße Frank Nennberger."

„Und ich Anita Wermaier. Und ich denke, wir sollten gleich 'du' zueinander sagen, schließlich gehören wir von Amts wegen zusammen."

„Ja, in den Augen der Partei sind wir das ideale Paar. Und die Partei hat immer recht."

Sie betraten das Magazin. Sie waren sich sehr schnell darüber einig, was sie so fürs erste brauchten, an Lebensmitteln, Getränken, Toilettenartikel, Reinigungsmittel. Anita schlug vor, daß sich jeder auch noch ein Handtuch nehmen sollte, da man nicht wisse, wie die Wohnung ausgestattet ist. Ottmar brachte sie dann zu einem kleinen Haus am Rande des Ortes. „Das ist Ihr Zuhause. Hier sind die Schlüssel. Ich helfe noch kurz beim Hereintragen des Gepäcks von Frau Wermaier. Dann verschwinde ich.“

Das Haus war war nicht allzu groß, das Erdgeschoß umfaßte einen Wohnraum, eine vollständig eingerichtete Küche, eine Toilette und ein kleines unmöbliertes Zimmer, das Dachgeschoß ein Schlafzimmer, ein Badezimmer und eine kleine, leere Kammer.
„Ich denke, das genügt fürs erste“, meinte Frank, „und die kleinen Räume können wir später als Kinderzimmer nutzen.“
Anita lachte.
„Kaum angekommen und schon schmiedest du große Zukunftspläne. Aber soweit sind wir noch lange nicht. Wir sind ja nicht einmal verheiratet. Uns fehlt der Segen der Kirche.“
„Wozu brauchen wir den ? Wir haben doch den Segen der Partei.“
Anita antwortete nicht darauf, ging nach unten. Frank folgte ihr.
„Soll ich das Abendessen zubereiten ? Oder kannst du kochen ?“
Frank schüttelte den Kopf.
„Nein, ich habe es bisher noch nie probiert. Aber ich kann hinterher das Geschirr abwaschen.“
„In Ordnung, dann sind ja die Fronten geklärt.“
Frank lobte das Essen. Und das war keine Heuchelei, denn Anita hatte in der Tat aus den wenigen vorhandenen Sachen ein wohlschmeckendes Mahl zubereitet. Nachdem nun abgeräumt und das Geschirr gespült war, setzten sie sich im Wohnraum bei einem Glas Wein zusammen.
„Und wie stellst du dir vor wie es mit uns weitergeht ?“ fragte Anita.
Frank lachte.
„Du meinst wegen der Kinder ? Nein, das war doch nur ein Scherz.“
„Wieso ? Willst du keine Kinder ?“
„Nein, so habe ich das jetzt nicht gemeint. Weiß du, ich blödele zwar gern etwas herum, aber wenn es notwendig ist kann ich auch ernst sein und vernünftig reden. Also, die Partei hat beschlossen, daß wir zusammengeführt werden, weil irgendein Psychologe, vielleicht auch ein Computer, der Meinung war, daß wir ein ideales Paar sind. Vielleicht sind wir das

auch. Aber das ist im Moment noch völlig offen. Wir kennen uns ja gar nicht."

„Und du meinst, wir sollten uns erst einmal kennenlernen."

„Das ist bereits der zweite Schritt. Wollen wir uns denn überhaupt kennenlernen?"

„Das verstehe ich jetzt nicht ganz."

„Vielleicht finden wir uns unsympathisch. Ebenso wie es Liebe auf den ersten Blick gibt, kann es auch Abneigung auf den ersten Blick geben."

„Bin ich dir unsympathisch?"

„Nein, und ich dir?"

„Nein; damit sind wir aber schon einen Schritt weiter. Aber ich verstehe was du meinst. Wir müssen zunächst unsere Neigungen und Abneigungen kennenlernen, uns darüber im Klaren werden, ob wir überhaupt miteinander auskommen, zusammenpassen und zusammenleben können. Was sich so ein Psychologe zusammenreimt oder ein Computer ausrechnet, das ist eine Sache, was Menschen empfinden eine andere."

„Ja", meinte nun Frank, „und wir sollten offen und ehrlich zueinander sein und uns gegenseitig achten, uns so zueinander verhalten, daß wir einander stets in die Augen blicken können. Und wir sollten ohne Scheu über alles reden."

„Ich ahne, was du meinst. Ich bin eine gesunde Frau und du ein gesunder Mann, aber wir sollten uns nicht gehen lassen."

„Konkret gesagt, wir sollten uns zurückhalten und nicht miteinander schlafen, solange wir uns nicht darüber im Klaren sind, daß wir zusammen-bleiben wollen."

Anita lächelte.

„Ja, wir sollten es uns zumindest vornehmen, ob wir es durchhalten werden, das ist eine andere Sache."

Frank grinste.

„Das ist aber jetzt keine große Einschränkung. Wir haben so viele Jahre nicht miteinander geschlafen, da kommt es jetzt auf ein paar Wochen oder Monate auch nicht an."

Anita wiegte den Kopf.

„Ich weiß nicht so recht. Die Partei könnte es uns übelnehmen, wenn wir zu lange damit warten. In ihren Augen sind wir das ideale Paar, auch körperlich gesund. Damit gibt es in ihren Augen keinen Grund nicht miteinander zu schlafen."

Frank lachte.

„Du meinst, wenn wir uns zurückhalten, geben wir der Partei zu verstehen, daß wir von ihren Beschlüssen nichts halten und sie daher boykottieren. Aber das müssen wir ja in der Öffentlichkeit nicht so darstellen."

„Aber sie könnten unser Schlafzimmer überwachen. Damit müssen wir rechnen. Das ist ihnen durchaus zuzutrauen."

„Und wenn, sie sollen ruhig wissen, daß es noch Menschen gibt, die nicht so funktionieren wie sie es gerne hätten, sondern selbständig denken und handeln. Aber lassen wir das für heute. Wir sollten noch ein bißchen über uns reden bevor wir schlafen gehen."

Sie saßen wohl noch mehr als zwei Stunden zusammen, dann gingen sie nach oben.

„Ich bin es gar nicht gewohnt, mit einem anderen Menschen im gleichen Zimmer zu nächtigen", meinte Frank.

„Ich auch nicht", erwiderte Anita, „probieren wir es einfach aus. Und wenn es unangenehm ist, es sind noch zwei Kammern frei und ein Bettgestell wird sich wohl in einem Holzverarbeitungskombinat auftreiben lassen. Ansonsten sollten wir uns wie verabredet gegenseitig achten, und uns nicht gleich an die Wäsche gehen."

„Das habe ich auch gar nicht vor. Außerdem bin ich nach der langen Reise ohnehin zu müde. Und wie sieht es bei dir aus ?"

„Genau so; es kommt ja auch noch hinzu, daß du schnarchen könntest oder auch andere störende Geräusche ..."

„Ja, und dabei auch noch unangenehme Gerüche verbreiten."

Anita lachte.

„Ich sehe, wir verstehen uns. Und daran werden wir uns gewöhnen."

Der Sonntag

Sie erwachten recht zeitig, bereiten das Frühstück zu.

„Hat dir eigentlich jemand gesagt, wann wir uns im Kombinat melden sollen ?" fragte Frank als sie am Tisch zusammensaßen.

„Nein, aber ich denke, wenn wir so um acht Uhr hingehen, dann ist das in Ordnung", antwortete Anita.

Sie brachen auf. Das Kombinat lag auf der entgegengesetzten Seite Pottenwalds. Der Fußmarsch dauerte etwa zehn Minuten. Auf dem Gelände war es seltsam still. Sie begaben sich zur Pforte.

„Guten Morgen", begrüßte sie der Pförtner gelangweilt, „was wünschen Sie?"

„Wir sind Frau Wermaier und Herr Nennberger", antwortete Frank, „die neue Buchhalterin und der neue Assistent des Betriebsleiters."

Der Pförtner schaute sie erstaunt an.

„Und da kommen Sie heute ?"

„Ja, gestern war es leider schon zu spät als wir ankamen", entgegnete Anita.

„Ja, und was wollen Sie heute hier ?"

„Ja, uns in der Personalabteilung melden."

Der Pförtner schüttelte den Kopf.

„Das geht heute nicht."

„Ja, und warum nicht ?"

Der Pförtner wurde leicht unwirsch.

„Weil die Personalabteilung heute nicht besetzt ist."

„Und warum nicht ?"

Der Pförtner atmete tief durch.

„Es ist Sonntag. Und sonntags wird hier nicht gearbeitet, außer in der Energiezentrale."

„Vielen Dank."

„Dumm gelaufen", bemerkte Anita als sie in Richtung Dorf zurückliefen, „daran hatte ich überhaupt nicht gedacht. Wir sind ja am Freitag aufgebrochen. Da haben wir uns ja gleich zu Anfang ordentlich blamiert."

„Das sehe ich nicht so", entgegnete Frank heiter, „wir haben Diensteifer

und Pflichtbewußtsein gezeigt. Denn wenn man uns Samstag abends anreisen läßt, dann kann man doch erwarten, daß wir uns am Sonntag in der Personalabteilung melden können und nicht bis Montag warten müssen."
Anita seufzte tief.
„Das ist auch eine Art Logik. Gehen wir zurück."
„Die Sonne scheint, es ist angenehm warm und wir haben Zeit", meinte Frank unterwegs, „wenn wir ein Fahrzeug hätten, dann könnten wir die Gegend ein bißchen erkunden."
„Haben wir aber nicht", entgegnete Anita, „und wenn wir laufen, dann kommen wir nicht weit. Aber es ist besser, einen längeren Spaziergang zu unternehmen als den ganzen Tag im Haus herumzusitzen."
„Ja, gute Idee, schauen wir uns erst einmal unser Domizil an."
Das Haus lag auf einem größeren Grundstück, das wohl zeitweise als Garten genutzt worden war, nun insgesamt aber recht verwildert wirkte.
„Da kommt einige Arbeit auf uns zu", bemerkte Anita lakonisch, „oder gefällt dir diese Wildnis ?"
„Nein, das nicht", Frank konnte ein Lachen nicht unterdrücken, „aber da müssen wir erst einmal bei der Partei nachfragen ob wir das überhaupt dürfen. Schließlich wurden wir ja in die Wildnis verbannt."
Nun konnte auch Anita ein Lachen nicht unterdrücken.
Im hinteren Teil stand in größerer Schuppen, in dem sie drei Fahrräder entdeckten, die allerdings recht heruntergekommen wirkten, auch waren die Reifen platt. Frank schob die zwei, welche auf den ersten Blick am besten aussahen, ins Freie.
„So schlimm sehen sie doch nicht aus", bemerkte er, „und wenn wir Reparaturzeug finden, dann können wir sie einigermaßen in Ordnung bringen."
Und sie fanden Reparaturzeug. Zwei Stunden später waren sie fahrbereit.
„Ich mache noch ein paar belegte Brote für unterwegs, dann können wir losfahren", sagte Anita, „pack du inzwischen Getränke ein."

Sie brachen auf. Pottenwald erwies sich als eher kleiner Ort, mochte etwa tausend Einwohner zählen, wie sie schätzten. Außer einem Gemischtwarenladen, dem 'Magazin', gab es noch eine Gaststätte, in der wenig Betrieb herrschte, an die ein kleines Hotel angeschlossen war. Auch entdeckten sie das Schild einer Arztpraxis. Der Ort lag auf einer recht großen, fast kreisförmigen Lichtung von etwa sechs Kilometern Durchmesser, die von einem stark mit Birken durchsetzten Nadelwald umgeben war. Eine breite Landstraße führte etwa zwei Kilometer westlich am Dorf vorbei, parallel dazu verlief die Bahnlinie. Der Bahnhof bestand aus einem kleinen Gebäude und einer großen Verladestation an einem Ausweichgleis, das lang genug für größere Güterzüge war.

Das Holzverarbeitungskombinat lag östlich des Dorfes.

Die Lichtung wurde landwirtschaftlich genutzt, überwiegend zum Anbau von Gerste und Kartoffeln. Im Süden gab es eine ausgedehnte Weidefläche, auf der zahlreiche Kühe grasten.

Am nördlichen Waldrand lag ein kleiner See.

„Schade, daß wir keine Badesachen dabei haben", bemerkte Anita.

„Wozu brauchen wir Badesachen ? Es geht doch auch so. Oder bist du übertrieben schamhaft ? Hier sieht uns ohnehin keiner", erwiderte Frank.

„Nein, darum geht es nicht. Aber ein Handtuch zum abtrocknen wäre mir schon lieb."

„Du kannst mein Unterhemd nehmen", schlug Frank vor.

Anita lachte.

„Ich denke, das wird reichen. Ich bin ja nicht dick."

Das Wasser war recht kalt, sie schwammen trotzdem eine Weile umher, legten sich dann ins Gras, kleideten sich aber nach kurzer Zeit an, da es ihnen kühl wurde. Sie packten die Brote und Getränke aus, vesperten.

„Komisch, daß wir zusammengekommen sind, das haben wir nur Theodor Hackelberg zu verdanken, er hat dich für mich ausgesucht", begann Frank nach einer Weile.

„Theodor Hackelberg ? Wer ist das ? Ich dachte Psychologen oder Computer hätten herausgefunden, daß wir zusammenpassen."

„Hackelberg ist der Vorsitzende des Rates der Volksbeauftragten in unserem Stadtbezirk in Gaspera und auch Mitglied des Volksrates der Provinz Siriakia, der hat offensichtlich beim Herausfinden ein bißchen nachgeholfen. Du kennst ihn nicht ?"

„Nein."

„Wie kam er dann auf dich ?"

„Keine Ahnung. Aber Torlau liegt auch in Siriakia. Vielleicht hat er Kontakte nach Torlau."

„Davon gehe ich aus. Er hat überall hin Kontakte. In Torlau suchten sie den idealen Mann für dich, und in Gaspera für mich die ideale Frau. Theodor wußte vermutlich davon, kannte sicher auch die Listen der geeigneten Kandidaten und Kandidatinnen, die für uns in Frage kamen. Und er wollte mir etwas Gutes antun."

„Bist du sicher, daß er das getan hat ?"

„Ach weißt du, Theodor ist eine treue Seele, allerdings nicht sonderlich hell im Kopf. Deswegen ging er auch nach Abschluß seines Studiums in die Politik, denn zum Wissenschaftler taugte er nicht. Ich kenne ihn schon lange, ich habe ihn während seiner Diplomarbeit betreut. Nun ja, den größten Teil seiner Arbeit mußte ich selber schreiben, sonst wäre sie heute noch nicht fertig. Und jetzt sah er endlich einmal eine Gelegenheit, sich zu bedanken."

„Spinnst du dir da nicht etwas zusammen ?"

„Nein, diese Margarethe Nichtlieb, die Parteisekretärin, die meine Ächtung betrieben hat, sagte doch Hackelberg habe eine intelligente und hübsche Frau aus Torlau für mich ausgesucht. Und darüber hat sie sich mächtig geärgert."

Anita lachte.

„Sagtest du Margarethe Nichtlieb ? Diese Zicke ? Wie klein doch die Welt ist. Die war einige Jahre Lehrerin an unserer Schule, ein völlig verbohrtes und dumpfhirniges Weib. Sie kannte nichts als Kadavergehorsam gegenüber den Richtlinien und Anordnungen der Partei. Und sie hat da sicher gleich an mich gedacht als von einer hübschen und intelligenten Frau aus Torlau die Rede war. Weißt du, Torlau ist eine kleine Stadt und dort gibt es nicht viele Frauen, die hübsch und intelligent sind."

„Na, bescheiden bist du ja nicht."

Anita lachte.

„Nein, solche weitreichenden Schlüsse trau ich ihr gar nicht zu. Ich denke Hackelberg hat ihr auch meinen Namen genannt als er ihr erzählte er habe eine Frau für dich ausgesucht."

„Das halte ich für wahrscheinlich. Theodor ist äußerst schwatzhaft."

Sie schwiegen kurz. Dann setzte Anita das Gespräch fort.

„Bist du dir sicher, daß er dir damit etwas Gutes angetan hat. Schließlich hast du ja selbst gesagt, daß er nicht der Hellste ist."

„Das wird sich zeigen", erwiderte Frank, „ich bin da ganz optimistisch. Und was dich betrifft, da ist es eben so: dich kennt er nicht und dir ist er auch nicht zu Dank verpflichtet."

„Und was willst du damit sagen?"

„Nun, er dachte wohl, du gefällst mir. Aber ob ich dir auch gefalle, das war ihm wohl einerlei. Vielleicht dachte er auch, ich setze jetzt einmal voraus, daß er dachte, was bei ihm nicht so häufig vorkommt, du hättest eine Bestrafung verdient."

„Und daß ich eine Bestrafung für dich sein könnte, das ziehst du wohl nicht in Erwägung?"

„Das kann ich nicht so einfach sagen. Ich habe mir noch keine Meinung über Frauen im allgemeinen und dich im speziellen gebildet."

„Wieso nicht?"

„Na ja, wenn man sich über eine Sache eine Meinung bilden will, dann muß man gründlich darüber nachdenken. Das kostet Zeit. Und ich habe bisher noch keine Frau kennengelernt, für die sich diese Mühe lohnte."

„Und wie ist das mit mir?"

„Darüber muß ich noch nachdenken."

„Was meinst du damit?"

„Ganz einfach. Ich muß darüber nachdenken, ob es sich lohnt über dich nachzudenken."

„Komplizierter geht es nicht?"

„Vermutlich schon, aber ich weiß nicht, ob du diese Mühe wert bist. Darüber müßte ich nachdenken."

Anita verzog das Gesicht. Frank beugte sich über sie, streichelte sie, küßte sie auf die Stirn.

„Nimm mir diese Wortspielereien nicht übel. Ich glaube schon, daß wir einander verstehen und zueinander finden werden."

Sie lächelte keck.

„Nein, das tue ich nicht. Ich bin ja nicht engstirnig und dumpfhirnig, kann wohl zwischen Ironie und Ernst unterscheiden. Auch wenn die Umstände, unter denen wir uns kennengelernt haben, eher ungewöhnlich sind, so denke ich doch, daß wir zusammenfinden werden."

Sie plauderten noch lange miteinander. Erst als die Sonne zu sinken begann fuhren sie zu ihrem Haus zurück.

Der erste Tag im Kombinat

Am Montag morgen, so gegen acht Uhr begaben sie sich erneut zum Kombinat.

Der Pförtner begrüßte sie lächelnd.

„Heute haben Sie mehr Glück. Wie waren doch ihre Namen ? Wermaier und Nennberger ? Warten Sie einen Moment, ich muß nachsehen."

Er blätterte eine Kladde durch.

„Aha, hier haben wir es. Also, zunächst müssen Sie sich beim Parteisekretär vorstellen, Zimmer 271."

Der Pförtner erklärte ihnen den Weg dorthin.

Sie klopften an, betraten den Raum, grüßten.

Der Parteisekretär saß an seinem Schreibtisch, grüßte zurück, blickte dann auf, zog die Augenbrauen zusammen.

„Was wollen Sie ? Wer sind Sie überhaupt ?" fragte er leicht mürrisch.

„Wir sind Anita Wermaier und Frank Nennberger", antwortete Anita, „und wir sollen uns bei Ihnen melden."

Der Mann brummte etwas vor sich hin.

„Und wieso kommen Sie zusammen ?"

„Was ist daran falsch ?", wunderte sich Frank, „wir gehören doch zusammen, Beschluß der Partei."

„Und woher wissen Sie das ?"

„Uns wurde doch schon in unsrer Heimatstadt mitgeteilt, daß wir hier einen Partner erhalten", erklärte Anita, „und auf der Fahrt hierher, eigentlich erst beim Aussteigen am Bahnhof hier, haben wir uns kennengelernt. Wir erhielten auch gleich nach der Ankunft ein gemeinsames Haus."

Der Parteisekretär runzelte die Stirn.

„Was ist denn da schon wieder schiefgelaufen ? Sie hätten getrennt reisen, hier in Pottenwald zunächst getrennte Unterkünfte erhalten sollen und sich erst hier in meinem Büro kennenlernen dürfen."

„Davon haben wir nichts gewußt", verteidigte sich Frank.

„Ja, Sie können doch nicht einfach zusammen in einen Haus wohnen und zusammen in einem Bett übernachten. Hoffentlich haben Sie nicht miteinander geschlafen."

„Nein", versicherte Anita, „das haben wir nicht, ganz ehrlich."

Der Mann atmete auf.

„Das ist gut. Ansonsten hätten Sie ziemliche Schwierigkeiten bekommen. Und ich auch, weil ich es zugelassen habe."

„Wieso?" wunderte sich Frank, „Sie wußten doch von gar nichts."

„Das ist keine Entschuldigung", erwiderte der Mann, „als Betriebspartei-sekretär muß man immer über alles Bescheid wissen. Ich bin hier der Vertreter der Partei. Und die Partei hat immer recht. Aber wie kann sie recht haben, wenn sie nicht stets über alles informiert ist?"

Er schwieg kurz.

„Sie können doch nicht auf Gerüchte hin zusammenleben, ohne Genehmigung."

„Aber die Partei hat es doch beschlossen, daß jeder von uns einen Partner bekommt. Das wurde uns bereits in unserer Heimatstadt von den Partei-vertretern mitgeteilt", wandte Anita ein.

„Also, stellen Sie sich jetzt nicht so naiv", klärte sie der Betriebspartei-sekretär nun auf, „Parteibeschlüsse und solche mündlichen Mitteilungen sind eine Sache, Genehmigungen eine andere."

„Wie ist das zu verstehen?" wollte Frank wissen.

Der Mann atmete tief durch.

„Also, die Partei hat beschlossen, daß Sie zusammengehören und zusam-menleben sollen. Damit ist es Ihnen aber noch lange nicht erlaubt. Denn dazu benötigen Sie eine Genehmigung. Und die erhalten Sie hier von mir. Und zuvor sollten Sie sich bei mir kennenlernen. So lautet zumindest die Anweisung, die ich erhalten habe. Oder haben Sie bereits eine Erlaubnis von anderer Stelle bekommen?"

„Nein", antworten beide wie aus einem Mund.

„Sehen Sie, und darum hätten Sie sich gar nicht kennen dürfen und auch nicht zusammen wohnen dürfen."

„Aber warum haben wir dann gleich nach der Ankunft ein gemeinsames Haus erhalten?" fragte nun Anita.

„Gerade das ist doch ein Zeichen dafür, daß in unserem Staat unhaltbare Zustände eingerissen sind. Das ist aber nur eine Folge der Liberalisierung. Jeder macht, was er will. Und diejenigen, die das Maul am weitesten auf-reißen, nur Unsinn daherschwätzen und heiße Luft verbreiten, diese

Defätisten, steigen in die höchsten Staatsämter auf. Was die Parteiführung tut und beschließt, das ist gut. Aber Saboteure und Defätisten untergraben alles um Unruhe zu stiften und Zersetzung zu betreiben. Und diejenigen, die sich abmühen, die Vorschriften beachten und ihre Arbeitskraft zum Wohle des Staates einsetzen, werden auch noch verbannt. Früher war das anders, da landete das Gesindel in den Arbeitslagern, während heute das Gesindel herrscht und die Anständigen in den Arbeitslagern landen. Aber was rede ich denn, ihr wißt es doch selbst: in der Hauptstadt herrscht Sodom und Gomorrha, Hurerei ist an der Tagesordnung, Männer treiben es mit Männern und Weiber mit Weibern. Und das alles ohne Genehmigung durch die Partei."

„Das verstehe ich jetzt nicht ganz", wandte jetzt Anita ein, „wäre es mit Genehmigung der Partei denn gut?"

„Ja, natürlich". ereiferte sich der Betriebsparteisekretär, „wenn die Partei es für gut befindet, dann ist es auch gut, denn die Partei irrt nie."

Er pausierte kurz.

„Aber was ereifere ich mich. Euren Unterlagen nach seid ihr zwielichtige Leute, sonst wärt ihr auch nicht hier. Selbständiges Denken predigen und hervorragenden Persönlichkeiten, die in den Augen der Partei als Genies gelten, Fehler zu unterstellen! Was habt ihr euch eigentlich dabei gedacht? Wohin soll das führen? Aber ich bin ja kein Unmensch. Ich will euch keine Steine in den Weg legen. Hier habt ihr das Dokument, das euch berechtigt zusammenzuleben. Ich bitte euch nur um eins, redet nicht darüber, was auf eurer Reise und bisher geschah", er setzte nun eine freundliche Miene auf, seine Stimme bekam einen süßlichen Klang, „ich will auch in Ruhe leben. Und ihr scheint anständige Menschen zu sein und solltet das anerkennen."

„Natürlich", beruhigte ihn nun Anita, „wir sind diskret. Aber eine Frage habe ich noch. Wir müssen jetzt nach dem Beschluß der Partei zusammenleben. Wie oft müssen wir eigentlich miteinander schlafen?"

„Das weiß ich nicht", antwortete der Mann.

„Aber das ist doch sicherlich geregelt?"

„Vermutlich, aber ich weiß es nicht. Ich werde bei der Parteileitung nachfragen und euch Bescheid geben. Bis dahin könnt ihr es handhaben wie ihr wollt."

217

Er schwieg kurz.

„Wenn ihr sonst keine Fragen mehr habt, dann könnt ihr gehen und euch in der Personalabteilung melden."

Die beiden verabschiedeten sich dann, suchten die Personalabteilung auf. Eine Frau Eva Rittlinger empfing sie. Sie grüßten.

„Ein Parteisekretär, bei dem wir vorstellig werden mußten, hat uns zu Ihnen geschickt", sprach Anita.

Frau Rittlinger zog die Stirn kraus.

„Was für ein Parteisekretär?"

„Er hat sich uns nicht vorgestellt. Sein Büro befindet sich aber hier im Haus, Zimmer 271."

Eva lachte.

„Ach, Sie meinen wohl Nottlieb Stilzrump, sein Titel ist übrigens Betriebsparteisekretär und er legt großen Wert darauf, daß man ihn mit 'Genosse', also 'Genosse Betriebsparteisekretär' oder 'Genosse Stilzrump' anredet. Er betont immer, Parteimitglieder seien keinen Herren, sondern Genossen. Er ist übrigens auch der Bezirksparteisekretär. Aber diesen Titel führt er nicht so gern, denn sein Bezirk besteht lediglich aus Pottenwald, der Forststation und der etwa sechs Kilometer entfernten Landwirtschaftlichen Versuchsanstalt. Er hat Ihnen wohl eine gewaltige Gardinenpredigt gehalten und dabei vergessen sich vorzustellen. Das sieht ihm ähnlich. Und Sie sind dann sicher die Neuen, Anita Wermaier und Dr. Frank Nennberger", sie grinste, „vermutlich strafversetzt, denn freiwillig kommt niemand hierher. Aber wenn Sie sich erst einmal eingewöhnt haben, dann werden Sie sich sicher hier wohlfühlen. Wissen Sie, es gibt hier ein Kino, ein Veranstaltungssaal, in dem des öfteren Theateraufführungen und Konzerte stattfinden. Wir haben auch ein Hallenbad, eine Sporthalle, eine schöne Saunaanlage, einen Minigolfplatz, eine Außensportanlage, außerdem noch ein gemütliches Restaurant."

Anita blickte Frau Rittlinger groß an.

„Wir haben gestern Pottenwald durchstreift und nichts davon gesehen."

Eva Rittlinger schüttelte den Kopf.

„Das befindet sich ja auch alles hier auf dem Kombinatsgelände. Wissen Sie, knapp zehn Kilometer entfernt, im Wald, liegt eine Forststation. Dort hausen Verbannte, die als Holzarbeiter in den Wäldern tätig sind. Das sind alles primitive Kreaturen, Männer wie Weiber, die nur unflätig daher reden, nur auf Saufen und ...", sie unterbrach sich, „Sie wissen schon was ich meine, aus sind. Nein, die wollen wir nicht in unseren Einrichtungen haben. Die verdrecken und ruinieren nur alles. Es reicht schon, wenn sie Samstag abends zur politischen Schulung hierher kommen, sich anschließend betrinken und herumkrakeelen."

„Und warum finden die politischen Schulungen nicht in der Forststation statt?" wollte nun Frank wissen.

„Nottlieb muß sie abhalten. Und der will nicht in den Wald. Er hat Angst, daß sie ihm eine über die Rübe hauen."

Die lockere Art von Frau Rittlinger übertrug sich auf Anita und Frank. Anita fragte daher.

„Nottlieb, das ist aber ein komischer Name. Weiß man, wie er dazu kam?"

Eva lachte.

„Vielleicht ist es nur ein Gerücht. Es heißt aber, er hieß ursprünglich 'Gottlieb', da seine Mutter sehr fromm war. Als er dann in die Partei eintrat, fand er den Namen unpassend und seiner Karriere hinderlich, da es laut Parteibeschluß auf dem 37. Staatskongreß keinen Gott gibt. Er wollte dann eigentlich Markserich heißen, doch der Standesbeamte erklärte ihm, eine so drastische Namenänderung sei nicht zulässig, es sei nur ein Buchstabe erlaubt. Und da er sich nicht schnell genug entscheiden konnte, trug der Standesbeamte einfach 'Nottlieb' ein. Er protestierte zwar dagegen, doch der Beamte wies ihn darauf hin, daß er die zulässige Nachdenkzeit von zweiundsiebzig Sekunden überschritten habe und daher eine Namensänderung von Amts wegen vorgenommen werden mußte."

Sie räusperte sich, nahm einen Schluck Tee aus der neben ihr stehenden Tasse.

„Aber jetzt haben wir so lange geplaudert", fuhr sie dann fort, „wir müssen nun endlich zur Sache kommen. Viel gibt es allerdings nicht zu besprechen. Ihre Papiere haben wir vollständig. Über Ihre Arbeitsplätze sind Sie ja informiert. Dann müssen Sie nur noch Ihre Arbeitsverträge unterschreiben."

Sie reichte ihnen die Dokumente.

„Sie brauchen sie gar nicht durchzulesen, Sie können ohnehin nichts daran ändern. Sie, Frau Wermaier, melden sich dann bitte bei der Kaufmännischen Direktorin, Frau Silke Heimbarth und Sie Herr Dr. Nennberger, beim Betriebsleiter, Herrn Markus Schultberg. Haben Sie sonst noch Fragen ?" Die beiden schüttelten den Kopf.

„Gut, dann erkläre ich Ihnen nur noch schnell, wie Sie die Büros von Frau Heimbarth und Herrn Schultberg finden. Ich werde sie dann anrufen und Sie anmelden."

Die beiden verabschiedeten sich. Frau Rittlinger meldete sich noch einmal.

„Ach, bevor Sie gehen, möchte ich Ihnen noch eines sagen. Nahe des Eingangs zum Hallenbad befindet sich eine kleine Bankfiliale mit Poststelle. Dort gibt es auch einen Geldautomaten."

Die beiden verließen das Zimmer.

„So", meinte Anita, „jetzt müssen wir erst einmal getrennte Wege gehen. Ich bin gespannt, was mich erwartet, ein Typ 'Stilzrump' oder ein Typ 'Rittlinger'. Letzterer wäre mir lieber."

„Mir auch", bemerkte Frank, „also dann, bis heute abend."

Etwas unsicher betrat Anita das Büro der Kaufmännischen Direktorin. Doch die grüßte freundlich, bat sie Platz zu nehmen, bot ihr Kaffee an.

„Meinen Namen wissen Sie sicherlich bereits, aber ich stelle mich trotzdem noch einmal vor; ich heiße Silke Heimbarth. Und Sie sind Anita Wermaier. Herzlich willkommen. Aus Ihren Papieren entnahm ich, daß Sie hierher versetzt wurden", Silke Heimbarth grinste, „man sollte fast sagen strafversetzt, aber das ist natürlich nicht die offizielle Lesart, weil Sie Ihre Schüler zum selbständigen Denken aufgefordert haben, natürlich auch die Schülerinnen. Das hätten Sie nicht tun sollen, selbständig denken dürfen in unserem Land nicht einmal die Minister, ja nicht einmal der Staatsratsvorsitzende, sondern allein unsere Oberste Staatsrätin, Angelika Merekillin. Und die ist dazu nicht in der Lage, weil ihr der hierzu nötige Verstand fehlt. Wundern Sie sich nicht über meine Rede. Im Grunde sind wir doch alle Verbannte, auch wenn das nicht die offizielle Bezeichnung ist. Wir sind ja hier offiziell freie Menschen, dürfen uns auch innerhalb der Provinz frei bewegen, aber das hilft uns nicht viel. Golgau ist zweihundertfünfzig Kilometer entfernt, und wie es dort aussieht wissen Sie sicher. Pavran ist dreihundert Kilometer entfernt, ist genau so trist wie Pottenwald. Und ansonsten gibt es hier nur Wald und Sumpf."

220

Sie nahm einen Schluck Kaffee.

„Wir können ruhig offen miteinander reden. Wir sitzen ja alle im gleichen Boot. Ich wurde ja auch hierher versetzt, weil ich unseren Ortsvorsitzenden einmal als Idioten bezeichnet habe. Dabei war das noch positiv geurteilt, denn er war ein Vollidiot. Haben Sie Fragen?"

„Ich weiß nicht so recht", Anita zögerte etwas, „ich war Lehrerin, habe auch Buchhaltung unterrichtet, kenne mich da bestens aus, in der Theorie. Aber praktische Erfahrung in einem Betrieb habe ich nicht, von einem Praktikum während meines Studiums abgesehen. Das ist allerdings zwanzig Jahre her."

„Das macht doch nichts. Sie werden schon nicht ins kalte Wasser geworfen. Unsere Buchhalterin, Ihre Vorgängerin sozusagen, Frau Eisbach, übernimmt demnächst unsere Einkaufsabteilung. Sie wird Sie vorher gründlich einarbeiten."

Sie griff zum Telefon. Anneliese Eisbach erschien kurze Zeit später, führte Anita in ihr Büro.

Frank begab sich zu Schultbergs Büro. Der Betriebsleiter mochte etwa fünfzig Jahre zählen, war von leicht kräftiger Gestalt. Er bot Frank sofort Platz an, begann dann in jovialem Ton ohne Umschweife.

„So, so, Sie sind also mein neuer Assistent, meine rechte Hand sozusagen. Sie waren in einem wissenschaftlichen Institut beschäftigt? Haben Sie eigentlich Ahnung von dem Betriebsablauf in einem Holzverarbeitungskombinat?"

„Nein", gab Frank ganz offen zu, „ich weiß nicht einmal, was hier genau produziert wird. Aber ich werde das Notwendige bald lernen. Ich bin ja nicht dumm."

„Das will ich hoffen. Sie sind zwar Doktor, aber das hat nicht allzuviel zu sagen."

„Ich war im Experimentbereich tätig, bin also kein Schreibtischwallach. Ich habe schon von Technik Ahnung, bin auch handwerklich nicht ungeschickt. Außerdem bin ich in einem Dorf aufgewachsen und mußte immer das Holz für die Ofenheizung hacken. Wenn ich erst meine konkreten Aufgaben kenne, dann werde ich mich sicher recht schnell einarbeiten."

„Seien Sie doch nicht gleich eingeschnappt. So wild ist das hier alles nicht.

Sie müssen zwar auch dafür sorgen, daß die Maschinen laufen, aber reparieren müssen Sie sie nicht. Dafür haben wir schon unsere Leute. Und Sie werden auch alles im Detail erfahren, was auf Sie zukommt. Da brauchen Sie keine Angst zu haben."

Er trank einen Schluck Kaffee.

„Wir sind hier übrigens nicht so formalistisch. Ich meine jetzt, innerhalb der Gruppe, die für den Betriebsablauf zuständig ist. Das gilt nicht für die einfachen Arbeiter und auch nicht für die Leute in der Verwaltung. Die sind teilweise etwas hochnäsig. Also, ich heiße Markus und Sie haben wohl nichts dagegen wenn wir uns ab jetzt duzen."

„Nein, ganz im Gegenteil."

„Was sollen wir auch hier groß formalistisch sein ? Man muß da natürlich gewisse Grenzen beachten. Man darf nicht mit allen zu vertraut sein. Manche glauben dann nämlich, sie könnten sich alles mögliche herausnehmen, müßten keine ordentlich Arbeit mehr leisten oder könnten faulenzen. Das geht natürlich nicht. Deswegen ist eine gewisse Distanz gegenüber den einfachen Arbeitern schon angebracht. Das heißt aber nicht, daß man sich ihnen gegenüber wie ein Feldwebel aufführen soll. Es muß ihnen aber stets klar sein, wer der Chef ist, wer die Anordnungen gibt und daß sie gehorchen müssen."

„Das ist mir völlig klar."

Markus trank noch einen Schluck Kaffee.

„Weshalb sollen wir denn auch groß auf Formalitäten achten ? Wir sind doch hierher strafversetzt, selbst unser Betriebsparteisekretär Stilzrump. Der ist aber gar nicht so übel, wie er sich dir gegenüber wahrscheinlich aufgeführt hat. Das macht er bei Neuen immer um wenigstens für ein paar Tage Autorität zu haben."

„Du bist also auch hierher strafversetzt worden."

„Ja, aber das hatte keinen bestimmten Grund. Es lag wohl daran. daß ich mich immer recht flapsig über Partei, Regierung und Staat geäußert habe. Man könnte sagen, es ging ihnen mit der Zeit auf den Geist, wie man sich ausdrückt. Aber auf den Geist ging es ihnen natürlich nicht. Dazu hätte sie ja Geist haben müssen. Sie wollten mich eben loswerden. Was soll's ? Hier habe ich wenigstens meine Ruhe, auch vor meiner Alten."

„Ist dir deine Frau nicht ohne zu zögern ins Exil gefolgt ?"

Markus schüttelte den Kopf.

„Nein, sie war froh, daß sie mich los war."

Er grinste.

„Das beruhte auf Gegenseitigkeit."

„Heißt das, du hast deine Versetzung provoziert um deine Gemahlin loszuwerden?"

„Das kann man so nicht sagen, aber es war eine positive Nebenerscheinung. Und Silke ist ein guter Ersatz. Und wie war das bei dir ? "

„Ich lebe hier mit einer Frau zusammen. Wir sind aber nicht verheiratet. Das heißt, wir wurden von der Partei einander zugeordnet, zwangsverheiratet sozusagen."

„Wie soll ich das verstehen?"

„Ganz einfach, die Partei war der Meinung, unsere Verfehlungen rührten daher, daß wir alleine lebten."

„Dann war das ja etwas Positives, denn die Partei hat immer recht."

„Das kann ich in dem speziellen Fall noch nicht endgültig beurteilen. Ich kenne sie ja erst seit zwei Tagen."

„Und jetzt sollst du mit ihr den Neuen Menschen zeugen?"

„Nein, das ist nicht befohlen. Zumindest mir wurde das nicht aufgetragen. Wir dürfen es allerdings. Die Genehmigung der Partei haben wir jedenfalls."

„Das müssen wir aber jetzt nicht im Detail ausführen. Komm, ich zeige dir dein Büro. Da findest du auch einige Unterlagen über den Betrieb hier. Schau sie dir an. Ich komme dann heute nachmittag vorbei und zeige dir die Anlage."

Abendunterhaltung

Als Frank am Abend zurückkam saß Anita vor dem Fernsehapparat. Es lief gerade eine Nachrichtensendung.

„Gibt es etwas Neues in der Welt?" fragte er, „ich habe keine Ahnung, was gegenwärtig so abläuft. Ich habe seit drei Wochen keine Nachrichten mehr gesehen."

„Ja", antwortete sie, „einem Umsturz in Indoarien."

Frank verzog das Gesicht.

„Indoarien, was geht uns das an? Zu dem Land hatten wir nie nennenswerte wirtschaftliche und politische Beziehungen. Dort sind ja noch nicht einmal unsere Truppen einmarschiert. Das wäre auch Unsinn gewesen, denn dort herrscht seit Jahrzehnten Anarchie. Da kämpft doch jeder gegen jeden."

„Sag das nicht, das geht uns sehr viel an, die Oberste Staatsrätin Merekillin hat sich mitverantwortlich erklärt. Sie fühlt sich nun schuldig."

„Wie kommt die denn darauf? Hat sie etwa auf ihre alten Tage nochmal ihre Tage bekommen?"

„Wie kommst du darauf?"

„Weil Frauen nicht ganz zurechnungsfähig sind, wenn sie ihre Tage haben."

„Was sind denn das jetzt schon wieder für Machosprüche, für sexistische Vorurteile?"

„Das stammt nicht von mir. Ich habe ja auch nicht genügend Erfahrungen mit Frauen um so etwas beurteilen zu können. Für mich seid ihr Weiber immer gleich."

„Von wem hast du das denn?"

„Ein Gericht in London hat vor ein paar Jahren einmal einer Mörderin mildernde Umstände zugebilligt, weil sie zur Tatzeit ihre Periode hatte und damit nur vermindert schuldfähig war, habe ich gelesen. Es kann auch ein New Yorker Gericht gewesen sein. Ich weiß es nicht mehr genau."

„Das war bestimmt ein New Yorker Gericht. So ein Schwachsinn kann nur von den Amis kommen. Aber wenn du mir noch einmal mit so einem Geistesmist daherkommst, versalze ich dir dein Essen, wenn ich meine Tage habe."

„Meinetwegen, dann weiß ich wenigstens, daß nichts läuft und ich am Wochenende angeln gehen kann."

Er schwieg kurz.

„Aber trotzdem, warum will die Merekillin mitverantwortlich sein? Das wollte sie doch bisher noch nie, sie hat immer die Schuld auf Helger Luschenkow, ihren Oberlakaien, geschoben."

„Ich habe keine Ahnung. Aber ihre Amtszeit endet in drei Monaten. Vielleicht will sie kurz vorher auch einmal für etwas verantwortlich sein um nicht als die Unschuld aus der Ruckelmark in die Geschichte einzugehen. So nennen sie Spötter bereits."

„Aber warum muß es denn gerade Indoarien sein? Gibt es denn nichts wichtigeres, für das sie verantwortlich sein könnte, zum Beispiel dafür, daß die Züge nur selten pünktlich fahren."

„Woher soll ich denn wissen, was für sie wichtig ist. Sie sagte jedenfalls dem Reporter, sie habe die Lage dort falsch eingeschätzt."

„Hat die denn schon einmal eine Lage richtig eingeschätzt?"

„Nein, das kann man ihr nicht unterstellen. Bisher hat sie nie eine Lage eingeschätzt. Das mußte immer Luschenkow tun."

„Und warum hat er das jetzt nicht getan?"

„Das weiß ich doch nicht. Vielleicht hat er die Lage irgendwie eingeschätzt, aber anders als die Merekillin."

„Dann hätte er ja ausnahmsweise einmal richtig gelegen. Doch was hat sie jetzt falsch eingeschätzt?"

„Sie glaubte, daß die Islamisten die Macht an sich reißen würden. Aber die taten es nicht."

„Wer war es dann, die Kommunisten? Die Pazifisten? Die Karnevalisten? Die Faschisten? Die Narzisten? Und jetzt ist sie wohl in ihrem Schuldbewußtsein maßlos?"

Anita grinste.

„Vielleicht ist sie auch nur schuldbewußt, weil sie ohne Maß ist. Dabei weiß man bisher noch gar nicht so genau, wer da hinter dem Umsturz steckt. Nur der Name des Putschführers ist bisher bekannt. Er nennt sich Nazi Goreng, soll zuvor Koch im Hauptquartier der Streitkräfte gewesen sein."

„Das hört sich ja auch fast an wie etwas zu essen."

Anita verzog das Gesicht.

„Ach, ich habe gar nicht an das Abendessen gedacht. Ich habe gar nichts gekocht."

„Nichts gekocht ! Das ist doch nicht so schlimm. Du bist hier auch nicht das Dienstmädchen. Ich kann ja auch mal kochen."

„Nein, laß das. Ich will ja nicht gleich am zweiten Arbeitstag krank sein."

Sie bereitete Bratkartoffeln mit Speck zu. Das ging schnell.

Nachdem der Tisch abgeräumt war und Frank das Geschirr gespült hatte, setzten sie sich bei einer Flasche Wein zusammen.

„So", meinte Frank, „nachdem die Politik abgehandelt ist, können wir uns ja über etwas Vernünftiges unterhalten."

„Ja, da hätte ich schon gleich einen Punkt. Uns wurde doch dieses Haus zugewiesen. Aber doch sicherlich nicht umsonst. Es ist recht nett eingerichtet. Dafür wird doch sicher Miete verlangt. Aber wieviel ? Dann fallen auch Kosten an, für Wasser, Strom, Heizung, Müllabfuhr, falls es hier so etwas überhaupt gibt. Was kommt da auf uns zu ?"

„Ich habe keine Ahnung. Aber wir werden doch sicher so eine Art Mietvertrag erhalten, in dem das alles aufgeführt ist."

„Ja, aber wann ?"

„Irgendwann. Das geht hier vermutlich alles nicht so schnell."

„Mich beunruhigt das aber. Das muß geklärt werden, möglichst rasch."

Frank überlegte.

„Das erscheint mir jetzt nicht unbedingt als ein wichtiger Punkt", dachte er, „mit Sicherheit werden wir eine Art Mietvertrag erhalten, vielleicht übermorgen oder in einer Woche oder in einem Monat. Das ist doch egal."

Anita blickte ihn skeptisch an. Ihr mißfiel sein Schweigen."

„Du schweigst, dir scheint das gleichgültig zu sein."

„Das ist typisch für Weiber", sagte Frank zu sich selbst, „die geilen sich gern an Kleinigkeiten auf und fangen deswegen am Ende auch noch Streit an."

Er hatte aber keine Lust auf Streit, setzte eine freundliche Miene auf.

„Du hast völlig recht. Man darf das nicht schleifen lassen. Frage am besten morgen einmal in der Personalabteilung nach, bei dieser Frau Rittberger oder wie die heißt."

„Rittlinger", verbesserte Anita, „warum ich ? Du bist doch der Mann."

„Denke jetzt nicht, daß ich dir die unangenehmen Sachen aufhalsen will",
beschwichtigte Frank, „aber dein Büro liegt doch nur ein paar Schritte von
der Personalabteilung entfernt. Da kannst du das doch zwischen zwei
Kaffeepausen erledigen. Ich dagegen müßte durch das halbe Kombinat
laufen."
„Na schön, ich werde es tun. Und sonst, wie war dein erster Eindruck ?"
„Ach, nicht schlecht. Der Betriebsleiter ist auch so eine Art Verbannter. Er
ist aber nicht so unglücklich darüber wie mir scheint. Er wurde auf diese
Weise seine Ehegattin los."
„Ja, ist sie denn nicht mitgekommen ?"
„Nein, so groß war die Liebe jetzt auch nicht mehr. Ich denke, sie war auch
ganz froh, daß sie ihn los war, wenn ich ihn richtig verstanden habe. Er hat
sich hier eine gewisse Silke angelacht"
„Familienverhältnisse sind das !"
Sie schwieg kurz.
„Silke sagtest du ? Das wird wohl die Kaufmännische Direktorin sein.
Bestimmt kein schlechter Ersatz."
„Ja, das ist uns bisher erspart geblieben", fuhr Frank fort, „nun ja, er hat
mir auch gleich das 'du' angeboten. Ich denke, ich komme mit ihm zurecht.
Und wie sieht es bei dir aus ?"
„Das gleiche, die Kaufmännische Direktorin wurde auch hierher straf-
versetzt. Sie ist nicht gut auf unsere Staatsführung zu sprechen, hält die
Leute dort oben für dumm. Und das sagt sie ganz offen. Wenn es so bleibt,
dann werden wir uns hier bald wohlfühlen."
„Mir scheint, wir sind hier unter unseresgleichen."
Es war spät geworden. Sie tranken ihre Gläser leer, legten sich dann
schlafen.

Das Haus

Am nächsten Tag suchte Anita Frau Rittlinger auf.

„Wir hatten gestern etwas vergessen", begann sie, „es geht um das Haus, das uns zugeteilt wurde. Man hat es uns einfach übergeben, aber wir wissen nicht zu welchen Bedingungen."

Eva Rittlinger zog die Stirn kraus.

„Was meinen Sie jetzt damit?"

„Nun ja, wir wissen nicht wie hoch die Miete ist und welche Nebenkosten anfallen, zum Beispiel für Heizung, Strom, Wasser, Abwasser, Müllabfuhr, falls es hier so etwas gibt, und so weiter. An wen müssen wir uns da wenden?"

„Ich kann da nichts dazu sagen, das ist Sache des Betriebsparteisekretärs."

Anita begab sich zu Stilzrump.

Der runzelte die Stirn.

„Ich verstehe Ihre Frage nicht. Das Haus gehört euch. Das steht doch alles in dem Dokument."

„In welchem Dokument?"

„Das ihr erhalten habt."

„Nein, da steht nur drin, daß wir gemäß eines Parteibeschlusses zusammenleben müssen", sie stockte kurz, „ich meine natürlich, aufgrund des weisen Beschlusses der Partei in einer eheäquivalenten Gemeinschaft zusammenleben dürfen. Von einem Haus steht da nichts geschrieben."

Stilzrump runzelte die Stirn.

„Was ist denn das schon wieder für eine Schlamperei. Die Partei hat beschlossen, daß ihr als Paar zusammenleben dürft. Und dazu braucht ihr logischerweise ein Haus. Ihr könnt doch nicht unter freiem Himmel wohnen. Das ist nur in Straflagern zulässig. Aber dort dürfen Frauen und Männer nicht als Paare zusammenleben. Warum habt ihr das Dokument nicht erhalten?"

Anita lächelte.

„Höchstwahrscheinlich deshalb, weil Sie es uns nicht gegeben haben."

„Das ist doch Sache der Personalabteilung", stieß Nottlieb ungehalten aus.

„Dort sagte man mir aber, es sei Ihre Sache. Wer hat nun recht?"

„Nur die Partei hat recht. Sonst niemand", brummte er nun leicht unwirsch, griff zu Telefon.

Ein längeres Gespräch entspann sich.

„Natürlich ist es Sache der Personalabteilung", sagte er, nachdem er den Telefonhörer wieder aufgelegt hatte, „aber sie behaupten nun, es sei meine Sache euch das Dokument zu übergeben, da das Haus Eigentum des Staates ist, also Eigentum der Partei. Und sie hätten es mir auch zugeschickt."

Er brummte ärgerlich vor sich hin, die Worte sollen hier nicht wiedergegeben werden, durchwühlte den Papierwust auf seinem Schreibtisch.

„Aha, hier ist es", stieß er schließlich hervor, „aber gestern war es garantiert noch nicht da. Das sind doch alles Verbannte hier, suspekte Existenzen. Wie soll denn da etwas ordentlich funktionieren ? Sie verzögern und sabotieren alles und schieben dann mir die Schuld in die Schuhe. Alles nur Gesindel. Womit habe ich das verdient ?"

„Wenn die Partei immer recht hat, dann muß sie ja auch der Überzeugung sein, daß er dieses Schicksal verdient hat", dachte Anita, schwieg aber um ihn nicht unnötig zu verärgern.

Er übergab Anita dann das Schriftstück.

„Eine Frage hätte ich dann noch bevor ich gehe, Herr Betriebsparteisekretär. Was ist mit dem Garten ? Dürfen wir ihn nach unserem Geschmack gestalten oder gibt es diesbezüglich Vorschriften seitens der Partei ?"

Die Miene Stilzrumps verfinsterte sich.

„Das heißt 'Genosse Betriebsparteisekretär", blaffte er, „macht damit, was ihr wollt ! Und ihr könnt da auch so ziemlich alles anbauen außer Schlafmohn und Marihuana."

Anita verabschiedete sich höflich.

„Und vielen Dank für die freundliche Auskunft."

Am Abend, nachdem sie gegessen hatten, lasen Anita und Frank das Schriftstück dann gemeinsam durch.

„Das Haus gehört sozusagen uns, solange wir zusammen leben und im Kombinat beschäftigt sind", bemerkte Anita, „auch dann noch, wenn wir aus Altersgründen in Rente gehen. Wir brauchen zwar keine Miete zu bezahlen, müssen aber für alle Kosten aufkommen, auch für Erhaltungsmaßnahmen, Renovierungen und Reparaturen. Alle Möbel und die sonstigen

Einrichtungsgegenstände, damit sind wohl die Küchengeräte, das Geschirr und die Bettwäsche gemeint, gehören uns und wir können damit machen, was wir wollen, auch wegwerfen, was uns nicht gefällt. Allerdings dürfen wir auch nichts mitnehmen, wenn wir ausziehen. Haben wir das vor?"

„Nein", erwiderte Frank, „bisher nicht. Aber was das Wegwerfen betrifft sollten wir vorsichtig sein, wer weiß, ob wir hinterher Ersatz dafür bekommen."

„Das wird sich zeigen, aber das ist jetzt auch nicht wesentlich. Richten wir uns gemütlich ein."

„Und hier steht noch etwas, was wir unbedingt beachten müssen. Eine Heizung gibt es nicht im Haus, nur Öfen, die mit Holz befeuert werden. Holz können wir in beliebiger Menge im Kombinat erhalten. Es muß aber zum Teil noch zerkleinert werden."

„Na, da kommt ja einige Arbeit auf dich zu. Oder willst du das Holzhacken einer schwachen Frau überlassen?"

Frank strich ihr übers Haar, küßte sie.

„Ich wußte bisher gar nicht, daß du eine schwache Frau bist. Aber keine Angst, ein bißchen Muskeltraining tut mir gut. Du kannst ja unterdessen Unkraut jäten."

Sie begannen dann in den nächsten Tagen nach Feierabend den Garten herzurichten, das Unkraut zu entfernen.

„Anpflanzen können wir in diesem Jahr nichts mehr, dazu ist es zu spät, aber wenigsten soll es ordentlich aussehen. Diese Wüstenei ist doch ein gräßlicher Anblick", meinte Frank.

Anita lachte.

„Ach, es ist nie zu spät, es ist doch erst Juli und es gibt Blumen, die rasch wachsen und dann im Herbst blühen. Ich habe bereits Samen besorgt. Es soll doch schön aussehen."

Samstag abend

Die Woche über war es sonnig und warm gewesen, am Samstag trübte es sich ein, wurde kühl.

„Das Wetter ist schlecht", meinte Anita am Samstag nachmittag, „draußen können wir am Abend nichts unternehmen. Aber ich habe auch keine Lust hier herumzusitzen. Es gibt doch auf dem Gelände des Kombinats dieses Hallenbad mit Sauna. Da können wir doch hingehen."

„Ich bin mit von der Partie", sagte Frank.

Es herrschte recht wenig Betrieb als sie kurz nach halb acht die Freizeitanlage im Kombinat aufsuchten. Sie blickten sich zunächst einmal ein bißchen um. Es regnete allerdings leicht und so suchten sie bald das Hauptgebäude auf, in dem Hallenbad und Sauna untergebracht waren. In der Kabine, die sie als erste aufsuchten, trafen sie Eva Rittlinger und ihren Lebensgefährten Anton Marktgraf, der als Sachbearbeiter in der Abteilung 'Auftragsabwicklung' tätig war, an.

„Nun, wie war denn die erste Woche ?" begrüßte sie Eva jovial, nachdem sie Platz genommen hatten, „üblicherweise sollte man sich hier nicht unterhalten, da sich viele durch die Gespräche anderer gestört fühlen, denn sie möchten ungestört schwitzen. Aber wir sind hier alleine."

„Es war bisher ganz angenehm", antwortete Anita, „es herrscht hier ein angenehmes Arbeitsklima. Man fühlt sich wie in einer großen Familie. Aber in jeder Familie gibt es auch schwarze Schafe."

Eva lachte.

„Du meinst wohl Nottfried ?" sie stutze kurz, „ihr habt doch nichts dagegen, daß wir uns duzen ? Wir sind doch hier eine große Familie. Und in einer Familie redet man sich doch schließlich nicht mit 'Sie' an."

„Nein, das ist kein Problem, ganz im Gegenteil", entgegnete Frank, „und Nottlieb scheint ja auch nicht so übel zu sein, wenn man ihn erst einmal richtig kennengelernt hat."

„Das ist durchaus wahr", warf nun Anton ein, „er ist eben frustriert, weil man ihn hierher abgeschoben hat."

„Weiß man warum ?" fragte nun Anita.

„Es gibt hier zahlreiche Gerüchte. Man weiß natürlich nicht, welches

stimmt. Es heißt aber, er habe die Lehren der Partei zu ernst genommen."
„Wie ist das zu verstehen ?" wollte Frank nun wissen.
„Ihr kennt das doch. Was die Partei lehrt und was die Funktionäre tun, das ist doch zweierlei. Die Lehre und die Einschränkungen, die sie predigen, die gelten nur für das Volk, während sich die Funktionäre viele Freiheiten herausnehmen. Sie predigen Wasser und trinken Wein, wie man so schön sagt. Aber das kann man nicht so sagen, denn sie opfern sich ja zum Wohle des Staates und der Gesellschaft auf, haben daher auch einen moralischen Anspruch auf gewisse Vergünstigungen", Eva konnte bei den letzten Worten ein Lächeln nicht unterdrücken, „Nottfried hat das eben nicht so richtig verstanden und solche Dinge bei der Parteileitung beanstandet. Das war ein Fehler, aber sein Verstand hat wohl nicht ausgereicht um zu kapieren, daß diese Funktionärsclique zusammenhält wie Pech und Schwefel. Dabei ist die Sache doch ganz klar. Jeder deckt den anderen. Denn wenn einer auffliegt, dann zieht das eine Lawine hinter sich her und gerade die größten Moralprediger erweisen sich dann als die größten Sünder. Und deshalb mußte er weg."
Eva lachte.
„Den Ausschlag hat wohl die Sache mit Anna, einer kleinen Hure, gegeben. Er kam jedenfalls gemeinsam mit ihr an. Sie leben aber nicht zusammen."
„Mit welcher Anna ?" fragte Anita.
„Sie heißt Anna Lieberbier, ist Sekretärin bei uns in der Personalabteilung. Sie ist sehr nett, ein liebenswürdiger Mensch, kommt auch öfters samstags mit ihrem Partner Arnold Haltmann hierher. Er ist Meister in der Instandsetzungsabteilung, ein tüchtiger Kerl."
Eva pausierte kurz, fuhr dann fort.
„Wißt ihr, Anna war in ihrer Jugend liebestoll, also triebhaft und verband ihr Begehren oder auch ihr Vergnügen mit einem Geschäft. Das heißt, sie hatte viele Freier, die gut zahlten. Das ging einige Zeit gut, dann flog sie auf, denn wilde Prostitution ist verboten. Vor die Wahl gestellt, entweder der Parteiführung der Stadt im Bett zu dienen oder in ein Straflager einge-wiesen zu werden, fiel ihr die Entscheidung nicht schwer. Nun waren die Parteifunktionäre von Hornstadt, wo sie wohnte, auch eher biedere Typen, die eben ab und zu einmal eine Abwechslung zu ihren Ehefrauen wollten. Und die begehrten auch keine Schweinereien. Das änderte sich als ein

neuer Funktionär in die Stadt kam, der das Bürgermeisteramt übernehmen sollte. Der verlangte dann wirklich eklige Sachen vor ihr. Sie lehnte das natürlich ab, sie war auch gar nicht dazu verpflichtet und beschwerte sich bei Nottfried, der in Hornstadt Parteisekretär war. Aber anstatt die Sache im kleinen Rahmen zu halten, leitete dieser Trottel Annas Beschwerde an die Bezirksleitung weiter. Und so kamen beide hierher."

Sie suchten dann abwechselnd das Schwimmbad die Sauna auf, ruhten sich zwischendurch an einem Kaminfeuer aus. Die vier blieben nicht die ganze Zeit zusammen, trafen sich aber immer wieder. Gegen zehn Uhr gesellte sich ein neues Paar hinzu, Anna und Arnold.

„Das sind die Neuen", Eva stellte Anita und Frank vor, „ich habe ihnen bereits deine Geschichte erzählt. Du brauchst also keine falsche Scheu vor ihnen zu haben. Ich hoffe, du nimmst mir das nicht krumm."

„Nein", entgegnete Anna lachend, „hier bleibt nichts verborgen und früher oder später hätten sie es doch erfahren. Und es ist mir lieber, daß du es erzählt hast und nicht andere, die mich schlechter machen als ich bin."

Sie wandte sich Anita und Frank zu, fuhr dann fort.

„Und das ist ja auch alles Schnee von gestern. Und du, Anita, brauchst keine Angst um Frank zu haben. Ich muß hier auf dem Pfad der Tugend wandeln. Das war die Auflage der Partei um nicht ins Arbeitslager zu kommen. Und Arnold unterstützt mich dabei so gut er kann. Und das kann es sehr gut."

„Nehmt es ihr nicht übel", mischte sich Arnold ein, „wir sind hier offen und ehrlich zueinander. Schließlich bewegen wir uns auf dünnem Eis. Wir wissen, daß wir viel zu verlieren haben, wollen daher nicht ins Gerede kommen. Das ist auch gar nicht notwendig."

Gegen elf Uhr begaben sich die sechs in die angeschlossene Bar. Sie wurde um diese Zeit nicht mehr bewirtschaftet, sie konnten sich aber Getränke aus einem Automaten besorgen."

Mich wundert ein bißchen", begann nun Anita, „daß hier so wenig Betrieb herrscht. Es ist doch schließlich Samstag abend. Ich habe nur etwa eineinhalb Dutzend Leute gezählt."

„Samstags ist es hier ruhig", erwiderte Eva, „freitags dürft ihr nicht kommen, da ist es hier knallvoll. Auch während der Woche herrscht mehr Betrieb. Es gibt einen Kombinatsschwimmclub, der abends sein Training abhält. Aber samstags laufen doch abends die Fußballberichte im Fernsehen – für die Männer. Und für die Frauen gibt es dann in einem anderen Programm irgendwelche sentimentalen Liebesfilme. Deswegen haben auch fast alle Haushalte zwei Fernsehapparate."

„Aber die Frauen könnten doch auch alleine kommen", wunderte sich nun Frank.

Anna schüttelte den Kopf.

„Nein, nicht samstags. Die haben ihre festen Gewohnheiten. Frauentage sind Montag und Donnerstag. Da braucht ihr gar nicht herzukommen, denn von dem Lärm, den sie durch ihr Geschwätz verursachen, dröhnt euch bald der Kopf."

Gegen halb zwölf wollten Anita und Frank aufbrechen, doch Anna hielt sie zurück.

„Bleibt noch, es ist nicht ratsam um diese Zeit draußen zu sein. Samstags findet doch die politische Schulung statt und da kommt das Gesindel aus der Forststation hierher. Der Unterricht dauert bis halb elf. Anschließend suchen die Weiber und ein Teil der Männer die Dorfkneipe auf, der Rest zieht, die Schnapsflasche in der Hand, grölend durchs Dorf und pöbelt jeden an, den sie antreffen. Um Mitternacht werden sie aber abgeholt. Dann herrscht Ruhe. Die müssen alle mit zurück, ansonsten gibt es Ärger."

„Wir sind am Sonntag einmal durchs Dorf gezogen, ein langweiliger Ort", meinte nach einiger Zeit Frank.

„Das kann mal wohl sagen", antwortete Arnold, „was will man auch hier erwarten, Pottenwald hat etwa tausend Einwohner, die Hälfte davon arbeitet im Holzverarbeitungskombinat. Dann gibt es einige Bauern, die Gerste anbauen, hauptsächlich zum Schnapsbrennen, oder Kartoffeln. Es wird auch etwas Viehzucht betrieben. Der Ort ist von Wald umgeben, es gibt vier größere Förstereien in der Umgebung; die nächste ist zehn Kilometer entfernt. Von dort kommen die Leute samstags zur politischen Schulung. Die anderen liegen weiter weg. Zu denen haben wir keinen Kontakt. Einen Arzt gibt es auch, strafversetzt. Privatautos haben wir hier nicht, was sollten wir auch damit anfangen ? Wir haben kaum Straßen und der nächste Ort ist so hundert Kilometer entfernt. Es gibt nur ein paar Geländewagen und kleinere Lieferwagen zum Transport von Gütern, die dem Kombinat gehören. Und dann haben wir natürlich zahlreiche LKWs um das

Holz aus den Wäldern zum Kombinat zu bringen oder zum Bahnhof. Aber es gibt eine gute Eisenbahnverbindung. Es halten hier zwei Züge am Tag, in jeder Richtung. Ach, runzelt nicht die Stirn. Mehr ist auch nicht notwendig. Wo sollen wir denn auch hin ? Golgau ist zweihundertfünfzig Kilometer entfernt, Pavran dreihundert Kilometer. Und die Orte sind genau so trist wie Pottenwald. Da können ihr auch gleich hierbleiben."

„Eine Kirche habe ich hier auch nicht gesehen", bemerkte nun Anita, „ich dachte, man sieht das hier etwas lockerer. Auch wenn Gott in der Hauptstadt tot ist, vielleicht hat er in der Provinz überlebt ?"

„Vermißt du das etwa ?" fragte Anton.

„Nicht unbedingt."

„Einen Pfarrer haben wir auch nicht. Ich hoffe, das macht euch nichts aus."

„Nein, ich wüßte auch gar nicht, wozu ich einen Pfarrer brauchen könnte; höchsten zu meiner Beerdigung. Aber ich denke, da habe ich noch ein bißchen Zeit."

„Das ist gut. Es hat sich aber auch noch niemand beschwert."

„Worüber ?"

„Daß wir keinen Pfarrer haben."

„Das hätte mich jetzt auch gewundert. Ich könnte verstehen, daß sich die Leute beschweren, weil es keinen Schnaps gibt. Aber wegen eines Pfarrers ?"

Alle lachten. Die Zeit verrann.

Die sechs fanden sich je länger sie zusammen waren immer netter und sympathischer. Schließlich schlug Anita vor, man könne sich ja am Sonntag treffen und etwas gemeinsam unternehmen, eine längere Fahrradtour vielleicht.

„Und wenn das Wetter schlecht ist können ihr ja zu uns zum Kartenspiel und zum Kaffeerinken kommen. Ich habe heute morgen auch einen Kuchen gebacken", meinte Anna, „kommt einfach zu uns. Dann können wir ja beschließen, was wir tun wollen."

„Und wann sollen wir uns treffen ?" fragte Eva.

„So gegen zehn Uhr, wenn es euch recht ist."

Sie waren einverstanden.

Gegen ein Uhr kehrten Anita und Frank zu ihrem Haus zurück.

Der Sonntagsausflug

Die Schlechtwetterfront zog während der Nacht ab. Am Morgen schien die Sonne. Es wurde warm.

Sie trafen sich, wie verabredet, bei Anna. Gegen halb elf brach die Gruppe auf. Sie fuhren durch die weite, flache Landschaft. Nach etwa zwei Stunden rasteten sie, aßen Annas Kuchen. Dann ging es weiter. Schließlich erreichten sie einen kleinen See.

„Das Wetter ist herrlich. Es lädt zum Baden ein", meinte Eva, „habt ihr Lust."

„Wir waren letzte Woche schwimmen. Das war nicht sehr angenehm. Ist das Wasser nicht zu kalt ?" wollte Anita wissen.

„Das war bestimmt der See am Waldrand. Nein, nein, dieser See ist herrlich warm, wir kommen im Sommer oft zum Baden hierher."

Sie entledigten sich ihrer Kleider, stiegen ins Wasser, schwammen eine Weile umher. Dann legten sie sich zum trocknen in die Sonne.

Nach einer Weile tauchten zwei Fahrradfahrer auf, ein etwa vierzigjähriger, recht schlanker Mann und eine ungefähr zehn Jahre jüngere, zierliche Frau. Sie hielten an, stiegen ab.

„Ist es erlaubt, daß wir uns zu Ihnen gesellen ?" fragte der Mann.

„Natürlich, Herr Pfuhlwater. Der See gehört doch allen, ist Volkseigentum. Seid willkommen", lautete die Antwort.

Die beiden ließen sich nieder, legten ihre Kleider ab. Der Mann schaute zu Anita und Frank hinüber.

„Sie beide kenne ich noch nicht. Sind Sie neu in Pottenwald ?"

„Ja", antwortete Anita, „wir sind vor einer Woche angekommen."

„Nun, dann möchte ich uns erst einmal vorstellen. Mein Name ist Johann Pfuhlwater. Ich bin der Leiter der Landwirtschaftlichen Versuchsanstalt. Und meine Begleiterin heißt Lisa Lasagnetti. Sie ist meine Sekretärin."

„Angenehm, ich bin Anita Wermaier, mein Begleiter heißt Frank Nenn-berger. Wir arbeiten im Kombinat."

„Nun, wie gefällt es Ihnen hier in der Einsamkeit ?"

„Bisher recht gut, aber sagen Sie, gibt es wirklich eine landwirtschaftliche Versuchsanstalt in Pottenwald ? Hier im Norden ?"

„Natürlich. Sie liegt aber nicht direkt in Pottenwald, sondern etwa sechs Kilometer entfernt. Deshalb haben Sie sie vermutlich bisher noch nicht gesehen."

Er setzte sich auf, fuhr dann mit wichtiger Miene fort.

„Natürlich gibt es hier die Landwirtschaftliche Versuchsanstalt. Und sie ist außerordentlich wichtig für die Menschheit. Schauen Sie sich das riesige Land an, das brach liegt, weil der Sommer hier kurz ist und die üblichen Gemüse- und Getreidesorten nicht reif werden. Was sehen Sie denn, außer ein paar Gerstenfeldern und Kartoffeläckern ? Das muß sich ändern. Und das wird sich ändern ! Man kann das Land doch nicht ungenutzt lassen ! Denken Sie an die wachsende Menschheit und den Hunger in der Welt ! Den müssen wir bekämpfen ! Und wer sollte das tun ? Natürlich niemand anderes als unsere sozialistische Partei ! Die Kapitalisten des Westens denken doch nur an ihren Profit. Sie holzen die Regenwälder ab, schaffen riesige Weideflächen für Rinder, deren Fleisch sie für eine minderwertige Speise, die sie 'Hamburger' nennen benötigen. Nein, diese Kapitalisten zerstören nur ! Wir aber bauen auf ! Wir züchten Gemüse-, Getreide- und Obstsorten, die auch in unserem rauhen Klima prächtig gedeihen und hohe Erträge liefern. Wir werden den Hunger in der Welt besiegen !"

Er hob den Zeigefinger in die Höhe.

„Wir bauen sogar Ananas an. Mit Erfolg !"

„Ja, ich kenne die Früchte", warf nun Anna ein, „sie sehen einer Ananas ähnlich, ihr Geschmack erinnert auch entfernt an Ananas, aber sie sind sehr sauer."

„Diesem Problem haben wir Rechnung getragen und es gelöst", verkündete Pfuhlwater nun voller Stolz, „wir haben eine neue Rübensorte gezüchtet, die dreißig Prozent mehr Zucker liefert."

Lisa stieß ihn an.

„Rede nicht so viel, Johann, komm mit ins Wasser."

Sie liefen zum See.

„Pfuhlwater ?" wunderte sich Anita, „Pfuhlwater ? Irgendwo habe ich diesen Namen doch schon einmal gehört."

„Er war einst Parlamentsabgeordneter", erklärte Anton, „einer der außenpolitischen Sprecher der Partei. Er galt als Experte für Asien."

„Experte !" lachte Frank, „das klingt gut. So nennen sich alle, die von

237

einem Gebiet mehr Ahnung vortäuschen als sie haben. In unserem Institut, da mußte man eine Prüfung als 'elektrotechnisch unterwiesene Person' ablegen um eine Glühbirne wechseln zu dürfen. Aber 'Experte' darf sich jeder nennen – ohne Prüfung."

„Ach, jetzt erinnere ich mich an diesen Experten", lachte Anita, „er gab immer großartige Stellungnahmen zu außenpolitischen Ereignissen ab, meist zu politischen Katastrophen, wußte stets, warum sie unvermeidlich waren und eintreten mußten und natürlich erklärte er auch wie sie hätten verhindert werden können. Aber das sagte immer erst hinterher, wenn die Katastrophe bereits eingetreten war."

„Ja", warf nun Arnold ein, „er ist eben ein typischer Politiker. Die wissen doch hinterher genau, was man hätte tun müssen, tun es aber vorher nicht."

„Und wie kommt er hierher?" fragte nun Frank.

Anna lachte.

„Auf einem Gebiet war er schon Experte, ein Experte für Bordelle in Südostasien. Er hatte von allen intime Kenntnisse. Aber in Hongkong ging er einmal zu weit. Er weigerte sich zu zahlen, weil die Prostituierte angeblich entgegen der Absprache seine etwas abartigen Wünsche nicht befriedigt hatte. Es kam zum Streit. Der Besitzer rief die Polizei und er kam ins Gefängnis. Unsere Regierung protestierte, nannte die Verhaftung eine Verletzung diplomatischer Gepflogenheiten, beschuldigte die Hongkonger Behörden internationales Recht zu verletzen. Die Chinesen waren verärgert, brachten die Hintergründe der Verhaftung an die Weltöffentlichkeit. Das war peinlich. Unsere Regierung war blamiert und Pfuhlwater war nicht mehr zu halten, mußte sein Abgeordnetenmandat niederlegen und er wurde hierher verbannt."

„Ja, ja", ergänzte Anton, „in der Landwirtschaftlichen Versuchsanstalt werden zahlreiche ehemalige Prostituierte beschäftigt. Deshalb nennt man ihn auch hinter vorgehaltener Hand den Hurenweibel. Aber man sollte nicht nur schlecht von ihm reden. Er hat eben so seine speziellen Eigenarten. Aber im Grunde ist er ein anständiger Mensch, haut niemanden in die Pfanne. Er hat noch gute Verbindungen nach Nilreb und man kann bei Schwierigkeiten auf seine Hilfe zählen. Aber Niederträchtigkeiten unterstützt er nicht."

Sie beendeten nun das Gespräch, denn Lisa und Johann entstiegen dem

Wasser, kamen zu ihnen zurück. legten sich in die Sonne, ließen sich trocknen. Dann kleideten sie sich an, verabschiedeten sich.

„Besuchen Sie uns einmal", meinte Pfuhlwater freundlich zu Anita und Frank, „schauen Sie sich unsere Anlage an. Sie werden staunen. Sie sind herzlich eingeladen."

„Ich wollte ja nicht unhöflich sein", begann Frank, als die beiden verschwunden waren, „aber macht eine landwirtschaftliche Versuchsanstalt hier oben im Norden überhaupt Sinn ? Und was soll das Gerede von der Ernährung der Menschheit. Es gibt doch kaum landwirtschaftlich nutzbare Flächen, hier gibt es doch fast nur Wälder und Sumpf. Und die abgeholzten Waldflächen werden wieder aufgeforstet wie mir Schultberg mitteilte, werden also nicht für Getreideanbau gerodet."

Eva lachte.

„Das solltest du doch kennen. Das sind doch die typischen Sprüche, mit denen hinter den Kulissen ausgeheckte unsinnige Entscheidungen schöngeredet werden sollen. Du mußt wissen, die Gründung der Landwirtschaftlichen Versuchsanstalt war die Idee Timo Geisslingers, unseres Ministers für Ackerbau und Viehzucht, wie wir ihn scherzhaft nennen. Das heißt, eigentlich war es gar nicht seine Idee, sie wurde ihm in Wirklichkeit nur als solche von seiner Geliebten, Lenette Petzpog, eingeredet."

„Lenette Petzpog", unterbrach nun Anita, „das ist doch die Parteibeiratsvorsitzende ?"

„Genau", warf nun Arnold ein, „sie ist als mannstoll bekannt; deshalb nennt man sie auch Parteibeischlafsvorsitzende."

„Sei da mal ein bißchen vorsichtig mit dem was du sagst", mahnte Anton, „die ist als Nachfolgerin von der Merekillin als Oberste Staatsrätin im Gespräch. Sie ist genau so wenig intelligent wie die Merekillin, also für das Amt geeignet, allerdings jünger, hübscher und sieht auch besser aus. Und dann, so heißt es, ist sie nicht nur mannstoll, sondern auch weibstoll."

„Das ist allerdings kein Hinderungsgrund", grinste Arnold, „und daß man nicht viel Verstand für das Amt braucht ist merekillinerprobt und alt, häßlich und unförmig wird sie mit der Zeit von alleine."

„Und Geisslinger ist ja auch nicht besser", mischte sich nun Anna ein, „ursprünglich hatte er begonnen Physik zu studieren. Aber dazu hat wohl der Verstand nicht gereicht. Er studierte dann 'Internationale Politik', das tun alle, die in anderen Fächern scheitern. Deshalb gibt es auch ein Überangebot an Diplom-Internationalpolitikern und man hatte keine rechte Verwendung für ihn. Und so schleimte er sich innerhalb der Parteihierarchie hoch. Als er dann in das Alter kam, in dem man ihm ein Amt geben sollte, standen die Posten als Verteidigungsminister und Landwirtschaftsminister zur Auswahl. Man gab ihm letzteres Amt, da man der Meinung war, da könne er weniger Schaden anrichten."

„Also jetzt hört einmal auf mit der Flachserei", sagte jetzt Eva leicht ärgerlich, „ihr bringt mich ja ganz aus dem Konzept."

„Genau", meinte Anita, „was hat das alles mit Pfuhlwater zu tun?"

„Also", erklärte Eva, „die Petzbog war mit einem Liebhaber nicht ausgelastet, sie hatte daher mehrere und weil sie vielfältig ist auch Liebhaberinnen. Und Pfuhlwater war einer davon. Als er dann als Parlamentsabgeordneter und außenpolitischer Sprecher nicht mehr tragbar war, wollte die Petzpog ihm etwas Gutes tun. Daher wurde extra für ihn die Landwirtschaftliche Versuchsanstalt gegründet."

„Du darfst dir nichts Besonderes darunter vorstellen", ergänzte nun Anton, „das ist nicht mehr als ein großer Garten. Das Gelände und die Gebäude wurden von den Verbannten in der Forststation in zwei Wochen hergerichtet."

„Pfuhlwater ist eitel und auch nicht besonders hell im Kopf", fuhr nun Eva fort, „man hat ihm eingeredet, das Projekt sein von höchster nationaler Wichtigkeit und nun hält er sich für bedeutend."

„Das heißt", stellte nun Frank fest, „alle sind zufrieden."

„Ja, genau", meinte Eva, „das Projekt kostet nicht viel und ob dabei etwas Nützliches herauskommt, das interessiert doch keine Sau."

„Aber eines möchte ich doch noch wissen", meldete sich Anita jetzt zu Wort, „was ist eigentlich mit den Huren? Weshalb hat man sie hierher gebracht?"

„Offiziell handelte es sich dabei um einen Akt reinster Gutmütigkeit der Parteileitung von Nerbil", erklärte nun Anna, „dort hatte man gerade ein illegales Bordell ausgehoben und mußte die Damen nun irgendwie unterbringen. In ein staatliches Bordell wollte man sie nicht stecken, wenn es auch nahe lag, denn das hätte den Anschein erweckt, daß man sie zur Prostitution zwingt. Deshalb beschloß man, ihnen eine leichte körperliche

240

Arbeit in der Provinz zuzuweisen."

Frank runzelte die Stirn.

„Aber da steckte doch sicher eine bestimmte Absicht dahinter?" fragte er.

„Logischerweise", fuhr Anna fort, „die Landwirtschaftliche Versuchsanstalt liegt vier Kilometer von der Forststation entfernt, in der fünfzig Männer, aber nur zwanzig Frauen, allesamt Verbannte, leben."

Frank grinste.

„Ich verstehe, sicherlich hat es sich mittlerweile eingebürgert, daß sie sich regelmäßig gegenseitig besuchen."

„Du hast den Nagel auf den Kopf getroffen", grinste Eva, „und Pfuhlwater ist sehr stolz darauf. Er nennt diese sozialen Kontakte, wie er sich ausdrückt, eine hervorragende Erziehungsmaßnahme um sie wieder zu wertvollen Mitgliedern der Gesellschaft zu machen."

Es war mittlerweile schon spät am Nachmittag.

„Ich denke, es wird Zeit zurückzufahren", meinte Anita, „Kommt mit zu uns. Ich habe auch einen Kuchen gebacken."

Der Vorschlag wurde angenommen.

Die Forststation

„Guten Tag, Herr Seltenmuth", grüßte Frank, nachdem er auf ein 'Herein' das Büro des Oberförsters betrat, „mein Name ist Frank Nennberger, ich bin der neue Assistent Herrn Schultbergs, des Technischen Betriebsleiters des Holzverarbeitungskombinats in Pottenwald. Vom Telefon her kennen wir und ja bereits."

„Guten Tag, Herr Dr. Nennberger", entgegnete Willibald Seltenmuth, ein etwas behäbig wirkender Mittfünfziger, seines Zeichens Leiter der Forststation, „schön, Sie persönlich kennenzulernen. Sie haben doch bestimmt ein besonderes Anliegen?"

„Nein, nein, es gibt zwar einige Angelegenheiten mit Ihnen zu besprechen, nichts allzu Wichtiges und schon gar nichts Unangenehmes. Ich bin neu, werde voraussichtlich auch längere Zeit in Pottenwald bleiben, will daher alles kennenlernen, was mit der Arbeit im Kombinat zu tun hat, wenn es auch nur entfernt ist. Und Sie sind ja unser wichtigster Holzlieferant. Aber deswegen bin ich heute nicht gekommen. Sehen Sie, auch wenn es nicht um Probleme oder Schwierigkeiten geht, so wird das Gespräch wohl dennoch einige Zeit in Anspruch nehmen und auch einige Vorbereitungen ihrerseits erfordern. Dazu sollten wir einige Termine vereinbaren. Sie einfach so zu überfallen, das wäre unhöflich, ja sogar unverschämt."

Der Oberförster zog die Augenbrauen hoch.

„Und warum sind Sie dann gekommen ?"

„Wie ich schon sagte, einfach um Sie einmal persönlich zu treffen. Ich habe heute nachmittag eine Erkundigungsfahrt durch das Waldgebiet unternommen, dachte mir dann, ich könne auf der Rückfahrt ja mal in der Försterei vorbeischauen. Ich hatte ja keine Vorstellung davon wie es hier überhaupt aussieht. Ich hoffe, ich störe Sie nicht. Sagen Sie ganz offen, wenn dies der Fall ist. Ich werde auch nicht eingeschnappt sein."

Willibald lächelte, sprach dann mit ernster Miene.

„Ich übe hier ein schweres Amt aus, habe viel zu tun, reibe mich hier sozusagen im Dienst für unser Land und unser Volk auf. Aber ein halbes Stündchen kann ich mir schon Zeit für Sie nehmen. Setzen Sie sich bitte. Möchten Sie Kaffee."

„Gerne. Ja, das kann ich mir vorstellen. Die Produktion im Kombinat hängt entscheidend von Ihren Holzlieferungen ab. Fallen sie aus, dann bricht der Betrieb zusammen."

Der Oberförster nickte befriedigt, obwohl Franks Aussage nicht ganz der Wahrheit entsprach, denn auf dem Gelände des Kombinats lag ein Vorrat für drei Monate Produktion. Das war im Grunde illegal, denn eine Bevorratung mit Rohstoff war im Wirtschaftsplan nicht vorgesehen, da eine Unterbrechung zeitgerechter Lieferungen durch einen Beschluß des 11. Staatskongresses der Partei ausgeschlossen wurde. Schultberg jedoch hatte über Jahre hinweg stets mehr Holz angefordert als für die vorgeschriebene Produktion notwendig war. Niemandem war dies bisher aufgefallen. Außerdem war die Forststation Pottenwald nicht die einzige im Bezirk. Drei weitere, allerdings zwischen fünfzig und einhundert Kilometer entfernt, lieferten etwa die Hälfte des benötigten Holzes.

„Ich habe heute auch das Gelände in Augenschein genommen", fuhr Frank dann fort, „die Transportwege sind zum Teil recht lang, weisen oft auch große Steigungs- oder Gefällstrecken auf. Sie sind sicherlich schwierig zu befahren, insbesondere bei längeren Schlechtwetterperioden, wenn die Wege aufgeweicht und verschlammt sind oder im Winter, wenn Schnee liegt."

„Wem sagen Sie das ! Man hat stets mit Schwierigkeiten zu kämpfen. Aber ein wertvolles Mitglied der Gesellschaft wächst mit den Aufgaben. Und ich bin nun einmal hier um meine Pflicht zum Wohle des Staates und der Gesellschaft zu erfüllen, auch wenn es mein Herzblut kostet."

Stolz fügte er dann hinzu.

„Ich bin nun einmal der richtige Mann für diese Position."

Frank blickte ihn fragend an. Der Oberförster antwortete ihm in belehrendem Ton.

„Schließlich hat mich die Partei für diese Aufgabe ausgewählt. Die Partei weiß genau, an welcher Stelle jeder Volksgenosse seinen Fähigkeiten entsprechend den wertvollsten Beitrag zum Wohle des Staates und der Gesellschaft leisten kann."

„Und Sie fühlen sich wohl hier in der Einsamkeit ?"

„Was sagen Sie da, junger Mann !" Willibald Seltenmuth wirkte fast empört, „Gefühle spielen keine Rolle, die sind völlig unwichtig, wir müssen uns auf dem Platz, der uns zugewiesen wird, bewähren. Das ist entscheidend. Darauf kommt es an."

Frank verzog leicht das Gesicht.

„Und woher wollen Sie wissen, daß man Ihnen die Wahrheit sagte und Ihnen nicht mit Lügen um den Bart strich um Ihnen die Verba...", er korrigierte sich rasch, „diese Versetzung in eine abgelegene Provinz schmackhaft zu machen, ja, sie sogar als besondere Ehrung zu empfinden."

„Also hören Sie einmal", empörte sich der Oberförster, „sind Sie etwa ein Umstürzler ? Deswegen sind Sie wohl auch hier ? Das sind doch Wahrheiten, die uns täglich präsentiert werden. Halten Sie mich nicht für einfältig. Ich weiß, einer kann lügen, auch zwei, vielleicht auch fünf, aber daß alle die gleichen Lügen verbreiten, das ist doch extrem unwahrscheinlich."

„Wenn aber alle Lügen aus der gleichen Quelle kommen ...", dachte Frank, schwieg aber, da er den Oberförster nicht noch weiter verärgern wollte.

„Und ich sage Ihnen eines", fügte Willibald noch hinzu, „die Oberste Staatsrätin, Frau Merekillin, hat doch erst vor ein paar Tagen feierlich erklärt, daß sie stets nur die Wahrheit sagt. Darauf hat sie sogar ihr Ehrenwort gegeben."

„Auf deren Ehrenwort gebe ich gar nichts", sagte sich Frank, meinte dann.

„Nun, Herr Oberförster, ich bin ja nicht gekommen um mit Ihnen politische Debatten zu führen, sondern um Sie und die Forststation kennenzulernen."

„Nun ja, ich bin Ihnen deswegen auch nicht böse. Aber ich halte es auch nützlich und wertvoll, wenn ihr jungen Leute auch einmal die Ansichten der Älteren vernehmt, die ja über eine viel größere Lebenserfahrung verfügen. Und ihr solltet natürlich auch ihren Rat beherzigen. Dann wird vieles besser werden in unserem Land."

Der Oberförster schaute zur Uhr.

„Leider muß ich mich jetzt wieder meinen Pflichten zuwenden. Aber wenn Sie Zeit haben, dann mache ich Sie mit Herrn Dürrmann, meinem Assistenten, meiner rechten Hand, bekannt. Er kann Ihnen weitere Informationen geben und Sie auch ein bißchen herumführen."

„Das wäre mir recht. Es ist ja auch noch nicht spät. Aber hat Herr Dürrmann denn Zeit?"

Seltenmuth lächelte.

„Ich bin hier der Chef. Und wenn ich ihm befehle Zeit zu haben, dann hat er auch Zeit. Das ist eine Frage der Disziplin."

Der Oberförster führte ihn zum Büro seines Assistenten. Alex Dürrmann war an Anfang dreißig, machte seinem Namen keine Ehre, denn er war eher korpulent.

„Na, hat Ihnen der Alte eine politische Predigt gehalten?" begann er lachend, nachdem Frank Platz genommen hatte, „nehmen Sie das nicht so ernst, er klopft gerne große Sprüche. In Wirklichkeit ist er eher behäbig, ist froh, wenn er seine Ruhe hat."

„Hat er die denn?" fragte Frank, „die Lieferungen, die schlechten Transportwege, den Ärger mit den Verbannten. Das reibt doch auf."

„Ach, das ist doch alles halb so wild", wehrte Alex ab, „wir sind doch hier gar nicht so schlecht mit Maschinen ausgerüstet. Wir verfügen über ein Dutzend erfahrene Holzfäller und haben fünf Mechaniker zur Wartung des Maschinenparks. Die Männer haben auch großteils Familie, wohnen nicht hier, sondern in Pottenwald."

„Sie sind keine Verbannte?"

244

„Nein, natürlich nicht. Das sind Leute, die aufgrund der Beschlüsse irgendwelcher Parteigremien hierher versetzt wurden, weil sie ihren Fähigkeiten entsprechend genau hier und nirgends sonst mit ihrer Arbeit den wertvollsten Beitrag zum Wohle des Staates und der Gesellschaft beitragen. Verbannte haben wir natürlich auch, etwa siebzig, so an die fünfzig Männer und zwanzig Weiber. Deren Arbeit besteht aber darin, die Baumstümpfe zu roden, das Astholz kleinzuschneiden, welches dann als Brennholz verkauft oder auch als Betriebsmaterial, wie es so schön heißt, an euer Kraftwerk geliefert wird. Die Weiber sind überwiegend mit den Neuanpflanzungen beschäftigt. Die wohnen natürlich hier, genauso wie der Oberförster und ich und unsere Unterassistentin."

„Und die Verbannten? Was sind das für Typen? Doch bestimmt Verbrecher. In Pottenwald haben sie jedenfalls keinen guten Ruf. Sie randalieren im Ort, samstags nach der politischen Schulung. Machen die keine Schwierigkeiten?"

Alex lachte.

„Ach, das ist doch alles halb so wild. Da wird viel übertrieben. Bei diesen Verbannten handelt es sich zwar um Mehrfachstraftäter, aber sie sind keine Schwerverbrecher, eher kleine Gauner, die Diebstähle, Einbrüche begangen und dabei eher kleinere Geldbeträge, oft aber auch nur Schnaps erbeutet haben. Manche verführten auch andere zum Glücksspiel und haben sie dabei betrogen. Die Weiber haben meist kleiner Betrügereien begangen. Also, es sind alles Leute, die nicht das Format zu einem richtigen Verbrecher haben."

Er grinste.

„Deshalb mußten sie sich ja auch mit kleinen Gaunereien begnügen und konnten nicht in der Partei Karriere machen. Das Gefängnis hat sie aber nicht gebessert. Und so kamen sie nach der dritten Strafe hierher. In Pottenwald redet man schlecht über sie. Aber was soll das? Es ist ja nicht ihre Schuld, daß die politische Schulung nicht hier stattfindet, weil Stilzrump nachts nicht durch den Wald zurückfahren will. Sie sind eben nach drei Stunden Berieselung mit irgendwelchem Geistesmüll frustriert und besaufen sich daher. Dann krakeelen sie eben ein bißchen herum. Was ist daran schlimm? Sie lärmen, schreien, erschrecken die biederen Bewohner, aber sie haben noch nie irgendwelche Gewalttaten begangen. Aber was will man da machen ? Sie entstammen eben der Unterschicht, haben nie gelernt sich zu benehmen. Jedenfalls ist nie derartiges zur Anzeige gekommen ? Oder haben Sie andere Informationen ? "

„Nein, aber ich bin ja auch erst seit kurzer Zeit hier."

„Na, also. Und um Mitternacht ist der Spuk ohnehin vorbei. Dann werden sie abgeholt, wie Sie sicher wissen."

„Ich frage mich nur", setzte dann Frank das Gespräch fort, „warum hält man die politische Schulung nicht in der Landwirtschaftlichen Versuchsanstalt ab ? Da könnte man die aus der Forststation und die Weiber von dort gleichzeitig belehren. Und Stilzrump müßte auf dem Rückweg nicht durch den Wald fahren, müßte auch nicht befürchten auf dem Nachhauseweg überfallen zu werden, da die Männer dann anderweitig beschäftigt wären."

Alex lachte.

„Die Idee ist gut, aber undurchführbar. Unsere Weiber hinzugerechnet, käme dann fast auf jeden Mann eine Frau. Es würde ja keiner mehr zuhören. Das wäre jetzt nicht so schlimm. Aber die würden dann hinterher eine wüste Orgie feiern. Das dürfen sie aber laut parteilicher Verordnung nur sonntags."

„Der Sonntag beginnt doch um Mitternacht."

„Sie haben recht. Aber dann müßte Stilzrump seine Schulungen bis Mitternacht abhalten. Das ist aber unzulässig, denn gemäß des Beschlusses des 28. Staatskongresses dürfen politische Schulungen nicht länger als drei Stunden dauern und nicht später als acht Uhr abends beginnen. Man müßte also eine Stunde überbrücken, ohne daß sie sich an die Wäsche gehen. Versucht hat man es schon, jedoch hat es nicht funktioniert. Und so wurde es aufgegeben. Aber was sollen wir uns Gedanken um Dinge machen, die uns im Grunde nichts angehen."

Es klopfte an der Tür. Eine eher kleine, recht füllige Frau, mürrisches Gesicht, schwarze, lange Haare, etwa Anfang dreißig, trat ein. Sie beachtete Frank nicht. Sie legte Alex ein Bündel Schriftstücke auf den Schreibtisch.

„Hier, die müssen Sie unterschreiben", sagte sie in bestimmendem Ton.

„Die kann ich doch gar nicht genehmigen. Der Oberförster hat sie noch nicht abgezeichnet."

„Das sind alles unwichtige Sachen. Damit muß man den Chef nicht belasten. Da genügt Ihre Unterschrift. Sie dürfen die Sachen aber gerne durch-

lesen. Soviel Zeit haben Sie. Ich werde sie morgen früh abholen."
Grußlos verließ sie das Büro.
„Wer ist denn diese komische Tussi?" fragte Frank, als sie wieder alleine waren.
„Das ist Katharina Gifthai, unsere Unterassistentin, eine Diplom-Forstwirtin. Sie wurde für zwei Jahre hierher strafversetzt, weil sie ihre Doktorarbeit weitgehend von der Doktorarbeit ihres Doktorvaters abgeschrieben hatte."
Alex grinste, Frank runzelte die Stirn.
„Habe ich das richtig gehört? Ihre Doktorarbeit von der Doktorarbeit ihres Doktorvaters abgeschrieben? Wie ist das denn möglich? Ist das dem Doktorvater nicht aufgefallen?"
„Nein ganz im Gegenteil. Er war begeistert, sah seine revolutionären Thesen, die seinerzeit kontrovers diskutiert worden waren, nun nach dreißig Jahren durch die Arbeit seiner Schülerin auf deutlichste bestätigt. Besonderes lobte er die treffende Ausdrucksweise, den Stil und die Wahl der Worte."
„Und das fiel niemanden auf?"
„Doch, der Sekretärin."
„Der Sekretärin?"
„Ja, der Sekretärin. Sie kam einige Monate später einmal in das Büro ihres Chefs, sagte 'Herr Professor, Sie sollten sich einmal beschweren, in der Druckerei herrscht eine untragbare Schlamperei. Ich hatte dort vor einer Woche zehn Exemplare Ihrer Doktorarbeit, die noch immer sehr gefragt ist, bestellt. Heute erhielt ich sie. Und schauen Sie sich an, was die da angerichtet haben. Der Titel lautet 'Die positiven Auswirkungen sozialistischer Ökologie auf die geoklimatische Ökologie' und nicht 'Die positiven Auswirkungen sozialistischer Ökologie auf die geopolitische Ökologie' wie es richtig wäre. Das muß doch ein Druckfehler sein. Außerdem ist auf dem Titelblatt Frau Gifthai angegeben und nicht Sie'. Und nun merkte selbst der Professor, daß die Doktorarbeit seiner Musterschülerin fast wörtlich abgekupfert war."
„Und? Hat man ihr den Doktortitel wenigsten entzogen?"
„Nein, wo denken Sie hin. Sie ist doch die Geliebte der Parteibeiratsvorsitzenden und vermutlich künftigen Obersten Staatsrätin Lenette Petzpog."

„Was, die Gifthai auch noch ? Da muß doch in Lenettes Bett ein ziemliches Gedränge herrschen. Ich wußte gar nicht, daß sie auch noch lesbisch ist", meinte Frank gespielt erstaunt.

Alex schüttelte mißbilligend den Kopf.

„Was benutzen Sie da für einen Ausdruck. Das heißt 'sexuell vielfältig'. Verstehen Sie, was damit gemeint ist. Frau Petzpog vereinigt die Vielfalt der Geschlechter in sich. Sie ist damit der vollkommene Mensch und daher die ideale Person für das Amt des Obersten Staatsratswesens, wie es in Zukunft gendergerecht genannt werden soll."

Ein leicht ironischer Unterton lag in seinen Worten.

„So", bemerkte Frank nun und fuhr nach einer kurzen Pause fort, „'Oberstes Staatratsunwesen' wäre wahrscheinlich treffender. Aber was ist jetzt mit dem Doktortitel von der Gifthai ?"

„Es wurde extra ein neuer Doktortitel für sie geschaffen. Sie nennt sich jetzt Dr. c.c."

„Und was bedeutet das ?"

„Doctor causae copiae."

Frank verzog das Gesicht.

„Das klingt nach Latein."

„Was weiß ich ? Ich habe schließlich nicht studiert, ich war nur auf der Forstfachschule."

Frank lachte.

„Man könnte das 'c.c.' auch interpretieren, 'copiae corpi'. Das wäre eine Anspielung auf ihre ungewöhnliche Körperfülle."

Nun lachte auch Alex, fuhr nach kurzer Pause fort.

„Jetzt haben wir aber wohl genügend geschwatzt. Haben Sie Lust sich noch ein bißchen draußen umzusehen ?"

„Ja, schon. Ich will aber zurückfahren bevor es dunkel wird. Ich will schließlich nicht in einem Graben oder an einem Baum landen."

Sie gingen nach draußen. Alex führte Frank herum. Viel gab es allerdings nicht zu sehen, überwiegend fast leere Hallen, da die Maschinen nach Alex' Worten größtenteils im Wald im Einsatz waren. Als es zu dämmern begann fuhr Frank nach Pottenwald zurück.

Hoher Besuch

Wochen verstrichen. Anita und Frank lebten sich allmählich ein. Es bildete sich ein kleiner Freundeskreis, dem noch Anna, Eva, Anton und Arnold angehörten. Nach einiger Zeit schlossen sich auch Silke Heimbarth und ihr Geliebter, Markus Schultberg, an. Sie trafen sich regelmäßig zu Gesprächen und Spielen. Sie sahen gemeinsam im Kulturkanal des Fernsehens anspruchsvollere Sendungen an, unternahmen Ausflüge in die Umgebung, suchten samstags am Abend die Sauna auf.

Der Sommer verstrich.

„Das kann ja heiter werden", meinte Frank eines Abends beim Essen zu Anita, „Markus hat mir heute mitgeteilt, der Landwirtschaftsminister und diese Frau Petzpog werden nächsten Montag zu Besuch kommen."

„Und was ist daran heiter ? Das wird doch mit Sicherheit eine ernste Angelegenheit werden."

„Nun, ich frage mich, was die hier in dieser abgelegenen Provinz wollen ?" Anita grinste.

„Du interessierst dich eben nicht für solche Sachen."

„Was für Sachen denn ?"

„Arnold ist da raffinierter. Daß die beiden zu Besuch kommen, geht doch seit einer Woche als Gerücht im Kombinat herum."

„Ich kenne das Gerücht nicht. Ich interessiere mich auch nicht für Gerüchte."

„Nun ja, das ist eben dein Fehler, aber kein schlimmer. Jedenfalls hat Arnold vorgestern abend Stilzrump zu einem Abendbier eingeladen. Er sagte ihm, er habe von neuen Parteibeschlüssen gehört; im Grunde nichts wichtiges, doch Arnold stelltes es so hin als halte er sie für äußerst bedeutsam, habe aber deren Inhalt nicht so recht verstanden und bitte nun ihn, Stilzrump, ihm das näher zu erläutern. Der fühlte sich natürlich gebauchpinselt und nahm die Einladung an. Und es blieb nicht bei einem Abendbier, das heißt, Arnold machte Stilzrump besoffen und entlockte ihm dann das, was er eigentlich wissen wollte."

„Und was wollte er wissen ?"

Anita atmete tief durch.

„Spiel doch nicht den Naiven. Er wollte doch wissen, was es mit den Gerüchten über den Besuch auf sich hat, warum der Minister für Ackerbau und Viehzucht hierherkommt und ausgerechnet die Petzpog mitnimmt. Das muß doch seinen Grund haben."

„Alles hat seinen Grund. Und wenn es der Kahlgrund ist, wie man bei uns sagt."

„Das ist sicher ein Witz, aber den verstehe ich nicht. Ist wahrscheinlich auch egal. Jedenfalls ist es so: nicht Geisslinger kommt zu Besuch und bringt die Petzpog mit, wie es offiziell heißt, sondern die Petzpog kommt zu Besuch und bringt den Geisslinger mit."

„Und was ist da jetzt der Unterschied ?"

„Das ist ein ganz gewaltiger Unterschied. Der Geisslinger ist doch nur der Strohmann und kommt als Tarnung mit."

Frank sah Anita groß an und lachte laut los.

„Ich verstehe, die Petzpog hatte doch ein Verhältnis mit Pfuhlwater und mit der Gifthai, der Unterassistentin des Oberförsters. Sie hat wohl unterdessen nichts besseres gefunden und daher Sehnsucht nach ihren alten Liebschaften."

Anita grinste.

„Na, endlich fällt bei dir der Groschen. Aber warum sagtest du, das kann heiter werden ? Petzpogs Liebschaften hast da ja wohl sicher nicht gemeint."

„Ja, ich dachte an Geisslinger."

„Was ist mit dem ?"

„Mir kommt da ein furchtbarer Verdacht. Du erinnerst dich sicher, Anna erwähnte damals am See, dieser Geisslinger habe zunächst begonnen Physik zu studieren, dann aber auf 'Internationale Politik' umgesattelt, weil sein Verstand nicht für das Physikdiplom ausreichte. Ich hatte einen Studienkollegen, der hieß Timo Geisslinger. Wir haben damals das physikalische Grundpraktikum zusammen absolviert. Er gab aber das Physikstudium auf als er das Vordiplom nicht bestand. Wir verloren uns dann aus den Augen. Ich wette aber, daß dieser Landwirtschaftsminister mein alter Studienkollege ist."

„Wäre dir das peinlich ? Der Versager ist heute Minister und der große Doktor Nennberger, trotz seiner wissenschaftlichen Leistungen, ist in ein

250

Holzverarbeitungskombinat in einer entlegenen Provinz abgeschoben."

„Nein, peinlich ist mir das nicht. Ich weiß doch, man muß in unserem Land nicht unbedingt intelligent sein und Leistungen erbringen um in der Politik erfolgreich zu sein. Und Leistung und Intelligenz werden nicht anerkannt, stören sogar, wenn sie dem gesellschaftlichen Konsens widersprechen, also dem, was uns die Herrschenden als richtige Denkweise vorschreiben."

Der 'hohe' Besuch war natürlich am Samstag abend das große Gespräch in der Sauna.

„Ich hatte gestern die Ehre beim Empfang der Delegation am Bahnhof teilnehmen zu dürfen", meinte Silke, „Pfuhlwater und die Gifthai eiferten darum, wer die Petzpog am freundlichsten begrüßte und wem sie ihre Gunst zeigte. Eigentlich war es ja die Aufgabe Stilzrumps als höchster Parteifunktionär am Ort die Gäste zu begrüßen, aber er kam gar nicht zum Zug."

„Und wer siegte?" fragte Eva.

„Eindeutig Pfuhlwater, die Gifthai ließ sie mehr oder weniger links liegen. Nun ja, sie hatte ihre neue persönliche Referentin, eine gewisse Corinna Caesbok, bei sich. Zu der scheint sie eine große Zuneigung zu hegen."

„Na ja", meinte Anton, „man nennt sie ja schließlich nicht umsonst die Parteibeischlafsvorsitzende."

„Das heißt aber", bemerkte nun Anita, „Pfuhlwater steht bei ihr noch immer hoch im Kurs. Der arme Kerl."

„Wieso armer Kerl?" wollte Arnold wissen.

„Na ja", erklärte Anita, „wenn sie erst Oberste Staatsrätin ist, dann begnadigt sie ihn doch sicher und holt ihn in die Hauptstadt zurück. Und dann kann er seine großen Pläne nicht mehr verwirklichen, hier keine Ananasplantagen anlegen."

„Ach was", fiel Frank ein, „oft ist es besser, wenn aufgrund gewisser Umstände Träume Träume bleiben müssen, dann scheitert wenigstens ihre Verwirklichung nicht und man kann sich sein Leben lang einreden, man hätte es mit Sicherheit geschafft."

„Sie brachen dann zur Forststation auf, hielten sich aber dort nicht lange auf", setzte Silke ihren Bericht fort, „fuhren dann nach einer eher kurzen Besichtigung und einem intimen Gespräch mit der Gifthai am Nachmittag zur Landwirtschaftlichen Versuchsanstalt."

„Die hatten wohl Angst vor den Verbannten", frotzelte Eva, „und wollten weg sein bevor die aus dem Wald zurückkamen."

„Und dieser Geisslinger ?" fragte nun Anna, „was ist denn das für ein Typ."

„Ach", erwiderte Silke, „ein blasser Kerl, ohne Profil, mit erheblichem Bauchansatz, also gerade das Gegenteil von einen gutaussehenden Mann. Also wenn der mit der Petzpog noch immer ein Verhältnis hat, wie allgemein gemunkelt wird, dann ist ihre beste Zeit wohl vorbei."

„Wie meinst du das ?" wollte Anita wissen.

„Dann kommt sie bei Männern nicht mehr an und muß den nehmen, der sich ihr anbietet."

„Ach, das kann man nicht so sagen", wandte nun Frank ein, „wenn es stimmt, daß sie Oberste Staaträtin wird", er grinste, „oder Oberstes Staatsratswesen, wie man hinter vorgehaltener Hand scherzt, dann haben Männer, die etwas auf sich halten, vermutlich eine gewisse Scheu vor ihr."

„Wie meinst du das jetzt ?" unterbrach ihn Eva.

„Dann ist sie ja das große Führungswesen und alle wirken wie Hampelwesen neben ihr."

„Geisslinger hat da sicher keine Probleme", lachte Silke, „der sieht schon wie ein Hampelmann aus, vermutlich deswegen beachteten die Gifthai und Pfuhlwater ihn gar nicht."

„Ja, hat er das denn einfach so hingenommen, daß man ihn links liegen ließ?"

„So schlimm war es jetzt auch wieder nicht", erklärte Silke, „Stilzrump sah seine Chance doch noch ein bißchen zur Geltung zu kommen und schwänzelte um ihn herum. Sie unterhielten sich auch dann ganz intensiv."

Anita grinste.

„Sie bildeten sozusagen die Achse der Unbeachteten."

Am Montag morgen bestellte Direktor Schultberg Frank zu sich.

„Guten Morgen, Frank", begann er, „es tut mit aufrichtig leid, aber ich muß dir eine Mitteilung machen, die dich sehr enttäuschen wird."

Frank verzog leicht das Gesicht.

„Guten Morgen, Markus. Dann muß es sich ja wohl um eine schlechte

Nachricht handeln. Ich verstehe nicht ganz. Ich habe erst am Freitag die Bilanz überprüft. Die Produktion lag in den letzten drei Monaten etwa zehn Prozent über der staatlich festgesetzten Norm. Das ist doch eine gute Bilanz. Ich schlage allerdings vor, die Produktion etwas zu drosseln, sonst wird man im Wirtschaftsplanungsamt zu dem Schluß kommen wir hätten noch freie Kapazitäten und sie werden dann die Norm erhöhen. Das ist aber unbedingt zu vermeiden. Wir dürfen nicht an der Kapazitätsgrenze arbeiten, sonst haben wir keine Reserven mehr, wenn einmal Schwierigkeiten auftreten."

„Nein, das ist es nicht."

„Was denn ? Fallen etwa Lieferanten aus ? Gibt es Schwierigkeiten in einer oder mehreren Forststationen ? Das wäre jetzt auch nicht schlimm wenn es sich um ein kurzfristiges Problem handelt. Wir haben genügend Materialvorräte um die Produktion für drei Monate in vollem Umfang aufrecht zu erhalten."

Der Direktor schüttelte den Kopf.

„Nein, Markus, da liegst du völlig falsch. Es betrifft vielmehr den Besuch der Parteibeiratsvorsitzenden Frau Petzpog."

„Ist sie etwa erkrankt oder unpäßlich ? Fällt der Besuch aus ?"

„Nein, ganz im Gegenteil. Er findet statt. Die Delegation wird eine intensive Inspektion und Besichtigung des Kombinats durchführen."

„Dem können wir doch gelassen entgegensehen. Mir sind keine gravierenden Mängel bekannt."

„Nein, nein, darum geht es gar nicht. Aber die Delegation soll doch den besten Eindruck von uns gewinnen. Daher muß auch der Betrieb während des Besuchs in vollem Umfang weiterlaufen. Verstehst du ? Ich habe daher bereits angeordnet, daß zum Begrüßungstreffen im Großen Vortragssaal nur Mitarbeiterinnen und Mitarbeiter zugelassen sind, die nicht zur Aufrechterhaltung der Produktion benötigt werden, also das Personal aus der Verwaltungsabteilung. Silke hat zwar erste einmal ein schiefes Gesicht gezogen, aber es dann doch akzeptiert. Wir werden die Leute natürlich in die Arbeitskleidung der Produktivkräfte ...", er stockte kurz, verbesserte sich, „... ich meine natürlich der Produktionskräfte stecken, damit nicht der Eindruck entsteht, die Produktionskräfte werden ausgegrenzt und nicht geachtet. Und nun zu dir. Ich muß die Besichtigungstour natürlich führen.

Es ist daher notwendig, daß mich während dessen jemand vertritt, der auch in der Lage ist Entscheidungen zu treffen, falls unerwartet Probleme auftreten. Und da kommst natürlich nur du in Frage. Das heißt, du kannst leider am Empfang und an der Besichtigungstour nicht teilnehmen."
Frank setzte eine Miene auf, die Enttäuschung vorspielen sollte.
„Das ist wirklich eine bittere Nachricht."
Markus bemerkte nicht den leicht ironischen Unterton, versuchte ihn aufzumuntern."
„Nun, nimm es nicht so tragisch. Du bist doch ein echter Mann ! Aber ich habe auch eine positive Mitteilung."
„Und die wäre ?"
„Nun ja, Frau Caesbok, die persönliche Referentin der Parteibeiratsvorsitzenden, hat sich während des Besuchs der Landwirtschaftlichen Versuchsanstalt den Fuß verstaucht und kann daher an der Besichtigungstour nicht teilnehmen. Sie wird dir Gesellschaft leisten."
„Und wann kann ich sie erwarten ?"
Der Direktor brummte vor sich hin.
„Nun ja, ein bißchen Geduld mußt du schon aufbringen. Das Besuchsprogramm ist ja nicht auf die Minute geplant. Aber am frühen Nachmittag solltest du dich schon bereithalten."
Frank verabschiedete sich, ging in sein Büro zurück.
„Die Caesbok. Was soll ich denn mit der anfangen ?"

„Du warst doch sicher bei der Begrüßungsveranstaltung. Wie war es denn ?" fragte Frank als er mittags Anita in der Kantine traf.
„Man könnte sagen, die Petzpog befand sich in einem Belaberungszustand. Sie lobte in höchsten Tönen die Aufbauarbeit, die wir hier leisten, bezeichnete uns als Pioniere, welche die Zivilisation in die Wildnis tragen und hier blühende Landschaften schaffen. Sie nannte uns ein Vorbild für das gesamte Land."
„Ja, und weil wir vorbildliche Staatsbürger sind, will man uns in der sogenanten 'Zivilisation' nicht dulden und hat uns hierher beordert, um nicht zu sagen 'verbannt'. Glaubt die denn selbst, was sie da faselt ?"
„Nun, wenn sie nur ein bißchen intelligent ist, nicht. Ob sie das ist, kann ich nicht beurteilen. Dazu kenne ich sie zu wenig. Aber darauf kommt es

auch gar nicht an. Es ist ja nicht so, daß ein Politiker glauben muß, was er sagt. Wichtig ist, daß die Zuhörer es glauben, denn man will sie ja für sich gewinnen. Und das beste Mittel hierzu ist daß man ihnen schmeichelt ...“ „Oder“, unterbrach sie Frank, „daß man ihnen das Paradies verspricht oder Katastrophen ankündigt, die nur sie verhindern können.“ „Auf jeden Fall scheint sie eine gute Schauspielerin zu sein. Das ist für einen Politiker auch notwendig. Ich habe schon von einem Fall gehört, daß in einem Land ein Schauspieler sogar Präsident wurde.“

Gegen halb zwei klopfte es an der Bürotür. Auf Franks 'Herein' traten Dora Dassberg, Schultbergs Sekretärin, und eine eher zierliche, blasse, blonde Frau von etwa vierzig Jahren ein. Sie trug eine recht große Brille mit breiter, dunkler Fassung und breiten Bügeln. „Darf ich vorstellen ?“ meinte Dora, zu der Frau gewandt, „der Herr ist Dr. Frank Nennberger, der Assistent des Betriebsleiters, Herrn Direktor Schultberg“, und dann zu Frank gewandt, „die Dame ist Corinna Caesbok, die persönliche Referentin der Parteibeiratsvorsitzenden Frau Petzpog.“ „Guten Tag, Frau Caesbok, bitte nehmen Sie Platz.“ Er wies auf einen Sessel am Besuchertisch. Corinna setzte sich, Frank ebenfalls. Dora verabschiedete sich, verließ den Raum. „Darf ich Ihnen Kaffee anbieten ?“ fragte er dann höflich. „Nein, danke, ich habe bereits nach dem Mittagessen einen Kaffee getrunken. Aber ein Glas Mineralwasser wäre mir recht.“ „Wenn es weiter nichts ist, damit kann ich dienen.“ Sie saßen sich dann kurze Zeit schweigend gegenüber. Frank überlegte, wie er am besten ein unverfängliches Gespräch beginnen könne. „Ist es Ihr erster Besuch in der Provinz ?“ fragte er schließlich, „leider kommen Sie etwas spät im Jahr. Der Sommer ist vorüber, es wird allmählich kühl.“ „Sie meinen wohl, ob es mein erster Besuch in diesem Bezirk ist ? Die westlichen Provinzen habe ich schon des öfteren aufgesucht, hier im Nordosten war ich allerdings noch nie.“ „Und wie ist Ihr Eindruck ?“ „Ach, in drei Tagen kann man keinen großen Eindruck gewinnen. Die

255

Gegend hier scheint eine richtige Einöde zu sein. Nein, das wäre für mich kein Platz zum Leben. Ich brauche das pulsierende Leben der Großstadt. Und wie lange leben Sie schon hier?"

„Es sind nun knappe drei Monate."

„Und Sie sind freiwillig hierher gekommen oder hat man Sie hierher abgeordnet?"

„Da haben Sie sich sehr dezent ausgedrückt. Das zweite trifft zu. Mir wurde hier eine neue Aufgabe zugeteilt, da ich nach Ansicht der Partei hier in Markland meine Fähigkeiten besser zur Geltung bringen kann."

Corinna lächelte.

„So ist das also. Sie gehören also auch zu jenen, die liberale Ansichten vertreten, aber sich vorsichtig genug ausdrücken, so daß man Ihre Äußerungen nicht als staatsfeindlich oder staatszersetzend einstufen kann. Sie können ruhig offen reden. Ich werde über unser Gespräch Stillschweigen bewahren."

„Nein, ich habe mich überhaupt nicht politisch geäußert, ich habe lediglich die Forschungsergebnisse einer Kollegin, die als exzellente Wissenschaftlerin galt, ja fast schon als Genie, kritisiert und als falsch nachgewiesen."

„Dann war sie doch sicher eine prominente Professorin?"

„Ja, das kann man so sagen."

„Und waren Sie auch Professor?"

„Nein."

„Da haben wir es. Wissen Sie eigentlich, warum diese Kollegin einen Professorentitel hatte und Sie nicht?"

Frank zuckte mit den Schultern.

„Nein, aber Sie werden es mir sicher gleich erklären."

„Nun, weil ein Wissenschaftlergremium aufgrund ihrer Forschungsarbeiten die Dame eines solchen Titels für würdig hielt und der Partei die Verleihung empfohlen hat. Und bei Ihnen war das offensichtlich nicht der Fall. Sehen Sie, es gibt in unserem Staat eine Gleichheit vor dem Gesetz, aber keine Gleichheit bezüglich der Fähigkeiten. Hier gibt es Rangunterschiede und der Rang wird durch verliehene Titel festgelegt. Das ist in der Wissenschaft nicht anders als in der Politik oder in der Staatsführung. Und daher haben Sie auch gar kein Recht Ranghöhere zu kritisieren oder ihnen gar Fehler vorzuwerfen, da diese über höhere Fähigkeiten verfügen als Sie.

Und wenn Sie trotzdem tun, dann drücken Sie damit aus, daß diese Titel zu Unrecht verliehen wurden und bezweifeln also die Fähigkeit der Partei die richtigen Entscheidungen zu treffen. Und genau das haben Sie getan. Sie haben die Urteilsfähigkeit der Partei in Zweifel gezogen, weil sie der überheblichen Ansicht waren, daß Sie alles besser wissen als die Partei. Das sind typische liberale Ansichten."

„Fest steht, bei dem, was ich vorbrachte, handelte es sich um exakte und überprüfbare wissenschaftliche Ergebnisse."

Corinna schüttelte den Kopf.

„Das sind doch so typische liberale Floskeln. Da kommen hochqualifizierte Wissenschaftler zu einem bestimmten Ergebnis. Und Sie messen etwas anderes und behaupten nun, Sie hätten recht und viel kompetentere Forscher als Sie hätten Unrecht. Nein, das ist nicht akzeptabel."

Sie nahm einen großen Schluck Wasser.

„Aber Sie sind ja nicht der einzige Fall und bei weitem nicht der schlimmste. Wer interessiert sich schon für Ihre Forschungsergebnisse ? Aber das grundsätzliche Verhalten ist das Übel. Und diese Rechthaberei nimmt nun überhand. Die bisherige Oberste Staatsrätin Frau Merekillin war da viel zu nachgiebig. Aber wenn Frau Petzpog erst Oberste Staatsrätin ist, dann werden diese Umtriebe umgehend unterbunden. Und die Übeltäter kommen dann nicht mit einer Abordnung in die Provinz davon."

Sie ereiferte sich nun immer mehr.

„Man darf die Liberalisierung nicht zu weit treiben. Sie führt nur zu einer unerträglichen Argumentation .. oh, ich habe mich versprochen, meine natürlich zu einer unerträglichen Agitation gegen die politische Linie der Partei und der Regierung. Es ist natürlich von höchster Wichtigkeit, Elemente, die solches unternehmen, konsequent auszusondern und zu isolieren, ja bereits der Gedanke daran muß unterbunden werden. Wie heißt es im Gesetz ? Schon der Versuch ist strafbar."

Sie atmete tief durch.

„Sie wissen ja gar nicht wie gut Sie es hier draußen haben. Sie leben doch in einer Idylle, in einer heilen Welt, fernab von den Kämpfen im Zentrum unseres Staates, in unserer Hauptstadt Nilreb. Ja, Sie können hier das Leben genießen, während wir uns für das Gemeinwohl aufreiben."

„Ja, ja, ich sehe die Schwierigkeiten, denn wie schnell kann das Gemeinwohl zum Wohl der Gemeinen umschlagen. Da heißt es wachsam zu sein und hart durchgreifen, damit die Entwicklung nicht in die falsche Richtung läuft."

„Ja, ich sehe, Sie haben das Problem erkannt. Und Sie scheinen mir auch ein Mann zu sein, der nicht nur reden sondern auch handeln kann, zielgerichtet handeln, meine ich. Nehmen Sie doch endlich Vernunft an. Sie sollten in die Hauptstadt gehen. Hier in der Provinz versauern Sie nur. Hier können Sie Ihre Fähigkeiten gar nicht zur Geltung bringen. Ich könnte mich für Sie verwenden. Aber Sie dürfen mich natürlich nicht enttäuschen, Ihre Position nicht für subversive Umtriebe mißbrauchen."

Frank wiegte den Kopf hin und her.

„Sie wissen doch, daß jeder an dem Platz seine Pflicht zu erfüllen hat, den ihm die Partei zuweist. Denn die Partei weiß genau, an welcher Stelle jeder Volksgenosse seinen Fähigkeiten entsprechend den wertvollsten Beitrag zum Wohle des Staates und der Gesellschaft leisten kann."

Er pausierte kurz um Corinnas Reaktion abzuwarten. Er hatte sich die Worte des Oberförsters genau gemerkt und sah nun die Gelegenheit sie anzubringen. Sie nickte zustimmend. Und so fuhr er fort.

„Denken Sie nicht, daß wir hier in einer Idylle leben. Das mag dem Besucher so erscheinen, aber wir leben hier in der Wildnis, auch wenn wir über ein wenig Komfort verfügen. Ich will gar nicht von den wilden Tieren reden, die hier hausen", er grinste dabei leicht, denn ein wirklich wildes Tier war ihm bisher noch nicht begegnet, „vielmehr haben wir mit den Widrigkeiten der Natur zu kämpfen. Denken Sie nur an die harten Winter und den meterhohen Schnee oder an die Regenperiode im Herbst oder die Schneeschmelze im Frühjahr. Da wird die Landschaft in einen riesigen Morast verwandelt, Wege und Straßen sind dann kaum passierbar. Und trotz dieser widrigen Umstände halten wir die Produktion aufrecht und erfüllen unser Soll. Denn was wäre unsere Ökonomie ohne Holz? Es wird benötigt als Baumaterial für Häuser, für Dachstühle, Stützbalken, für Schalbretter, zum Bau von Fenstern und Möbeln und was weiß ich noch alles. Und man darf auch nicht den Export vergessen, der eine wichtige Devisenquelle darstellt. Ich sage Ihnen, ohne pünktliche Holzlieferungen würde die gesamte Wirtschaft zusammenbrechen, das Land verelenden. Und es wären Staat und Partei nicht möglich, dem Volk den Wohlstand zu erhalten."

Corinna schaute ihn leicht skeptisch an. Frank verstand.

„Sie denken jetzt ich übertreibe und wolle Ihnen weismachen unser Staat und unsre Gesellschaft seien auf Holz gebaut. Und Sie denken, so ist es jetzt auch wieder nicht. Wo bleiben dann die Stahlwerke, der Maschinenbau, die chemische Industrie, die Elektroindustrie und all das andere ? Wenn Sie so denken, dann sind Sie auf dem Holzweg, dann haben Sie mich mißverstanden. Alles ist wichtig ! Ohne Maschinen könnten wir die Stämme gar nicht aus dem Wald schaffen, ohne Elektrizität nicht zu Balken, Brettern und so weiter verarbeiten, ohne Eisenbahnen nicht dorthin transportieren, wo es benötigt wird. Alles ist wichtig ! Das eine bedarf des anderen. Und wenn das eine ausfällt, dann kann das andere nicht mehr funktionieren. Alles greift ineinander. Die Partei weiß das und erstellt ja auch die entsprechenden Wirtschaftspläne. Aber jeder muß seine Pflicht tun, damit sie auch erfüllt werden können. Und damit dies geschieht, weist die Partei jedem Volksgenossen den Platz zu, an dem er seinen Fähigkeiten entsprechend den wertvollsten Beitrag zum Wohle des Staates und der Gesellschaft leisten wird. Aus diesem Grunde bin ich hier. Wäre die Partei zu einem anderen Schluß gekommen, dann säße ich jetzt wahrscheinlich im Parlament oder in einem Ministerium."

Corinna schaute ihn finster an, grinste aber dabei.

„Halten Sie mich nicht für dumm. Sie sind doch nicht freiwillig hier, das haben Sie doch selbst zugegeben."

„Nun, zugegeben, es gibt hier schon unsoziale Elemente, die zur Besserung hierher geschickt wurden, weil die Partei der Ansicht ist, daß sie sich bei gesunder körperlicher Arbeit an frischer Luft in einer fast unberührten Natur eher zu wertvollen Mitgliedern der Gesellschaft wandeln als in einem miefigen Büro in einer Stadt. Darüber kann ich kein Urteil fällen, das ist aber zweifelsohne das Ergebnis wissenschaftlicher Untersuchungen kompetenter Fachleute. Denn sonst würde man es ja nicht tun. Und ich sagte ja auch mehrfach, daß wir eben dort unsere Pflicht tun müssen, wo uns die Partei hinbeordert, weil sie zu dem Schluß gekommen ist, daß wir dort die wertvollste Arbeit leisten. Manche sehen das natürlich nicht ein, insbesondere dann, wenn ihnen die Versetzung mitgeteilt wird. Sie halten das für eine Strafe. Aber nach einiger Zeit an ihrer neuen Wirkungsstätte, wenn sie in der Lage sind ihre alte Position mit der neuen zu vergleichen, dann sehen

259

die meisten ein, daß die Partei recht gehandelt hat. Ein paar Uneinsichtige gibt es natürlich immer. Ich war vorher in einem Forschungsinstitut beschäftigt, das ist wahr. Sie haben vorhin doch selbst gesagt, 'wer interessiert sich schon für Ihre Forschungsergebnisse ?' Das heißt doch, daß Sie der Ansicht sind, daß ich hier wertvollere Arbeit leiste. Aber es ist auch wahr, daß ich hier ein höheres Gehalt bekomme. Würde man mir ein höheres Gehalt zahlen, wenn ich hierher strafversetzt worden wäre ?"

„Nein, das wäre eher unwahrscheinlich", pflichtete Corinna bei, „und das mag auch gegenwärtig so sein. Aber Sie müssen langfristig denken. Ihre Arbeit hier kann irgendwann ein anderer verrichten. Und Sie können dann bedeutendere Aufgaben übernehmen."

Frank lachte.

„Halten Sie das wirklich für wahrscheinlich, daß man mir einen Ministerposten anbieten wird oder scherzen Sie nur ?"

Corinna setzte eine ernste Miene auf.

„Nein, nein, ich scherze nicht. Ich kann mir durchaus vorstellen, daß Frau Petzpog sich offen zeigt für eine Diskussion hinsichtlich einer Empfehlung Ihrer Person für ein Regierungsamt."

Frank kam nicht dazu darauf zu antworten, denn es klopfte an der Tür, Dora Dassberg erschien.

„Entschuldigen Sie die Störung. Aber die Führung durch das Kombinat ist zu Ende. Frau Caesbok möge mir bitte in das Büro des Direktors folgen."

Frank blieb alleine zurück.

„Ich habe mich doch längst entschlossen", sagte er sich, „ich bleibe hier."

Etwa eine halbe Stunde später klingelte das Telefon. Direktor Schultberg war am Apparat.

„Du mußt ja wohl einen ungeheuren Eindruck auf Frau Caesbok ausgeübt haben. Auf ihre Fürsprache hin bist du zum Abendessen eingeladen."

Das Dinner fand in kleinem Kreise statt, Petzpog, Caesbok, Geisslinger, Schultberg und Frank. Stilzrump hatte keine Einladung erhalten. Geisslinger war tatsächlich der alte Studienkollege, er gab aber mit einem kleinen Mienenspiel Frank zu verstehen, daß er nicht erkannt werden möchte. Vermutlich wollte er nicht an das abgebrochene Physikstudium erinnert werden. Nun sah Frank aber auch keinerlei Veranlassung ihn zu brüskieren, schwieg daher.

Corinna Caesbok stellte Frank vor.

„Das ist der Doktor Nennberger, von dem ich euch erzählt habe, ein sehr fähiger Mann mit klarem Verstand. Das habe ich bereits nach einem sehr kurzen Gespräch mit ihm festgestellt. Wir sollten ihn als Minister für Wissenschaft und Forschung in die Regierung aufnehmen."

„Menschen mit allzu klarem Verstand können wir in der Regierung nicht brauchen, sie stören da nur", warf nun Geisslinger ein, der bereits intensiv dem Wein zugesprochen hatte.

„Deswegen konntest du ja auch Minister werden", bemerkte Lenette Petzpog daraufhin bissig.

„Er möchte aber lieber in Pottenwald bleiben", fuhr nun Corinna fort, „da er der Ansicht ist, hier eine wichtige Aufgabe zu erfüllen."

Lenette lachte.

„Es heißt, Caesar habe gesagt 'lieber hier der Erste als in Rom der Zweite', als er seine Statthalterschaft in Gallien antrat und einer seiner Begleiter bemerkte, dies sei ein armseliges Land. Aber ein paar Jahre später marschierte er in Rom ein um Erster zu werden. Vielleicht überlegt sich das Herr Doktor Nennberger auch noch. Aber, wie dem auch sei, er muß erst noch reifen. Du sagtest ja, liebe Corinna, er befürworte die freie Meinungsäußerung."

Sie wandte sich nun an Frank.

„Ich verstehe durchaus Ihre Position, aber ich teile sie nicht. Sie sind doch intelligent. Denken Sie einmal gründlich darüber nach und setzen Sie sich gründlich mit dem Problem der freien Meinungsäußerung auseinander. Dann werden Sie den Standpunkt der Partei verstehen. Wir wissen, die Leute beschweren sich darüber, daß es in unserem Land angeblich keine Meinungsfreiheit gibt. Aber mit der Meinungsfreiheit ist es wie mit der Gedankenfreiheit. Da machen wir keine Vorschriften. Jeder hat die Freiheit zu denken und zu meinen, was er will. Und jeder kann in seinen vier Wänden seine Meinung laut kundtun, wenn es sonst niemand hört. Denn es ist lediglich nicht erlaubt, seine Gedanken oder seine Meinung öffentlich in Wort und Schrift zu verbreiten, wenn sie der Staatslehre widerspricht. Ja, wo kämen wir da hin, wenn wir das zulassen würden ? Sie müssen wissen, die meisten Leute sind nicht sonderlich intelligent und gebildet. Und diesen

Menschen gegenüber hat der Staat eine gewisse Schutzverpflichtung. Verstehen Sie das ? Dies bedeutet, ebenso wie jeder Mensch ein Recht auf körperliche Unversehrtheit hat, so hat er auch ein Recht auf geistige Unversehrtheit ! Und, das müssen Sie doch zugeben, wenn jeder seine Meinung frei äußern dürfte, dann bliebe es ja nicht bei einer Meinung zu einem Thema. Oder glauben Sie etwa, daß alle der gleichen Meinung wären ? Nein, das glauben Sie natürlich nicht. Das bedeutet aber, daß die Menschen mit zig verschiedenen Meinungen bombardiert werden. Und das bereits zu nur einem Thema ! Wer soll sich da noch auskennen und zurecht finden ? Die Folge wäre eine heillose Verwirrung ! Und wohin das führt, das können Sie sich sicher vorstellen ?"

Frank schüttelte den Kopf.

„Nein."

„Na, sehen Sie. Sie haben keine Ahnung ! Das führt unweigerlich zu psychischen Schäden. Und davor muß der Staat sie schützen. Dazu haben die Menschen ein Recht ! Und es betrifft ja nicht nur den Einzelnen. Aus solchen geistigen Schäden resultieren Wahnvorstellungen, Aggressivität, Radikalität. Unruhen würden ausbrechen. Niemand wäre mehr seines Lebens sicher. Nein, da ist es schon besser, daß die Partei festlegt, was richtig und was falsch ist, bestimmt, was gesagt, gemeint und geschrieben werden darf. Und glauben Sie bloß nicht, daß da reine Willkür herrscht. Im Gegenteil, viele gebildete Frauen und Männer haben gründlich nachgedacht und lange miteinander diskutiert, bevor eine staatliche Meinung zu einem bestimmten Thema verkündet wird. Man kann das kurz auf den folgenden Nenner bringen: ein Volk, eine Partei, eine Meinung."

Frank grinste.

„Sie sprachen nur von Frauen und Männern. Aber es gibt doch eine Vielfalt von Geschlechtern. Was ist eigentlich mit den Transgendern ? Werden die nicht gefragt oder zu Rate gezogen ? Warum diskriminiert man sie ?"

„Ich sehe, Sie sind ein destruktives Element und wurden zurecht verbannt. Sie versuchen doch jetzt nur mir das Wort im Munde herumzudrehen. Natürlich werden alle menschlichen Wesen zu Rate gezogen, die guten Willens sind und sich für eine gerechte und vielfältige Gesellschaft einsetzen. Das gilt natürlich nicht für Leute wie Sie. Warum auch ? Was kann man denn von Ihnen anderes erwarten als Unterstellungen und Polemik ?

Daher wurden Sie ja auch nach Pottenwald geschickt, weil hier die Gefahr gering ist, daß Sie nennenswerten gesellschaftlichen Schaden anrichten. Und seien Sie dankbar dafür, daß man so milde zu Ihnen war und Ihnen Ihre Freiheit gelassen hat. Aber Sie sind intelligent, können zu einem wertvollen Mitglied unserer Gesellschaft heranreifen wenn Sie sich nur etwas Mühe geben."

Die Runde löste sich bald auf. Man verabschiedete sich. Geisslinger nahm Frank bei der Gelegenheit kurz zur Seite.
„Ich danke dir, daß du unsere Bekanntschaft verschwiegen hast. Das hätte nur zu Fragen geführt, die mir peinlich gewesen wären. Weißt du, diese Weiber sind unverschämt. Das kommt nur durch die Entscheidung der Partei, mehr Frauen in Führungspositionen zu hieven. Nun nehmen sie Stellen ein, für die sie eigentlich nicht qualifiziert sind. Und um das zu vertuschen, reagieren sie nicht nur aggressiv auf jede Kritik, sondern bauschen jede Schwäche eines anderen, die ihnen bekannt wird, mächtig auf um ihn niederzumachen."
Er schwieg kurz.
„Nun ja, du bist doch hier draußen wirklich auf dem toten Gleis und Leute wie dich können wir in der Hauptstadt brauchen. Ich kann mich für dich einsetzen. Du mußt dich allerdings ein bißchen zusammenreißen und auf der von der Partei vorgegebenen Linie bleiben. Also, ich verspreche dir, daß ich mich für dich einsetze wenn du es willst, aber du mußt mir auch versprechen, daß du mich nicht enttäuscht."
Frank lächelte.
„Danke für das Angebot. Ich werde es mir überlegen."
Frank machte sich auf den Heimweg.
„Es ist schon lustig. Da beschimpft einer den anderen als Idioten. Und beide haben recht."

Bischof Bockshorn

Einige Tage später suchte der Betriebsparteisekretär Direktor Schultberg auf.

„Was gibt es denn, Genosse Stilzrump ? Steht schon wieder ein Besuch eines Ministers an ? Warum interessieren die sich plötzlich alle für uns ? Jahrelang hat keine Sau nach uns geschaut."

Stilzrump blickte den Direktor böse an.

„Nein Genosse Stilzrump", beschwichtigte Schultberg nun, „das ist nicht despektierlich oder beleidigend gemeint. Es steht mir fern Mitglieder unserer Regierung oder Funktionäre als Säue zu bezeichnen. Das ist nur so eine Redensart in meinem Heimatdorf. Damit will man ausdrücken, daß sich absolut niemand für uns interessiert hat."

Stilzrump lächelte.

„Ich verstehe was Sie meinen. Ich werde auch keine Meldung nach oben machen. In meinem Heimatdorf würde man sagen 'kein Schwanz hat sich für uns interessiert'."

Der Direktor grinste.

„Das wäre jetzt nicht richtig ausgedrückt, etwas zu kurz gegriffen, denn nicht nur die männlichen Regierungsmitglieder und Funktionäre haben sich bisher nicht für uns interessiert, sondern auch die weiblichen."

Stilzrump lachte.

„Aber das müssen wir jetzt nicht näher diskutieren", fuhr Markus Schultberg fort, „also, was gibt es ? Was ist der Grund Ihres Kommens ?"

Stilzrump schien leicht verlegen.

„Nun ja, Bischof Bockshorn, der für unseren Bezirk zuständig ist, wird Pottenwald einen Besuch abstatten. Ich habe mit der Sache nichts zu tun. Das hat die Bezirksparteileitung genehmigt. Die Gründe hierfür kenne ich nicht und verstehe es auch nicht. Es gibt keinen Gott, das wurde doch glasklar auf dem vierten Staatskongreß der Partei beschlossen und ist seitdem die offizielle Parteilinie. Aber im einfachen Volk hat sich das noch nicht herumgesprochen. Doch anstatt das Volk aufzuklären und diesen weisen und absolut richtigen Beschluß konsequent durchzusetzen, nimmt man heute Rücksicht auf solchen Aberglauben. Das ist nur eine Folge der verderblichen Liberalisierung. Früher war das anders. Da gab es Pfarrer und Bischöfe nur in Straflagern, zum Arbeiten, nicht zum Predigen."

Der Direktor schaute leicht irritiert.

„Ja, was will denn der Bischof bei uns? Hier gibt es doch nicht einmal eine Kirche."

„Das weiß ich doch nicht. Mir wurde lediglich mitgeteilt, daß er kommt und eine Versammlung, vielleicht auch einen Gottesdienst oder eine Messe, keine Ahnung, wie man das nennt, abhalten möchte. Das kann man aber auch in dem Wirtshaussaal tun, in dem ich meine politischen Schulungen abhalte. Natürlich nicht zur gleichen Zeit, denn das würde stören."

„Ist denn der Saal groß genug?" fragte Schultberg.

„Was weiß ich. Die Teilnahme ist jedenfalls freiwillig. Und da werden wohl nicht allzu viele kommen. Außerdem ist es auch nicht meine Aufgabe dies zu organisieren. Ich habe lediglich den Auftrag Sie zu bitten den Besuch im Kombinat anzukündigen."

Der Direktor runzelte die Stirn.

„Das ist ja alles schön und gut. Aber warum kommen Sie damit zu mir? Warum verkünden Sie die Einladung nicht selbst?"

„Das fällt nicht in meinen Aufgabenbereich."

„Und in meinen Aufgabenbereich fällt es auch nicht, Genosse Stilzrump."

„Das weiß ich, Herr Direktor. Deswegen habe ich Sie ja auch gebeten und es nicht angeordnet. Sie können es natürlich ablehnen. Aber es wäre eine nette Geste dem Bischof gegenüber, wenn Sie es tun."

Schultberg lächelte.

„Aber es wäre doch auch eine nette Geste von Ihnen, wenn Sie die Einladungen aussprechen."

Stilzrump warf sich nun in die Brust.

„Herr Direktor, wie lange kennen wir uns bereits?"

Schultberg zuckte mit den Schultern.

„Fünf Jahre vielleicht. So genau kann ich das jetzt aus dem Stegreif nicht sagen."

„Sehen Sie. Und noch immer verstehen Sie nichts von meinen Aufgaben. Ich bin hier um die Anordnungen der Partei zu verkünden und ihre Umsetzung zu überwachen und nicht um nette Gesten zu verbreiten."

„Also gut", gab sich der Direktor geschlagen, „ich werde es tun."

„Was soll denn dieser Besuch ?" fragte Arnold als er Frank zwei Tage später mittags in der Kantine traf.

Der schüttelte den Kopf.

„Ich habe absolut keine Ahnung", antwortete er, „vermutlich will er einmal nach seinen Schäfchen schauen."

Arnold verzog das Gesicht.

„Hält er uns für blöde, für Schafe ?" warf Eva ein, die sich hinzugesellt hatte.

„Vermutlich", entgegnete Frank, „heißt es nicht schon in der Bibel 'sie gingen in die Irre wie die Schafe' oder so ähnlich. Ich werde jedenfalls einmal hingehen und mir die Sache anschauen."

„Ich komme auch", meinte Eva, „die Versammlung findet nächsten Freitag statt, wenigstens nicht samstags. Da gehe ich nämlich lieber in die Sauna."

Die Veranstaltung wurde in der Tat im großen Wirtshaussaal abgehalten. Sie fand keinen allzu großen Zuspruch. Es erschienen nicht allzu viele, ein gutes Dutzend Personen, darunter Anita, Eva, Anna, Silke, Frank, Anton und Arnold. Der Bischof schien enttäuscht, drückte das auch in seiner nicht sehr freundlichen Begrüßung aus, hielt dann eher lustlos einen Gottesdienst ab.

„Nun", begann er nach der obligatorischen Austeilung des Segens, „ich bin nicht nur zum Predigen und Beten zu euch gekommen und um euch die Beichte abzunehmen, euer Gewissen zu erleichtern, damit ihr das Seelenheil erlangt, sondern auch um zu erfahren, was euch bewegt und bedrückt und Trost zu spenden falls das notwendig ist."

Frank blickte Anita scheel an.

„Was soll denn das ?" raunte sie ihm leise zu.

Frank meldete sich nun zu Wort, doch Anna kam ihm zuvor.

„Was führt Sie hierher ?" fragte sie frech, „wurden Sie auch verbannt ? Ich denke, die Kirche ist gegenüber der Staatsführung loyal ?"

„Ach, bitte, unterlassen Sie das Wort 'loyal'. Das klingt so nach Unterwürfigkeit", entgegnete Bischof Bockshorn.

„Ist die Kirche hierzulande denn nicht unterwürfig ?" fragte nun Eva.

„Wie kommen Sie denn darauf ? Natürlich ist sie das nicht. Sie prüfte genau die Staatslehre, verglich sie mit den Grundsätzen des Glaubens."

„Und, was war das Ergebnis?" fragte nun Anita.
„Es ergab sich selbstverständlich eine weitgehende Übereinstimmung, von unwichtigen Details abgesehen. Wäre es anders, so wäre die Staatslehre ja auch sündhaft, Teufelswerk. Und dann hätte die Kirche die Pflicht sie zu bekämpfen."
„Nun, dann war es ja großes Glück, daß sich eine Übereinstimmung ergab. Ist man in der Kirche nun auch der Ansicht, daß es Gott nicht gibt?" bemerkte Frank.
Bischof Bockshorn blickte ihn finster an, gang darauf gar nicht ein.
„Unterlassen Sie doch bitte Ihre zynische Polemik. Das mußte sich ja so ergeben. Schließlich wurde die Staatslehre von Christenmenschen ersonnen."
„Ich war bisher der Überzeugung, diese seien Atheisten gewesen", warf jetzt Anita ein.
„Atheisten!" ereiferte sich der Bischof nun, „das waren doch nur Verleumdungen ihrer Feinde, die allesamt bezahlte Lohnknechte des Großkapitals und der herrschenden Adelsclique waren, reine Diffamierungen also."
„Und was ist mit dem Beschluß des vierten Staatskongresses der Partei?" warf Arnold ein.
„Nun, es gab da gewisse Mißverständnisse", fauchte der Bischof, „die zu Verirrungen führten. Aber die sind mittlerweile ausgeräumt."
„Und was heißt das konkret?" wollte nun Anita wissen, „hält die Kirche nun auch Gott für tot und treibt Totenverehrung. Solches soll es ja bei Naturvölkern geben, die noch auf Steinzeitniveau leben."
Der Bischof war nun sichtlich verärgert.
„Was Sie da herausblöken, das ist reine Blasphemie. Gott ist ewiglich! Der Begriff 'Gott ist tot' ist lediglich eine unglückliche Formulierung. Damit ist nur gemeint, daß Gott nicht in irdische Angelegenheiten eingreift. Warum sollte er es auch tun? Er hat den Menschen Verstand gegeben. Warum sollte er nun die Folgen aus Unverstand begangener Taten mildern?"
„Das mag sein", meinte nun Silke, „aber wenn ich Sie richtig verstanden habe und die Staatslehre mit der Kirchenlehre übereinstimmt, dann gilt für sie selbständiges Denken, das in Kritik an der Kirche oder an der Partei mündet, als Sünde."
„Vermischen Sie jetzt nicht Dinge, die nichts miteinander zu tun haben, gar nicht zusammen gehören. Das, was Sie als selbständiges Denken bezeich-

nen, ist seit Alters nichts weiter als die Infragestellung der Allweisheit Gottes, also Ketzerei und damit selbstverständlich Sünde, unabhängig von jeder Staatslehre."

„Allweisheit Gottes?" wunderte sich Frank, „diesen Begriff habe ich bisher noch nie gehört. Ist er Ihnen gerade eben spontan eingefallen oder haben Sie sich ihn auf der Fahrt hierher ausgedacht. Was Sie hier als Allweisheit Gottes bezeichnen, ist doch nichts weiter als die Forderung nach der absoluten Gültigkeit der kirchlichen Dogmen. Und die werden infrage gestellt, wenn man kritisch über sie nachdenkt. Und damit ist jeder Widerspruch gegen sie Sünde."

Der Bischof schien nun ziemlich verärgert, stand offenbar kurz davor loszublaffen, beherrschte sich allerdings. Er ignorierte aber weitere Wortmeldungen, sprach mit gespieltem Lächeln.

„Ich sehe, liebe Schwestern und Brüder, ihr fühlt euch wohl an diesem Ort, lebt hier ohne Sorgen und Nöte. Das beglückt mich. Und ich wünsche, daß dies auch in Zukunft so bleiben wird. Mein Tag war anstrengend, ich fühle mich müde und erschöpft, werde mich daher nun zurückziehen."

Er verließ den Saal. Die Versammlung löste sich rasch auf. Offensichtlich hatte niemand Lust zu weiteren Gesprächen.

Sie trafen sich am nächsten Abend in der Sauna.

„Ach, ich bin froh, daß das ganze Theater vorbei ist", begann Anna, „hoffentlich kommen die nicht so schnell wieder. Nachdem was ich da erlebt habe, habe ich gar keine Lust mehr wieder in die sogenannte 'Zivilisation' zurückzukehren. Ich bleibe lieber hier."

„Aber dann mußt du auch die Ausstrahlungen der sogenannten Zivilisation ertragen", entgegnete Anton.

„Ach, wenn sie nicht zu oft ausstrahlt, dann ist das ganz erträglich", erwiderte sie.

„Ja", gab nun Silke zu bedenken, „aber hier ändern wir nichts. Hier sind wir quasi am Rande der Welt, hier können wir nichts bewirken. Dazu müssen wir ins Zentrum des Staates, nach Nilreb zurück."

„Wenn man uns dahin läßt", wandte Markus ein.

„Was sollen wir uns den Kopf zerbrechen?" meinte nun Frank, „wir leben hier im Windschatten der Ereignisse. Was wollen wir mehr? Widerstand leisten ? Das klingt zwar gut, aber was bedeutet das denn konkret ? Reden halten ? Das hat keinen Zweck. Man muß schon in den Untergrund gehen, Bomben legen. Aber was erreicht man damit ? In welche Gesellschaft gerät man dadurch ? Sicherlich in keine Gute. Man hilft irgendwelchen Gewaltmenschen in den Sattel, die am Ende noch schlimmer herrschen als das gestürzte Regime. Mir ist vor vielen Jahren ein Vergleich eingefallen. Schlägt man mit einem schweren Hammer mit aller Kraft auf einen Felsblock, so kann man ihn zertrümmern. Haut man aber in eine Pfütze mit Matsch, so spritzt es bloß, man besudelt sich selbst und nach zehn Sekunden sieht wieder alles aus wie vorher."

„Das klingt ziemlich pessimistisch", sagte nun Silke, „wenn man von vornherein aufgibt, dann hat man bereits verloren."

„Das mag sein", bemerkte nun Markus, „aber es ist doch so: Gewaltherrschaft wird von Gewalttätigen ausgeübt, aber sie wird nicht von ihnen getragen. Die Stützen der Gewaltherrschaft sind die vielen Kriecher und Opportunisten, die den Gewalttätigen dienen ihres persönlichen Vorteils willen. Das sind aber Leute, die jedem anderen genauso dienen. Stürzt ein Regime, dann schleimen sie sich ohne Bedenken beim nächsten ein. Die Gruppe der Herrschenden mag sich ändern, aber die Opportunisten bleiben die gleichen."

„Das ist vermutlich so, daher habe ich auch keine Lust mich für Ideale zu opfern, wenn mir das keinen Gewinn bringt", erwiderte Frank, „nehmt es mir nicht übel, aber ich habe nur ein Leben und das möchte ich genießen so gut es geht."

„Täusche dich da nicht, der Windschatten, von dem du sprichst, ist eine sehr unsichere Sache", mahnte Eva, „der kann schnell enden. Und dann bist du einem Sturm ausgesetzt, der dich hinwegfegen wird."

„Das ist mir klar, aber welche Wahl habe ich denn ?" antwortete Frank, „opfere ich mich für ein Ideal, dann habe ich nichts mehr davon, wenn es Realität wird. Man sollte nicht naiv sein, man muß eben versuchen zu überleben so gut es geht."

„Man kann natürlich auch die Führung übernehmen um den Gang der Dinge zu bestimmen", wandte Silke ein.

„Das ist richtig, aber dazu fehlt mir das Format."

„Das war ehrlich und ganz deutlich gesagt", bemerkte nun Anton, „aber, wer von uns ist anders ?"

Sie blickten einander an, schwiegen eine Weile. Schließlich beendete Anita die Stille.

„Ich sehe, wir sind im Grunde doch alle mit unserer Situation ganz zufrieden, wünschen eigentlich gar keine Änderung. Wir haben mit unserem alten Leben abgeschlossen und festgestellt, daß das neue auch nicht schlechter ist, eher sogar ein bißchen besser."

Über dieses Buch

Unter Piraten

Anfang der 1920er Jahre gerät die 'Pride of South' auf der Fahrt von Sydney nach Valparaiso in einen schweren Sturm und strandet vor einer unbewohnten Insel. Eine Gruppe an Bord anwesender Piraten übernimmt das Kommando, terrorisiert die überlebenden Passagiere. Der ehemalige Marineoffizier Karl kennt die Insel aus seiner Dienstzeit beim deutschen 'Südseegeschwader' und entwickelt einen Fluchtplan, in den er die Lehrerin Nancy einweiht. Gemeinsam gelingt es ihnen nach Samoa zu entkommen. Sie alarmieren die amerikanischen Behörden, welche eine kleine Flotte aussenden um die Passagiere zu retten.

Onmi

Der Söldner-Captain Peter erhält nach der Erstürmung des Rebellen-hauptquartiers auf der Insel Oglabi die Krankenschwester Onmi als Belohnung für seine Tapferkeit. Er findet Gefallen an ihr und sie an ihm. Doch es gibt keine gemeinsame Zukunft. Ihre Wege trennen sich bald. Vier Jahre später, Peter hat inzwischen seinen Dienst als Söldner quittiert, treffen sie sich auf der Insel Calipisco wieder. Und endlich wird der Traum einer gemeinsamen Zukunft Wirklichkeit.

Die sieben Höfe

Ludwig erwacht in einer öden Steppenlandschaft, weiß nicht, wie er dorthin gekommen ist. Er gelangt in einen 'Ersten Hof', erfährt dort, daß er nur in Begleitung einer Frau weiterkommen kann. Er lernt Carina kennen. Zusammen durchqueren sie fünf weitere Höfe, in denen sie ihre Zuneigung zu einander und ihre Bereitschaft sich in jeder Lage für einander einzusetzen beweisen müssen. Schließlich gelangen sie in den 'Siebten Hof', den Hof der 'Vollendung'.

Raumfrachter XPZ15

Fitz Brassam, ehemaliger Raumkreuzerkommandant, wurde wegen eigen-mächtigen Handelns unehrenhaft aus der irdischen Raumflotte entlassen und von der Erde verbannt Er führt nun als 'Pilot' des Raumfrachters XPZ15 Erztransporte vom Planetoiden Tichroni zum Mars durch. Er hat sich bei Raumpiraten und Frogonen, außerirdischen Lebewesen, die den Plutoaußenbereich unsicher machen, Respekt verschafft, führt nun ein ruhiges Leben, verbringt seine Zeit mit Lesen und Trinken. Das endet jäh als er die Generalin Almuta, ihren Adjutanten und wenige Tage später die Außerirdische Kassiolara aufnehmen muß, die in Raumnot geraten sind. Zunächst kommt es zu heftigen Streitereien zwischen der gestrengen Generalin und dem liederlichen Fitz. Bald erkennt Fitz, daß sich hinter der Maske sturer militärischer Disziplin eine durchaus vernüftige Frau verbirgt, ebenso wie Almuta erkennt, daß sich hinter dem disziplinlosen Trinker ein gebildeter, geistigen Dingen gegenüber aufgeschlossener Mann verbirgt. Schließlich quittiert Almuta ihre Dienst bei den Streitkräften und heuert als Kommandantin eines Raumfrachters an. Ihre erste Fahrt führt sie zusammen mit Fitz durch.

Die Atlanter

Heinrich erfüllt sich einen lang gehegten Traum, ein Segeltörn von Kapstadt nach Buenos Aires. Auf halben Weg gerät die Yacht in einen Sturm und sinkt. Heinrich erwacht in einem Krankenhaus auf der Insel Atlantis, wo Außerirdische eine der Weltöffentlichkeit unbekannte Kolonie gegründet haben. Er lernt die Türkin Fatma kennen, die auf der Insel lebt um das Staatswesen, die Lebensweise und die Gebräuche der Atlanter zu studieren. Er erfährt von ihr vieles über das geheimnisvolle Volk. Nach einigen Wochen kehrt er nach Deutschland zurück, träumt davon Fatma wiederzusehen. Erst drei Jahre später, nachdem Fatma ihre Arbeit abgeschlossen hat und nach Istanbul zurückgekehrt ist, erfüllt sich der Traum.

Pottenwald

Wegen Verstoßes gegen die 'Staatsideologie' werden Anita und Frank in ein Holzverarbeitungskombinat nach Pottenwald in die entlegene Provinz Markland strafversetzt, wo sie auf Anordnung der 'Partei' als Paar zusammenleben müssen. Sie freunden sich dort mit anderen 'Verbannten' an und lernen die Lächerlichkeit der Parteiideologie und des 'Benehmens' und Regierungsstils der Staatsführung kennen.